Wieder ein Tag, an dem er sich fragte, warum er überhaupt aufgestanden war. Von der Sorte gab es mittlerweile zu viele in seinem Leben. Paul lehnte sich auf seinem Stuhl zurück, bis die Lehne bedrohlich knackte, und starrte an die Decke seines Büros. Spinnweben und Risse im Putz, aber keine Antwort auf seine Fragen.

Auf seinem Schreibtisch lag ein erschreckend kleiner Stapel Papier. Das hätte er in weniger als einer Stunde erledigt. Keines dieser Formulare war eine Herausforderung. Seine Assistentin hätte den Kram ebenso gut ohne ihn erledigen können. Dafür hatte er nicht Jura studiert, aber interessante Fälle gab es in diesem Ort nur selten.

Damit lagen noch endlose Stunden vor ihm. Vor dem Fenster herrschte strahlender Sonnenschein – vielleicht war das ein Zeichen dafür, dass er den Tag besser draußen verbringen sollte. Aber schon wieder das Büro einfach verlassen? So wie vorgestern und in den Tagen davor auch viel zu oft? Der Gedanke war verführerisch, aber sein Gewissen meldete sich zu Wort. Letztlich änderte ein weiterer Tag am Strand oder in den Wäldern nichts an seinem eigentlichen Problem.

Paul schob den Stuhl weiter zurück, bis er die Füße bequem auf dem Schreibtisch ablegen konnte. Er war noch keine vierzig und benahm sich wie ein Rentner. Auf den ersten Blick klang das gut, auf den zweiten war es frustrierend, und seine Unzufriedenheit wuchs mit jedem Tag. Das war der Nachteil, wenn man nicht gezwungen war, für seinen Lebensunterhalt zu arbeiten. Er wusste, dass er in seinem Leben etwas ändern musste, hatte aber keine Ahnung, wo er beginnen sollte.

Eigentlich war es langsam Zeit fürs Mittagessen, aber er hatte keinen Hunger. Nachdem er schon aufs Frühstück verzichtet hatte, wäre es jedoch keine gute Idee, eine weitere Mahlzeit ausfallen zu lassen. Sein Schäferhund Scout, der bisher dösend auf seiner Decke unter dem Fenster gelegen hatte, hob den Kopf und bellte. Das hieß dann wohl, dass zumindest sein Hund Hunger hatte und es tatsächlich Zeit fürs Mittagessen war.

Scout stand auf, streckte sich und gähnte. Der Anblick brachte Paul zum Schmunzeln. Er würde sein Tier niemals vermenschlichen. Eigentlich. Dennoch ließen sich seiner Meinung nach in Scouts Gesichtsausdruck die erstaunlichsten Gefühle ablesen. Die Art, wie der Hund jetzt den Kopf schief legte und ihn ansah, interpretierte er als Frage: *Was ist eigentlich dein Problem?*

»Hunger?«, fragte Paul. Da sonst niemand anwesend war, würde er eben mit seinem Hund reden.

Scout schüttelte den Kopf. So viel zum Thema menschliche Gesten bei einem Hund. Vielleicht funktionierte es anders. »Rosie?«

Scout bellte. Den Namen kannte er. Und wenn Paul nicht völlig verkehrt lag, verband der Hund einen Besuch bei Rosie mit Wurst oder einem ordentlichen Knochen. Scout rannte zur Tür und stieß mit der Schnauze dagegen. Als er sie so nicht aufbekam, sprang er hoch. Paul grinste. Er hätte dem Hund niemals den Trick mit der Klinke beibringen dürfen. Beim dritten Versuch schaffte Scout es, und die Tür sprang auf.

Das Vorzimmer war leer. Mrs Adams kam nur drei Tage in der Woche ins Büro und verbrachte dann noch die meiste Zeit damit, mit ihren Freundinnen zu telefonieren. Solange sie kaum etwas zu tun hatten, störte sich Paul nicht daran. Die wenigen Mandanten brachten genug ein, um ihr Gehalt zu finanzieren, und im Gegensatz zu ihm brauchte sie das Geld.

Rosies Diner lag schräg gegenüber auf der anderen Straßenseite. Eine Leine war nicht nötig, denn Scout gehorchte aufs Wort. Meistens. Wenn er Katzen oder Hasen sah, vergaß er vorübergehend jedes gelernte Kommando. Aber bisher waren die Tiere immer schneller gewesen als er – zu Scouts Unmut und Pauls Erleichterung. Vor dem Diner gab es drei Tische, die jedoch nur von Rauchern genutzt wurden, die dort die Wartezeit auf ihr Essen überbrückten. Übermäßig viel Verkehr herrschte in Heart Bay nicht, dennoch war der klimatisierte Innenraum eindeutig die bessere Alternative zu einem Platz an der Straße.

Eine Tafel neben dem Eingang verkündete in beinahe unleserlicher Schrift das Tagesangebot. Da Rosies Speisekarte sich seit Pauls Kindheit nicht geändert hatte und nur ein Dutzend Gerichte umfasste, wusste jeder Einheimische, was ihn erwartete. Touristen mussten sich überraschen lassen. Paul öffnete die Tür und wartete, bis Scout hindurchgeschlüpft war. Der Hund blieb mitten im Raum stehen und bellte einmal leise.

Fast sofort kam Rosie mit strahlendem Lächeln aus der Küche geeilt. In der Hand hielt sie schon eine Schale mit Wasser und etwas, das Paul nicht erkennen konnte. Vermutlich eine Nascherei für Scout. Der Hund setzte sich direkt vor den Napf, sein Schwanz schlug in einem schnellen Rhythmus auf den Boden. Sekunden später mahlten seine Kiefer im gleichen Takt, und er legte sich zufrieden hin, um sich seiner Beute zu widmen. Wenigstens einer von ihnen genoss den Tag – um Scout glücklich zu machen, reichten schon Kleinigkeiten aus. Wenn ein Hamburger und Rosies berühmte hausgemachte Pommes doch auch Paul reichen würden, um ihn mit seinem Leben zu versöhnen. Er blinzelte, während er beobachtete, wie Scout etwas herunterschlang. Genau das war doch sein Problem! Statt endlich etwas zu ändern, versuchte er sich mit dem zu arrangieren, was ihn nervte. Gut, er wusste nicht, wo er mit den Änderungen beginnen sollte, aber das würde er nicht herausfinden, wenn er weiter in den Tag hineinlebte. Veränderungen. Jetzt! Nicht erst, wenn er definitiv zu alt war, um seinem Leben eine neue Richtung zu geben.

In Gedanken versunken bemerkte Paul erst mit Verspätung, dass an dem Tisch, neben dem Scout lag und fraß, bereits ein Gast saß.

Er pfiff, und Scout trottete zu ihm.

»Lass ihn, er stört doch nicht. Wollt ihr euch nicht zu mir setzen?«

Erst als Paul genauer hinsah und der Mann sein tief ins Gesicht gezogenes Baseballcap abnahm, erkannte er ihn. Diese grünen Augen und das tiefschwarze Haar waren unverkennbar!

Ungläubig blieb er wie erstarrt stehen, dann spürte er, wie sich ein vermutlich reichlich dämliches Grinsen auf seinem Gesicht ausbreitete. Er überbrückte die Distanz zwischen ihnen mit zwei Schritten. Sein ehemaliger bester Freund war schon aufgestanden. Einige Sekunden lang umarmten sie sich fest, dann ging Paul auf Abstand und betrachtete Rick abschätzend. Er hatte etliche Fragen, wieso er hier war, warum er sich so lange nicht gemeldet hatte, was er beim Militär erlebt hatte, aber etwas warnte ihn davor, Rick so zu überfallen. »Verdammt, tut es gut, dich zu sehen, Rick. Bist du länger hier?«

»Vermutlich. Netten Hund hast du da.«

»Scout!«

Der Hund legte den Kopf schief.

Paul deutete auf Rick. »Freund. Und sag *Hallo*.«

Scout gähnte erst einmal ausgiebig, dann setzte er sich neben Ricks Stuhl und hielt ihm eine Pfote hin. Rick lächelte und schüttelte sie vorsichtig. Für einen kurzen Moment veränderte sich sein Gesicht völlig. Das Kantige, Hagere, leicht Düstere, das Paul an ihm nie zuvor bemerkt hatte, verschwand, und plötzlich wirkte er wieder wie der unbesorgte Junge, der damals Heart Bay verlassen hatte.

»Was ist das für einer? Seine Tricks sind schon mal beeindruckend.«

»Ein altdeutscher Schäferhund. Mit seinem langen Fell hat er es im Sommer nicht immer leicht, aber wenn es zu heiß wird, gehen wir schwimmen.« Paul setzte sich Rick gegenüber. »Ich habe hier ja genug Zeit, um mit ihm zu trainieren. Du erinnerst dich bestimmt noch daran, wie tot der Ort ist.«

Schweigen breitete sich zwischen ihnen aus, dann atmete Rick tief ein. »Auch die Ruhe kann ihren Reiz haben. Habe ich das vorhin richtig gesehen? Du hast da drüben eine Kanzlei? Ich dachte, du wärst längst in Seattle oder San Diego oder sonst wo, läufst im Anzug herum und fährst einen Porsche.«

»Klar, ursprünglich wollte ich weg, aber Pläne ändern sich. Mal sehen, was die Zukunft bringt.« Er zwang sich zu einem Lächeln. »Wenigstens sagt hier niemand was, wenn ich in Jeans und T-Shirt im Büro sitze.« ... *und warte, dass der Tag endlich vorbei ist.*

Der Blick seines Freundes wurde intensiver. Das war nicht gut. Schon als Kind hatte Rick ihn mühelos durchschaut. So manches Mal hatten Ash und Paul sich beklagt, dass der Blick seiner grünen Augen so durchdringend sein konnte wie ein Laserstrahl. Zum Glück erschien in diesem Moment Rosie.

Sie stemmte die Hände in die Taille. »Es tut gut, euch wieder zusammen zu sehen. Nun fehlt nur noch Ash. Was darf's denn sein?«, fragte sie an Paul gerichtet. »Wie immer?«

Er nickte. Während Scout sofort verwöhnt wurde, musste er warten, bis es Rosie passte. Sie hatte zwar ihre Besonderheiten, war aber eine Frau mit dem Herz auf dem rechten Fleck. Statt in die Küche zu eilen und seinen Hamburger mit einer Extraportion Röstzwiebeln und Bacon vorzubereiten, blieb sie neben dem Tisch stehen. Ihre Wangen waren gerötet, die blauen Augen glänzten. Sie zielte mit dem Zeigefinger auf Rick. »Ich will euch wieder wie früher lachen sehen. Ist das klar? Und ihr seid nun auch alt genug, um euch eine vernünftige Frau zu suchen und eine Familie zu gründen. Aber dafür solltet ihr vorher noch mal zum Friseur. Ihr lauft ja rum wie die Hippies. Habt ihr mich verstanden?«

Ein verschmitztes Grinsen zuckte flüchtig in Ricks Mundwinkel, während er sich lässig an die Stirn tippte. »Aye, Ma'm.«

Seine zurückhaltende Reaktion alarmierte Paul. Früher hätte Rick laut gelacht und wortreich gekontert, wenn Rosie einen ihrer berüchtigten Auftritte hinlegte und die ewig gleiche Leier anstimmte. Sie selbst war seit über zwanzig Jahren Witwe und hatte sich seit dem Tod ihres Mannes niemals wieder auf eine Beziehung eingelassen. Das hinderte sie jedoch nicht daran, jeden Single unter die Haube bringen zu wollen, der ihren Weg kreuzte.

Überhaupt wirkte Rick im Vergleich zu früher viel ernster, darüber konnten auch die längeren Haare nicht hinwegtäuschen. Die schwarzen Strähnen fielen ihm bis in den Nacken und waren somit deutlich länger als Pauls dunkelbraunes Haar. Was mochte während der Zeit bei den Marines mit seinem Freund passiert sein? Paul war nicht sicher, ob er das wirklich wissen wollte. Und warum waren sie eigentlich nicht enger in Kontakt geblieben? Gut zehn Jahre lang hatten sie sich aus den Augen verloren – oder, genauer gesagt, auf Mails beschränkt. Er korrigierte sich: Eigentlich war es wesentlich länger her als zehn Jahre, dass sie getrennte Wege eingeschlagen und begonnen hatten, sich voneinander zu entfernen. Ließ sich eine Freundschaft nach so langer Zeit wieder einfach so fortsetzen?

Kaum hatte sich Rosie abgewandt, seufzte Rick. »Einige Dinge ändern sich nie.«

»Vorsichtig, Kleiner«, ermahnte Rosi ihn, ohne sich umzudrehen, »ich kann immer noch gut hören, und ich habe eine sehr scharfe Soße in der Küche, die du bestimmt nicht probieren willst.«

Paul wartete, bis die Küchentür hinter ihr zufiel. »Verflixt. Man muss bei ihr immer noch aufpassen, was man sagt. Erinnerst du dich an …«

Er musste den Satz nicht beenden, zum ersten Mal lachte Rick. »Natürlich, wie könnte ich das vergessen. Der ganze Abend war versaut, weil mein Mund wie Feuer gebrannt hat.«

Es war eine dämliche Idee von ihnen gewesen, die Werbetafel mit einigen frechen, zweideutigen Sprüchen umzugestalten. Rosie hatte sich nichts anmerken lassen, aber ein höllisch scharfes Gewürz auf ihre Pommes geschüttet. Als die drei Jungs es bemerkt hatten, war es bereits zu spät gewesen. Nach Luft schnappend hatten sie mit hochroten Köpfen Unmengen Wasser in sich hineingeschüttet.

Rick verzog den Mund. »Ich denke lieber nicht drüber nach, wie lange das nun schon her ist.«

Paul nickte. Damals waren sie sechzehn oder siebzehn Jahre alt gewesen, es erschien ihm wie ein anderes Leben.

Die Küchentür flog wieder auf. Es war ihm ein Rätsel, wie Rosie sein Essen so schnell zubereiten konnte. Aber nicht nur vor ihm wurde ein Teller abgestellt: Vor Rick landete eine Schale mit Schokoladenpudding. »Du bist zu dünn. Der geht aufs Haus, und wehe, du isst nicht auf!«

Sie verschwand wieder, ehe einer von ihnen etwas sagen

konnte. Paul grinste. »Ich glaube, es ist sicherer, wenn du tust, was sie will.«

»Denke ich auch, und das Opfer hält sich schließlich in Grenzen.« Rick probierte einen Löffel und gab ein undefinierbares Geräusch von sich. »Wirklich, ein sehr kleines Opfer. Das Zeug ist köstlich.«

Paul betrachtete seinen Hamburger. »Solltest du es nicht schaffen, wäre ich bereit, dir den Hintern zu retten.«

»Träum weiter.«

Eine Zeit lang aßen sie schweigend, dann vergaß Rick plötzlich seinen Pudding. Angespannt runzelte er die Stirn. Paul wollte sich gerade umdrehen, da stand Scout auf und knurrte leise. Draußen erklang lautes Bellen, das in ein Jaulen überging. Paul sprang auf, aber wenn er geglaubt hatte, ungewöhnlich schnell zu reagieren, so wurde er eines Besseren belehrt: Rick war bereits an der Tür und sprintete hinaus. Paul folgte ihm, wurde noch von Scout überholt, der sich an ihm vorbei aus der Tür drängte und ihn ins Stolpern brachte. Und immer noch hatte er keine Idee, was eigentlich los war. Wenige Meter entfernt parkte ein verrosteter Pick-up, davor stand ein Mann, und … okay, jetzt kannte er den Grund für die Aufregung, und der gefiel ihm überhaupt nicht. Mit zwei Sätzen war er bei dem laut bellenden Scout und packte ihn fest am Halsband. »Ganz ruhig, Großer.«

Rick schnellte vor und packte einen Mann im Karohemd fest am Arm, der gerade mit einer Kette auf einen großen schwarzen Hund einprügeln wollte, vermutlich nicht zum ersten Mal. Paul ging näher und ignorierte Scouts Knurren. Dann konnte er die blutigen Striemen im Fell des Hundes deutlich erkennen, und Wut kochte in ihm hoch.

Der Mann beschwerte sich bei Rick, versuchte sich loszureißen und griff mit der anderen Hand an seinen Gürtel. Ein

Messer. Paul zögerte keine Sekunde. Der Typ durfte die Waffe nicht in die Hand bekommen! »Zurück, Rick. Scout, fass!«

Zu seiner Überraschung wich Rick tatsächlich zurück, wenn auch mit offensichtlichem Widerwillen, und als Paul seinen Hund losließ, flog er förmlich auf den Tierquäler zu. Der vergaß sein Messer, stolperte noch einen Schritt rückwärts und ging dann zu Boden. Scout ragte über ihm auf, die Zähne nur Millimeter von der Kehle des Mannes entfernt.

»Ich würde mich jetzt nicht bewegen«, empfahl Paul. »Das mit dem Griff zum Messer war ein ganz böser Fehler.«

Rick schien trotz des Sprints nicht einmal außer Atem zu sein, er kniete neben dem Hund, der sich zitternd duckte, sich aber von ihm berühren ließ. Der kurze Blick, den sein Freund dem Fremden zuwarf, jagte Paul trotz des warmen Sonnenlichts einen kalten Schauer über den Rücken. »Danke, aber mit dem Zahnstocher wäre ich fertig geworden. Gibt es hier einen Tierarzt?«

Ricks Miene gefiel Paul überhaupt nicht. Er wirkte kalt, eiskalt, aber hinter der beherrschten Fassade schien eine ungeheure Wut zu brodeln.

»Ja, aber ich habe eine bessere Idee.« Paul zögerte kurz. Die Situation gefiel ihm nicht. Der Besitzer des Hundes lag immer noch am Boden, Scout über ihm. Aber da war das andere Tier, das sich nur mühsam auf den Beinen hielt und offenbar Hilfe brauchte. Und zwar sofort und nicht erst nach Klärung von Fragen, die warten konnten. Ricks Miene spiegelte Entschlossenheit wider, und die Art, wie er den Hund streichelte und beruhigend auf ihn einredete, sprach für sich.

Paul holte seine Autoschlüssel aus der Hosentasche. »Ich hole meinen Wagen und fahre dich und den Hund zu Inga. Sie ist mindestens so gut wie der Tierarzt, und bei ihr können wir sicher sein, dass sie sofort helfen kann. Bei Simpson weiß man nie, ob er sich gerade in der Praxis aufhält oder in der Klinik, und die ist gut zwanzig Meilen entfernt.«

Er wollte zu seinem Wagen auf der anderen Straßenseite sprinten, aber in diesem Moment näherte sich mit rotierenden Blaulichtern ein Streifenwagen. Aus dem Diner kam Rosie gestürzt. »Ich habe sicherheitshalber den Sheriff alarmiert«, rief sie ihnen zu.

Paul rollte mit den Augen. Auch wenn er sie verstand, gebrauchen konnte er diese zusätzliche Komplikation nicht. Nun bellte auch noch Scout, und der Tierquäler war dumm genug, sich gegen den Hund zur Wehr zu setzen. Das reinste Chaos …

Paul hielt Rick den Schlüssel hin. »Ich kläre das hier. Sorg du dafür, dass der Hund behandelt wird. Der schwarze Jeep auf der anderen Straßenseite.« Paul drehte sich zu Scout und dem Mann um. »Hat der Hund auch einen Namen?«

»Scheißtöle! Und nun ruf dein Mistvieh zurück, oder du hast eine Anzeige am Hals.«

»Irrtum, die bekommst du von uns, und nun halt die Klappe, ehe Scout sauer wird.«

Eigentlich war es ein beachtliches Risiko, sich darauf zu verlassen, dass sich Scout auf ihr Training besann und dem Mistkerl nicht die Kehle durchbiss. Aber was sollte er sonst tun? Paul ging dem Sheriff entgegen. »Ich erkläre dir alles. Aber Rick fährt mit dem verletzten Hund schon mal zu Inga. Die Wunden sehen übel aus und müssen sofort behandelt werden.«

Das war zwar etwas übertrieben, aber sein Instinkt sagte ihm, dass Rick möglichst schnell viel Abstand zwischen sich und den Tierquäler bringen sollte. Obwohl er beruhigend auf den Hund einredete, den er trotz dessen bestimmt vierzig Kilo scheinbar mühelos auf dem Arm trug, wirkte Rick wie eine Bombe, die jeden Moment hochgehen konnte. Dass das Messer kein Problem gewesen wäre, glaubte Paul ihm sofort und er fragte sich wieder, was sein Freund in den letzten Jahren wohl durchgemacht hatte.

Paul war mit Sheriff Winston Morgan befreundet, und oft half er ihm dabei, kleinere Streitigkeiten zwischen Bewohnern des kleinen Orts beizulegen. Meistens reichte bei diesen Auseinandersetzungen ein Hinweis auf die Gesetzeslage, um für Ruhe zu sorgen. In einer Handvoll Fälle war Paul auch als Strafverteidiger aufgetreten, hatte aber auch da problemlos mit seinem Freund zusammengearbeitet. Winston sah kurz Rick nach und deutete dann auf Scout. »Ruf ihn zurück.«

Paul pfiff. Scout hob den Kopf und kläffte. Seufzend pfiff Paul noch einmal, nun energischer. Mit einem dumpfen Grollen ließ Scout von seinem Opfer ab, trottete zu Paul und setzte sich neben ihn. Paul zeigte auf den Mann. »Er hat seinen Hund mit einer Kette verprügelt. Das Tier blutete am Rücken, und ich glaube, mindestens ein Hinterbein hat auch ordentlich was abbekommen. Als wir ihn davon abhalten wollten, seinen Hund so zu behandeln, hat er zu seinem Messer gegriffen und wollte auf uns losgehen. Da habe ich Scout gebeten, ihn daran zu hindern.«

Bei dieser Formulierung grinste Winston breit, und die fast kalte Distanziertheit, die er so häufig ausstrahlte – wahrscheinlich, weil es bei seinem Job oft nötig war –, verschwand aus seinen blauen Augen. Er nahm den Hut ab und fuhr sich durchs verschwitzte Haar, das schon eine stattliche Anzahl grauer Strähnen aufwies. »Und du hast verdammtes Glück, dass Scout gehorcht hat. Das hätte sonst ziemlichen Ärger gegeben.«

»Ach was, ich weiß ja, wie gern du Leute hast, die so mit ihren Tieren umgehen.«

»Stimmt auch wieder.« Winston sah erst zum Pick-up hinüber, dann zu dem Mann, der sich fluchend aufrappelte. »Ihre Papiere«, forderte er.

»Warum? Ich bin hier das Opfer. Kümmern Sie sich lieber um diesen wild gewordenen Kerl mit seinem Köter!«

»Erstens, weil ich der Sheriff bin, und zweitens, weil mir die Kette da auf dem Boden genug sagt. Sie sind fällig, Mister. Und ganz nebenbei spreche ich hiermit ein Hundehaltungsverbot gegen Sie aus. Der Hund bleibt bei …« Winston sah Paul an. »Kannst du ihn erst einmal aufnehmen?«

»Klar, aber nur, falls Rick ihn wieder rausrückt.«

»Wird er vermutlich nicht tun, so wie er eben davongerast ist.«

Also war Winston nicht entgangen, dass Rick mit deutlich überhöhter Geschwindigkeit losgefahren war. »Das war ein medizinischer Notfall«, verteidigte Paul ihn.

»Schon klar, Anwalt.«

»Das könnt ihr nicht machen!«, mischte sich der Tierquäler ein. »Der Köter ist reinrassig und hat ein Vermögen gekostet.«

»Reinrassig?«, hakte Paul nach. »Von wem stammt er ab?«

»Xantor. Und deswegen will ich ihn zurückhaben.«

Paul pfiff leise durch die Zähne. Auch Scouts Vater hieß Xantor. Vom Alter her könnten die Hunde Brüder aus demselben Wurf sein. Mehr Aufschluss würde ihnen der Anfangsbuchstabe des Namens geben, der verriet, aus welchem Wurf der schwarze Hund stammte.

Winston war die Abstammung offensichtlich egal. Er stemmte die Hände in die Taille und berührte dabei unmissverständlich den Schlagstock, den er am Gürtel trug. »Und ich will Ihre Papiere sehen! Ansonsten können Sie zwei Tage in der Zelle verbringen und darüber nachdenken, wie man Tiere in *meiner* Stadt besser nicht behandelt! Und ehe Sie wieder protestieren: Es gibt fast nichts, was ich in dieser Stadt nicht machen kann. So weit alles klar?«

Das wirkte. Der Typ schwieg und schlich mit hängenden Schultern zur Fahrerkabine.

Winston sah ihm sichtlich zufrieden nach, ehe er sich wieder an Paul wandte. »Komm morgen mal bei mir im Büro vorbei, damit wir die Anzeige aufnehmen und die Eigentumsverhältnisse klären können, was den Hund betrifft.«

»Geht klar. Können wir gehen?«

»Logisch. Grüß Rick von mir. Dann fehlt ja nur noch Ash, und das alte Trio infernale ist wieder komplett.«

»Hey, übertreib mal nicht, so schlimm waren wir auch wieder nicht.«

Winston hob lediglich eine Augenbraue, und Paul zog es vor, das Thema nicht zu vertiefen.

Da Rick seinen Wagen genommen hatte, musste Paul zu Fuß gehen. Ingas Pension lag am Ende des Ortes. Sämtliche Zimmer hatten einen atemberaubenden Blick über die Bucht, die Heart Bay ihren Namen gegeben hatte. Ein Hotel in dieser Lage wäre vermutlich ständig ausgebucht gewesen, aber Inga nahm nur handverlesene Gäste auf – und verletzte Tiere. Ihre Eltern stammten aus Skandinavien, woher genau, hatte Paul vergessen, aber schon ihr Vater hatte die Gabe besessen, Tiere zu beruhigen und zu heilen. Wenn Paul ehrlich war, vertraute er Inga mehr als dem Tierarzt.

Scout rannte um ihn herum und schnappte immer wieder spielerisch nach der Tüte in Pauls Hand. Rosie hatte es sich nicht nehmen lassen, ihm als Ersatz für das kalt gewordene Essen etwas einzupacken. Aus der Tüte stieg der köstliche Geruch nach Apfelkuchen und etwas Gegrilltem. Paul widerstand nur mühsam der Versuchung, mit Scout zum Strand zu laufen und dort zu essen. Obwohl ihm der verletzte Hund leidtat, begrüßte er den Zwischenfall beinahe. Nach Ewigkeiten fühlte er sich endlich zum ersten Mal wieder energiegeladen und lebendig.

Ingas Haus kam in Sicht. Scout lief vor und blieb bellend vor der Haustür stehen. Paul beeilte sich, ihm zu folgen. Niemand kam, um ihm zu öffnen. Stattdessen erklang plötzlich eine laute, befehlsgewohnte Stimme: »Hinten im Garten!«

Das war Inga, die schon ihre sieben Kinder stets ordentlich im Griff gehabt hatte. Inzwischen lebten sie über mehrere Staaten verteilt, aber Paul zweifelte nicht daran, dass sie alle regelmäßig bei ihrer Mutter anriefen und brav Bericht über ihr Leben erstatteten.

Der Anblick, der ihn erwartete, überraschte ihn nicht. Er hatte es schon erlebt, dass Inga eine Katze auf ihrer besten Quiltdecke zusammenflickte, ohne sich um Flecken auf dem Stoff zu scheren. Der schwarze Hund lag auf einer Gartenliege, unter ihm eine flauschige Decke. Direkt neben seinem Kopf hockte Rick. Eine Hand auf dem Fell des Hundes, redete er leise auf ihn ein.

Scout streckte sich gähnend neben Inga aus, die mit kleinen Stichen eine Wunde am Rücken des schwarzen Hundes nähte. Sie sah nicht hoch. »Es ist gut, dass ihr hergekommen seid. Shadow braucht vor allem Liebe, körperlich geht es ihm ganz gut. Er ist ein Prachtkerl und hat die Spritze weggesteckt, ohne mit der Wimper zu zucken.«

Vermutlich hatte der arme Hund schon viel Schlimmeres erlebt als eine kleine Betäubungsspritze. Aber das sagte Paul lieber nicht. »Heißt er Shadow?«

Rick nickte, aber seine Aufmerksamkeit galt weiter dem Hund. »Der Name steht auf seinem Halsband.«

»Dann stammt er bestimmt aus demselben Wurf wie Scout – die beiden sind Brüder.«

Ricks Kopf fuhr hoch. »Ernsthaft?« Er blinzelte. »Was hat

der Sheriff gesagt? Ich lasse nicht zu, dass der Mistkerl ihn wieder in die Hände bekommt.«

In Ricks Miene lag etwas, das Paul nicht gefiel. Er wollte lieber nicht wissen, zu welchen Mitteln Rick greifen würde, um Shadow zu schützen, wenn es nötig wäre. Aber zum Glück war es das nicht.

»Das würde Winston nicht zulassen. Die Formalitäten regeln wir morgen. Jetzt ist nur wichtig, dass der Kerl keinen Hund mehr halten darf. Wir können es uns aussuchen: Entweder kommt Shadow mit zu dir oder zu mir.« Paul lächelte. »Es sieht bei euch aus wie Liebe auf den ersten Blick, sodass die Frage wohl überflüssig ist.«

Rick nickte wieder, war aber sichtlich verwirrt. »Klar nehme ich ihn, aber … ich hatte noch nie einen Hund. Was mache ich mit ihm, damit er so wird wie Scout? Und was braucht er? Ein Körbchen?«

Paul konnte ein Lachen gerade noch zurückhalten, das Rick vielleicht falsch aufgefasst hätte. »Das wird sich alles finden, und ich helfe dir dabei.«

Der Kaffee war zu heiß, dennoch nahm er einen Schluck und genoss den Schmerz. Nach all den Jahren Rick und Paul wieder zusammen zu sehen, war ein Schock gewesen. Jetzt fehlte nur noch Ash, und er hatte womöglich ein ernsthaftes Problem. Ein falsches Wort konnte ausreichen, um bei den drei Jungs Erinnerungen auszulösen, die fatale Folgen hätten. Das musste er verhindern. Die drei Freunde konnten alles zerstören, was er sich in den letzten Jahren aufgebaut hatte. Dabei hatte er nur einmal der dunklen Seite in ihm nachgegeben, und genau genommen war es nicht seine Schuld gewesen. Iris hätte niemals so reagieren dürfen. Was hätte er denn tun sollen? Einfach zur Tagesordnung übergehen? Niemals! Die Schlampe

19

hatte bekommen, was sie verdient hatte. Eigentlich war es sogar zu schnell gegangen, sie hatte viel zu kurz gelitten. Für das, was sie ihm angetan hatte, wären Stunden voller Höllenqualen gerechtfertigt gewesen. Dazu war es leider nicht gekommen. Schon damals hatten Paul, Ash und Rick seine Pläne durchkreuzt. Noch einmal würde das nicht geschehen.

Iris war sein erstes und bisher einziges Opfer gewesen, aber wenn er einmal getötet hatte, konnte er es auch wieder tun. Paul und Ash waren sowieso keine ernsthaften Gegner – Paul war ein verweichlichter Schreibtischhengst, und Ash konnte man noch weniger ernst nehmen. Rick war als Ex-Marine ein anderes Kaliber, aber auch mit ihm würde er fertig werden.

Er fuhr sich durchs verschwitzte Haar und trank einen weiteren Schluck Kaffee. Vermutlich war es ein Fehler, die drei noch immer als Jungs zu betrachten. Sie waren zu Männern herangewachsen, wenn auch, abgesehen von Rick, nicht zu besonders beeindruckenden. Er stellte den Kaffeebecher ab und nahm ein Blatt Papier vom Schreibtisch. Wenn er die Zahlen richtig interpretierte, stand auch Ashs Rückkehr unmittelbar bevor. Allerdings wussten Paul und Rick nichts von den Schwierigkeiten, in denen ihr Freund steckte. Er warf das Schreiben zurück. Verdammtes Pech. Er war davon ausgegangen, dass die Freundschaft der Männer längst Geschichte wäre und sie sich aus den Augen verloren hatten. Aber soweit er es beurteilen konnte, hatten Paul und Rick erstaunlich vertraut miteinander gewirkt. Damit hatte er nicht gerechnet.

Trotzdem machte er sich wahrscheinlich völlig umsonst Sorgen. Er würde vorgehen wie immer, beobachten und bei Bedarf zuschlagen. Rick würde er, wenn nötig, sicherheitshalber aus dem Hinterhalt erledigen, Ash und Paul konnte er ebenso gut von Angesicht zu Angesicht gegenübertreten. Die Vorstellung gefiel ihm. Er trank seinen Kaffee aus. »Ich habe euch im

Blick, Jungs. Nur ein falsches Wort zur falschen Zeit, und ihr seid endgültig und unwiderruflich Geschichte.«

Die Entscheidung war gefallen, und er würde nicht länger darüber nachgrübeln, aber anders als bei Iris verspürte er nun doch einen kurzen Anflug von Bedauern. Dennoch würde er tun, was getan werden musste, und sie töten. Alle drei. Es gab keine Alternative.

2

Sabrina Hollister ging in Gedanken ihre Checkliste durch. Sie hätte sich die Punkte doch aufschreiben sollen. Es waren einfach zu viele, aber die wichtigsten hatte sie immerhin im Kopf. Ihre Papiere lagen sicher in der Handtasche. Die zwei Koffer mit den nötigsten Sachen befanden sich im Kofferraum ihres Wagens. Das Gepäck ihres Sohnes hatte sie auch schon verstaut. Ihr altes Handy lag auf dem Küchentisch. Das neue steckte in ihrer Hosentasche, die Zieladresse hatte sie bereits ins Navigationsprogramm des Smartphones eingegeben. Damit blieb nur noch … das Gespräch mit ihrem Sohn. Noch glaubte Joey, dass er ins Feriencamp fahren würde. Seine Vorfreude hielt sich in Grenzen.

Sabrina konnte beim besten Willen nicht abschätzen, wie er auf ihre Neuigkeit reagieren würde. Der Umschlag mit den Scheidungspapieren lag wie ein Mahnmal auf der Arbeitsplatte aus Granit. Die Küche würde sie vermissen. Mit ihrem eigenen Geld konnte sie sich eine solche Luxusausstattung nie leisten, aber dafür wäre sie frei. Endlich. Sie würde wieder eigene Entscheidungen treffen können, ohne Rücksicht auf Malcolm.

Allein der Gedanke an ihren Mann – sie korrigierte sich: Exmann – ließ sie seufzen. Vor dem Gespräch mit ihrem Sohn brauchte sie dringend eine Stärkung. Nichts sprach dagegen, noch einmal die Kaffeemaschine zu benutzen. Die würde sie am meisten vermissen – es würde lange dauern, bis sie sich ein Gerät für über tausend Dollar leisten konnte. Bis dahin musste sie sich eben wieder mit Filterkaffee begnügen. Sabrina stellte den Becher in die Maschine und hörte, wie die Bohnen zermahlen wurden. Köstliches Kaffeearoma stieg ihr in die Nase. Ihr Blick fiel auf die Teebeutelsammlung ihres Mannes. Exmannes. So ein Banause, er wusste wirklich nicht, was er an der Maschine hatte, sondern betrachtete sie lediglich als ein weiteres Statussymbol.

Ein Gedanke kam ihr. Die Gespräche mit ihrer Anwältin schossen ihr durch den Kopf. Sie verzichtete eigentlich auf alles, was ihr zustand. Wieso sollte sie da nicht … Ausreichend Platz war noch im Kofferraum, und so schwer war die Maschine nicht. Der letzte Tropfen Kaffee floss in den Becher. Ihre Entscheidung stand fest: Die Maschine gehörte ihr. Malcolm konnte sich problemlos eine neue kaufen. Genug Geld hatte er ja. Sie seufzte.

Geld, damit hatte alles angefangen. Im Prinzip war es wie mit dem Kaffee. Sie hatten mit Filterkaffee begonnen und waren glücklich gewesen. Als der teure Kaffeeautomat bei ihnen einzog, war ihre Ehe schon am Ende gewesen, sie hatte es nur nicht zugeben wollen. Auf die ersten guten Jahre waren schreckliche Jahre gefolgt, in denen sie besser viel früher den Schlussstrich gezogen hätte. Aber darüber würde sie nicht länger nachdenken. Die Vergangenheit konnte sie nicht ändern, die Zukunft schon. Und heute war der Tag, an dem diese Zukunft anfing.

Sabrina ballte die Hand zur Faust, zwang sich dazu, sich wieder zu entspannen, und nippte an ihrem Kaffee. Ein neues Leben lag vor ihr und ihrem Sohn. Sie sah auf den Umschlag. Es war nicht ihre Schuld, dass Malcolm sie nicht ernst genommen hatte. Von wegen hysterischer Anfall. Sie wusste endlich genau, was sie zu tun hatte. Und dazu gehörte leider auch das Gespräch mit ihrem Sohn. Kein weiterer Aufschub!

Einmal tief durchatmend, den Kaffeebecher in der Hand wie einen Rettungsring, ging sie zum Kinderzimmer. Lärm drang an ihr Ohr, und sie verdrehte die Augen. Mit den stundenlangen Computerspielen wäre nun auch Schluss, stattdessen sollte Joey mit Freunden am Strand oder im Wald spielen. Das war das Richtige für einen zehnjährigen Jungen, nicht die Dauerberieselung durch all die elektrischen Geräte, die er von seinem Vater geschenkt bekommen hatte. Sie klopfte und öffnete sofort die Tür.

»Jetzt nicht, Mom. Nach dieser Runde!«

Er klang schon wie sein Vater, obwohl er den kaum sah. Zum Glück hörte da die Ähnlichkeit auch schon auf. Joey hatte ihre blauen Augen geerbt, nur sein Haar war deutlich dunkler als ihre hellblonden Strähnen. Er war nicht mal ansatzweise das Ebenbild seines Vaters.

Sabrina trat näher. »Jetzt«, verkündete sie und nahm ihrem Sohn die Maus einfach aus der Hand. Ihren Kaffeebecher stellte sie mit einem dumpfen Knall neben die Tastatur.

Verblüfft sah er sie an, vergaß sogar, sich über den Diebstahl der Maus zu beschweren. Sie hockte sich neben den Schreibtischstuhl und griff nach seiner Hand. »Sorry, Kleiner, aber wir müssen reden.«

»Worüber denn?«

»Ich weiß, ich hätte es dir vorher sagen sollen, aber wir fahren jetzt los. Zu Tante Inga. Vergiss das Camp, ich habe dich da schon abgemeldet.«

»Tante Inga? Die hast du mal erwähnt, die wohnt doch am Ende der Welt. Gibt es da Internet?«

Sabrina verkniff sich ein Lachen. »Ich denke schon, denn ich habe mit ihr viele Mails gewechselt.«

»Gut. Und wie lange bleiben wir da? Zwei Tage?«

»Nein, länger. Für immer.«

Joey öffnete den Mund und klappte ihn wieder zu. »Wow. Echt jetzt?«

»Ja, echt.«

»Keine Streitereien mehr mit Papa? Der bleibt doch bestimmt hier, weil er arbeiten muss, oder? Ich meine, Zeit für 'nen Urlaub hatte er ja auch nie.«

Sie schluckte und kämpfte gegen aufsteigende Tränen an. Was mochte der Junge gelitten haben? Und warum hatte sie das nicht vorher bemerkt? »Er wird dich bestimmt mal besuchen kommen. Aber erst einmal sind nur wir beide bei Tante Inga.«

»Dann lasst ihr euch scheiden? Steves Vater sollte ihn auch regelmäßig besuchen, macht er aber nur ganz selten.«

Es wäre zu kompliziert gewesen, ihm zu erklären, dass die Scheidung rechtlich schon durch war. »Ja, wir lassen uns scheiden, und ich weiß nicht, wie es sein wird, Joey. Ich möchte dir auch nichts Falsches versprechen.«

Stumm sah er sie an. Er umklammerte ihre Hand, blinzelte. »Wow«, wiederholte er, dann entriss er ihr die Hand. »Wie lange weißt du das schon? Warum sagst du mir das jetzt erst? Ich bin doch kein Baby mehr!«

Ernst erwiderte sie den anklagenden Blick. Ein paar mehr Details würde sie ihm wohl doch erklären müssen. »Meine Anwältin hat mich erst gestern Abend informiert, dass die Scheidung durch ist. Dein Vater war damit nicht einverstanden, und ich wusste nicht, wie es ausgehen würde. Erst als ich ganz sicher war, dass wir beide zusammenbleiben, du und ich, habe ich Inga gesagt, dass wir kommen, und das war gestern Abend um halb elf.«

»Gut, das verstehe ich.« Er stand auf und sah sich in seinem Zimmer um. Schwerfällig erhob auch sie sich. Wann war er nur so groß geworden? Er reichte ihr schon bis zum Kinn. Sie konnte seinen Gesichtsausdruck nicht ganz deuten. Auch das war neu. Sie glaubte, Neugier zu erkennen, Aufregung, aber auch Erleichterung.

»Ich packe dann noch schnell meinen Rucksack. Können wir unterwegs bei einem McDonalds und einem Dunkin' Donuts anhalten?«

»Natürlich. Und nimm dir so viel Zeit, wie du brauchst.«

»Geht gleich los. Sind ja nicht viele Sachen, die ich wirklich brauche.« Joey klappte sein Notebook zu, ohne sich damit aufzuhalten, den Computer herunterzufahren. Das Gerät landete zusammen mit den Kabeln, der Tastatur und der Maus in seinem Rucksack. Es folgten Sealy, der Seehund aus Plüsch, der jede Nacht in seinem Bett schlafen musste, und zwei Taschenbücher. »Was ist mit dem Rest? Bleibt das alles hier?«

»Nur für kurze Zeit. Das lassen wir uns später von einem Umzugsunternehmen nachschicken.«

Joey grinste schief. »Schade, und ich dachte, ich werde so meine Schulsachen los.«

»Du bekommst neue. Wir suchen eine nette Schule in der Nähe von Heart Bay für dich.«

»Na super, da bin ich dann der doofe Neue.«

»So schlimm wird es nicht werden, und ich glaube, nein, ich bin *überzeugt*, dass dir die Kinder dort besser gefallen werden und du einen richtigen Freund finden wirst.«

Hoffnung leuchtete in seinen blauen Augen auf. Der Anblick fuhr ihr direkt ins Herz. Sie hätte Joey niemals so lange auf diese dämliche Privatschule gehen lassen dürfen.

Er griff nach ihrer Hand. »Mom? Besteht dann eine Chance, dass ich auch einen Hund bekomme?«

»Ja, sobald wir uns eingerichtet haben und unser eigenes Haus haben, werden wir sehen, ob wir nicht unbedingt einen Hund brauchen.«

Er umarmte sie fest, und wieder musste Sabrina schlucken. So erwachsen er sich häufig auch gab und trotz seiner manchmal etwas altklugen Art war er doch noch ein Kind, und es wurde höchste Zeit, dass er sich auch wie eins benahm. Durch ihr Zögern, endlich etwas zu ändern, hatte sie gute Aussichten auf den Titel »Rabenmutter des Jahres«, aber sie würde es wiedergutmachen.

Als Joey sein Handy einstecken wollte, hielt sie ihn davon ab. »Lass das hier. Ich habe dir ein neues gekauft, deine Daten habe ich auch schon heute Nacht überspielt und die Nummer von Steve. Sag ihm nicht, wo wir sind, aber du kannst ihn ruhig über Facebook und WhatsApp kontaktieren.«

Es hatte ihr das Herz gebrochen, dass auf seinem alten Handy nur ein einziger Kontakt gespeichert war. Steves Mutter mochte sie nicht besonders, während sein Vater ihr durchaus nett vorgekommen war – bis das Gerücht die Runde machte, dass er seine Frau mit einer Sekretärin betrogen hatte. Seitdem schien er vergessen zu haben, dass er einen Sohn hatte. Da Malcolm sich nicht für Joeys Freund interessiert hatte und, soweit sie wusste, Steves Eltern nicht kannte, hielt sie es für unproblematisch, wenn ihr Sohn wenigstens mit dem Jungen in Kontakt blieb.

Joey drehte das neue Smartphone in der Hand. »Facebook ist was für alte Leute wie dich, Mom.«

»Na danke auch, dann eben WhatsApp, aber noch so ein Spruch, und …« Sie fletschte drohend die Zähne.

Kichernd winkte Joey ab. »'tschuldige. Auch wenn's cool ist, warum denn ein neues?«

»Weil man Handys orten kann. Weißt du …« Sabrina atmete tief durch. Sie würde ihr neues Leben nicht mit einer Lüge beginnen. »… dein Vater nimmt die ganze Sache mit der Scheidung nicht ernst. Ich möchte, dass wir uns erst einmal in unserem neuen Zuhause einleben, ehe er dort auftaucht und die Streitereien von vorn beginnen. Ich schicke ihm Mails, aber so, dass er nicht sofort weiß, wo wir sind. Das ist nicht böse gemeint, aber …«

Diesmal fasste Joey nach ihrer Hand. »Ich verstehe dich schon, Mom. Er ignoriert eben alles, was nicht nach seiner Nase geht. Da passt es schon, dass er die Scheidung einfach ignoriert. Lass uns losfahren.«

Die treffende Charakterisierung ihres Exmannes und die viel zu erwachsene Formulierung für einen Zehnjährigen hätten sie fast doch noch zum Weinen gebracht. »Du hast recht, Joey, es ist nicht einfach mit ihm, aber du solltest dennoch wissen, dass er dich liebt. Er kann das nur nicht so gut zeigen.«

»Schon klar. Oh, warte mal, eine Sache noch …« Mit seinem Rucksack in der Hand rannte er davon. Sabrina folgte ihm nicht, sie brauchte dringend einen kurzen Augenblick, um ihre Fassung zurückzugewinnen. Selbstvorwürfe, weil sie so lange gewartet hatte, und Angst vor der Zukunft brachen über sie hinein. Entschieden riss sie sich zusammen. Sie war alles wieder und wieder durchgegangen und tat nun endlich das Richtige.

Außer Atem kehrte Joey zurück. Und das nach dem kurzen Sprint. Sabrina notierte sich gedanklich einen weiteren Punkt: Sport hatte in dieser dämlichen Schule nicht besonders weit oben auf der Prioritätenliste gestanden, aber sie würde schon dafür sorgen, dass er sich ab sofort ausreichend an der frischen Luft bewegte.

»So, jetzt habe ich alles. Wie groß darf denn der Hund sein?«

Typisch, ihr Sohn schaffte es auch in den schwärzesten Stunden noch, sie zum Lachen zu bringen. »Das werden wir festlegen, wenn ich weiß, wie groß unser Haus ist.« Sie hielt Daumen und Zeigefinger hoch und ließ dazwischen ungefähr vier Zentimeter Platz. »Vielleicht so.«

Joey lachte laut auf. »Mom! Das ist gemein. Aber eine Frage habe ich noch.«

»Was denn?«

»Findest du Meerschweinchen nicht auch unglaublich süß? Steve hat welche, und …«

Lachend hob Sabrina die Hände. »Eins nach dem anderen, aber ich mag Meerschweinchen tatsächlich, und …« Sie machte absichtlich eine Pause und wartete, dass Joey anbiss.

»Was? Nun rede schon, du bist so gemein!«

»Ich habe vergessen, Inga zu fragen, aber zumindest früher hatte sie im Garten immer ganz viele Meerschweinchen und gleich daneben noch Hasen.«

Joey jubelte, als ob er die Tiere schon vor sich sähe.

»Hey, langsam, Kleiner, ich weiß ja gar nicht, ob Inga sie immer noch hat.«

»Bestimmt. Wollen wir denn endlich los?«

Sabrina nickte. Eine Überraschung stand ihrem Sohn noch bevor, und sie war gespannt, wie er darauf reagieren würde. Sie ignorierte an der Garderobe ihre teuren Designerjacken, die zwar nett aussahen, aber total unpraktisch waren, und holte aus der hintersten Ecke ihre geliebte Allwetterjacke hervor. Durch das herausnehmbare Futter war sie sogar im Sommer perfekt, dennoch hatte Malcolm sie schon vor Jahren damit aufgezogen, dass sie in die Altkleidersammlung gehörte. Früher hatte er dabei liebevoll geklungen und sie nur geneckt, beim letzten Mal war es sein Ernst gewesen, und er hatte sich genauso arrogant angehört, wie er mittlerweile auch tatsächlich geworden war. Er schien völlig vergessen zu haben, wie sehr sie an dem Kleidungsstück hing und welche Erinnerungen damit verbunden waren.

Joey tastete nach ihrer Hand, als sie die Wohnung im obersten Stockwerk eines der teuersten Hochhäuser von San Die-

29

go verließen. Sie legte ihm einen Arm um die Schultern und schlug die Tür hinter sich zu. Niemand, der sie sah, wäre auf die Idee gekommen, dass sie nur mit Rucksack und Handtasche ausgerüstet und mit der Kaffeemaschine unterm Arm in ein komplett neues Leben starteten.

Der Aufzug brachte sie ohne Zwischenstopp direkt in die Tiefgarage. Automatisch ging Joey auf ihr Mercedes Cabrio zu, aber Sabrina hielt ihn zurück. »Der bleibt hier, Joey. Ich habe mir einen anderen Wagen ausgesucht. Einen, der besser zu uns passt.« *Besser als die viel zu große und unpraktische Angeberkiste, die Malcolm mir geschenkt hat.* Aber das sprach sie nicht aus, sie hatte sich geschworen, Malcolm gegenüber Joey nicht schlechtzumachen. Das erledigte ihr Exmann durch sein Verhalten schon von ganz allein.

Ihr Sohn sah sich suchend um und war so clever, sich dabei auf die Besucherparkplätze zu beschränken.

»Na, was glaubst du?«

»Ich würde den da nehmen. Der wäre mein Traumwagen, aber der ist bestimmt sauteuer.« Joey blickte begehrlich auf einen schwarzen Range Rover.

Sabrina grinste breit und drückte auf die Fernbedienung. Bei Joeys Traumwagen blinkten die Scheinwerfer auf. »Na, dann rein mit dir, Großer.«

»Echt? Wie genial ist das denn!«

Er sprintete zu dem Range Rover, der eigentlich viel zu teuer gewesen war. Aber es war Liebe auf den ersten Blick gewesen und ein unglaublich befreiendes Gefühl, den Kaufvertrag zu unterschreiben und das Fahrzeug mit ihrem eigenen Geld zu bezahlen. Sie nahm nur das mit, was sie in die Ehe mitgebracht hatte, aber das würde ihr und Joey eine ganze Weile reichen, solange sie ab sofort auf überflüssigen Luxus verzichteten.

Als sie auf den Fahrersitz kletterte, hatte Joey bereits sein neues Handy per Bluetooth mit dem Radio verbunden, und einer seiner Lieblingssongs dröhnte aus den Boxen.

Obwohl es in ihren Ohren klirrte, sagte sie nichts, sondern ließ ihm seinen Spaß. Er hatte die Neuigkeiten zwar nach außen hin erstaunlich gut weggesteckt, aber sie kannte ihn nur zu gut: Probleme machte er zunächst immer mit sich alleine aus. Mit seinen zehn Jahren war er schon Experte darin geworden, sich seine wahren Gefühle nicht anmerken zu lassen. Aber auch das stand ganz oben auf ihrer Liste der Punkte, die sie ändern wollte. Er sollte wieder Kind sein dürfen, und zwar eins, das ihrer Vorstellung eines Kindes entsprach und nicht den überzogenen Normen, die eine dämliche Schule vorgab, auf die nur verzogene und verwöhnte Gören gingen. Ein zehnjähriger Junge musste nicht wissen, wie man formvollendet einen Hummer verspeiste! Aber leider hatte ihr Exmann das anders gesehen, und ihr selbst war zu spät klar geworden, welche Schwerpunkte die Schule setzte. Vermutlich hatte sie diesen Auslöser gebraucht, um endlich aktiv zu werden. Malcolms wechselnde Freundinnen, die alle gleich blond und jung gewesen waren, hatten ihr ja offensichtlich nicht gereicht.

Sie rammte den Rückwärtsgang rein. In diesem Moment drückte Joey auf sein Smartphone, der Lärm änderte sich, und die melodischen Töne von Metallicas *Nothing else matters* erklangen. Er grinste sie an. »Besser?«

»Viel besser.« Und vor allem so zutreffend! Sie gab Gas. Ein neues Leben lag vor ihr und ihrem Sohn, nichts anderes zählte.

Joey starrte schon wieder auf sein Smartphone. »Das sind ja fast vierzehn Stunden Fahrt. Wir sind dann ja erst nach Mitternacht da.«

Sabrina freute sich darüber, dass er sich für ihr Ziel interessierte und es offenbar gegoogelt hatte. »Keine Angst, wir fahren heute nur bis kurz hinter San Francisco. Ich habe da ein nettes Hotel direkt am Strand gefunden, mit Ausblick auf Seehundbänke.«

»Super. Fahren wir auch über die Golden Gate?«

»Können wir machen, aber nur, wenn du mich auf den richtigen Weg bringst.«

»Mach ich, das ist für das Naviprogramm auf meinem Handy kein Problem. Mensch, das klingt alles richtig gut.«

Malcolm Hollister starrte auf das Foto, das in einem silbernen Rahmen auf seinem Schreibtisch stand. Seine Frau und sein Sohn lachten in die Kamera, hinter ihnen das Meer. Der Schnappschuss war ihm gelungen. Damals, vor sieben Jahren, war die Welt noch eine andere gewesen. Eine, an die er sich mit widersprüchlichen Gefühlen erinnerte. Vieles war leichter gewesen, aber er hatte auch vieles noch nicht besessen, ohne das er sich heute ein Leben nicht mehr vorstellen konnte. Wieso hielt er nur an diesem alten Foto fest? Der Junge hatte kaum noch Ähnlichkeit mit dem heutigen Joey, der mittlerweile rasend schnell aufs Teenageralter zusteuerte. Und Sabrina? Sie war … Verdammt, ihr hysterischer Auftritt am Morgen hatte ihm gründlich die Stimmung verdorben. Wobei er zugeben musste, dass sie eigentlich bemerkenswert ruhig geblieben war, aber all dieser Mist, den sie ihm erzählt hatte … Scheidung – die Verwendung des Wortes zeigte schon, dass sie hysterisch gewesen war! Man heiratete, man arrangierte sich miteinander, es musste nicht die große Liebe bleiben, aber man kündigte eine Ehe nicht einfach auf wie einen Handyvertrag, nur weil einem das eine oder andere mal nicht ganz passte. Sie kannte seinen Standpunkt. Und trotz ihres zunehmenden Gemeckers hätte er nicht gedacht, dass sie wirklich Ernst machen würde.

Oder hatte er sie vielleicht unterschätzt? Zu spät war ihm klar geworden, dass er diesen ominösen Umschlag, mit dem angeblich ihre Scheidung besiegelt worden war, besser mitgenommen hätte. Er beschäftigte genug Juristen, die den Inhalt überprüfen konnten. Scheidung? So ein Schwachsinn. Er konnte keine Scheidung gebrauchen. Eine intakte Familie war in seinem Job wichtig, das schuf Vertrauen.

Seufzend griff er zum Hörer und drückte die Schnellwahltaste für seine Assistentin. »Lassen Sie meiner Frau einen Blumenstrauß liefern. Mit einer Karte, irgendwas mit *Sorry* und *Ich liebe dich*. Der Kram darf ruhig etwas kosten. Sagen wir mal, fünfzig Dollar.«

Er wartete keine Antwort ab. Warum auch? Jessica würde tun, was er verlangte, und das schloss ausdrücklich auch eine entsprechende Massage ein, wenn er eine Entspannung brauchte. Wofür zahlte er ihr schließlich das fürstliche Gehalt?

Sein Smartphone meldete den Eingang einer Mail. Genervt rief er die Nachricht auf. Diese Mailadresse hatte er für besondere Aspekte seines Geschäfts reserviert. Er überflog die wenigen Zeilen, und plötzlich fror er, obwohl die Klimaanlage bestens funktionierte. Das FBI ermittelte gegen seinen engsten Geschäftspartner? Und gleichzeitig wollte sein Freund und Partner, dass sie ihre Schwarzgeldkonten zusammenzogen? Warum? Darüber musste er nachdenken. Aber zunächst musste er den aktuellen Kontostand seiner Offshore-Konten überprüfen.

Er stutzte und fluchte gleich darauf. Zum ersten Mal seit Jahren hatte er seinen Tablet-PC zu Hause vergessen. Das war ihm noch nie passiert. Aber gut, kein Problem, dann musste er das eben heute Abend organisieren. Aus gutem Grund hatte er nur auf diesem kleinen Gerät die verfänglichen Daten gespeichert, getarnt mit dem Namen einer harmlosen App, gesichert mit einem Passwort, das niemand außer ihm kannte, und zusätzlich noch verschlüsselt. Selbst das FBI würde sich an der Technik die Zähne ausbeißen.

Er sah auf die Uhr. Sein nächster Termin war erst nach dem Mittagessen. Plötzlich verspürte er eine ungewohnte Unruhe und änderte seine Pläne: Er würde schnell zu Hause vorbeifahren und das Tablet holen. Ohne Erklärung stürmte er an Jessica vorbei. Hatte Sabrina nicht vor Kurzem irgendwas davon gesagt, dass Joey gerade Ferien hatte? Hoffentlich waren die beiden unterwegs, auf eine Begegnung mit ihnen konnte er verzichten.

Als er die Tiefgarage seines Wohngebäudes erreicht hatte, fluchte er vor sich hin. Sabrinas Wagen stand auf ihrem Parkplatz, also war sie zu Hause. Das würde eine weitere Endlosdiskussion geben. Ungeduldig wartete er auf den Fahrstuhl und stürmte oben in die Wohnung. Überrascht blieb er stehen, als kein Laut an sein Ohr drang. Er spürte, dass er allein war. Sabrina und Joey zu Fuß unterwegs? Das war ungewöhnlich. In der Küche lag immer noch dieser verdammte Umschlag. Er schnaubte, eilte ins Arbeitszimmer und blieb dort abrupt stehen. Sein Tablet lag normalerweise zu Hause exakt am gleichen Platz auf dem Schreibtisch wie in der Firma, aber dort war es nicht. Auch das Ladekabel fehlte. Schweiß trat ihm auf die Stirn. Hatte Sabrina es mitgenommen? Aber warum? Sie konnte kaum ahnen, dass sie damit Zugriff auf ungefähr fünfzig Millionen Dollar hatte. Sein Hals war plötzlich wie ausgetrocknet. Für ihn selbst war das Geld nun außer Reichweite. Ein Albtraum. Er hatte es für eine gute Idee gehalten, ganz auf das kleine, unscheinbare Gerät zu setzen, und nun das. Neben der App, mit der er die Verbindung zur Bank herstellen konnte, waren auch sämtliche Kontonummern und vor allem die Zugangspasswörter darauf gespeichert. Ohne diese Informationen kam er an das Geld nicht ran. Er schluckte und überlegte fieberhaft, was er tun konnte. Sabrina! Er musste mit ihr reden.

Langsam ging er durch die Wohnung, fand aber nichts Auffälliges. Erst als er den leeren Schreibtisch im Kinderzimmer sah, begriff er, dass seine Frau und sein Sohn ihn verlassen hatten. Joey und sein Notebook waren untrennbar verbunden, war der Computer weg, galt das auch für seinen Sohn. Allem Anschein nach war seine Familie mitsamt dem Gerät verschwunden, das ihn ins Gefängnis oder ins Grab bringen konnte. Je nachdem, was Sabrina vorhatte. Aber woher wusste sie überhaupt, was es mit seinem Tab auf sich hatte?

Er begann zu schwitzen. Sein Geschäftspartner war nicht gerade für seine Geduld bekannt, und er schien Geld zu brauchen, das ihm auch zustand. Ihr recht freundschaftliches Verhältnis würde Malcolm nicht vor seiner Skrupellosigkeit retten. Es klingelte. Er rannte zur Tür. Vielleicht hatte er völlig falschgelegen, und die beiden waren nur zum Strand gegangen. Aber … weshalb mit dem Notebook? Und warum sollte Sabrina klingeln?

Er riss die Tür auf, ohne einen Blick auf den Überwachungsmonitor zu werfen, der jeden Besucher zeigte. Ein Bote in der Uniform einer Ladenkette stand vor ihm und hielt ihm einen prächtigen Blumenstrauß hin.

»Behalten Sie den Scheiß«, fuhr er den Mann an und knallte die Tür zu. Er musste Sabrina finden. Und herausbekommen, was sie wusste. Und sich vor allem den Minicomputer wiederbeschaffen. Nur … wo sollte er anfangen zu suchen? Ihre Familie war seit Jahren tot. Ihre Freunde kannte er nicht. Hatte sie überhaupt welche? Und was war mit Joey? Der Junge hatte doch bestimmt jemanden, einen besten Kumpel, mit dem er in Kontakt blieb. Leider hatte Malcolm keine Ahnung, wie der hieß. In der Schule konnte er nicht nachfragen, wenn wirklich

35

gerade Ferien waren. Ihm wurde bewusst, wie wenig er über die beiden eigentlich wusste. Langsam ging er durchs Haus. In der Küche bemerkte er nun Sabrinas Handy. Schade, das wäre sein nächster Gedanke gewesen, einfach ihre Nummer zu orten. Wut löste Überraschung und Ärger ab. Was bildete sie sich eigentlich ein? Sie hatte doch alles.

Sein Blick fiel auf den leeren Platz neben seinen Teebeuteln. Wenn er bis zu diesem Augenblick noch daran gezweifelt hätte, dann wüsste er es spätestens jetzt besser. Seine Frau war weg und hatte die Kaffeemaschine mitgenommen. Kurz schoss ihm durch den Kopf, wie begeistert sie von dem Gerät gewesen war. Damals … als sie noch … er ignorierte den kurzen Stich des Bedauerns. Heute war sein Leben anders, und zwar besser, und das in jeder Beziehung. Er griff nach dem Umschlag. Nun würde er sich die Papiere wohl doch durchlesen und danach mit seinem Geschäftspartner telefonieren müssen. Beides würde kein Vergnügen werden.

3

»Bist du sicher, dass wir hier richtig sind? Das sieht nicht nach dem Pazifik aus.« Joey blickte abwechselnd auf den dichten Wald, der die Straße umgab, und auf sein Smartphone. »Es wird langsam dunkel, und der Empfang ist weg. Nur GPS funktioniert noch.«

Er klang ängstlich. Sabrina ging es nicht anders. Seit Ewigkeiten hatten sie kein anderes Fahrzeug mehr gesehen. Nur hohe Bäume rechts und links, die mit der hereinbrechenden Dämmerung zusehends unheimlicher wurden.

»Es gibt nur diese Straße nach Heart Bay, und du hast sie doch selbst gefunden.«

»Ja, schon, aber es ist hier so anders als heute Morgen. Ich möchte wieder das Meer sehen. Und die Seehunde. Und die Wellen. Ich mag das hier nicht.«

Obwohl sie ihm recht gab, ließ Sabrina sich keine Unsicherheit anmerken. Vom viel befahrenen Oregon Coast Highway waren sie auf eine kleine Straße abgebogen, die sie direkt durch den Wald nach Heart Bay und damit wieder an den Pazifik führte. »Es gibt doch nur diese Straße. Wenn ich umkehren würde, wären wir in wenigen Minuten wieder auf dem Highway. Es ist nur noch ein Katzensprung bis zu unserem Ziel, und aus jedem Zimmer in Tante Ingas Haus kann man das Meer sehen. Versprochen. Sag mal, für wen musste ich denn etliche Male anhalten? Bei Kentucky Fried Chicken, bei Dunkin' Donuts und bei McDonalds! Hätte ich das nicht getan, wären wir schon da. Was sagt dein Navi?«

37

»Fünfundzwanzig Minuten. Aber mir gefällt es hier trotzdem nicht.«

Sabrina rollte demonstrativ mit den Augen. »Wenn ich unsere Stopps zusammenrechne, komme ich auf über eine Stunde, und das heißt …«

Endlich lachte Joey wieder. »Schon klar. Gibt es eigentlich einen McDonalds oder Burger King in Heart Bay? Meinetwegen geht auch ein Wendys.«

»Das glaube ich nicht, dafür ist der Ort zu klein, aber es gibt ein Diner, in dem es früher die besten Hamburger und Pommes gab, die du dir vorstellen kannst.«

»Echt?«

»Ganz sicher. Ich habe vergessen, wie der Laden hieß, aber den oder einen ähnlichen gibt's da bestimmt.«

»Na gut. Und hoffentlich auch schnelles Internet, hier geht gar nichts. Wenn wir liegen bleiben würden, könnten wir nicht einmal den Triple A anrufen.«

»Wieso sollten wir denn mit einem nagelneuen …« Zu spät sah Sabrina die Felsbrocken mitten auf der Straße. Sie riss noch am Lenkrad und schaffte es an dem größten Stein vorbei, dann rumpelte der Wagen fürchterlich, blieb aber in der Spur. Sabrina wollte gerade aufatmen, da spürte sie das leichte Schlingern.

»Mom? Was ist das?«

Sabrina ließ den Wagen am Straßenrand ausrollen. »Ein platter Reifen.« In ihren Ohren hallte noch Joeys Feststellung nach, dass sie den Automobilclub nicht via Handy erreichen konnten. Damit hatten sie ein Problem, denn sie konnte zwar vieles, aber ohne Ersatzreifen einen Reifen zu wechseln gehörte nicht dazu. Der Verkäufer hatte sie noch gewarnt, dass nicht einmal ein Reserverad zur Ausstattung des Wagens gehörte, und ihr die Anschaffung von Pannenspray empfohlen … das sie prompt vergessen hatte.

Als sie den Motor ausschaltete, wirkte die Umgebung noch unheimlicher. Es drangen kaum noch Sonnenstrahlen zu ihnen durch. Im Zweifel mussten sie es zu Fuß versuchen. »Wie viele Meilen sind es noch bis zu Tante Ingas Pension laut deinem Handy?«

»Zwölf. Das ist ganz schön weit.«

»Wir steigen erst einmal aus. Vielleicht haben wir draußen Empfang, oder wir sehen einen Hügel oder so etwas, auf dem das Handy wieder funktioniert.«

»Oder ich klettere auf einen Baum!«

Das dann wohl doch nicht. Aber auch außerhalb des Wagens blieben ihre Smartphones dabei, einen leeren Balken anzuzeigen, wo eigentlich mehrere Striche zu sehen sein sollten. Seufzend besah sich Sabrina erst den Schaden, dann die Steine. Granit. Verdammt scharfkantig, wie sie an ihrem aufgeschlitzten Reifen sehen konnte.

»Wieso liegt hier so ein Stein auf der Straße?«

Sabrina hatte den Grund schon entdeckt. »Komm mal hierher.« Sie zeigte ihrem Sohn eine Felswand, die von den Bäumen fast verborgen wurde. »Durch Wind oder Regen lösen sich da Felsen und poltern auf die Straße.«

»Ach, deshalb wurde vorhin überall vor Steinschlag gewarnt, und man sollte nicht zu schnell fahren.«

Das war ihr nun auch klar, aber nach einigen Meilen durch den Wald, nur von Bäumen umgeben, hatte sie daran überhaupt nicht mehr gedacht und Gas gegeben. Die viel wichtigere Frage war, was sie nun tun sollte. Sie ging zum Kofferraum, öffnete ihn und betrachtete ihre Koffer und Taschen. Wenn sie jetzt losliefen, würden sie bald in absoluter Dunkelheit die Straße entlangwandern müssen. Eine Taschenlampe hatte sie nicht eingepackt, und die Akkus ihrer Handys wären rasch leer, wenn sie die Telefone die ganze Zeit als Lichtquelle nutzten. Sie öffnete die Tasche mit dem Bordwerkzeug. Natürlich war keine Taschenlampe dabei, und was sollte der Schraubenschlüssel bringen, wenn der Wagen keinen Ersatzreifen hatte?

Joey kniff die Augen zusammen. »Ich glaube, ich höre was!«

Wenige Sekunden später nahm auch Sabrina das Motorengeräusch wahr. Ihre Erleichterung verflog, als sich ein verdreckter Pick-up näherte. Der Fahrer wurde langsamer, aber soweit sie erkennen konnte, war das kein Grund zur Freude. Der Mann hatte sich seit Tagen nicht rasiert, wirkte ungepflegt, und seine Kleidung war genauso verdreckt wie sein Wagen. Sie schluckte und griff nach dem Schraubenschlüssel.

Paul fluchte innerlich, als er seinen Wagen hinter dem Range Rover anhielt. Der platte Reifen sprach für sich, und die Gesteinsbrocken waren ja nicht zu übersehen gewesen. Typisch Touristen – nahmen die Warnungen nicht ernst und bekamen die Quittung dafür. Leider waren es stets Leute wie er, die den Mist ausbaden durften. Es war ein reizvoller Gedanke, einfach weiterzufahren, er wäre dann vermutlich erheblich früher zu Hause und im Bett. Aber er brachte es nicht fertig, die Frau und das Kind einfach stehen zu lassen, obwohl zumindest die Mutter es verdient hätte.

Nachdem er etliche Stunden bei Rick und Shadow in Ingas Pension verbracht und am Ende für seinen Freund alles Mögliche an Hundebedarf besorgt hatte, wollte er nur noch schlafen. Die Angst um den Hund, dem es plötzlich schlechter gegangen war, hatte sie die ganze Nacht wach gehalten. Er hatte Rick nicht mit seiner offensichtlichen Sorge um das Tier allein lassen können.

Erst am späten Vormittag hatte Inga Entwarnung gegeben, und er hatte zuerst mit Winston zusammen geregelt, dass Sha-

40

dow offiziell bei Rick bleiben durfte, und war danach einkaufen gefahren. Immer noch nagte die Wut an ihm, dass der frühere Hundebesitzer Shadow so heftig geprügelt hatte, dass der Hund gebrochene Rippen davontrug. Er hatte sich immer für einen friedlichen Menschen gehalten, aber mit dem Kerl war er noch nicht fertig. In Ricks Miene hatte er die gleichen Gedanken gelesen, und ihnen beiden zusammen würde schon noch etwas einfallen.

Aber eins nach dem anderen. Je schneller er den Wagen der blonden Touristin wieder flottgemacht hatte, desto eher war er bei Rick und danach zu Hause.

Er sprang aus dem Wagen. »Du bleibst hier«, befahl er Scout.

Paul stutzte, als die Frau den Jungen hinter sich schob, in einer Hand einen Schraubenschlüssel, den sie fest umklammerte. Er blieb stehen und fluchte innerlich schon wieder. Er hätte nicht anhalten sollen. Wofür hielt sie ihn eigentlich? Für einen Serienmörder auf der Suche nach dem nächsten Opfer? Sie sollte ihn besser nicht in Versuchung bringen, seine Stimmung war sowieso schon auf dem Tiefpunkt angelangt.

»Brauchen Sie Hilfe?«

Blondie schüttelte den Kopf.

»Mom?« Der Junge kam hinter seiner Mutter hervor. Er schien über mehr Intelligenz zu verfügen als die Frau. »Das stimmt doch gar nicht!«

Die Reaktion des Kindes brachte ihn zum Schmunzeln. Er grinste unwillkürlich. »Also, ich habe hier keinen Handyempfang. Wenn es Ihnen gelungen ist, den Automobilclub anzurufen, muss ich mir ja keine Sorgen machen. Und wenn Sie wissen, wie man mit dem Ding einen Reifen wechselt, auch nicht.«

»Wir haben gar keinen Ersatzreifen dabei«, platzte der Junge heraus. »Und Handy-Empfang haben wir auch nicht.«

Nun musste er sich das Lachen ernsthaft verkneifen.

»Joey!« Die Frau runzelte die Stirn. »Ich … also …«

Paul verdrehte die Augen. »Geht es Ihnen besser, wenn ich einfach weiterfahre?« Bedeutungsvoll blickte er auf den Schraubenschlüssel in ihrer Hand.

»Ähm …«

Reden in ganzen Sätzen gehörte offensichtlich nicht zu ihren Fähigkeiten.

Unerwartet stieß der Junge einen Pfiff aus. »Wow, was für ein Sprung! Cool.«

Sprung? Paul ahnte schon, was den Jungen so begeisterte, und drehte sich um. Tatsächlich kam Scout zu ihm getrottet. Wieder einmal hatte er den Wagen durch das offene Fenster verlassen. Der Hund setzte sich neben ihn und sah ihn an. Paul schüttelte den Kopf. »Wenn du glaubst, du bekommst eine Belohnung, weil du nicht gehorcht hast, dann irrst du dich.«

Scout schnaubte und legte sich hin.

Der Junge lachte laut. »Der ist toll. Darf ich ihn streicheln?«

»Damit er doch noch eine Belohnung bekommt? Na gut, aber langsam näher kommen und keine hektischen Bewegungen. Okay? Er muss dich erst einmal kennenlernen.«

»Joey …«, begann seine Mutter, schwieg dann aber. Noch immer hatte sie keinen vollständigen Satz herausgebracht.

Ihr Sohn hingegen ging ohne Scheu auf Scout zu und hockte sich neben ihn auf den Boden. »Du bist ja ein ganz Hübscher. Wie heißt du denn?«

Scout bellte. Lachend schüttelte Joey den Kopf und hielt ihm eine Hand zum Beschnuppern hin. »Das habe ich nicht verstanden.«

»Scout«, übersetzte Paul grinsend. Im Gegensatz zur Mutter

gefiel ihm der Junge. Das Kind war zwar erschreckend blass, soweit er es im Dämmerlicht beurteilen konnte, und hatte etwas Übergewicht, schien aber das Herz am rechten Fleck zu haben. Er strich Scout behutsam über den Kopf, und es hätte Paul nicht gewundert, wenn der Hund im nächsten Moment geschnurrt hätte.

»Wenn Sie nach Heart Bay wollen, haben Sie eine nette Wanderung vor sich. Alternativ fahre ich Sie hin.«

Die Frau blickte ihn nicht an, sondern betrachtete Scout und ihren Sohn. Schweigen breitete sich zwischen ihnen aus. Dann nickte sie, während ihre Aufmerksamkeit weiter dem Kind und dem Hund galt.

Er seufzte. »Der Hund ist absolut harmlos.«

»Trotzdem wären Leine und vielleicht sogar Maulkorb angebracht.«

Was? Der erste vollständige Satz, und dann so ein Mist? »Na, Sie müssen es ja wissen. Sind Sie Hundeexpertin?«

»Mir reicht seine Größe.«

Joey sah kurz hoch und rollte mit den Augen. Da er seiner Mutter den Rücken zukehrte, konnte sie seine Reaktion nicht sehen, wohl aber Paul. Mit seinem Urteil hatte er anscheinend richtig gelegen: Junge okay, Mutter Totalausfall. Und eins stand nun fest: Jetzt brauchte er schon seinen Hund, um einen einigermaßen vertrauenerweckenden Eindruck zu machen! Wenigstens wirkte die Frau nun verärgert, nicht länger so, als ob sie im nächsten Moment entweder schreiend davonlaufen oder mit dem Schraubenschlüssel auf ihn losgehen würde.

Mit etwas Verspätung wurde ihm bewusst, dass er sich weder die Zeit zum Umziehen noch für eine Rasur genommen hatte, vermutlich sah er ziemlich verwahrlost aus. Trotzdem verstand er nicht, wie die Frau so übertrieben misstrauisch reagieren konnte.

43

»Scout ist doch total freundlich, Mom. Und sein Fell ist einfach klasse. Fahren wir denn jetzt mit …« Joey sah ihn fragend an.

»Paul Wilson. Ich freue mich, dich kennenzulernen, Joey. Wo genau wollt ihr denn hin?«

Die Augen der Frau verengten sich etwas. Wenigstens hatte sie begriffen, dass er die Vorstellung absichtlich auf ihren Sohn beschränkt hatte.

»Zu Tante Inga. Die wohnt in Heart Bay.«

»Ach, ihr seid das«, entfuhr es Paul. Sofort keimte wieder deutliches Misstrauen im Blick der Frau auf. Er musterte sie genauer. Niemals hätte er in ihr das dünne Mädchen wiedererkannt, das ihn und seine beiden Freunde verfolgt hatte. Und zwar jahrelang, jeden Sommer, immer für ganze drei Monate. Wann hatte das eigentlich geendet? Er musste damals ungefähr vierzehn oder fünfzehn gewesen sein. Es war seltsam, jetzt dieser Fremden gegenüberzustehen und gleichzeitig zu wissen, dass sie einmal Freunde gewesen waren.

»Dann bist du Sabrina? Inga hat erzählt, dass ihr heute oder morgen kommt. Erinnerst du dich nicht mehr an mich? Ich bin damals mit Rick und Ash durch die Gegend gezogen, und du wolltest immer mitspielen. Du hast uns ja auch oft genug überredet, dich mitzunehmen.«

Sie schüttelte lediglich den Kopf, wirkte aber endlich fast normal. »Deinen Nachnamen hätte ich nicht mehr gewusst, und wiedererkannt habe ich dich auch nicht, aber an euch drei erinnere ich mich noch.« Sie lächelte flüchtig. »Wie könnte ich euch vergessen? Es wäre wirklich nett, wenn du uns mit zu Inga nehmen könntest.«

»Das ist kein Problem, ich wollte sowieso dorthin.«

Joey hatte mittlerweile die Einkäufe auf der Ladefläche entdeckt. »Ist das alles für Scout?«

»Nein, für seinen Bruder. Der heißt Shadow und gehört einem Freund. Er ist gerade bei Inga, weil er sich verletzt hat. Wusstest du, dass deine Tante besser mit verletzten Tieren umgehen kann als unser Tierarzt?«

»Cool. Hat sie auch noch die Meerschweinchen?«

»Und Enten und Hasen. Der Garten gleicht einem Zoo.«

»Und man sieht von dort aus das Meer?«

»Ja, von jedem Zimmer aus. Du musst nur eine Straße überqueren und bist direkt am Strand. Aber du musst dort aufpassen, die Strömung hat es in sich. Kannst du schwimmen?«

Ein Schatten flog über das Gesicht des Jungen. »Nein, leider nicht. Ich habe meinen Vater gefragt, ob er es mir beibringt, aber der hat nie Zeit. Das ist so blöd, denn in San Diego haben wir von unserer Wohnung aus auch aufs Meer geguckt, aber ich habe da nie drin gebadet. Doof, oder?«

Eine Wohnung mit Meerblick war in San Diego verdammt teuer. Er verkniff sich die Frage, warum dafür das Geld da gewesen war, aber nicht für vernünftigen Schwimmunterricht.

Die Sehnsucht im Blick des Jungen berührte ihn tief. »Na, mal sehen, ob wir das nicht ändern können. Aber erst einmal fahre ich euch zu Inga. Sag mal, würde es dir was ausmachen, zusammen mit Scout hinten mitzufahren? Ich habe vorne nur zwei Sitze, das wird zu dritt furchtbar eng.«

»Nein, das ist cool.«

Mit etwas Mühe kletterte der Junge erst auf den Reifen des Pick-ups und schwang sich dann über die Seite. Sichtlich stolz ließ er sich zwischen den Kartons auf dem Boden nieder. Scout lief außen herum und wartete, bis Paul die Heckklappe herunterließ. Dann sprang er auf die Ladefläche und legte sich neben den Jungen.

»Also gut, aber du stehst während der Fahrt nicht auf, verstanden?«

45

»Alles klar.«

Paul zeigte auf den Kofferraum. »Braucht ihr irgendwas? Es kann sein, dass wir heute nicht mehr zurückkommen. Es wird wohl bis morgen dauern, einen passenden Reifen aufzutreiben.«

Sabrina holte einen Rucksack und zwei Taschen aus dem Wagen, die er hinten auf dem Pick-up verstaute. Dann betrachtete sie abwägend die offene Ladefläche.

Er erriet ihre Gedanken. »Ich fahre vorsichtig, und dein Sohn macht einen vernünftigen Eindruck.«

»Also gut, eine andere Wahl habe ich ja nicht. Aber das mit dem Schwimmen … versprich ihm nichts, was du nicht hältst, er ist schon zu oft enttäuscht worden«, sagte sie leise.

Paul hatte ihr die Tür öffnen wollen und hielt nun inne. »Ich habe absichtlich nichts versprochen, weil ich erst mit dir sprechen wollte.«

Nachdenklich runzelte sie wieder die Stirn. »Stimmt. Wenn ich mir deine Worte genau überlege, hast du es nicht. Trotzdem.«

Schweigend hielt er ihr die Tür auf, und sie kletterte auf den Sitz. Wenigstens beschwerte sie sich nicht über die Haare, die Scout dort hinterlassen hatte. Allmählich trieb sie ihn zur Weißglut. Nichts erinnerte mehr an das zwar nervige, aber immer fröhliche Mädchen von früher. Damals hätten sie es nie freiwillig zugegeben, aber sie hatten trotz ihrer Proteste nichts dagegen gehabt, sie mitspielen zu lassen. Oft genug waren sie sogar extra ihretwegen in der Nähe von Ingas Pension gewesen. Keiner von ihnen hatte es je ausgesprochen, aber sie hatten dort in den Ferien sehr viel öfter gespielt als während der Schulzeit – und der Grund dafür saß neben ihm und war nicht wiederzuerkennen.

Paul ging um den Wagen herum und schlug gegen die Ladefläche. »Benehmt euch, Jungs. Sonst gibt es Ärger.«

Scout bellte, Joey salutierte. »Ja, Sir.«

»Na, also, geht doch.« Er zwinkerte Joey zu und stieg selbst ein. Auf der Fahrt zu Inga vergewisserte er sich immer wieder mit einem Blick in den Rückspiegel, dass es seinen Mitfahrern auf der Ladefläche gut ging. Scout war zwar gewohnt, hinten mitzufahren, aber obwohl Joey einen vernünftigen Eindruck machte, vergewisserte er sich lieber ab und zu, dass der Junge keinen Blödsinn machte.

Normalerweise hatte er keine Probleme, ein Gespräch zu beginnen. Mit Sabrina war dies anders. Sie sah stumm aus dem Fenster und strahlte dabei etwas Verletzliches aus, das in auffallendem Kontrast zu ihrem vorigen Herumgezicke stand.

»Macht ihr bei Inga Ferien?«, fragte er schließlich, weil das Schweigen immer unbehaglicher wurde.

»Nein, wir wohnen da nur als Übergangslösung. Wir wollen hierbleiben, wenn alles so klappt, wie ich es mir vorstelle.«

Überrascht warf er ihr einen raschen Seitenblick zu. Wenn das ihr Ernst war, musste sie noch jede Menge Großstadtallüren ablegen, dachte er, sagte es aber sicherheitshalber nicht laut. Erstaunlicherweise lachte Sabrina plötzlich. »Ich kann dir ansehen, was du denkst, aber du irrst dich. Ich bin nur müde und auch ein wenig durcheinander. Heart Bay habe ich vor allem um Joeys willen ausgewählt, damit er eine solche Kindheit kennenlernt, wie ich sie damals immer in den Sommerferien hatte.«

Obwohl ihre Stimme ruhig klang, schwangen in ihrer Erklärung viele Gefühle mit, die Paul nicht kaltließen. »Wärst du denn einverstanden, wenn ich ihm möglichst schnell das Schwimmen beibringe? Ich würde das für sicherer halten.«

»Ja, sehr gern sogar, ich wäre dir wahnsinnig dankbar, denn das stand ganz oben auf meiner Liste. Nur …« Lächelnd warf sie die Haare zurück, und er staunte über die Veränderung, die mit ihr vorging, wenn sie sich ein bisschen entspannte. »Na ja, man könnte sagen, ich gehöre zu den Müttern, die für ihre eigenen Kinder keine geeigneten Lehrer sind. Zu ungeduldig, zu unpräzise … unser einziger Versuch hat damit geendet, dass wir uns gegenseitig angeschrien haben.«

Vor ihnen tauchten schon die ersten Häuser auf, aber Paul nahm sich die Zeit, ihr zuzuzwinkern. »Nun ja, ich habe ja umfangreiche Referenzen vorzuweisen, wenn es um meine pädagogischen Qualitäten geht …«

»Und die wären?«

»Sieh dir Scout an!«

Nun lachte sie laut. »Überredet.« Neugierig sah sie sich um, als er die Hauptstraße entlangfuhr. »Es hat sich kaum etwas verändert.«

»Die Tankstelle am Ortseingang war neu.«

»Schon, aber ich hatte befürchtet, dass es die Fastfood-Ketten auch hierher geschafft hätten.«

»Nein, keine Chance. Da vorne die Straße rein geht's zur Firma von Ashs Vater, ansonsten steuern wir geradewegs auf den weltberühmten Stadtkern zu. Links das Sheriffsbüro, daneben das Postamt.«

»Was ist mit Rosie?«

»Siehst du gleich. Auch unverändert. Gegenüber habe ich mein Büro.«

»Was machst du denn?«

»Anwalt.«

»Hier, in Heart Bay? Ist denn da genug für dich zu tun? Wie viele Einwohner hat die Stadt inzwischen? Tausend?«

»Nur, wenn du die Touristen mitzählst. Du hast nicht unrecht, viel gibt es für mich nicht zu tun, aber ich helfe dem Sheriff nebenbei noch bei kleineren Streitereien. Und ansonsten genieße ich die Zeit mit Scout.« Das klang selbst in seinen eigenen Ohren nicht überzeugend, aber das konnte er nicht ändern. »Da vorn ist die Straße zu Ende, direkt vor uns liegt das Meer, und links ist der Weg, der zu Ingas Pension führt und da auch endet.«

Zwei Minuten später hatten sie ihr Ziel erreicht. Statt Inga kam Rick ihnen entgegen, an seiner Seite Shadow, der zwar humpelte, aber schon viel lebendiger wirkte. Paul sprang aus dem Wagen und konnte Scout und Joey gerade noch zurückhalten.

»Stopp, Junge, der Hund ist verletzt und hat ein paar unschöne Erfahrungen gemacht. Komm langsam mit mir mit. Scout, Platz!«

Der Hund gehorchte, und zu Pauls Erstaunen griff Joey nach seiner Hand. Vorsichtig gingen sie auf Shadow zu, während Sabrina neben dem Wagen stehen blieb.

Kaum hatten sie den Hund erreicht, hockte sich Joey hin und hielt dem Tier eine Hand hin. Wie in Zeitlupe näherte sich Shadow dem Kind, dann fuhr seine Zunge einmal über die Handfläche. »Hey, du, das kitzelt, aber du darfst das, weil du krank bist und auch wunderschön, so ganz schwarz«, flüsterte Joey dem Hund zu.

Mit seinem rücksichtsvollen und beherrschten Verhalten verbuchte Joey etliche Pluspunkte bei Paul, der einen zerbröselten Hundekeks aus seiner Hosentasche holte und ihn Joey reichte. »Probier mal, ob er dir aus der Hand frisst.«

Joey hielt ihm den Keks hin, aber Shadow zuckte zurück. »Hm …«, sagte Joey nachdenklich.

Ehe Paul begriff, was der Junge vorhatte, biss Joey in den Keks und kaute. »Hmmm, lecker. Nun du.«

Paul konnte sich gut vorstellen, was Sabrina zu der Aktion sagte. Shadow kam wieder näher, und diesmal nahm er zaghaft den Keks an. Joey ließ Pauls Hand los und streichelte Shadow sanft über den Hals. Der Hund erstarrte zwar kurz, zuckte aber nicht zurück.

Rick nickte anerkennend. »Sehr gut gemacht, Kleiner.«

»Ich heiße Joey. Bist du Rick?«

»Ja, der bin ich. Nett, dich kennenzulernen.«

Joey nickte und betrachtete die Verletzungen auf Shadows Rücken. »Wer so etwas tut, gehört ins Gefängnis!«

»Da sind wir uns einig«, erklang plötzlich Ingas Stimme neben ihm. »Du bist also Joey. Ich bin Inga. Du kannst mich Inga oder Tante Inga nennen, wie du möchtest.«

Die beiden schüttelten einander fest die Hand. »Bist du denn meine Tante?«

»Nicht so richtig, aber wenn du willst, schon.«

»Cool. Kann ich die anderen Tiere sehen?«

»Aber ja. Ich möchte nur erst deine Mutter begrüßen … und dann haben wir da noch ein kleines Problem.«

Bei Paul schlugen sämtliche Alarmglocken gleichzeitig an. Es lag etwas in Ingas Stimme, das er nur zu gut kannte. Wenn sie erst einmal etwas beschlossen hatte, ließ sie sich davon nicht mehr abbringen, und ihm war der rasche Blick erst zu Sabrina, dann in seine Richtung nicht entgangen.

Inga und Rosie hatten beide den gleichen Spleen. Beide waren seit Jahren verwitwet und konnten es nicht ertragen, wenn sich nicht alle Singles in ihrer Nähe zu Paaren zusammenfanden und händchenhaltend am Strand entlangwanderten. Wenn sie ihm jetzt die kleine Brina aufs Auge drücken wollte, ging das entschieden zu weit. Ja, gut, die Kleine von damals hatte sich ein bisschen … verändert. Aber er wusste noch ganz genau, wie sie ausgesehen hatte, wenn sie sich zu eifrig auf Rosies Schokopudding gestürzt hatte und das Zeug ihr überall im Gesicht klebte wie bei einem Kleinkind.

Er musterte sie unauffällig. Sie hatte sich wirklich sehr verändert. Jedenfalls war sie nicht mehr so dünn wie früher, sondern hatte durchaus Formen bekommen. Sie selbst würde darüber vermutlich fluchen und daran arbeiten, sie verschwinden zu lassen, aber ihm gefielen die Rundungen. Dennoch war sie nicht sein Typ, zu spießig, zu langweilig. Hässlich war sie allerdings nicht mit ihrem blonden Haar, das sie zu einem einfachen Pferdeschwanz gebunden hatte, dem fein geschnittenen Gesicht und den blauen Augen. Schlagartig erinnerte er sich daran, wie sie vorhin gefunkelt hatten, als sie kurz ihre beherrschte Art abgelegt hatte. Das hatte ihm schon gefallen … aber dennoch war sie für ihn nicht mehr als eine Freundin aus Kindertagen, und das würde sich auch nicht ändern. Egal, was Inga für Ideen hatte.

Die Augen zusammengekniffen musterte Sabrina ihn misstrauisch. »Was ist los?«, fragte sie.

»Nichts«, erwiderte er. Am liebsten hätte er sich einfach in seinen Wagen gesetzt und wäre losgefahren, aber sowohl Shadow als auch Sabrina und Joey brauchten noch die Sachen, die auf seiner Ladefläche lagen.

Inga umarmte Sabrina herzlich und schob sie dann etwas von sich. »Du bist zu blass, und das, wo du doch in Kalifornien gewohnt hast. Aber das werden wir ändern.«

»Das hoffe ich doch.« Sabrina legte den Kopf in den Nacken und blickte die Hauswand empor. Jedes Zimmer hatte große Sprossenfenster und einen Balkon. Der blaue Anstrich und die weißen Fensterrahmen passten perfekt zu den Wellen, die wenige Meter hinter ihnen ans Ufer schlugen. »Es ist noch genauso traumhaft, wie ich es in Erinnerung hatte.«

»Schon, aber warte erst einmal, bis du Pauls Haus siehst. Das ist viel moderner und hat eine wunderschöne Glasfront«, erklärte Inga.

Sabrina wirkte irritiert, aber das war nichts gegen die Vorahnung, die sich in Paul breitmachte. Also hatte er richtig gelegen. Aber so nicht!

51

»Das wirst du bestimmt irgendwann einmal sehen. Ich bringe dann euer Gepäck und die Sachen für Shadow rein.«

Inga schüttelte entschieden den Kopf. »Shadow kann noch eine Nacht hierbleiben, aber mit Sabrina und Joey habe ich heute Nacht nicht mehr gerechnet. Tut mir leid, Kind, aber das einzige verfügbare Zimmer wird von Rick und Shadow belegt. Da du dich nicht mehr gemeldet hast, bin ich davon ausgegangen, dass ihr erst morgen kommt.«

»Sekunde mal, du kannst doch nicht …«, protestierte Sabrina.

Paul schüttelte den Kopf. »Es stehen doch genügend Zimmer leer, wieso …«

Scout bellte, Shadow stimmte mit ein. Nur Joey lachte. »Das ist doch cool. Hast du denn genug Platz für uns, Paul?«

»Hat er«, antwortete Inga für ihn.

Wenn sich Paul nicht sehr täuschte, hielt sich Rick eine Hand vor den Mund, um sein Grinsen zu verbergen. Waren denn alle verrückt geworden? Er stand vor einer fast leeren Pension, und die Inhaberin versuchte, ihm ihre Besucher aufs Auge zu drücken? Kam überhaupt nicht infrage! »Tut mir leid, Joey, aber das passt mir …«

Inga fasste ihn fest am Arm. »Und wie dir das passt. Bring die Sachen für Shadow rein, und dann fahrt ihr nach Hause. Sabrina und Joey wollen schließlich noch was von deinem Haus sehen, ehe es ganz dunkel ist.« Sie drehte sich um und ging einfach fort.

Fassungslos starrte Paul ihr hinterher. »Fuck«, entfuhr es ihm. Schuldbewusst sah er zu Sabrina hinüber, aber sein Ausrutscher schien ihr entgangen zu sein.

Joey grinste flüchtig, sah ihn aber gleich darauf unsicher an. »Wenn es bei dir nicht geht, wo schlafen wir denn dann?«

Rick kam zu ihnen und lachte Paul offen an. »Gib schon zu,

dass du gerade verloren hast. Bei mir ist das Dach noch undicht, sonst würde ich ihnen mein Haus überlassen.«

Paul reichte es allmählich. »Es ist kein Regen angekündigt«, schnappte er. Doch als er Joeys zitternde Unterlippe bemerkte, tat ihm der Ausbruch leid. Er legte dem Jungen einen Arm um die Schulter. »Hilfst du mir, Shadows Sachen reinzutragen? Wir fahren dann zu mir rüber.«

»Und mich fragt keiner?«, mischte sich Sabrina ein.

Er gab besser nicht zu, dass er ihre Anwesenheit in den letzten Sekunden komplett vergessen hatte. Ihre Wangen waren gerötet, und ihre Augen blitzten. »Das ist ja wohl unglaublich. Ich werde ihr …« Sie machte Anstalten, ins Haus zu stürmen.

Rasch fasste er nach ihrem Arm. »Nicht. Du erreichst jetzt nichts. Sie ist stur wie ein Wasserbüffel. Ich habe drei Gästezimmer, die könnt ihr haben.«

»Kann Scout bei mir im Zimmer schlafen?«, fragte Joey.

»Das entscheidet deine Mutter.«

Sabrina kniff die Augen etwas zusammen. »Warum nicht? Schließlich isst du ja auch die Naschereien der Hunde.« Sie schüttelte heftig den Kopf. »Ich glaub das alles nicht. Sie hat nicht einmal *gefragt*, warum wir mit deinem Wagen hier sind. Das ist doch ein klarer Fall von Alters…«

Über ihnen wurde ein Fenster aufgerissen, das vorher nur gekippt gewesen war. »Benimm dich, junge Dame. Ich höre noch sehr gut und sehe noch besser. Im Gegensatz zur unvernünftigen Jugend weiß ich genau, was ich tue! Wir sehen uns morgen. Willkommen in Heart Bay!«

4

Das war kein wohlgeplanter Neuanfang, sondern eine Katastrophe! Sabrina rieb sich die Augen. Ihr Bett war schon in Reichweite gewesen, vorher noch ein schnelles, aber leckeres Abendessen in Rosies Diner ... und nun das. Pauls Pick-up rumpelte den Sandweg entlang, der von der Stadt zur Pension führte.

Was war nur in Tante Inga gefahren? Ihre Begrüßung hatte praktisch nur aus dem Rausschmiss bestanden. Auch wenn sie es nicht noch einmal laut aussprechen würde, Inga war offenbar geistig nicht mehr ganz auf der Höhe.

Pauls Miene konnte sie nicht interpretieren, er wirkte angespannt und müde. Sie hatten kaum die Hauptstraße erreicht, da stöhnte er und bremste. »Was denn noch?«, murmelte er.

Sabrina blinzelte verblüfft. Mitten auf der Hauptstraße stand eine ältere Frau und winkte ihnen zu. Auf den zweiten Blick erkannte sie, um wen es sich handelte. Die Haare waren inzwischen grau statt blond und die Figur deutlich fülliger als früher, aber das warme Lächeln war unverändert. »Das ist doch Rosie, oder?«

Pauls Brummen interpretierte sie als Zustimmung. Rosie kam zur Beifahrerseite und öffnete kurzerhand die Tür. »Schön, dass du wieder in der Stadt bist, Kind. Erst Rick, dann du. Das ist eine gute Woche. Ich habe schon gehört, dass du und dein Junge bei Inga nicht unterkommen könnt. Aber ich kann ja kaum zulassen, dass ihr euch von Pizza oder aus Dosen ernährt!« Sie stellte Sabrina eine erstaunlich schwere Kühltasche auf den Schoß. »Ein paar ordentliche Steaks und für den

54

jungen Mann ein paar hausgemachte Hamburger. Dazu Kartoffelspalten, die du nur noch kurz in den Ofen tun musst. Was noch? Ach ja, Salat und Apfelkuchen und der Rest Schokoladenpudding. Lasst es euch schmecken, und willkommen in Heart Bay, Kind.«

Sie schlug die Tür einfach wieder zu und rief im Weggehen Joey etwas zu, das ihn zum Lachen brachte. Es war nur ein geringer Trost, dass auch Paul ratlos wirkte, als er wieder anfuhr.

»So heiß ist es doch gar nicht«, entfuhr es Sabrina etwas zusammenhanglos.

Paul verstand sie trotzdem und grinste. »Du denkst an einen Sonnenstich? Das wohl nicht, aber komplett durchgedreht sind sie heute alle, das würde ich sofort unterschreiben.« Er atmete tief ein und schmunzelte. »Riecht aber gut, und ich hätte tatsächlich nichts Ordentliches im Haus gehabt.« Sein Lachen verflog schlagartig, als ob ihm etwas klar geworden wäre, das ihm nicht gefiel. Mit gerunzelter Stirn murmelte er etwas Unverständliches vor sich hin.

Sabrina wollte gerade nachfragen, da dämmerte es auch ihr. »Inga muss Rosie angerufen haben, während du Shadows Sachen reingebracht hast. Das gibt es doch gar nicht! Das sieht aus, als ob sie einen Plan verfolgen.«

Paul verzog den Mund. »Cleveres Mädchen, so weit war ich auch schon. Aber der einzige Grund für den ganzen Zirkus, der mir einfällt, den möchtest du gar nicht hören.« Er deutete in Fahrtrichtung. »Da vorne ist es.«

Eigentlich hätte sie lieber nachgehakt, woran Paul dachte, denn dass ihm seine eigene Erklärung nicht gefallen hatte, war offensichtlich gewesen. Aber der Anblick des Hauses verschlug ihr die Sprache. »Das hier? Bist du sicher?«

Erst als Paul laut lachte, bemerkte sie, wie dämlich die Frage war.

Er zwinkerte ihr zu. »Sehr sicher, aber ich kann für dich den Namen am Briefkasten überprüfen. Es war ein sehr langer Tag, oder?«

»Ja, und geschlafen habe ich auch kaum. Trotzdem, vergiss die Frage bitte.« Obwohl sie vor Verlegenheit gern im Erdboden versunken wäre und ihr die ganze Situation überhaupt nicht gefiel, bemerkte sie, wie attraktiv Paul wirkte, wenn er lachte. Seine braunen Augen funkelten dann derart, dass man kaum den Blick von ihm losreißen konnte. Mittlerweile konnte sie kaum noch glauben, dass sie sich von ihm bedroht gefühlt hatte. »Was ist mit eurem alten Haus passiert?«

Er zuckte nur mit den Schultern. »Das *ist* unser altes Haus. Im Prinzip jedenfalls.«

Joey sprang überraschend behände vom Wagen herunter und blickte staunend auf das Haus. »Wie cool ist das denn? Das sieht ja aus wie die Bude von Tony Stark!«

Paul schmunzelte. Auf seinen Pfiff hin bequemte sich auch Scout, die Ladefläche zu verlassen. »Findest du? Ich verbuche das mal als Kompliment.«

»War es auch. Ich bin gespannt, wie es drinnen aussieht.«

»Ich fürchte, da wirst du enttäuscht sein. Drinnen hört die Ähnlichkeit auf, und es gibt auch keinen Jarvis.«

Gedanklich ging Sabrina die Schulkameraden von Joey durch, aber ihr fiel weder jemand mit dem Namen Tony Stark ein noch jemand mit einem vergleichbaren Haus. Erst als ihr Sohn kicherte und sich Paul kaum das Lachen verkneifen konnte, ging ihr auf, dass sie etwas verpasst hatte. Außerdem: Wieso wusste Paul offenbar genau, wen ihr Sohn meinte?

Joey seufzte und rollte mit den Augen. »Frauen! Wetten, sie weiß nicht, wovon wir sprechen?«

»Vorsichtig, Joey, wetten, dass du Hamburger und Kuchen vergessen kannst, wenn du sie nicht möglichst schnell aufklärst?« Er drückte dem Jungen einen Schlüssel in die Hand. »Tu es lieber. Ich hole schon mal euer Gepäck.«

»Mensch, Mama. Iron Man! Der hat doch auch ein Haus direkt an der Küste.«

Der Typ im fliegenden Anzug? Nun fiel allerdings auch Sabrina eine gewisse Ähnlichkeit auf. Pauls Haus hatte eine Terrasse im Erdgeschoss und einen Balkon, der beinahe die gleichen Ausmaße hatte. Die gesamte Rückseite schien aus Glas zu bestehen, der Blick von dort aus aufs Meer musste traumhaft sein. Die Vorderfront war hingegen eher schlicht: eine hellgraue, gleichmäßige Fläche, nur von einigen Fenstern durchbrochen.

Joey betrachtete den Schlüssel mit wenig Begeisterung. »Kann ich nicht lieber zum Strand runter?«

Paul stand bereits wieder neben ihnen, nun mit ihrem Gepäck in den Händen und auf dem Rücken. Ehe Sabrina den Wunsch ihres Sohnes ablehnen konnte, schüttelte Paul den Kopf. »Erst bringen wir eure Sachen rein, und ich zeige euch eure Zimmer. Danach kläre ich mit deiner Mutter, wann und wie wir es mit dem Abendessen machen, und *dann* können wir zusammen runter ans Wasser gehen. Es gibt da einige Dinge, die du beachten musst, solange du kein geübter Schwimmer bist. Außerdem wird es langsam dunkel.«

»Ach menno. Meinetwegen.«

Paul hob eine Augenbraue. »Zu großzügig. Würdest du jetzt bitte die Tür aufschließen, ehe meine Arme ausleiern? Irgendwas sagt mir, dass deine Mutter Ziegelsteine eingepackt hat.«

»Nee, das sind nur ihre Bücher.«

»Anscheinend handelt es sich um eine mittelgroße Bücherei, die sie mitschleppt. Schenk ihr zum Geburtstag gefälligst einen E-Reader!«, befahl Paul.

Joey grinste und rannte zur Haustür. Sabrinas Meinung zählte anscheinend nicht. Allerdings genoss sie das Geplänkel der beiden viel zu sehr, um sich ausgeschlossen oder übergangen zu fühlen. Kopfschüttelnd folgte sie ihnen. Wenigstens verflog allmählich ihre Befangenheit, obwohl sie Paul als Übernachtungsbesuch quasi aufgedrängt worden war. Die beiden gingen so ungezwungen miteinander um, als würden sie sich schon ewig kennen, dabei war Joey sonst deutlich zurückhaltender.

Mit einem leisen Kläffen drängte sich Scout an ihr vorbei. Vermutlich war er der Hauptgrund für die Offenheit ihres Sohnes. Unwillkürlich blieb sie stehen, als ihr etwas bewusst wurde: So und nicht anders hatte sie sich ihr Familienleben immer vorgestellt, und nicht … Sie blinzelte und schüttelte den Kopf, um den abstrusen Gedanken zu vertreiben. Nur weil ihr Sohn *einmal* normal mit einem erwachsenen Mann umging, sollte sie nicht gleich wieder an eine Familie denken. Das Thema lag hinter ihnen, nun gab es nur noch Joey und sie. Auf einen Mann und damit eine weitere Enttäuschung konnte sie gut verzichten. Mit Paul war vielleicht eine Freundschaft unter Nachbarn drin, mehr aber auch nicht. Auch wenn er recht attraktiv war: Nein danke, kein Bedarf!

Entschieden konzentrierte sie sich wieder auf das Haus. Irgendetwas störte sie, aber sie kam nicht darauf, was es war. Erst als sie im Flur stand und freien Blick ins Wohnzimmer und in die Küche hatte, wurde es ihr klar: Das Haus war von der Architektur und der Lage her ein Traum, aber es gab praktisch nichts Persönliches, nichts, das einem etwas über den Bewohner verriet. Die Küche war aufgeräumt und hätte aus einem Werbeprospekt stammen können. Im Wohnzimmer sah es nicht viel anders aus. Nur die bunte Decke auf dem schwarzen Ledersofa, die wohl für Scout gedacht war, sorgte für etwas Auflockerung. Ansonsten entdeckte sie eine pompöse technische Ausstattung inklusive riesigem Fernseher und Playstation, die bei

Joey für einen Freudenausbruch sorgte, aber keine Fotos, keine Souvenirs oder Gegenstände, die auf Hobbys schließen ließen. Nur ein Gummiball und ein Plastikhuhn, beides offenbar Scouts Spielzeug, passten nicht ins perfekte Gesamtbild.

Paul stand mit Joey vor einem Regal und war in eine hitzige Diskussion über ein Spiel verwickelt, das Sabrina nicht kannte. So langsam war ihre Geduld am Ende, sie brauchte dringend einen kurzen Augenblick Ruhe, um ihre Gedanken zu sortieren.

»Die Steuerung ist ein Albtraum, und nach wenigen Stunden ist man durch«, stellte Paul gerade fest, und anscheinend wollte Joey heftig widersprechen.

Es reichte! »Könnte ich dann bitte das Gästezimmer sehen?« Das Wort *endlich* sprach sie nicht aus, aber die Botschaft kam an.

Mit sichtlich schlechtem Gewissen sah Paul sie an. »Entschuldige, aber so oft habe ich nicht … ach, egal. Komm mit, die Treppe hoch und dann den Flur hinunter. Die letzten beiden Zimmer haben ein gemeinsames Bad, passt doch ganz gut. Die könnt ihr haben.«

Sabrina nickte, musterte ihn aber prüfend. Was hatte er sagen wollen? Sie hatte seine Miene nicht deuten können, aber anscheinend genoss er das Zusammensein mit ihrem Sohn ebenso wie umgekehrt. Konnte es ernsthaft sein, dass Paul einsam war? Sie schüttelte den Kopf über den absurden Gedanken. Er sah gut aus, hatte ganz offensichtlich Geld und einen ordentlichen Beruf. Er würde sich die Frauen aussuchen können, und Freunde hatte er definitiv auch. Da brauchte sie nur an Rick zu denken.

Paul ging zu der Wendeltreppe, die die beiden Stockwerke verband. Ehe er sie erreicht hatte, wirbelte er herum. »Scout! Kein Fernsehen! Der bleibt aus.«

Irritiert folgte Sabrina seinem Blick und blinzelte. Scout lag lang ausgestreckt auf der Couch, eine Vorderpfote nur wenige Zentimeter von der Fernbedienung entfernt.

»Das ist jetzt nicht dein Ernst«, entfuhr es ihr.

»Er ist süchtig nach dem Mist, schläft dabei aber sofort ein. Und nein, er kann sich keinen Sender aussuchen, sondern haut so lange auf die Knöpfe der Fernbedienung, bis irgendetwas angeht. Weißt du, wie oft ich den Fernseher deswegen schon neu programmieren musste?«

»Dann leg die Fernbedienung doch woandershin«, schlug Sabrina vor.

Joey lachte laut. »Hat er doch, du hast ja nicht gesehen, wie Scout sie sich vom Tisch geholt hat. Der Hund ist der Wahnsinn.«

»Vor allem ist der Hund Hackfleisch, wenn er nicht gehorcht«, drohte Paul wenig überzeugend. Er ging die Treppe hoch, Sabrina folgte ihm, und mit deutlicher Verzögerung auch Joey, der sich offenbar nicht von dem Hund trennen konnte. Sie hatten das obere Stockwerk noch nicht erreicht, als der Werbespot eines Autoherstellers durchs Wohnzimmer dröhnte.

Sabrina drehte sich um und lachte auf. Den Kopf auf die Pfoten gelegt schlief Scout trotz des Lärms, von der Fernbedienung war nichts mehr zu sehen.

Paul seufzte. »Das meinte ich. Das erste Mal hat er es mitten in der Nacht gemacht. Ich hätte fast einen Herzinfarkt bekommen, als plötzlich das ganze Haus beschallt wurde. Normalerweise liegt die Fernbedienung außerhalb seiner Reichweite, aber meine Putzfrau legt sie immer wieder auf den Tisch.«

Sie hatte sich schon gedacht, dass Paul das riesige Haus nicht allein sauber hielt. Allein der Gedanke daran, wie er mit Staubsauger oder Feudel hantierte, brachte sie zum Schmunzeln. Dafür war er nicht der Typ.

Er ignorierte Hund und Krach und ging weiter. Der Flur war dank einiger Dachfenster hell und freundlich, wie eigentlich alles hier. Rechts und links gingen Türen ab. Paul deutete auf die rechte Seite. »Die Schlafzimmer liegen alle auf dieser Seite, Meerblick inklusive. Das hier ist mein Zimmer, das daneben das Bad. Die drei Türen dahinter sind für den Gästebereich, in der Mitte findet ihr das Bad. Du kannst dir aussuchen, ob Joey bei dir schläft oder ein eigenes Zimmer bekommt.«

Hinter ihnen verstummte der Fernseher plötzlich. Ein lautes Lachen ertönte, gefolgt von einem fast beleidigt klingenden Kläffen. Dann polterte Joey die Treppe hoch. »Scout ist so klasse. Aber zu viel Fernsehen ist nicht gut für ihn, ich habe ihm die Fernbedienung geklaut und den Kasten ausgemacht.«

Und das aus dem Mund ihres Sohnes, der am liebsten den ganzen Tag vor dem PC oder der Flimmerkiste verbrachte! Auch Pauls Mundwinkel zuckten belustigt. »Sieh dir mal das letzte Zimmer an. Wenn du willst, kannst du es haben, du kannst aber auch bei deiner Mom schlafen.«

Joey drängte sich an ihr vorbei, stürmte zur Tür und riss sie auf. Ihm reichte ein Blick. »Voll cool, das nehme ich. Danke! Was ist in den anderen Zimmern?«

Das interessierte Sabrina auch, sie hatte nur nicht zu neugierig erscheinen wollen. Paul schien sich jedoch an der Frage nicht zu stören. »Hier vorn ist mein Arbeitszimmer, das daneben nutze ich als Abstellraum oder bei Bedarf auch als Gästezimmer, und das letzte, gleich gegenüber von deinem Zimmer, ist schwer zu beschreiben. Sieh es dir einfach mal an.«

Das ließ sich Joey nicht zweimal sagen. Er öffnete die Tür, stieß einen Freudenschrei aus und stürmte hinein.

Paul lachte und folgte ihm. »Geschmack hat dein Junge.«

Ratlos ging Sabrina den beiden hinterher, warf einen Blick in das Zimmer und stöhnte. »Männer!«

Zwei Köpfe fuhren zu ihr herum. Pauls Augen blitzten. »Frauen!«, erwiderte er.

»Genau«, schloss sich Joey an, der es sich zum Glück ohne Schuhe auf einer riesigen Couch bequem gemacht hatte. Ein Fernseher nahm fast die ganze Wand ein, in einem Regal stapelte sich ein ganzer Turm aus technischen Geräten. Paul musste mindestens eine Wand herausgebrochen haben, denn das Zimmer war riesig. Einige Stützbalken sorgten für eine Art Aufteilung. Im hinteren Bereich standen ein Flipperautomat und ein Billardtisch, und in der Ecke ... jetzt hatte es auch sie gepackt: Eine Autorennbahn nahm den Großteil des Platzes ein. Vier Spuren mit kleinen Flitzern warteten auf das nächste Rennen. Loopings, Steilkurven und etliche Stellen, an denen man die Spur wechseln und seine Gegner überholen konnte. Erst als sie mit der Fingerspitze über das Dach eines Polizeiwagens strich, bemerkte sie, dass sie den ganzen Raum durchquert hatte.

Paul stand grinsend neben ihr. »Ich bekenne mich schuldig, das hier ist so was wie eine Fortsetzung der Kindheit. Willst du eine Runde fahren?«

»Ja, gern, aber später. Ich sollte schnell duschen und mich um das Essen kümmern.«

Das klang irgendwie falsch in ihren Ohren, viel zu vertraut und häuslich, aber Paul schien nichts zu bemerken. »Wie du meinst, die Bahn läuft dir ja nicht weg. Ich würde dann Joey kurz den Strand zeigen. Einverstanden?«

Eigentlich nicht, sie würde die Männer lieber begleiten und fühlte einen kurzen Stich, der fast an Eifersucht erinnerte. Aber auf wen? »Na klar«, sagte sie trotzdem.

Prüfend musterte Paul sie. »Ich pass schon auf, dass er nicht ins Wasser stürzt. Trotzdem startet morgen der Schwimmunterricht.«

Nun musste sie sich räuspern, weil sie ihrer Stimme nicht traute. »Wenn du die Zeit dafür hast, dann wäre das großartig.«

Paul schnaubte nur. »Heart Bay ist nicht gerade eine Hochburg der Straftaten. Das bekomme ich hin. Ich muss vorher nur noch dafür sorgen, dass Rick und Shadow nach Hause kommen, aber dabei kann Joey mir helfen.«

»Wieso sind die beiden eigentlich bei Inga? Und was ist mit dem Hund passiert?«

»Erzähl ich dir beim Abendessen. Ich möchte mit Joey nicht gleich beim ersten Strandbesuch im Dunkeln über die Klippen turnen.«

Paul und Joey verschwanden so schnell, dass ihr zumute war, als stünde sie von einer Sekunde auf die andere allein in dem riesigen Raum. Ihr Sohn hatte es nicht einmal für nötig gehalten, sich zu verabschieden. Sie schüttelte den Kopf über sich selbst. Er war ja schließlich sozusagen nur kurz im Garten. Allmählich verstand sie sich selbst nicht mehr.

Ihr Blick fiel auf den Steuerungskasten der Rennbahn. Der rote Schalter zog sie magisch an. Wenn sie schon nicht mit an den Strand konnte, würde sie wenigstens die Bahn ausprobieren. Duschen war schnell erledigt und das Abendessen auch kein Problem. Den Grill musste sowieso Paul vorheizen. Sie fühlte sich wie ein Kind, das heimlich die Geschenke noch vor Weihnachten fand und auspackte, als sie den Schalter umlegte und die Rennbahn zum Leben erwachte. Die Lichter des Polizeiwagens blinkten rot und blau. Okay, das war dann ihrer, und später würde sie Paul und Joey zeigen, wie man richtig fuhr.

Sie nahm den Regler in die Hand, mit dem der Wagen gesteuert wurde. Zögerte aber, zu starten. Plötzlich hatte sie das Gefühl, sich zu wohlzufühlen. Das war verrückt, denn sie und vor allem Joey sollten sich nicht zu sehr an dieses Haus und an Paul gewöhnen. Morgen würden sie in Ingas Pension umzie-

63

hen, und das war auch gut so. Schließlich war Paul nicht mehr als ein hilfsbereiter Jugendfreund, wenn auch ein sehr gut aussehender. Aber einen Mann brauchte sie nun wirklich nicht, zu dem Ergebnis war sie schon vorhin gekommen, und schon gar nicht brauchte sie einen, der offensichtlich mit seinem Leben auch nicht richtig zufrieden war. Irgendetwas flackerte ab und zu bei Paul auf, in dem sie sich selbst wiederzuerkennen glaubte. Ob er unglücklich war? Oder einsam? Aber warum nur? Auf den ersten Blick hatte er doch alles, was nötig war, um ein zufriedenes Leben zu führen.

Sie verzog den Mund. Nun ja, das hätte man über ihre Ehe auch sagen können und hätte damit komplett falschgelegen. Aber selbst wenn Paul Probleme hatte, konnte sie ihm nicht helfen. Wie denn auch? Sie hatte genug mit ihrem eigenen Leben zu tun. Entschlossen drückte sie den Startknopf, und der Polizeiwagen flitzte los.

Malcolm umklammerte sein Handy und starrte auf die SMS, als ob er durch reine Willenskraft die wenigen Worte ändern konnte. Konnte er nicht. Die Botschaft war eindeutig.

Joey geht es gut. Ich melde mich, wenn wir uns eingelebt haben und zur Ruhe gekommen sind, damit du dein Besuchsrecht bekommst.

Scheiß auf sein Besuchsrecht! Er wollte seine Frau und sein Kind wieder hier haben, wo sie hingehörten. Und vor allem wollte er seinen Tablet-PC und damit wieder uneingeschränkten Zugang zu dem verdammten Geld.

Leider war Sabrina so clever gewesen, ihre Rufnummer zu unterdrücken. Sehr schade, er hatte sich im Internet schon informiert, wie er ihr Handy orten lassen konnte. War der Idiotin denn nicht klar, dass sie beten sollte, dass er sie als Erster fand? Sein Geschäftspartner hätte weniger Verständnis, und er hatte schon bewiesen, dass ihm Geld wichtiger war als das Leben anderer Leute.

Seine Hand zitterte leicht, während er sich einen Tequila einschenkte. Er war stinksauer auf Sabrina, weil sie ihm solche Probleme bereitete, aber die Vorstellung, dass sie einen qualvollen Tod erlitt, gefiel ihm trotzdem nicht so richtig. Immerhin hatten sie eine gemeinsame Vergangenheit und ein Kind. Joey ... was mochte aus ihm werden? Er war ehrlich genug, zuzugeben, dass er mit dem Jungen nichts anfangen konnte. Das Kind war zu weich, zu dick und lebte in einer Welt, die er nicht verstand.

Erinnerungen an die ersten Jahre als Familie flackerten in ihm auf. Sie hatten wenig Geld gehabt, aber ein gutes Auskommen, und sie waren glücklich gewesen. Aber heute hatte er von allem mehr, und das würde er nicht gefährden. Immer noch überlegte er, was in Sabrina gefahren sein mochte. Weder die Art der Scheidung, ihre Flucht noch die Mitnahme des Tabs passten zu ihr. Er leerte das Glas in einem Zug. Sein Partner hatte sofort die naheliegende Frage gestellt: Konnte es sein, dass Sabrina mit dem FBI zusammenarbeitete? War sie deswegen verschwunden? Zwar ergab die Theorie durchaus einen gewissen Sinn, aber er konnte und wollte das nicht glauben. Vehement hatte er die Möglichkeit abgestritten, wohl wissend, dass es ihr Todesurteil wäre, wenn sich der Verdacht erhärtete.

Er stürzte das nächste Glas herunter, spürte den Alkohol heiß in seinem Magen. Die beruhigende Wirkung ließ nicht lange auf sich warten. Es gab ein Problem, das gelöst werden musste. So einfach sah es aus. Sein Handy vibrierte. Ein Blick aufs Display verriet ihm, wer der Anrufer war, und er stöhnte. Sein Partner.

»Sie hat mir eine dämliche SMS geschickt, dass es ihr gut geht und sie sich bald meldet, wegen des Besuchsrechts.«

65

»Eine Handynummer?«

»Nein, antworten geht auch nicht, habe ich schon getestet.«

»Wer ist Inga?«

»Inga? Woher hast du den Namen? Gehört habe ich ihn schon, muss ich mal kurz überlegen.«

»Es war nicht sonderlich schwer, ihren Mail-Account zu hacken, *kinderleicht* trifft es eher. Leider war sie so clever, sämtliche Mails und Kontakte zu löschen. Aber es gab im Posteingang eine kurze Nachricht von einer Inga, die wissen wollte, wann genau Sabrina eintrifft. Leider verrät der Text nicht, wo genau sie erwartet wird. Ich weiß nur, dass die Mail aus einer Funkzelle in Oregon abgeschickt wurde.«

Oregon! Na klar, endlich hatte er eine ungefähre Idee, wo sie stecken konnte. »Jetzt weiß ich es wieder! Inga ist eine entfernte Verwandte, die in einem Touristenort eine Pension hat. Irgendwo direkt am Meer. Den Namen weiß ich leider nicht mehr. Wir waren da nie, aber sie hat ab und zu davon erzählt und war wohl in ihrer Kindheit ziemlich oft dort.«

»Okay, das müsste reichen, um sie zu finden. Ich melde mich.«

Die Verbindung wurde getrennt, ehe Malcolm nachfragen konnte, was sein Partner vorhatte. Er war auch nicht sicher, ob er es wirklich wissen wollte.

5

Die Sonne schien ihr ins Gesicht, Joeys lautes Lachen drang an ihr Ohr. Ein perfekter Ferientag. Langsam wurde Sabrina wach, und im nächsten Moment fuhr sie hoch. Von wegen perfekt. Totales Chaos traf es eher. Ihre Tante Inga hatte sie und Joey, ohne sie zu fragen, Paul aufs Auge gedrückt. Sie musste sich um ihren Wagen kümmern, um den Umzug zu Inga und natürlich um ihren neuen Job, der allerdings ebenfalls in enger Verbindung zu Inga stand. Verdammter Mist. Sie schloss die Augen. Das Leben konnte so schön sein. Theoretisch. Aber sie schien das Chaos anzuziehen wie das Licht die Motten.

Aber im wahrsten Sinne des Wortes die Augen vor den Schwierigkeiten zu schließen, war der falsche Weg für den Neuanfang, den sie sich vorgestellt hatte. Entschlossen zwang sie die Lider auseinander und schob die zerknüllte Bettdecke beiseite. Eigentlich hatte sie direkt ins Badezimmer gewollt, aber der Blick aus dem Fenster war fantastisch und schlug sie in den Bann. Das Wasser schien zum Greifen nah. Wenn sie in diesem Haus wohnen würde, wüsste sie, wie sie den Tag beginnen würde: Mit einem langen Bad im Meer. Sich auf den Wellen treiben lassen, zu den Felsen weiter draußen schwimmen, unter den Brechern hindurchtauchen. Dann würde sie sich wieder frei fühlen und ein bisschen wie ein Kind. Damals, als sie die Ferien bei Inga verbracht hatte, war sie morgens häufig schon vor dem Frühstück im Wasser gewesen. Ihre Tante hatte nichts dagegen gehabt, auch wenn sie selbst nicht gern schwamm, sondern das Meer lieber nur ansah, als kopfüber hineinzuspringen. Und etliche Male war Sabrina nicht lange allein geblieben: Die Jungs waren meistens auch schon unterwegs gewesen, und sie hatten dann später zusammen bei Inga gefrühstückt. Ihrer Tante hatten die ungebetenen Gäste nie etwas ausgemacht. Im Gegenteil, sie schien es sogar genossen zu haben. Damals waren schon zwei ihrer eigenen Kinder aus dem Haus gewesen, die Zwillinge bereits in der Pubertät, und es hatte ihr offenbar gefallen, das Haus in den Ferien wieder so voller Leben und Kinder zu haben.

Als Kind war das Leben so einfach gewesen.

Apropos Kind. Wo steckte eigentlich Joey?

Wieder hörte sie sein Lachen, gefolgt von einem lauten Bellen. Suchend blickte sie sich um. Dann hatte sie nicht nur ihren Sohn entdeckt, sondern auch Paul und Scout.

Das Bild, das sich ihr bot, löste die unterschiedlichsten Gefühle in ihr aus. Genau wie am Vorabend, als sie zusammen gegrillt hatten. Sie war so müde gewesen, dass sie sich gleich nach dem Essen zurückgezogen hatte, und erstaunlicherweise hatte sogar ihr Sohn auf die sonst übliche Behauptung verzichtet, er sei noch gar nicht müde. Aber das kurze Essen auf der Terrasse hatte ihr viel zu sehr gefallen, und das war nicht gut. Paul und Joey hatten sich glänzend unterhalten, sie dabei aber immer wieder einbezogen, selbst bei Themen, die sie eigentlich gar nicht interessierten. So viel hatte sie ihren Sohn noch nie auf einmal reden hören.

Als Paul erzählt hatte, wie sich Rick und Shadow begegnet waren, hatten nicht nur in Joeys Augen Tränen geglänzt. Der Junge hatte sich erst wieder beruhigt, nachdem Paul ihm hoch und heilig versicherte, dass der Hund bei Rick bleiben durfte. Aber nur Sekunden später hatte Joey wissen wollen, wieso manche Menschen so grausam sein konnten. Sie hatte noch nach einer unverfänglichen Antwort gesucht, als Paul schon das

Gespräch übernahm. Er hatte Joeys Frage weder lässig abgetan noch sich in irgendwelchen Ausflüchten verstrickt, sondern erklärt, so gut es eben ging, warum es in der Welt Gut und Böse gab. Lächelnd hatte sie daran gedacht, wie er darüber schon früher immer referiert hatte – Gut und Böse, das war schon immer Pauls Thema gewesen. Und wie er sich über Ungerechtigkeiten aufgeregt hatte! Kein Wunder, dass er Jura studiert hatte.

Bei dem Gespräch gestern zwischen Paul und ihrem Sohn hatte sie tief in sich einen unerwünschten Gedanken verspürt, gegen den sie sich heftig zur Wehr setzte: *So und nicht anders sollte sich ein Vater gegenüber seinem Kind benehmen.* Und das hatte sie bei Malcolm noch nie erlebt. Das war es, was der Junge brauchte und was sie ihm nicht geben konnte. Und jetzt hatten die beiden offenbar ganz zwanglos und vergnügt miteinander herumgealbert, was Malcolm mit Joey nie getan hatte. Sie sah deutlich, dass Joeys und Pauls Haare und Scouts Fell noch nass waren. Die drei mussten schon unten am Wasser gewesen sein.

Inzwischen saß Paul auf einem Terrassenstuhl, die Füße auf einem anderen abgelegt, und trank Kaffee. Er sah abwechselnd auf einen Tablet-PC und zu Joey, der mit Scout herumtobte.

Ein scharfer Stich fuhr ihr ins Herz, als Joey Paul etwas zurief, das ihn zum Lachen brachte. Paul war wirklich attraktiv, umso mehr, wenn er lachte und dieser Schatten verschwand, der ihn sonst häufig zu umgeben schien. Selbstbetrug hatte viel zu lange zu ihrem Leben gehört, und deshalb gestand sie sich offen ein: Paul zog sie an, und zwar nicht nur, weil er ihren Sohn zum Lachen brachte. Das stand fest. Aber genauso sicher war sie sich ihres Entschlusses, es nicht zu riskieren, sich auf eine Beziehung mit einem Mann einzulassen. Vielleicht in ein paar Monaten, vielleicht aber auch nie. Sie musste nach dieser langen Ehe erst einmal herausfinden, wer sie inzwischen eigentlich war, und lernen, auf eigenen Füßen zu stehen, statt sich gleich wieder zu einem Mann zu flüchten. Außerdem hatte sich Paul bisher lediglich wie ein perfekter Gastgeber benommen, es gab keinerlei Anzeichen, dass er auch nur im Geringsten an ihr interessiert war. Darüber sollte sie sich eigentlich freuen, schließlich passte es zu ihrer eigenen Einstellung, aber irgendwie hätte sie sich gewünscht, dass …

Sie wandte sich vom Fenster ab und rief sich zur Ordnung. Kein Mann! Weder Paul noch sonst jemand!

Sie ging ins Badezimmer und blieb abrupt stehen. Na super, manche Dinge änderten sich nie. Ein nasses Handtuch lag auf dem Fußboden, direkt neben Socken und Unterwäsche. Über dem Rand des Waschbeckens hing das T-Shirt, das Joey zum Schlafen getragen hatte. Die Verbindungstür zu seinem Zimmer stand sperrangelweit offen. Aber erstaunlicherweise war auch die Dusche nass. Hatte er wirklich freiwillig geduscht? Das war ungewöhnlich. Rasch räumte sie die Sachen zusammen und machte sich dann in Rekordzeit fertig. Die feuchten Haare band sie zu einem Pferdeschwanz zusammen, das reichte. Nun brauchte sie einen Kaffee. Dringend!

Als sie in die Küche kam, stand dort Paul, sein Handy am Ohr. Er deutete stumm in eine Ecke und ging dann auf die Terrasse. Erst auf den zweiten Blick entdeckte Sabrina dort eine Kaffeemaschine, die ihrer eigenen in nichts nachstand. Dank der Vorbereitung des Essens am Vorabend wusste sie, wo sie Geschirr und Milch fand. Wenige Augenblicke später tropfte die köstliche Flüssigkeit schon in den Becher. Ungeduldig wartete sie darauf, dass die Maschine fertig war.

»Nicht ansprechen, ehe sie den ersten Kaffee hatte. Am besten auch noch den zweiten abwarten«, hörte sie plötzlich Joey sagen.

Empört fuhr sie herum, aber sein Grinsen versöhnte sie sofort. »Frechdachs. Sag mir lieber erst einmal guten Morgen.«

Er kam angerannt und umarmte sie fest. »Guten Morgen, Mom. Wir waren schon mit Scout unten am Wasser. Das ist toll.«

Sie drückte ihn kurz an sich und staunte wieder einmal, wie groß er schon geworden war. Dennoch blieb er in gewisser Weise immer ihr Baby, und sie genoss es, dass er sie immer noch ohne Scheu umarmte. Irgendwas hatte sie wohl richtig gemacht, denn bei seinen Schulkameraden hatte sie oft genug beobachtet, dass die Jungs auf die Umarmung ihrer Mütter reagiert hatten wie auf die Annäherung eines lästigen Insekts. Allerdings hatte sie sich in der Öffentlichkeit mit Liebesbezeugungen auch bewusst zurückgehalten. Aber das galt nicht, wenn sie allein waren. »Hast du schon gefrühstückt?«

»Nein, wir haben auf dich gewartet.«

»Gut, ich will aber auch nicht, dass wir …« Sie brach mitten im Satz ab, als Paul die Küche betrat.

»Guten Morgen. Ausgeschlafen? Das eben war Tommy, der Inhaber der Werkstatt. Er hat einen passenden Reifen für dich, allerdings keine Zeit, ihn zu wechseln.« Er seufzte dramatisch. »Das bleibt wohl an mir hängen. Wenn alles glattgeht, bist du nachher wieder mobil.« Er machte eine Handbewegung, die die gesamte Küche umfasste. »Viel Auswahl zum Frühstück habe ich leider nicht. Joey hat sich Pancakes bestellt. Ich mag lieber Rühreier. Ist was für dich dabei?«

»Ja, aber … du sollst nicht … ich kann doch …«

»Du setzt dich draußen hin und genießt die Sonne. Wenn du helfen willst, halte mir die beiden Quälgeister vom Leib.«

Ehe sie sich versah, saß sie in einem der bequemen Stühle auf der Terrasse, blickte aufs Meer und kraulte Scout das nasse Fell.

Joey ließ sich auf den Stuhl neben ihr plumpsen. »Ist das nicht schön hier? Und Paul ist so cool.« Er atmete tief durch. »Er will mir wirklich das Schwimmen beibringen. Meinst du, er macht es echt?«

Sabrina zog es das Herz zusammen, als sie spürte, wie sich Joey innerlich gegen die drohende Enttäuschung wappnete. »Wenn er das sagt, dann …«

Von ihr unbemerkt hatte Paul die Terrasse betreten. Er schnitt ihr das Wort ab, indem er ihr kurz eine Hand auf die Schulter legte, und ging neben ihrem Sohn in die Hocke. »Weißt du, Joey, ich verstehe, dass du misstrauisch bist, und das ist auch gut so. Viele Menschen versprechen Dinge und halten sie dann nicht. Du kennst mich noch nicht gut, aber ich kann dir versichern, dass mein Vater mir beigebracht hat, nur Sachen zu versprechen, die ich auch halten kann und will. Ich garantiere dir, in zwei Wochen springst du wie ein Delfin durch die Wellen. Abgemacht, Partner?« Paul hielt ihm die Hand hin.

Joey schluckte und schlug ein. »Ja, Sir.«

»Gut, dann wäre das geklärt. Nächster Punkt: Was willst du auf deine Pancakes haben, Ahornsirup oder Schokoladencreme? Und was ist mit dir, Brina? Möchtest du Speck zu deinen Eiern?«

Sie hatte damit zu kämpfen, wie liebevoll und bestimmt er mit Joey gesprochen hatte, und nickte nur.

Nach dem kurzen ernsten Moment war Joey schon wieder in seinem Element. »Brina? So hat noch nie jemand Mom genannt.«

»Hier schon. Inga und ihre Kinder, meine Freunde und ich hatten für sie zwei Namen. Brina und …« er machte eine Kunstpause, und Sabrina stöhnte, weil sie genau wusste, was nun kam. Wobei: Das würde er doch nicht tun? Nicht vor ihrem Sohn …?

Paul beugte sich dichter an Joey heran und flüsterte ihm etwas ins Ohr. Okay, er würde doch, aber Joey lachte so fröhlich, dass sie Paul seine Indiskretion sofort verzieh.

Paul zwinkerte ihr zu. »Übrigens: Gut gemacht.« Er wuselte Joey durchs Haar. »Den Kerl hier meine ich.« Er verschwand wieder im Haus.

Joeys Augen glitzerten. Lob hatte er in seinem bisherigen Leben nicht besonders oft von anderen Menschen außer seiner Mutter zu hören bekommen. »Paul ist klasse. Ich wünschte …« Das Lachen verschwand aus seiner Miene. »Ach, auch egal. Kommst du kurz mit runter ans Wasser? Das sind nur ein paar Meter, und Scout kann noch ein bisschen Stöckchen aus dem Meer fischen, ehe das Frühstück fertig ist.«

»Na klar. Komm, Großer.«

Es blieb nicht dabei, dass nur der Hund nass wurde. Nach kurzer Zeit tobten sie zu dritt in den Wellen. Als ein Brecher Joey umriss, bekam Sabrina einen Schreck, aber ehe sie bei ihm war, tauchte Joey bereits japsend wieder auf.

»Besser als Achterbahn!« Er warf sich in die nächste Welle, einen Stock in der Hand. Scout umkreiste ihn mit großen Sprüngen, fast bis zum Rücken im Wasser, und versuchte, das Stück Holz zu erwischen. Joey lachte und warf es Sabrina zu, ehe er sich mit der nächsten Welle auf den Strand treiben ließ. Sie fing es, sah nur noch einen großen Schatten auf sich zurasen und landete im nächsten Augenblick rücklings im Wasser. Scout bellte und sah sie mit gekonnter Unschuldsmiene an.

»Das war fies!« Sabrina holte aus und tat, als ob sie den Stock ins tiefe Wasser schleudern würde. Scout sprintete los, blieb aber nach zwei Sätzen stehen und drehte sich zu ihr um. Er wirkte so beleidigt, dass Sabrina lachen musste. »Das war die Strafe, du Fellbündel.«

Scout schlich langsam näher. Eine besonders hohe Welle näherte sich von hinten. Grinsend wich Sabrina zurück. »O nein, du wirst nicht …«

Joey kreischte laut. »Er wird, Mom, er wird. Schmeiß den Stock lieber weg.«

»Das traut er sich nicht.«

»Und ob!« Ihr Sohn lachte so sehr, dass er sich verschluckte, aber wenigstens beobachtete er das Spektakel aus sicherer Entfernung vom Strand aus. Noch hatte die Welle Scout nicht erreicht, aber der Hund kam näher. Sabrina wich weiter zurück, das Wasser umspielte nur noch ihre Füße. Scout kläffte einmal und stürmte dann auf sie zu. Im gleichen Moment erreichte ihn die Welle und gab ihm ordentlich Schwung. Sabrina versuchte noch auszuweichen, war aber zu langsam. Unter Scouts Gewicht ging sie zu Boden, wurde vom Hund und der Wucht der Welle mitgerissen und landete prustend am Strand. Scout wälzte sich direkt neben ihr im Sand. »Dämlicher Köter!«

»Das klingt wie eine Liebkosung!«, stellte Joey fest.

Scout bellte, stand auf und …

Lachend versuchte Sabrina, wegzukriechen. »Wenn du das tust, dann bist du Frikassee.«

Zu spät, Scout schüttelte sich, und Sabrina wurde mit reichlich Sand und Wasser bespritzt. Fluchend spuckte sie die feinen Körner aus, die ihr in den Mund geraten waren, da bemerkte sie, dass sie nicht länger allein waren: Paul stand neben ihr und sah mit undefinierbarer Miene auf sie herab. Erschrocken wurde ihr bewusst, wie durchsichtig ihr nasses T-Shirt war.

Er hielt ihr eine Hand hin, und sie ergriff sie und ließ sich auf die Füße ziehen. »Entschuldige, ich wollte nicht …«, begann sie.

Der Anflug eines Lächelns zeigte sich in seinen Mundwinkeln. »Wieso entschuldigst du dich für die Show? Eigentlich solltest du dich bei dem Besitzer dieses fürchterlich ungezogenen Hundes beschweren.«

Scout gähnte unbeeindruckt und legte sich in den Sand.

Verlegen zupfte sie an ihrem T-Shirt. Ganz schlechte Idee, so zeichneten sich ihre Kurven nur noch deutlicher unter dem nassen Stoff ab. Instinktiv zog sie den Bauch ein. Malcolm hatte sie oft genug darauf hingewiesen, dass sie dort zugelegt hatte.

Paul hatte jede ihrer Bewegungen aufmerksam verfolgt und einige Sekunden lang eindeutig dorthin gestarrt, wo es zu viel zu sehen gab. Nicht nur wegen des nassen T-Shirts, sondern vor allem wegen ihrer Vorliebe für Süßigkeiten aller Art. Allerdings glitzerten Pauls Augen nun fast grün, als hätte er etwas entdeckt, was ihm gefiel. Sie schluckte. Vermutlich interpretierte sie in diesen kurzen Moment viel zu viel hinein.

Paul räusperte sich. »Ich wollte euch eigentlich nur sagen, dass das Frühstück fertig ist.« Er griff nach einer Strähne, die sich aus ihrem Pferdeschwanz gelöst hatte, strich darüber und zeigte ihr den Sand auf seinem Finger. »Das Essen steht auf einer Warmhalteplatte. Wie wäre es mit einem kurzen Wettschwimmen zu dem Felsen dahinten? Duschen kannst du nachher, und nass bist du sowieso.«

Eine Erinnerung flammte in ihr auf. Früher hatten sie oft per Wettschwimmen entschieden, wer eine ungeliebte Aufgabe übernehmen musste. Zwar hatte sie nie gewonnen, war aber oft Zweite oder Dritte geworden und immer sehr stolz darauf gewesen … plötzlich fragte sie sich zum ersten Mal, ob die älteren und körperlich überlegenen Jungs sie absichtlich nie hatten verlieren lassen.

Sie tat, als ob sie es sich überlegen würde, aber da ihre Sachen ohnehin schon nass waren, musste sie sich nicht damit aufhalten, sich umzuziehen. Sie wirbelte herum und sprintete ins Wasser. »Der Verlierer wäscht ab«, rief sie ihm zu und warf sich kopfüber in die Wellen.

Sie hörte noch Pauls Lachen, dann konzentrierte sie sich auf ihre Kraulzüge. Ihr Ehrgeiz war geweckt, Sieger würde sie trotz des unfairen Starts wohl nicht werden, aber sie wollte sich so teuer wie möglich verkaufen.

Viel zu schnell schwamm Paul neben ihr. Obwohl er sein Tempo nicht drosselte, gelang es ihr, mitzuhalten. Der Felsen war durch die Wellen förmlich poliert worden. Es gab keine scharfkantigen Stellen, sodass Sabrina sich den letzten Meter treiben ließ und sich auf den Stein zog.

»Herrlich. Wir sollten hier frühstücken.«

»Das tun ab und zu ein paar Seehunde. Vielleicht habt ihr Glück und bekommt sie zu sehen.«

»Das wäre klasse. Und danke … ich meine, für alles, deine Hilfe mit dem Wagen, das Gästezimmer, das Frühstück, wie du dich um Joey kümmerst. Das ist sehr viel.«

Paul zog sich ebenfalls hoch und setzte sich so dicht neben sie, dass sich ihre Oberschenkel berührten. »Du übertreibst. Es ist nicht viel. Essen muss ich doch sowieso, da ist es kein Aufwand, einfach ein bisschen mehr zu machen. Und was deinen Sohn angeht … das mache ich gern. Ich mag ihn. Damit bleibt als einzige unangenehme Sache der Reifenwechsel. Der ist allerdings ein Problem. Es sollen fast dreißig Grad werden, und die Reifenmuttern sitzen bestimmt mörderisch fest. Und Wagenheber sind das Letzte, die Gebrauchsanweisung ist vermutlich auf Japanisch! Du könntest mir dabei also Luft zufächeln und mir bewundernd versichern, wie tief dich meine technischen Fähigkeiten beeindrucken. Dann sind wir quitt.«

»Spinner. Ich meine es ernst.«

»Ich auch!«

»Ich verstehe immer noch nicht, was Inga und Rosie sich dabei gedacht haben.«

Paul verzog den Mund. »Ich glaube, ich kenne die Antwort, und ich bin sicher, sie würde dir nicht gefallen. Mich interessiert übrigens noch viel mehr, was sie sich für heute haben einfallen lassen.«

»Du meinst, sie gibt mir immer noch kein Zimmer? Aber wieso?«

Paul schüttelte den Kopf. »Geh lieber nicht davon aus.« Er sah zum Haus hinüber. »Wenn du mit eurer alternativen Unterbringung leben kannst, ist es kein Problem. Mir macht es nichts aus. Was aber den Grund angeht … den finde lieber selbst raus. Am Ende liege ich falsch, und du machst dich ganz umsonst auf den Weg, um zwei reizende alte Damen zu ermorden.«

Schlagartig wurde ihr klar, was hier los war. Wie hatte sie das nur am Vorabend übersehen können? Sie musste müder gewesen sein als gedacht. Die plötzliche Wärme in ihrem Gesicht kam nicht von der Sonne … sie spürte, wie sie rot anlief. So ein Mist. Inga und Rosie wollten sie miteinander verkuppeln, und weil sie es alles andere als subtil anstellten, war es natürlich auch Paul aufgefallen. Sogar früher als ihr. Verflixt, sie wusste nicht, was sie sagen sollte, also wechselte sie hastig das Thema: »Wer hat eben eigentlich gewonnen?«

Ehe Paul antworten konnte, stieß sie sich schwungvoll ab und kraulte sofort los. Ihr Vorsprung war nach wenigen Metern dahingeschwunden. Seite an Seite pflügten sie durchs Wasser und wurden am Ufer von Scout und Joey empfangen. »Ihr könnt das ja richtig gut!«

Die Sehnsucht in Joeys Stimme war unüberhörbar. Sie fuhr ihm durch die Haare. »Nicht mehr lange, und du kannst uns begleiten.«

Paul stoppte seinen Pick-up vor Ingas Pension. Auf der Bank vor der Tür saß Rick, Shadow lag zu seinen Füßen. Der Hund wirkte schon fast wieder gesund. Er sah in ihre Richtung und wedelte mit dem Schwanz.

Paul nahm sich vor, später Winston zu fragen, wie lange der Hund in den Händen des Tierquälers gewesen war. Er schien sich überraschend schnell von den Misshandlungen zu erholen.

Sabrina blieb neben Shadow stehen, bückte sich und kraulte ihn zur Begrüßung.

Rick grinste. »Wenn er anfängt zu schnurren, hast du ein Problem mit mir.«

Lächelnd nickte Sabrina. »Dann nehme ich ihn, eine solche Katze würde mir gefallen.«

»Schnurr, Shadow. Komm schon, dann gehörst du uns«, forderte Joey.

Kopfschüttelnd beschloss Paul, für Ordnung zu sorgen, schließlich hatte er zum ersten Mal seit längerer Zeit wieder eine Menge zu tun. Ein ungewohntes Gefühl, das ihm aber gefiel. »Joey, geh mal in den Garten und sieh nach, ob die Hasen und Meerschweinchen noch da sind. Ich kläre mit Rick noch einige Dinge, und wenn deine Mom mit Inga alles besprochen hat, überlegen wir, wie wir Schwimmstunde, den platten Reifen und Taxifahrten für Rick und Shadow unter einen Hut bekommen. Einverstanden?«

»Klar!« Schon rannte Joey davon.

Sabrina betrachtete die Eingangstür. »Ich hoffe wirklich, du liegst falsch, Paul.«

Er zuckte lediglich mit der Schulter. »Wir werden sehen. Besser, du bringst es hinter dich, Brina.«

»Du hast recht, aber ich hasse es, wenn du recht hast.« Damit stieß sie die Tür auf und verschwand im Haus. Rick sah ihr grinsend nach. »Das muss eine Form weiblicher Logik sein, denn ich habe es nicht verstanden.«

»Tja, ich fürchte, ihr steht da noch eine Überraschung bevor.« Paul ließ sich auf der Bank neben Rick nieder und streckte die Beine aus. Der Blick aufs Meer, die Sonne, die beiden Hunde: In diesem Moment hatte er an seinem Leben nichts auszusetzen. Sogar Rick wirkte deutlich entspannter als gestern. Shadow schien ihm gutzutun, die ungewohnte Distanziertheit war jedenfalls aus seiner Miene verschwunden.

Nun lachte er leise. »Ich muss dir also nicht erklären, dass Inga und Rosie unter einer Decke stecken und was sie vorhaben?«

»Nein, musst du nicht. Ich habe das gestern Abend schon durchschaut, aber das können sie vergessen.«

»Wieso eigentlich? Die Kleine hat sich doch zu einer ganz ansehnlichen Frau entwickelt.«

Sofort musste Paul daran denken, wie sich ihre Brüste unter dem nassen Stoff abgezeichnet hatten. Er räusperte sich. »Schon, aber ich brauche keine Frau in meinem Leben.«

»Wie wäre es mit einer Frau und einem Kind?«, zog Rick ihn auf.

Ehe er scharf zurückschießen konnte, legte Rick einen Finger auf die Lippen. Automatisch gehorchte Paul, lauschte und hörte die Stimmen von Inga und Sabrina, die mit jedem Wort lauter wurden. Die beiden lieferten sich vor dem offenen Fenster im ersten Stock ein heftiges Wortgefecht.

»Das ist doch total albern und ganz offensichtlich eine Ausrede! Aber gut, ich dusche auch kalt! Du hast mir ein Zimmer versprochen, und das will ich jetzt auch haben!«

»Das hättest du auch bekommen, wenn nicht erst ein kranker Hund und nun eine kaputte Wasserleitung es verhindert hätten.«

79

Kaputte Leitung?, formte Paul stumm mit den Lippen.

Ricks Antwort bestand in einem eindeutigen Tippen an die Stirn.

»Wie gesagt, ich komme auch ohne Wasser aus.«

»Aber das werde ich nicht zulassen. Was spricht denn gegen einen Aufenthalt bei Paul? Er ist nett, charmant, und sein Haus müsste dir doch auch gefallen.«

Rick biss sich sichtlich auf die Lippen, während Paul eine Augenbraue hob. Eine Zeit lang herrschte Schweigen.

»Du versuchst doch nicht etwa, mich mit ihm zu verkuppeln?« Sabrinas Stimme überschlug sich.

Als Rick nun stumm applaudierte, war es mit Pauls Beherrschung fast vorbei, und er hätte beinahe laut losgelacht. Im letzten Moment gelang es ihm, sich zu beherrschen. Um nichts auf der Welt wollte er verraten, dass Rick und er das Gespräch aufmerksam verfolgten.

»Also, nun mal langsam, Kind. Es ist doch nun mal eine Tatsache, dass du eine neue Bleibe brauchst und das Haus für Paul allein viel zu groß ist.«

Paul setzte sich gerader hin. Allmählich reichte es ihm.

»Und da hast du einfach mal eben so entschieden, dass wir das perfekte Paar wären? Also ehrlich, Inga, das ist unmöglich. Ja, ich suche eine Bleibe, aber doch keinen Mann! Und nebenbei ist Paul zwar wirklich nett, aber nicht im Geringsten an mir interessiert.«

Rick sah ihn fragend an. Paul winkte ab. Er brauchte keine Frau in seinem Leben, zu dem Thema hatte er die gleiche Meinung wie Sabrina. Wenn er nur nicht schon wieder das Bild von ihr im nassen T-Shirt vor Augen hätte.

»Nachdem das geklärt wäre, möchte ich ein Zimmer. Bei dir!«

»Deine Meinung in allen Ehren, aber damit ist die Wasserleitung auch noch nicht geflickt. Dir bleibt wohl nichts anderes übrig, als noch eine Weile bei Paul zu wohnen. Wie kommst du eigentlich darauf, dass er sich nicht für dich interessiert?«

»Na ja, er hat mich zum Beispiel nicht gefragt, warum ich überhaupt hier bin.«

Das war auch nicht nötig gewesen, da Joey ihm einiges erzählt hatte. Schwang da Bedauern in Sabrinas Stimme mit? Er musste sich irren, denn so viel hatte er Joeys und nun auch Sabrinas Worten entnommen: Eine neue Beziehung kam für sie nicht infrage. Das passte gut, denn für ihn auch nicht. Und wenn nun schon wieder das Bild von Sabrina in den Wellen vor seinem geistigen Auge auftauchte, mit nassen Haaren und fast durchsichtig an der Haut klebendem T-Shirt, dann lag es wohl vor allem daran, dass er zu lange keinen Sex gehabt hatte.

»Männer reden nie viel. Und außerdem werden wir sehen, wo das Schicksal euch hinführt. Meine Zimmer sind jedenfalls allesamt entweder belegt oder nicht bewohnbar.«

»Gut, dann frage ich im Ort nach einer Unterkunft.«

»Bitte. Du warst schon als Kind immer so stur, aber ich kann dir jetzt schon sagen, dass die alle ausgebucht sind. Willst du dich jetzt weiter mit mir herumstreiten, oder können wir mit deiner Arbeit beginnen?«

»Ich streite mich nicht, ich wehre mich nur gegen diese offensichtliche Manipulation, und arbeiten kann ich erst, wenn ich mein Notebook habe. Das liegt noch im Wagen.«

»Dann hol es doch. Joey kann gern hierbleiben und mir mit den Tieren helfen.«

Über ihnen wurde eine Tür zugeschlagen. Nun lachte Rick leise. »Nettes Theater.«

»Das kannst du wohl sagen.«

»Kommst du denn mit deinem ungeplanten Besuch klar?«

»Muss ich wohl, ich kann sie ja nicht einfach auf die Straße setzen. Ist Shadow so weit, dass du ihn mit nach Hause nehmen kannst? Dann fahre ich euch und die restlichen Sachen für ihn rum.«

»Das wäre nett. Wenn ich geahnt hätte, was mich in der Stadt erwartet, wäre ich nicht zu Fuß gegangen.«

Paul zog die Augenbrauen zusammen. »Und ich dachte, Marines könnten alles. Aber mit dem Hellsehen hapert es wohl noch.«

Schnelle Schritte näherten sich und hielten sie davon ab, das Geplänkel fortzusetzen. Mit vor Ärger blitzenden Augen baute sich Sabrina vor Paul auf, die Hände in die Taille gestemmt. »Die Frau ist unmöglich, und du hattest natürlich recht. Verteidigst du mich vor Gericht, wenn ich sie umbringe? Ich finde das Ganze einfach … also, sie kann doch nicht ernsthaft glauben, dass wir … ähm … also, dass wir …«

Es hatte etwas Niedliches an sich, wie sie nach Worten suchte. Wie hatte er sie nur für spießig und langweilig halten können? Schon als sie am Strand getobt hatten und später dann beim Wettschwimmen hatte er in ihr die Brina von früher wiedererkannt. Allerdings zusätzlich noch mit einer sehr anziehenden Figur ausgestattet. Trotzdem war da immer wieder diese ernste, fast abweisende Seite an ihr, die er nicht besonders mochte. »Vergiss es einfach, sie und Rosie sind da ein eingespieltes Team, aber wir müssen ihr Spiel ja nicht mitmachen.«

Ratlosigkeit löste die Wut ab. »Schon, aber was soll ich denn jetzt machen?«

Seufzend stand er auf. »Wenn du mit deiner aktuellen Unterkunft leben kannst, ist doch alles geklärt. Lass ihr den Spaß. Sie wird schon sehen, dass sie damit keinen Erfolg hat.«

»Dein Haus ist ein Traum, aber ich will nicht … also, bei Inga ist es was anderes, wir sind verwandt, aber ich will nicht umsonst bei dir wohnen.«

Er verstand nicht, wieso ihr das so wichtig war, spürte aber, dass sie in diesem Punkt nicht mit sich verhandeln lassen würde. »Gut, dann finden wir etwas, womit du dich revanchieren kannst. Wollen wir deinen Wagen flottmachen? Danach muss ich kurz ins Büro, dann steht Joeys Schwimmunterricht auf dem Programm, und es wird Zeit, Rick und Shadow nach Hause zu fahren. Passt das alles so weit für euch?«

Beide signalisierten ihre Zustimmung. Rick reckte sich. »Lass den Jungen ruhig hier. Ich behalte ihn im Blick.«

Paul nickte. »Gute Idee. Am besten bleibt Scout auch hier. Wir holen den Reifen und sind in gut einer Stunde zurück.«

»Sofern du die Gebrauchsanweisung verstehst, sonst dauert es länger«, zog ihn Sabrina unerwartet auf.

Und wieder erkannte er das freche Mädchen in ihr, das er als Kind gekannt hatte. Diese Seite an ihr gefiel ihm viel besser. Bisher hatte ihn nicht übermäßig interessiert, was sie in Heart Bay wollte oder wovor sie weglief, langsam wurde er neugierig. Was hatte sie erlebt, was warf ständig seinen Schatten über diese Fröhlichkeit, die ihm an ihr viel natürlicher erschien?

Sein Blick fiel auf Scout, der dösend auf dem Boden lag. Ihm kam eine Idee. »Scout, hol Joey!«

Sabrina warf ihm einen Blick puren Unglaubens zu, während Rick ihn deutlich interessiert ansah. Scout stand auf, reckte sich und rannte los.

Es dauerte nicht lange, und sie hörten Joeys Stimme: »Hey, lass das. Wenn du mein T-Shirt zerfetzt, bekomme ich Ärger. Was ist denn?« Scout bellte. »Okay, ich komme mit, aber nur, wenn du aufhörst, an mir herumzuzerren.«

Im nächsten Moment tauchten Kind und Hund auf. Paul grinste bei dem Anblick breit. »Sorry, Joey. Ich wollte mal testen, ob es funktioniert, also ob er deinen Namen schon versteht.«

Lachend nickte Joey. »Tut er. Der hat vielleicht ein paar Tricks drauf. Wahnsinn!«

Selbst Rick wirkte beeindruckt. »Hilfst du mir, das Shadow auch beizubringen?«

»Klar, aber dafür brauche ich dann Joey als Assistenten. Ehe die Sommerferien vorbei sind, wird Shadow die meisten Kommandos kennen. Das eben war schon was für Fortgeschrittene, aber der Rest dürfte kein Problem sein.«

Joeys Augen leuchteten vor Begeisterung. »Cool.«

Paul hob eine Augenbraue. »Freu dich nicht zu früh, das wird harte Arbeit. Sag mal, kann Scout bei dir bleiben, während wir den Reifen wechseln?«

»Klar.«

»Gut. Aber pass auf, dass er keinen Blödsinn macht.«

Joey und Scout rannten los, Shadow erhob sich und sah ihnen nach. Wenn Paul den Hund richtig einschätzte, würden sie bald zu dritt durch die Gegend toben.

Kopfschüttelnd sah Sabrina ihrem Sohn nach. »Ich bin ja nicht ganz sicher, wer da auf wen aufpasst. Lass uns losfahren. Danke, dass du ihm Scout überlässt, das tut seinem Selbstbewusstsein gut.«

Unerwartet seufzte Rick. »Nicht nur Shadow wird am Ende des Sommers nicht wiederzuerkennen sein. Joey ist ein prima Junge, der sein Herz am richtigen Fleck hat. Heart Bay ist für ihn genau die richtige Umgebung, um seine Vergangenheit hinter sich zu lassen.«

Den Mund leicht geöffnet, sah Sabrina ihn an. Dann legte sie ihm eine Hand auf den Arm. »Danke, genau das ist mein Ziel. Ich bin immer noch nicht sicher, ob meine Entscheidung richtig war, aber dass du ihn auch so einschätzt, bedeutet mir viel.«

Erstaunt stellte Paul fest, dass er sich wünschte, sie würde *ihn* berühren und dankbar anlächeln, nicht Rick. Verdammt, sie ging ihm anscheinend doch mehr unter die Haut, als er sich hatte eingestehen wollen. Er räusperte sich, um ihre Aufmerksamkeit zurückzuerobern. Eigentlich ein billiger Trick, aber in diesem Fall erlaubt. »Wir sollten dann fahren«, schlug er vor und merkte selbst, dass es wie ein Befehl klang.

Sabrina grinste frech und salutierte dann lässig.

6

Auf der kurzen Fahrt durch den Ort sah sich Sabrina aufmerksam um. »Heart Bay ist immer noch so zauberhaft, wie ich es in Erinnerung habe. Das Meer, der Wald, die kleinen Häuser ...«

In diesem Moment verließen sie das alte Stadtzentrum und kamen an der Schule vorbei, einem hässlichen Betonklotz. Sabrina stöhnte. »Na ja, mit ein paar Ausnahmen. Ist das die HighSchool?«

»Nicht nur, die Grundschule ist dort auch untergebracht.« Die nächste Frage lag auf der Hand. Er wollte zwar die Antwort wissen, zögerte aber. Zu viel Interesse wollte er schließlich auch nicht zeigen.

»Hat die einen ganz guten Ruf? Inga meinte, es spräche nichts dagegen, Joey dort anzumelden.«

Na also, manche Dinge erledigten sich von allein, man musste nur etwas Geduld haben. »Ich habe nichts Schlechtes gehört. Aber wenn du sichergehen willst, solltest du Rosie fragen.«

»Gute Idee. Darauf hätte ich auch selbst kommen können. Soll ich sie erst darauf ansprechen und dann zur Rede stellen, weil sie und Inga unmöglich sind, oder lieber andersherum?«

»Du hast noch fast drei Monate Zeit. Erst einmal solltest du abwarten, ob sie uns heute wieder so ein Abendessen spendiert, und dann sehen wir weiter.«

»Auch nicht schlecht. Wenn uns das noch einmal eine solche Portion Apfelkuchen einbringt, warte ich gern.« Sabrina

runzelte die Stirn. »Ich sollte nachher vielleicht Inga gegenüber unauffällig erwähnen, dass ich mit meiner Kochkunst jeden Mann in die Flucht schlage.«

Paul lachte. »Guter Plan.«

Der Rest der Fahrt verging wie im Fluge, die Themen gingen ihnen nicht aus. Sie diskutierten über Filme, eine Thriller-
Serie, die sie beide mochten, dann erzählte Paul ihr ein paar
Anekdoten von Scout. Als Sabrinas liegen gebliebener Wagen
vor ihnen auftauchte, war es fast wie eine Störung. Paul stöhnte übertrieben. »Und wenn wir ihn hier stehen lassen, und ich
kaufe dir einen neuen?«

Mit blitzenden Augen warf sie den Kopf in den Nacken und
lachte, kleine Fältchen zeigten sich um Augen und Mund. »Na
sicher doch. Na komm, zu zweit schaffen wir das schon.«

Er schluckte. Himmel, so ausgelassen und sorglos war sie
unwiderstehlich. In ihm wuchs der Wunsch, sie öfter so zu sehen. Nun wollte er unbedingt wissen, welche Erlebnisse sie so
abweisend oder vielleicht auch einfach vorsichtig hatten werden lassen. Denn er war sicher, dass dies hier ihr wahres We-
sen war. Nicht nur Shadow und Joey sollten am Ende des Sommers nicht wiederzuerkennen sein, auch Sabrina setzte er auf
die Liste. Und wo er gerade dabei war, fügte er auch noch Rick
hinzu. Der Hund schien die Dunkelheit zu vertreiben, die sich
in ihm festgesetzt hatte, und das war gut so.

Paul wendete den Wagen und wollte gerade aussteigen, als
ihm ein Gedanke kam. Was war eigentlich mit ihm selbst? So
lebendig hatte er sich seit Monaten nicht gefühlt. Anscheinend
gehörte auch sein Name auf die fiktive Liste.

Eine halbe Stunde später hatte Sabrina einige interessante schwarze Streifen im Gesicht. Er selbst war völlig durch-
geschwitzt, aber der neue Reifen saß, wo er hingehörte. Grinsend fuhr er mit dem Finger leicht über Sabrinas Wange. Sie

erstarrte unter der Berührung. Er zwang sich zu einem beiläufigen Ton. »Frag Rick, wie man vernünftig Tarnfarben aufträgt. Das hier ist die reinste Stümperei.«

»Was?« Sie verrenkte sich fast vor dem Außenspiegel und stöhnte dann. »Wie konnte denn das passieren? Und wieso siehst du noch wie aus dem Ei gepellt aus?«

»Tja …« Er zuckte mit der Schulter.

»Nun muss ich vor meinem ersten Geschäftstermin noch duschen. Auch wenn es nur Inga ist, werde ich so nicht bei ihr auftauchen.«

»Du willst Geschäfte mit ihr machen?«

»Ja, ich übernehme für sie das Marketing – Social Media und Internet. Nicht nur für sie, sondern auch für die anderen Pensionen. Das wird nicht einfach, weil wir einerseits wollen, dass Heart Bay weiter ein Geheimtipp bleibt, aber andererseits auch nicht nur auf Mundpropaganda setzen dürfen. Die Zahlen sind seit Jahren rückläufig und die Gäste teilweise recht betagt.«

Das war ihm so bisher nicht bewusst gewesen, aber es stimmte. »Klingt gut.« Er musterte ihr schmutziges Gesicht. »Wieso springst du nicht mit Joey und mir kurz ins Meer? Oder …«

»Oder … was?«

Ehe sie seine Absicht durchschaute hatte, fuhr er ihr mit seinem verdreckten Daumen über die Stirn. »Wir färben dich ganz schwarz, dann fällt es nicht mehr auf!«

»Das hast du nicht wirklich gerade getan!« Sie sah wieder in den Spiegel und blitzte ihn an. »Na warte. Darüber reden wir noch!«

Gähnend streckte sich Paul auf dem Stuhl aus. Eigentlich hatte er Hunger, aber ohne sich mit Sabrina und Joey abzustimmen, wollte er sich nichts zu essen machen. Es war ungewohnt, auf jemanden warten zu müssen, und er war nicht sicher, ob es ihm gefiel.

Außerdem war es ihm zu still.

Paul schnaubte und stand auf, um sich eine Flasche Bier aus dem Kühlschrank zu holen. Normalerweise mochte er die Abgeschiedenheit seines Hauses, heute nervte ihn die Stille. Dabei sollte er sie nach dem turbulenten Tag eigentlich genießen.

Der Schwimmunterricht mit Joey hatte ihm viel Spaß gemacht, und der Junge hatte sich so gut angestellt, dass er am Ende sogar im flachen Bereich am Strand die ersten Schwimmzüge ausprobieren konnte. Nach einigen Bemerkungen über seinen Vater hatte Paul einen ungefähren Eindruck von Sabrinas Ehemann gewonnen und fragte sich, wie sie an einen solchen Mistkerl geraten war. Es war ein Wunder, dass Joey außer fehlendem Selbstbewusstsein keine ernsteren Schäden davongetragen hatte. Der Junge war für den Unterricht und vor allem ein paar lobende Worte so dankbar gewesen, dass es Paul fast geschmerzt hatte. So etwas sollte doch selbstverständlich sein.

Der Abstecher ins Büro war nötig gewesen, und er hatte sich beeilen müssen, um ein paar bisher aufgeschobene Schriftstücke noch rechtzeitig auf den Weg zu bringen. Danach hatte er die Sachen für Shadow zu Rick geschafft. Er hatte zwar nur den Eingangsbereich gesehen, aber das Gebäude schien nach all den Jahren, in denen es leer gestanden hatte, eher eine Ruine als ein Haus zu sein. Es lagen noch etliche Arbeitsstunden vor seinem Freund, ehe das Gebäude winterfest war.

Mit der Flasche in der Hand ging Paul nach draußen und betrachtete nachdenklich einen Pfad, der neben seinem Haus begann und so zugewuchert war, dass er kaum noch zu erkennen war. Wenn er den wieder freiräumte, dauerte der Weg zu Rick zu Fuß nur noch wenige Minuten. Heute hatten sie den Sandweg genommen, der vom Ort erst zu seinem Haus und dann in einem weiten Bogen zu Rick führte. Das war mit dem Wagen kein Problem, dauerte aber fast zehn Minuten. Über den alten Pfad wären sie wesentlich schneller. Als Kinder waren Rick und Paul den Weg mehrmals täglich entlanggerannt. Obwohl das Haus von Ricks Eltern viel kleiner und ziemlich vollgestopft gewesen war, hatten sie dort lieber gespielt. Bei Paul hätten sie mehr Platz gehabt, aber auch immer riskiert, dass seine Mutter sie vertrieb, weil ihr der Lärm auf die Nerven ging. Da sie meistens zu dritt, im Sommer mit Brina sogar zu viert gewesen waren, konnte er sie sogar verstehen – aus heutiger Sicht. Ricks Eltern waren meistens unterwegs gewesen, sodass niemand geschimpft hatte, wenn der Geräuschpegel zunahm.

Damals hatte er den Weg manchmal in weniger als zwei Minuten geschafft, vorzugsweise dann, wenn er sonst zu spät zum Abendessen gekommen wäre. Seine Eltern waren nicht übermäßig streng gewesen, aber das gemeinsame Essen zu versäumen oder auch nur zu spät zu erscheinen, war für sie gleichbedeutend mit einem Kapitalverbrechen gewesen. Vermutlich hätten sie ihm einen Mord leichter verziehen.

Er wollte schon wieder zurück ins Haus gehen, als Scout einmal leise kläffte und mit angelegten Ohren Richtung Pfad starrte.

Dann hörte auch Paul ein lautes Krachen. Ehe er sich Sorgen machen konnte, bemerkte er, dass sich Scout schon wieder entspannt hatte und mit dem Schwanz wedelte. Dann ertönte aus dem Dickicht erst ein Bellen, dann ein Fluch. Paul lachte und ging schnell auf den Pfad zu. Er hatte ihn gerade erreicht, als Rick durch das Gebüsch brach, Pauls Bierflasche sah und die Hand ausstreckte. »Gib, das brauche ich jetzt. Das ist ein gottverdammter Dschungel! Ich dachte, wir bekommen das ziemlich einfach frei, aber vergiss es.«

Paul reichte ihm die Flasche. Es war tatsächlich fast wie früher. Abschätzend betrachtete er Shadow. »Kommt rein, da habe ich noch mehr Bier, und dein Kumpel kann etwas Wasser gebrauchen.«

»Mein Fehler, ich habe das unterschätzt.«

»Ach was, er sieht nicht aus, als ob ihm das geschadet hätte. Kannst du mit einem dieser Minibagger umgehen?«

»Klar. Wieso?«

»Der alte Dudley hat so ein Teil, und er schuldet mir noch einen Gefallen. Meinst du, das würde funktionieren?«

Rick leerte die Flasche in einem Zug. »Sicher, damit ist man an einem halben Tag durch. Aber meinst du echt, der alte Griesgram überlässt uns das Ding?«

»Wenn ich ihn daran erinnere, dass er ohne mich in Winstons Zelle sitzen würde, bestimmt.«

»Erzähl!«

»Mach ich. Aber komm erst mal mit rein. Auf der Terrasse ist Schatten. Allerdings kann es sein, dass Sabrina und Joey auch bald kommen.«

O Mist, das hätte er besser nicht gesagt. Prompt schossen Ricks Mundwinkel nach oben. »Übersetz das mal. Soll ich rechtzeitig abhauen, damit ihr alleine seid?«

»Nein, natürlich nicht. Das war einfach nur eine Feststellung. Sie ist hier Gast, dank des dämlichen Ränkespiels von Inga und Rosie. Mehr nicht, daran wird sich auch nichts ändern. Und wenn du noch ein Bier willst, solltest du das Thema wechseln.«

Paul wandte sich schnell ab, als ihm klar wurde, dass er die Sache nur noch schlimmer machte. Wie hatte seine Mutter immer gesagt? Wer sich verteidigt, klagt sich an. Etliche Male hatte sie ihn so bei Lügen oder Streichen ertappt. Ricks Schnauben ignorierte er wohlweislich und knurrte nur warnend. Dass ihn daraufhin Shadow sichtlich verdutzt ansah, war zu viel. Er musste lachen. »Ein falscher Laut, und du riskierst dein Wasser.«

Shadow setzte sich hin und bellte.

»Okay, das interpretiere ich als Entschuldigung, damit ist der Keks zum Wasser gesichert.«

Er hatte keine zwei Schritte gemacht, als Rick amüsiert zu seinem Hund sagte: »Dein Glück, dass er dich falsch verstanden hat. Du hast natürlich auch eine andere Meinung zu Sabrinas Aufenthalt bei Paul, richtig?«

Paul rollte demonstrativ mit den Augen. Insgeheim freute er sich allerdings über die Frotzeleien und war froh, dass es nicht nur Rick, sondern auch Shadow deutlich besser ging.

Plötzlich fiel ihm etwas auf, das er bisher noch nicht bewusst wahrgenommen hatte. Testweise hielt er seinem Freund und dem Hund die Tür auf. Tatsächlich: Shadow ging dicht hinter Rick, absolut freiwillig. Keine Leine, kein Halsband schränkte seine Bewegungsfreiheit ein. Er pfiff leise durch die Zähne. »Verdammt gut hinbekommen. Er vertraut dir und hat dich anerkannt.«

Sicherheitshalber füllte Paul einen Ersatznapf für Shadow, da er nicht einschätzen konnte, wie Scout reagieren würde, wenn sich ein anderer Hund seinen Sachen näherte. Wenn er Scouts Verhalten richtig interpretierte, war die Schonzeit vorbei: Shadow war nicht mehr krank und auch nicht mehr fremd, und damit wurde es Zeit, die Rangfolge festzulegen. Scout knurrte bereits leise und hatte die Ohren angelegt. Sofort spannte sich Rick an.

Paul legte ihm eine Hand auf den Arm. »Lass sie, das müssen sie unter sich klären. Da besteht keine Gefahr, anders als Menschen würde ein normaler Hund niemals weitermachen, wenn ein anderer schon am Boden liegt, und Scout ist definitiv normal. Da, sieh.«

Shadow blieb abwartend stehen und sah den anderen Hund nicht an. Scout stolzierte zu seinem Napf, und nach kurzem Zögern traute sich auch Shadow an das andere Gefäß. »Siehst du, alles geregelt.«

»Stimmt.« Sichtlich beruhigt öffnete Rick den Kühlschrank und holte zwei Flaschen hervor. »Nette Hütte hast du hier übrigens.«

In der Feststellung schwang eine deutliche Frage mit. Paul wollte gerade ehrlich antworten, als er Motorengeräusch von draußen hörte. »Das ist eine lange Geschichte, die erzähle ich dir, wenn wir den Urwald bekämpfen. Ich lass die beiden rein. Sieh dir mal oben das letzte Zimmer auf der rechten Seite an. Beim Einrichten habe ich mir vorgestellt, wie es wäre, wenn du und Ash wieder hier wärt.«

Rick war so schnell bei der Treppe, dass Paul schmunzeln musste. Schade, er hätte die Reaktion seines Freundes auf die Einrichtung gerne live miterlebt. Während er zur Haustür ging, nahm er von einer Kommode zwei kleine Gegenstände, die er vorher rausgesucht hatte.

Er wartete nicht, bis Sabrina klingelte, sondern öffnete die Tür. Lächelnd hielt er ihr ein Schlüsselband hin. »Hier, damit du kommen und gehen kannst, wie du möchtest.« Er warf Joey das zweite zu. »Und eins für dich, aber ich warne dich: Die Schlösser zu wechseln kostet rund 120 Dollar, also verbummele ihn nicht, wenn du nicht die nächsten Wochen aufs Taschengeld verzichten willst.«

»Mach ich nicht. Danke, ich pass drauf auf.«

»Gut, dann kommt rein und verratet mir, was da in der Tüte so köstlich duftet.«

Sabrina grinste vom einen Ohr zum anderen. »Es war schon fast zu leicht. Ich hatte Inga gegenüber kaum erwähnt, dass meine gesamte Kochkunst darin besteht, Spiegeleier verbren-

93

nen zu lassen, als sie sich auch schon unter einem Vorwand entfernte. Ich wette, sie hat Rosie angerufen. Ich präsentiere: frisches Kräuterbrot, mexikanischer Eintopf und ein paar Handvoll Nachos.«

Joey starrte seine Mutter mit offenem Mund an. »Wieso sagst du denn so was? Du kochst doch großartig!«

Paul zwinkerte ihm zu. »Das bleibt aber unser Geheimnis. Inga darf nichts davon erfahren.«

»Das verstehe ich nicht.«

Lächelnd zerzauste Sabrina ihm die Haare. »Musst du auch nicht, Hauptsache, das bleibt unser Geheimnis und du verrätst uns nicht.«

»Ist das nicht im Prinzip lügen?«

Paul biss sich auf die Lippe, um nicht laut loszulachen. Wie wollte Sabrina aus der Nummer rauskommen?

»Es wäre gelogen gewesen, wenn ich gesagt hätte, dass das für meine heutigen Kochkünste gilt. Aber ich habe ja über meine Fähigkeiten nach dem Studium gesprochen. Da muss Inga irgendwas nicht mitbekommen haben.«

Nun verließ Paul seine Beherrschung. Lachend legte er ihr einen Arm um die Schulter und zog sie ins Haus. »Und da heißt es immer, *Anwälte* seien die großen Wortverdreher. Du kannst jederzeit bei mir anfangen. Meinst du, das Zeug reicht auch für Rick?«

»Ja, locker. Aber wir wollen euch nicht stören. Wir können auch woanders essen und …«

Ohne nachzudenken, zog er sie enger an sich. »Du spinnst ja. Ihr stört doch nicht, und wir essen natürlich zusammen. Rick und Shadow haben nur den alten Pfad getestet. Wir wollen den in den nächsten Tagen wieder freilegen.«

Immer noch wehrte sich Sabrina nicht gegen die Berührung, im Gegenteil, sie lehnte sich kurz an ihn. »Na, da habt ihr euch ja was vorgenommen. Aber mit etwas Glück seid ihr am Ende des Sommers fertig.«

Ehe Paul klarstellen konnte, dass sie die Kleinigkeit in Rekordzeit erledigt haben würden, kehrte Rick zurück.

Paul neigte den Kopf in Sabrinas Richtung. »Die Kleine hat uns herausgefordert. Sie meint, dass wir bis zum Ende des Sommers brauchen, um den Pfad frei zu machen.«

»Ein Tag. Maximal«, widersprach Rick.

Sabrina löste sich von Paul und stemmte die Hände in die Taille. »Eine Woche. Mindestens.«

Paul verengte die Augen. »Wir wäre es mit einer Wette?«

»Und was hast du dir als Einsatz gedacht?«

Da musste er nicht lange überlegen. »Wir drei …« – er machte eine ausholende Geste, die Rick und Joey mit einschloss – »… veranstalten oben einen ordentlichen Männerabend, und du darfst uns mit Getränken und Snacks versorgen.«

»Kein Problem. Und wenn ich gewinne, wovon du besser ausgehen solltest? Was bietest du mir an?«

Nun fehlte ihm die zündende Idee. »Was würde dir denn gefallen?«

»Ein Drei-Gänge-Menü. Von euch beiden zubereitet. Ohne Grill.«

Rick und Paul genügte ein Blick zur Abstimmung, die Sache war schließlich absolut sicher. »Da wir nicht verlieren, geht das in Ordnung«, bestätigte Paul.

Er wartete, bis Sabrina in die Küche gegangen war. Schuldbewusst sah er Rick an. »Hätte ich den Bagger erwähnen müssen?«

Rick grinste. »Nö, sie hat ja nicht nach dem Werkzeug gefragt.«

Joey kriegte sich vor Lachen kaum noch ein. »Das ist so fies. Aber ich verrate euch nicht. Ich muss mal schnell nach oben und meinem Kumpel ein paar Fotos von Scout schicken. Der ist jetzt schon ganz neidisch, wie cool es hier ist.«

Wenige Sekunden später waren sie allein. Ricks Grinsen wurde spöttisch. »Bist du sicher, dass Inga und Rosie nicht auf der Erfolgsspur sind?«

»Was meinst du?«

Rick schien mit sich zu kämpfen. Dann schüttelte er den Kopf. »Ich wundere mich nur, dass du es vorhin so vehement abgestritten hast.«

»Blödsinn. Du siehst da was, wo gar nichts ist.« Die Versuchung war groß, Ricks Anspielungen einfach zu übergehen, aber es war Zeit, die Sache klarzustellen. »Du liegst da wirklich falsch, wenn du ernsthaft meinst, da wäre was zwischen ihr und mir.«

»Wenn du meinst. Für mich sah es anders aus, aber es ist deine Sache und geht mich nichts an.«

Das schien Rick ernst zu meinen. Impulsiv packte Paul ihn am Arm. »So ein dämlicher Satz wäre dir früher nie über die Lippen gekommen. Wir konnten über alles reden, und wenn sich einer um den anderen Sorgen gemacht hat, wurde es offen angesprochen. Willst du das ernsthaft ändern?«

Rick starrte an ihm vorbei aus dem Fenster. Nach einer gefühlten Ewigkeit schüttelte er den Kopf. »Nein, eigentlich nicht. Aber wir sind nicht mehr die, die wir mal waren.«

»Das ist mir klar. Vieles hat sich geändert, aber einige Dinge hoffentlich nicht. Lass uns rausgehen.«

»Gut, nur …« Suchend blickte sich Rick um. »Wo ist eigentlich mein Hund?«

»Schon rausgeschlichen, zusammen mit Scout.«

»Sollte er nicht eigentlich warten, bis ich es ihm erlaube? Müsste ich ihm das nicht beibringen?«

»Vermutlich. Viel Spaß beim Versuch, ich habe es mittlerweile aufgegeben. Scout liebt das Wasser, und da Shadow sein Bruder ist, solltest du davon ausgehen, dass er sich ebenfalls vorzugsweise dort herumtreiben wird.«

»Ist das ein Problem?«

»Nicht, wenn du einen vernünftigen Schlauch draußen hast. Wenn du ihn nach dem Toben am Strand nicht ordentlich abduschst, stinkt er wie die Pest nach Algen und sonst was. Außerdem verteilt er ganze Sandberge im Haus.«

Rick stöhnte. »Lass mich raten: Am Strand und im Wasser toben ist Spaß und die notwendige Dusche dann eine Zumutung, gegen die sich ein armer Hund unbedingt empört wehren muss.«

»Besser hätte ich es nicht ausdrücken können …«

Kaum saßen sie auf der Terrasse, da kam Joey angesprintet. »Ich habe gesehen, dass die Hunde unten am Strand sind. Darf ich auch hin?«

»Klar. Bis zu den Füßen ins Wasser geht in Ordnung, aber keine Kunststücke! Die Wellen haben es um diese Zeit in sich.«

»Na logisch«, rief Joey ihm zu, während er schon die paar Meter zum Strand hinunterlief.

Rick sah ihm kopfschüttelnd nach. »Wenn ich ihn sehe, fühle ich mich uralt.«

»Ich auch. Er hat mir vorhin was von seiner Lieblingsmusik erzählt, und ich konnte mit keinem der Bandnamen was anfangen. Aber ein wenig erinnert er mich an dich. Ich meine, daran, wie du damals warst.«

Rick zuckte mit der Schulter. »Mag sein. Bleiben die beiden denn dauerhaft hier?«

»Ich denke schon. Brina hat sich nach der Schule für Joey erkundigt.«

»Na dann …« Er schien noch etwas sagen zu wollen, zeigte aber dann auf den Weg zum Strand. »Wir sollten den Bagger für zwei Tage behalten. Eine Fahrt da entlang, und der Strand ist wieder einsehbar. Außerdem kommt zwischen den Felsen überall Sand durch und droht deine Terrasse zu bedecken. Wenigstens solange Joey hier wohnt, wäre es sinnvoll, ihn im Auge zu behalten. Und wenn die Zeit reicht, könnten wir bei mir noch den Weg zum Wasser freischaufeln. Der ist vom Sand zugeweht und mit allem möglichen Grünzeug zugewuchert. Ich komme da selbst kaum durch.«

»Kein Problem. Wir sagen, dass wir ihn eine Woche brauchen, und haben dann genug Zeit, alles zu erledigen, was uns noch einfällt.«

»Klingt gut.«

Schweigen breitete sich aus. Zwischen ihnen standen jede Menge Fragen, aber Paul war nicht sicher, ob er sie stellen sollte. »Seit wann bist du wieder hier?«

»Erst ein paar Tage.« Rick legte den Kopf in den Nacken. »Nach dem Essen bei Rosie stand als Nächstes auf dem Programm, mich bei dir zu melden. Das hatte ich eigentlich sofort vor, aber mir ist was dazwischengekommen. Du solltest vielleicht wissen, dass ich …«

Rick brach mitten im Satz ab, als Sabrina die Terrasse betrat. Innerlich reihte Paul einen Fluch an den anderen, instinktiv spürte er, dass Rick sich gerade hatte öffnen wollen und diese Gelegenheit vielleicht nicht so schnell wiederkommen würde.

Sabrina sah vom einen zum anderen. »Störe ich? Ich wollte euch nicht unterbrechen.«

Ihre plötzliche Unsicherheit vertrieb den kurzen Anflug von Ärger. »Aber nein. Setz dich doch zu uns.«

Seufzend ließ sie sich auf einen der freien Stühle fallen. »Aber nur kurz. Nicht, dass mir das Essen noch anbrennt.«

»Und wenn schon. Damit bestätigst du ja nur deinen neuen Ruf.«

Sabrina funkelte ihn an. »Sehr witzig.«

Paul grinste nur, während Rick sie fragend ansah. »Was hat es denn mit Sabrinas Kochkunst nun auf sich? So ganz habe ich das vorhin nicht verstanden.«

Paul klärte ihn mit wenigen Worten auf. Rick lachte. »Das geschieht ihnen recht.«

Grinsend nickte Paul. Er wandte sich wieder Sabrina zu, die sich stirnrunzelnd umsah. »Was ist?«

Sie winkte ab. »Nichts.«

»Spuck's aus.«

»Also gut, aber es ist nicht beleidigend gemeint. Dein Haus ist ein Traum und die Lage unübertroffen. Nur ...« – sie breitete die Hände aus – »... du machst recht wenig draus. Ein paar gut platzierte Kübel hier würden das Ganze auflockern. Oben für den Balkon gilt das Gleiche. Es wirkt alles ein wenig ... leblos.« Sie biss sich auf die Unterlippe. »Ich hoffe, du bist jetzt nicht sauer.«

Darüber brauchte er keine Sekunde lang nachzudenken. »Nein, im Gegenteil. Ich habe auch schon gedacht, dass irgendetwas fehlt, wusste aber nicht so recht, was es sein könnte. Was hältst du von folgendem Deal? Du bringst hier als Gegenleistung für eure Unterkunft ein wenig Farbe rein, und wir sind quitt.«

»Das kann ich gern machen, aber das ist doch kein angemessener Ausgleich dafür, dass wir hier wohnen und ...«

Rick seufzte übertrieben laut. »Eine gute Innenarchitektin nimmt mindestens hundert Dollar die Stunde, und da weiß man nicht, was man bekommt. Ich finde, du hast den Nagel auf den Kopf getroffen. Mit ein bisschen Grün wird es hier richtig gemütlich, aber ich wäre auch nicht drauf gekommen, was eigentlich fehlt. Du solltest dein Talent nicht unter Wert verkaufen.«

Vermutlich wäre es auf eine hitzige Diskussion hinausgelaufen, wenn Paul dasselbe gesagt hätte, aber Ricks Worte schienen Sabrina zum Nachdenken zu bringen. »Na gut, wir können es ja probieren. Aber die Kosten für …«

O nein, er wusste, was nun kam. »Vergiss es. Du steuerst die Ideen bei und kannst kaufen, was immer du für notwendig hältst, aber die Rechnung geht an mich. Keine Diskussion.«

Sichtlich empört schnappte Sabrina nach Luft. »Sekunde mal, du …«

Ein lautes Kläffen, sofort gefolgt von einem Jaulen, schnitt ihr das Wort ab.

»Paul!«

Das war Joey, und er klang panisch.

7

Sofort sprang Paul auf und rannte los. Nach wenigen Metern überholte ihn Rick. Paul beschleunigte weiter, praktisch zeitgleich erreichten sie Joey, der im Sand direkt vor den Felsen hockte, die die natürliche Begrenzung der Bucht bildeten. Er hatte die Arme um Scout geschlungen und zitterte. Shadow lag neben ihnen auf dem Bauch, sichtlich verängstigt.

»Was ist los?«, fragte Rick ruhig, aber bestimmt.

»Ein Mann zwischen den Felsen! Ich habe ihn entdeckt und Angst bekommen. Scout ist hin, und dann … ich weiß nicht. Er jaulte ganz fürchterlich, und der Mann ist verschwunden. Da entlang!« Joey deutete mit ausgestrecktem Arm Richtung Heart Bay.

Die Art, wie Scout hechelte und leise jaulte, ließ einen hässlichen Verdacht in Paul aufkeimen. Er ging zu der Stelle, auf die Joey gedeutet hatte, und sah sich um. Fluchend bückte er sich, als er einen kaum noch sichtbaren Fleck im Sand bemerkte. Er tippte die Stelle mit der Fingerspitze an und roch vorsichtig daran. Wie befürchtet: Pfefferspray. So, wie Scout reagierte, hatte er vermutlich eine ordentliche Ladung abbekommen.

Er kehrte zu Joey und den Hunden zurück. Mittlerweile war auch Sabrina eingetroffen. Ungläubig starrte Paul auf die Waffe in ihrer Hand. »Wieso hast du eine Pistole?«

Sie zuckte mit der Schulter. »Das ist eine längere Geschichte. Ich kann sie nicht leiden, aber es hat sich ergeben, dass ich es als sinnvoll betrachte, sie zu haben. Ich trage sie in meiner Handtasche und …«

»Könntet ihr das bitte auf später verschieben? Was war hier los?« Ricks Ton verriet den Ex-Soldaten.

Widerwillig gab Paul nach. Anscheinend konnte er froh sein, dass Sabrina bei ihrem Treffen nur den Schraubschlüssel in der Hand gehabt hatte. »Joey hat einen Mann zwischen den Felsen gesehen. Als Scout hingelaufen ist, hat der Mistkerl ihn mit Pfefferspray außer Gefecht gesetzt, und ist danach abgehauen.«

Rick sah zu der Klippe hinüber. »Es gibt da nur einen Weg, den kriegen wir noch. Sabrina, ihr spült Scouts Augen aus. Und dein Spielzeug würde ich mir gern ausleihen.«

Eigentlich rebellierte alles in Paul dagegen, dass Rick einfach das Kommando an sich riss. Anderseits war sein Freund für solchen Mist ausgebildet.

Wortlos gab Sabrina ihm die Waffe.

Paul rannte bereits los, wenige Sekunden später war Rick schon neben ihm. »Wie nett, dass du mich nicht auch ins Haus schickst.«

»Hätte ich getan, wenn ich es für wahrscheinlich gehalten hätte, dass du gehorchst. Hattest du hier schon öfter Probleme mit Unbekannten?«

»Noch nie.«

Der Weg zwischen den Felsen wurde schmaler, und sie konnten nur noch hintereinander laufen. Der steinige Pfad wurde fast nie benutzt. Er führte direkt nach Heart Bay, und erst dort gab es wieder Strand, bis dahin war es so gut wie ausgeschlossen, ohne waghalsige Kletteraktionen ins Wasser zu gelangen. Bisher hatte Paul die Klippen immer für einen natürlichen Schutz gehalten, nun fühlte er sich unwohl. Nach einer Kurve entdeckte er vor ihnen eine Gestalt. »Dahinten!«

Der Figur nach ein Mann. Einzelheiten konnte er nicht erkennen. Die tief stehende Sonne blendete ihn. Vielleicht dunkle Haare? Etwa so groß wie er selbst. Der Flüchtige blieb stehen, drehte sich zu ihnen um. Er machte eine Bewegung, die Paul nicht richtig erkennen konnte.

»Scheiße, runter!«

Ehe die Forderung seines Freundes richtig bei ihm angekommen war, beförderte ein Stoß Paul zu Boden. Rick landete neben ihm. Es knallte zweimal. Schüsse! Über ihnen flogen Steinsplitter durch die Gegend und verfehlten sie knapp.

»Fuck! Kopf unten halten, versuch, zurückzurobben. Wir brauchen bessere Deckung.«

Paul schob sich vorsichtig rückwärts und atmete erst auf, als wieder Felsen zwischen ihm und dem Schützen aufragten. Langsam richtete er sich auf. Sein Puls raste. Wo zum Teufel blieb Rick? Vorsichtig spähte er um die Ecke.

Sein Freund hatte die Hand mit der Pistole auf dem Unterarm abgestützt, visierte den Schützen an und drückte ab.

Ihr Gegner verschwand. Paul hielt den Atem an. Nichts. Der war offensichtlich weg. »Hast du ihn getroffen?«

»Ich glaube nicht. Und selbst wenn, macht dieses Ding höchstens größere Kratzer. 22er Kaliber ist eher ein Spielzeug als eine richtige Waffe.« Er zögerte und verzog dann den Mund. »Trotzdem würde mich interessieren, warum deine Kleine mit einer Knarre herumrennt.«

»Sie ist nicht *meine Kleine*, aber ja, mich interessiert das auch. Bist du in Ordnung? Komm nie wieder auf die Idee, mich in Deckung zu schicken und selbst draußen zu bleiben!«

Rick grinste nur. »Reg dich ab, Mann. Der Typ ist weg.«

»Ich bin völlig ruhig!«

Okay, seine Stimme war viel zu laut, seine Hände zitterten, aber es war auch noch nie zuvor auf ihn geschossen worden. Er drehte sich um. »Ich rufe Winston an. Oder fällt dir was Besseres ein?«

103

»Leider nicht. Ich würde mir den Typen zu gern kaufen, wenn er am Strand von Heart Bay aus den Felsen kommt. Aber damit wird er rechnen, und da er eine Waffe hat, grenzt das an Selbstmord. Vielleicht haben wir Glück, und der Sheriff oder einer seiner Jungs erwischt ihn dort.«

Langsam nickte Paul. »Wir sollten uns beeilen, mein Handy liegt zu Hause auf dem Tisch.«

»Meins nicht.« Rick reichte ihm sein eigenes Mobiltelefon.

Erst nach kurzem Überlegen fiel Paul die Nummer des Sheriffs ein. Einer der Nachteile der modernen Technik: Ein Knopfdruck reichte, um eine Verbindung herzustellen, und ohne die Kontaktdaten in seinem Handy war man aufgeschmissen. Zum Glück hatte er ein gutes Zahlengedächtnis. Ungeduldig wartete er darauf, dass der Anruf entgegengenommen wurde.

»Ja?«, meldete sich der Sheriff.

Einen Sekundenbruchteil wunderte sich Paul über die Zurückhaltung seines Freundes, dann wurde ihm klar, dass Winston eine unbekannte Nummer auf dem Display sehen musste. »Ich bin es. Paul. Es gibt hier ein Problem: Ein Mann hat sich meinem Haus über den Pfad durch die Klippen genähert. Als wir ihn bemerkt haben, ist er nicht nur abgehauen, sondern hat auch auf uns geschossen.«

»Geschossen? Wo bist du? Was heißt *wir*? Seid ihr in Ordnung?«

»Ja, nichts passiert. Ich bin ihm mit Rick ein Stück gefolgt. Aber wir haben den Versuch abgebrochen, als er geschossen hat. Wenn du dich beeilst, müsstest du ihn noch erwischen, wenn er in Heart Bay rauskommt.«

»Beamen kann ich mich noch nicht, ich brauche mindestens eine halbe Stunde dorthin. Vielleicht ist einer meiner Jungs rechtzeitig dort. Ich melde mich gleich wieder, mach bis dahin keinen Blödsinn!«

Die Verbindung wurde getrennt. Noch immer konnte Paul nicht fassen, dass auf sie geschossen worden war, aber immerhin hatte sich sein Puls wieder halbwegs normalisiert.

Er hatte das kurze Gespräch gerade für Rick zusammengefasst, als das Telefon in seiner Hand vibrierte. Winstons Nummer stand im Display.

»Mein Deputy ist unterwegs. Mit etwas Glück kriegen wir den Typen. Ich fahre auch hin und komme danach bei dir vorbei. Du kannst dir ja wohl vorstellen, dass ich etliche Fragen habe. Das kann aber noch etwas dauern, je nachdem, ob unsere Jagd erfolgreich ist.«

Nach dem letzten Wort legte Winston sofort auf.

Paul fuhr sich durchs Haar und blickte Richtung Heart Bay. Wegen der aufragenden Klippen konnte er den Ort nur erahnen.

Rick stand so dicht neben ihm, dass sich ihre Schultern berührten. »Früher sind wir hier oft langgegangen«, sagte sein Freund fast zu sich selbst.

Paul nickte. »Daran musste ich auch gerade denken. Und daran, warum es damit schlagartig vorbei war.«

Kurz schwiegen sie, und Paul fragte sich, ob Rick ebenfalls an Iris dachte, ein Mädchen aus der Abschlussklasse ihrer damaligen Schule, das dort auf brutale Weise ermordet worden war.

»Man hat ihren Mörder nie gefunden«, durchbrach Rick schließlich die Stille. »Meinst du, er ist diesen Weg entlanggeflüchtet? Dann wäre der Mörder bei eurem Haus vorbeigekommen.«

»Das habe ich mich damals schon gefragt. Ich weiß es nicht. Meinen Eltern ist nichts aufgefallen, und wir …« Er zuckte mit der Schulter. Rick wusste schließlich, dass er damals nicht zu Hause gewesen war.

Rick nickte langsam. »Ich habe heute noch ein ganz mieses Gefühl, wenn ich an den Mord denke. Irgendwie ist danach nichts mehr so gewesen, wie es war. Aber genug von der Vergangenheit. Das war eben ganz schön heftig. Hast du irgendeinen Verdacht?«

»Nicht den geringsten.«

Rick betrachtete nachdenklich die Waffe, die Sabrina ihm gegeben hatte, ehe er sie im Bund seiner Jeans verstaute. »Dann könnte deine neue Freundin vielleicht der Grund sein. Sie wird schon wissen, warum sie so ein Spielzeug in ihrer Handtasche herumträgt.«

»Das habe ich auch schon gedacht. Wenn Joey im Bett ist, werde ich sie mal etwas ausfragen – sofern Winston das nicht schon vorher erledigt.« Rick schien etwas sagen zu wollen, aber Paul fuhr schnell fort, weil er sich denken konnte, was jetzt kam. »Und jetzt fang nicht schon wieder damit an, dass das klingt, als ob da was zwischen uns sein könnte. Damit liegst du völlig falsch. Es ist doch selbstverständlich, dass ich ihr ein wenig helfe.«

Ricks Mundwinkel zuckten. »Ich wollte eigentlich nur sagen, dass ich auch gern wüsste, was es mit diesem Typen auf sich hat und was dahintersteckt. Wenn auf mich geschossen wird, neige ich dazu, es persönlich zu nehmen.« Er grinste. »Kennst du eigentlich diesen Spruch, Anwalt: *Wer sich verteidigt, klagt sich an*?«

Vor sich hinpfeifend wandte sich Rick ab und ging den Weg zurück. Paul folgte ihm kopfschüttelnd und leicht verärgert. Trotzdem kam er nicht umhin, die Nervenstärke seines Freundes zu bewundern. Er fragte sich, was Rick während seiner Armeezeit erlebt haben mochte, um so abgebrüht auf die Schüsse zu reagieren. Er selbst kam sich immer noch vor wie im falschen Film.

Film? Der Gedanke war absurd. Er hatte weder Lust, Hauptdarsteller in einem Action-Thriller zu werden, noch gefiel es ihm, dass offenbar alle ihn zu einem Liebesdrama verdonnern wollten. Fast hätte er gelacht. Immerhin wusste er schon mal ganz genau, war er *nicht* wollte, das war doch schon mal etwas.

Paul lief schneller, um den Abstand zu Rick zu verringern, erreichte ihn aber nicht mehr. Netterweise wartete sein Freund vor der letzten Kurve auf ihn. Allerdings nicht aus Rücksichtnahme.

Rick schnaubte, als Paul ihn erreichte. »Endlich. Ich wäre schon fast umgekehrt. Sieh dir mal die Brocken da drüben an. Mit dem Bagger könnten wir den Durchgang dichtmachen. Du brauchst ihn doch nicht, oder?«

Paul überlegte keine Sekunde. Wenn der Pfad blockiert war, würde er sich besser fühlen. »Gute Idee. Machen wir.«

Außer Atem erreichte er das Ende des Pfades. Direkt vor ihm war die Stelle, an der Iris im Schatten einiger Felsen das bekommen hatte, was sie verdiente. Selbst an heißen Tagen wie heute würde niemand auf die Idee kommen, ausgerechnet an diesem schattigen Ort sein Handtuch auszubreiten. Sogar Touristen mieden diesen Strandabschnitt, obwohl sie kaum etwas über den damaligen Vorfall wissen konnten. *Vorfall* … Die Bezeichnung gefiel ihm. Sie passte perfekt. Besser als »Mord«, denn schließlich hatte er sie nicht freiwillig umgebracht, er hatte es tun *müssen*.

Ein Brecher krachte gegen die Felsen, und die Gischt durchnässte sein T-Shirt. Er schüttelte die Gedanken an die Vergangenheit ab und konzentrierte sich auf die Gegenwart. Rick und

Paul. Er hätte nie damit gerechnet, dass einer von ihnen bewaffnet sein könnte und auf ihn schießen würde. Vermutlich hatte er die kleine Schramme Rick zu verdanken, denn Paul traute er keinen Treffer auf diese Distanz zu.

Er war zu leichtsinnig gewesen. Der Junge hätte ihn niemals bemerken dürfen. Aber wieso war der denn auch mit den Hunden am Strand gewesen? Er hatte geplant, sich unbemerkt der Terrasse zu nähern und ein paar Gesprächsfetzen aufzufangen. Er musste wissen, ob die Vergangenheit bei den beiden Männern noch lebendig war. Ob sie überhaupt noch daran dachten.

Letztlich war es ein Fehler gewesen, dort überhaupt aufzutauchen, und Fehler konnte er sich nicht erlauben. Außerdem war es nicht die ganze Wahrheit: Ihn hatte auch interessiert, wie es um die Beziehung der beiden stand. Wenn nach all den Jahren der Trennung ihre enge Freundschaft noch bestand, hatte er ein Problem, das er über kurz oder lang lösen musste.

Der Strand lag verlassen vor ihnen, auch die Terrasse war leer. Geräusche aus dem Haus verrieten Paul jedoch, wo er Sabrina, Joey und die Hunde finden würde. Bei dem Anblick, der sich ihm bot, fluchte er leise in sich hinein: Shadow hatte sich zitternd in eine Ecke gedrängt, Joey saß neben ihm und redete leise auf ihn ein. Sabrina strich Scout mit einem klitschnassen Lappen über Schnauze und Augen. Dass sie dabei den Küchenboden unter Wasser setzte, war sein geringstes Problem. Scouts leises Winseln fuhr ihm jedoch direkt ins Herz.

»Wenn ich den Mistkerl erwische, ist er fällig«, murmelte er vor sich hin. Er horchte in sich hinein, aber sein eigener Zorn und seine Rachsucht erschreckten ihn nicht. Stattdessen wünschte er sich, seine Faust in das Gesicht des Unbekannten krachen zu lassen.

Rick hatte die Augen zu Schlitzen verengt. »Ich bin dabei, Kumpel.«

Sabrina schien genau zu wissen, was sie tat, sodass Paul sich darauf beschränkte, Scout beruhigend über Nacken und Rücken zu streicheln.

»Es ist schon viel besser«, erklärte Sabrina. »Ich glaube auch nicht, dass er ernsthafte Schäden davongetragen hat. Es ist nur vorübergehend wirklich unangenehm, aber er hält sich gut.«

»Weil er spürt, dass du ihm hilfst. Wieso kennst du dich damit so gut aus?« ... *und wieso trägst du eine Waffe mit dir herum?*

»Ich habe bis vor Kurzem in einem Frauenhaus geholfen. Viel zu oft kam eine Frau zu uns, die sich mit so einem Mist gegen ihren Mann gewehrt und dabei selbst einiges abbekommen hat. Aus unmittelbarer Nähe abgefeuert, kann das Zeug ernsthafte Schäden anrichten, aber so ist es nur höllisch unangenehm.«

Scout kläffte einmal laut, als ob er ihr zustimmen wollte, und Paul schmunzelte. Im nächsten Moment wandte der Hund den Kopf ab und schüttelte sich.

Sabrina lachte. »Ich würde sagen, es reicht.« Sie sah ihn fragend an. »Waren das Schüsse? Konntet ihr sehen, wer das war?«, erkundigte sie sich so leise, dass nur er sie hören konnte.

Paul hob eine Augenbraue. »Wieso hast du eine Pistole?«, erwiderte er ebenso leise.

Sie sah hinüber zu Joey und schüttelte den Kopf.

Rick war ihre Unterhaltung nicht entgangen. Er stand auf. »Ich gehe mit Joey und den Hunden runter zum Strand.«

»Aber ...«, widersprach Sabrina.

Rick ließ sie nicht ausreden. »Für heute ist die Gefahr gebannt.«

»Also gut«, gab sie sichtlich widerwillig nach. Rick ging mit Joey zur Terrassentür und blieb dort stehen, als er bemerkte, dass die Hunde ihm zwar nachsahen, aber keine Anstalten machten, ihm zu folgen.

Paul grinste. »Ruf Scout, und dann können wir mal sehen, was Shadow schon draufhat.«

Rick warf ihm einen zweifelnden Blick zu. »Scout, bei Fuß«, rief er dann.

Scout trottete zu ihm, während Shadow sitzen blieb. Paul nickte seinem Freund zu.

»Shadow, bei Fuß!«, rief Rick, diesmal lauter.

Shadow sprang auf und rannte los, als ob er nur auf den Befehl gewartet hätte. Paul grinste zufrieden. Die Grundkommandos kannte der Hund definitiv, und gehorchen konnte er auch. Bei seiner Ausbildung würden sie nicht bei null anfangen müssen.

Er wartete, bis er sicher sein konnte, dass der Junge außer Hörweite war. Dann sah er Sabrina fest an. »Es waren Schüsse. Der Kerl hat erst auf uns geschossen, dann hat sich Rick revanchiert. Der Sheriff ist informiert und versucht ihn abzufangen, wenn er den Pfad bei Heart Bay verlässt.«

Sabrina zog die Schultern hoch, als würde sie frieren. »Der Weg endet dort, wo damals der Mord geschehen ist, oder?«

»Richtig. Was hat es jetzt mit der Waffe auf sich?«

»Das ist ein bisschen schwer zu erklären.«

Paul sah demonstrativ auf die Uhr. »Lass dir Zeit. Noch hast du sie. Wenn Winston hier ist, brauchst du eine Antwort.«

Sabrina klemmte sich eine Haarsträhne hinters Ohr. »Ich darf eine Waffe besitzen und sie bei Bedarf auch benutzen.«

»Sicher, das besagt das Gesetz in diesem Staat. Allerdings bist du Kalifornierin.«

»Nicht mehr.«

Paul hob eine Augenbraue. Ihr Versuch, die Diskussion auf die Paragrafen zu beschränken, amüsierte ihn. »Wie lautet denn deine Adresse in Oregon?«

Sabrina öffnete den Mund und schloss ihn wieder. »Mist«, sagte sie dann. »Habe ich ein Problem?«

»Keins, das wir nicht lösen könnten. Aber ich möchte die Wahrheit wissen. Such es dir aus – ich frage entweder als dein Freund oder als dein Anwalt.« Verdammt, er hätte *ein* Freund sagen sollen.

Sabrina verzog den Mund und atmete tief durch. »Ich nehme beides. Die, äh, Waffe ist nicht registriert. Könnte das ein Problem werden?«

Er musste sich zur Ruhe zwingen. »Nein, das *wird* zu keinem Problem, das *ist* eins! Weiter!«

»Ich habe sie mir in dem Frauenhaus besorgt, das ich vorhin erwähnt habe, weil … ich meine, als ich … ach Mann. Es war bestimmt übertrieben, aber ich wollte eben …«

Entschieden hob Paul eine Hand. So würden sie nie fertig sein, ehe Winston eintraf. »Kannst du damit umgehen?«

»Ja, ziemlich gut sogar, ich habe so einen Kurs absolviert.«

»Gut, und nun bitte ganz klar und deutlich. Warum hast du sie gekauft? Hat dich jemand bedroht?«

»Nein, nicht direkt, aber mein Mann, ich meine mein Exmann, hat merkwürdige Geschäftspartner, und ich fürchte, es ist nicht alles legal, was er so treibt. Als mir das klar wurde, habe ich mir die 22er besorgt. Klingt dumm, nicht?«

»Nein, eher vernünftig. Weiß dein Mann, dass du ihn verdächtigst, in illegale Geschäfte verwickelt zu sein? Und weiß er, wo ihr euch im Moment aufhaltet?«

»Zweimal ganz klar und deutlich: Nein.«

Obwohl sie ihn fest ansah, erkannte er ihre plötzliche Verletzlichkeit und fragte nicht weiter nach. Was mochte sie in den

111

letzten Monaten durchgemacht haben, dass sie sich sogar eine Waffe besorgt hatte? Eins stand schon mal fest, ihr Exmann war ein exorbitantes Arschloch. Alles in Paul schrie danach, sie in die Arme zu nehmen und ihr zu versichern, dass alles gut werden würde. Aber er widerstand der Versuchung. Es war keine Option, falsche Erwartungen in ihr zu wecken oder gegen seine Prinzipien zu verstoßen, die er vor wenigen Augenblicken zwischen den Klippen noch einmal einzementiert hatte. Es gab zu viel in seinem Leben zu regeln, für eine Frau oder in diesem Fall sogar gleich eine ganze Familie war da kein Platz. »Gut«, sagte er deshalb nur und fühlte sich nicht besonders wohl dabei. »Lass uns später in Ruhe darüber reden, was dein Mann gemacht haben könnte. Ich glaube, jetzt ist der falsche Zeitpunkt.«

Sabrina nickte knapp und sichtlich erleichtert. Was hatte sie denn erwartet? Dass er sie ins Kreuzverhör nahm, solange die Gefahr bestand, dass Joey jeden Moment auftauchen konnte?

Sie sah auf den Boden und seufzte. »Ich mache hier schnell Ordnung. Was ist jetzt eigentlich mit dem Essen?«

Wie zur Antwort knurrte sein Magen. Sabrina lachte, riss ein Stück von dem Kräuterbrot ab und reichte es ihm. »Da, ehe du verhungerst.«

»Danke. Du bist meine Lebensretterin. Lass uns doch das Brot schon mit nach draußen nehmen und dann später den Rest essen. Ich mag Winston zwar gern, aber für zwei unerwartete Gäste reicht es nicht, und weißt du …« Er zuckte mit der Schulter. »Er redet halt unglaublich viel und gern. Wir würden ihn nie wieder los.« Das klang fieser, als er es beabsichtigt hatte, und er spürte, dass sich seine Wangen röteten. »Verflixt, so war das gar nicht gemeint. Er ist ein guter Freund und prima Kumpel, aber manchmal …«

Lächelnd legte Sabrina ihm eine Hand auf den Arm. »Ich habe schon verstanden, was du meinst. Ich habe noch Baguette in deinem Eisfach und Kräuterbutter im Kühlschrank gefunden. Das mache ich nachher zum Eintopf.« Sie schaltete den Herd aus, wo auf niedrigster Stufe der Topf warm gehalten wurde. Abschätzend betrachtete sie die Nachos, neben denen erstaunlicherweise eine Schüssel mit Guacamole stand. »Soll ich die auch schon mit rausnehmen?«

»Hatte ich den Dip auch noch irgendwo herumstehen?«, fragte er ratlos.

»Nein, aber in der hintersten Ecke des Kühlschranks lag eine Avocado, und Gewürze waren im Schrank.«

»Ach so.« Er nahm einen Nacho, tunkte ihn in die Guacamole und probierte ihn. Seine Entscheidung stand sofort fest. »Versteck sie, beschütze sie mit deinem Leben. Es wird schlimm genug, sie mit Rick und Joey teilen zu müssen.« Er spähte durchs Wohnzimmer zur Terrasse hinüber. »Wobei die Gelegenheit günstig ist. Wir sollten sie nutzen und alles allein aufessen. Das Zeug ist ein Traum.«

Sabrina warf den Kopf in den Nacken und lachte. Der letzte Schatten verschwand aus ihrem Gesicht. »Dein Plan klingt gut, aber ich könnte das meinem Kind nicht antun. Joey weiß, dass ich die Guacamole angerührt habe, und er liebt sie auch.«

»Mist. Aber versteck sie vor Winston. Rick kann ich vielleicht noch loswerden.«

Sie grinste frech. »Du verrätst eine Freundschaft für ein paar Chips und ein bisschen Dip?«

Er nickte. »Ja, in diesem Fall ganz eindeutig ja.«

Lachend nahm Sabrina die Schüssel und stellte sie in den Kühlschrank. Dabei berührte sie ihn leicht an der Schulter. »Danke.«

»Wofür?«

»Dafür, dass du mich immer wieder zum Lachen bringst und ich für einen Augenblick alles andere vergesse.«

Schlagartig wurde ihm bewusst, dass es ihm genauso ging. Er lächelte jedoch nur.

Als Winston die Terrasse betrat – mit Klingeln hatte er sich gar nicht erst aufgehalten – war das Brot bis auf den letzten Krümel verspeist. Der erste Blick des Sheriffs galt dem leeren Teller. Er seufzte, sagte aber nichts, sondern breitete die Hände aus und ließ sie wieder fallen. Sein Hut landete nachlässig auf dem Boden. »Mein Deputy war nicht schnell genug. Er ist den Pfad sogar ein ganzes Stück entlanggegangen und dann umgekehrt. Keine Spur von eurem Stalker, außer …« – er machte eine Kunstpause und sprach weiter, als niemand etwas sagte – »… etwas Blut an einem Felsen. Leider war eine Welle schneller, und es reicht nicht für einen DNA-Test. Und jetzt seid ihr dran. Einer nach dem anderen. Du fängst an, Paul.« Winston ließ sich auf den letzten freien Stuhl fallen.

Paul verdrehte die Augen. »Ich hole erst einmal die Vorstellung nach. Das sind Sabrina und ihr Sohn Joey. Sie wohnen die nächsten Wochen bei mir, weil es mit ihrer ursprünglichen Unterkunft bei Inga Probleme gab.«

»Was für Probleme?«, hakte Winston sofort nach.

Paul winkte ab. »Nichts Wichtiges, Doppelbuchungen und fällige Renovierungen, die sie vergessen hatte. Der Junge war vorhin mit den beiden Hunden am Strand. Ich würde sagen, erst einmal übernimmt Joey, oder?«

»Klar. Also, mein Sohn, was hast du gesehen?«

Joey setzte sich gerader hin und wirkte verärgert. Vermutlich behagte ihm die Anrede »mein Sohn« nicht. Überraschenderweise sah er Paul Hilfe suchend an. Paul stand auf, ging zu ihm und legte ihm eine Hand auf die Schulter. »Keine Angst, Joey. Du hast den besten Anwalt, den Heart Bay zu bieten hat. Sag Winston einfach, was du gesehen hast.«

Joey kicherte. »Bist du nicht der *einzige* Anwalt hier?«

Paul verstärkte den Griff um die Schulter des Jungen und beugte sich zu seinem Ohr hinunter. »Noch ein Wort, und du landest im Meer. Kopfüber.«

Joey lachte, und Sabrina sah Paul dankbar an. Dann sprudelte die ganze Geschichte aus dem Jungen heraus. Seine Zurückhaltung oder auch Schüchternheit war spurlos verschwunden.

Kaum war er fertig, sah Winston Rick an. »Ich glaube, nun bist du an der Reihe.«

»Sicher.« Knapp und sachlich fasste Rick die Ereignisse zusammen. Während Paul ihm zuhörte, hatte er fast das Gefühl, bereits den Polizeibericht zu lesen. Sein Freund umschiffte lediglich geschickt die Frage, woher die Waffe kam. Ohne dass er es direkt aussprach, hörte es sich an, als wäre es seine eigene gewesen.

Schließlich kratzte sich Winston am Ohr und öffnete die obersten Knöpfe seiner Uniform.

»Willst du ein Bier?«, bot Paul an.

»Bin leider noch im Dienst. Aber ein kaltes Wasser wäre nett.«

Wie der Blitz schoss Joey los. »Ich kümmere mich drum.«

Winston sah dem Kind nach und lächelte dann Sabrina an. »Netter Junge.« Ehe sie antworten konnte, fuhr er fort: »Der Sachverhalt ist klar. Ich würde mir gern noch die Stelle ansehen, an der auf euch geschossen wurde. Aber die wichtigste Frage bleibt die nach dem Motiv oder einem möglichen Täter. Hat jemand eine Idee?«

Rick schüttelte den Kopf. »Ich bin erst seit ein paar Tagen hier und niemanden auf den Schlips getreten. Den Weg durch die Klippen können wir uns sparen. Das Projektil ist abgeprallt und kann sonst wo gelandet sein, wahrscheinlich unerreichbar irgendwo jenseits des Pfads. Die Suche danach wäre Zeitverschwendung.«

Den Kopf leicht schief gelegt musterte der Sheriff Rick durchdringend. Dann nickte er. »Also gut, ich denke, du kennst dich mit der Materie gut genug aus, um das beurteilen zu können.«

»Tu ich.«

Winston grinste flüchtig. »Hast du eine Idee, welches Kaliber oder welche Art von Waffe es gewesen sein könnte?«

»Ich tippe auf einen guten und erfahrenen Schützen, der mit einer 38er oder einer 9mm unterwegs ist. Jemand, der auch auf zwanzig Meter mit einer Pistole noch trifft.«

Winston runzelte die Stirn. »Da fällt mir spontan kein einziger Name ein. Die meisten Leute hier ballern mit Schrot und zielen nur grob in die richtige Richtung. Was ist mit dir, Paul? Hast du einen Fall, der eine solche Aktion auslösen könnte?«

»Vielleicht das Testament der alten Rainford? Ein Streit um ihre Gartenzwerge? Nein, nichts. Die einzigen Fälle, die überhaupt in die Richtung gehen könnten, kennst du, weil du mich selbst hinzugezogen hast. Aber keiner von den Beteiligten wäre so sauer auf mich, dass er sich zwischen den Felsen auf die Lauer legt und auf mich schießt.«

»Was sind das für Fälle?«, erkundigte sich Sabrina.

Paul wollte die Frage lässig abtun, aber Winston ging darauf ein: »Paul hat einen Nebenjob als Troubleshooter von Heart Bay. Wenn zwei Streithähne kurz davor sind, sich an die Gurgel zu gehen, holen wir ihn. Meistens konnte er …« Winston runzelte die Stirn. »Nein, nicht meistens. Bisher konnte er *immer* eine Lösung finden, um den Streit beizulegen. Nachdem wir das auch ausschließen können, bleibst nur noch du, Sabrina. Fällt dir ein möglicher Täter ein?«

Sabrina erwiderte den forschenden Blick, ohne mit der Wimper zu zucken. »Das scheidet schon deshalb aus, weil niemand weiß, wo ich Urlaub mache. In der kurzen Zeit seit unserer Ankunft habe ich auch keinen so sehr geärgert, dass er auf mich schießen würde.«

Paul kam ein Gedanke. »Was ist eigentlich mit dem Kerl, der Shadow misshandelt hat?«

Alarmiert beugte sich Rick vor, aber Winston winkte ab. »Das war auch meine erste Idee, aber der sitzt noch in unserer Zelle, nachdem er meinem Deputy gegenüber handgreiflich geworden ist. Außerdem habe ich mich in St. Ellis nach ihm erkundigt – da wohnt er. Er trinkt zu viel und behandelt seine Tiere und Angehörigen schlecht, aber das ist kein Typ, der in den Felsen hockt und Fremde beobachtet und dann auf sie schießt, wenn sie ihn entdecken.«

»St. Ellis«, wiederholte Paul. »Da wohnt auch Scouts Züchter.«

»Zufälle gibt's«, sagte Winston kopfschüttelnd und erhob sich. »Ach ja, du wolltest ja wissen, wie lange er den Hund schon hatte. Ungefähr drei, vier Wochen lang, genauer kann ich es dir nicht sagen, jedenfalls noch nicht lange. Ich setze ein Protokoll auf, das ihr bitte morgen unterschreibt. Ansonsten empfehle ich euch, die Augen aufzuhalten, solange wir nicht wissen, was hier gespielt wird.«

Joey kam mit einem Glas Wasser zurück und sah den Sheriff enttäuscht an. »Oh, habe ich zu lange gebraucht?«

»Aber nein, du kommst genau richtig.« Winston nahm das Glas und leerte es in einem Zug. Er fuhr dem Jungen durchs Haar. »Ich danke dir, nun habe ich eine echte Chance, den Tag zu überstehen.«

Mit gerunzelter Stirn sah Joey dem Sheriff nach, bis er außer Sichtweite war. »Cooler Revolver.«

Rick stand auf und reckte sich. »Das ist eine Pistole, und zwar genauso eine wie …«

»Rick!«, unterbrach ihn Sabrina empört.

Grinsend duckte er sich und hob beschwichtigend die Hände. »Schon gut. War nur so ein Gedanke. Ich habe eben viel Fantasie.«

Sabrina schnaubte nur und stand ebenfalls auf. »Ich kümmere mich ums Essen.«

Paul hob den Kopf. »Wie gesagt, was die Nachos angeht, musst du die nicht unbedingt jetzt servieren. Die können warten, bis Rick zu Hause ist und Joey im Bett.«

Gleich zwei empörte Blicke trafen ihn, die er amüsiert ignorierte.

8

Der kurze Missklang durch Ricks Bemerkung war zusammen mit Sabrina verschwunden. Dennoch beschäftigte es Paul, wie kalt und unnahbar Rick in Winstons Gegenwart plötzlich wieder gewirkt hatte. An seinem Bericht hatte es nichts auszusetzen gegeben, aber erst jetzt gab er sich wieder ungezwungen und offen. Diese zwei Gesichter seines Freundes gaben ihm Rätsel auf. Was mochte Rick erlebt haben, um sich so zu verändern? Und vor allem: Welches war sein wahres Ich? Auf dem Pfad zwischen den Felsen hatte Paul einen ungefähren Eindruck von Ricks Fähigkeiten bekommen. Die waren nicht nur beachtlich, sondern in gewisser Weise auch beängstigend.

Eine Frage brannte ihm noch auf der Seele. Er sah Joey auffordernd an. »Solltest du deiner Mutter nicht helfen?«

Joey sprang auf und grinste. »Sicher, dann kann ich schon ein paar Nachos naschen.«

Kaum war das Kind außer Hörweite, sah Paul seinen Freund fest an, um gleich klarzustellen, dass er keine Ausflüchte gelten lassen würde. »Wenn du nicht so schnell reagiert und mich zu Boden gestoßen hättest, würde ich jetzt nicht hier sitzen.« Er formulierte es absichtlich als Feststellung und nicht als Frage.

Rick wich seinem Blick kurz aus, nickte dann aber. »Höchstwahrscheinlich. Der Kerl konnte wirklich gut mit seinem Spielzeug umgehen.«

Obwohl er gesund und munter auf der Terrasse saß, lief Paul ein Schauer den Rücken hinab. »Dann war es nicht nur verdammt knapp, sondern ich verdanke dir mein Leben.« Er stand auf.

Rick sah ihn ratlos an. »Was hast du vor?«

»Ich weiß nicht, wie es dir geht, aber ich brauche jetzt was zu trinken. Als Marine erschüttert dich das vermutlich nicht so sehr, mich aber schon. Also noch eine letzte Frage.«

»Und welche?«

»Willst du auch einen Tequila? Oder lieber einen Whisky?«

»Wenn es kein Bourbon ist, nehme ich den Whisky. Das mexikanische Teufelszeug überlasse ich dir.«

Einige Dinge änderten sich anscheinend nie. »Es ist ein achtzehn Jahre alter Single Malt, der sollte sogar dir genügen!«

Rick grinste breit. »So etwas hast du im Haus? Welche Verschwendung!«

»Dann komm eben öfter vorbei und befrei mich davon.«

Ricks Gesicht wurde ernst. »Das werde ich, Paul. Wir haben zu viel versäumt. Wir werden das nachholen.«

Wenn das kein geeignetes Schlusswort war.

In der Küche waren Sabrina und Joey in eine Diskussion über die Nachos verwickelt, aus der er sich wohlweislich heraushielt. Unauffällig nahm er sich eine Handvoll, bedeckte sie mit ausreichend Guacamole und schlich rasch ins Wohnzimmer.

»Ich habe das genau gesehen!«, rief Sabrina ihm hinterher.

Unwillkürlich zog Paul den Kopf ein. »Keine Ahnung, was du meinst«, erwiderte er mit vollem Mund. Im Wohnzimmer nahm er zwei Flaschen und zwei Gläser aus dem Schrank und wappnete sich für den Rückweg durch die Küche. Eigentlich hätte er auch den direkten Weg aus dem Wohnzimmer heraus nehmen können, aber er wollte die beiden einfach noch mal sehen.

Sabrina funkelte ihn an, wandte sich dann aber wieder dem Herd zu. Der Junge hingegen kicherte und hielt Paul einen

Nacho vors Gesicht, den er tief in die Guacamole gedippt hatte. Als Paul mit dem Mund den Chip aus seiner Hand schnappte und genüsslich kaute, wurde ihm plötzlich seltsam warm in der Magengegend. Er stellte Flaschen und Gläser ab und zog Joey kurz in seine Arme. »Du bist ein echter Kumpel. Ich danke dir, mein Großer.«

Als er ihn losließ, blickte Joey ihn mit glänzenden Augen an. Paul zwinkerte ihm noch einmal zu und ging mit den Getränken hinaus, ehe er etwas sagen konnte, was ihm später leidtun würde. Zum Beispiel, was für ein Arschloch der Vater des Jungen eigentlich war, dass er einen so prächtigen kleinen Kerl so offensichtlich vernachlässigt hatte.

»Fünf Minuten«, rief Sabrina ihm zu.

»Alles klar. Brauchst du Hilfe beim Servieren?«

»Nee, nur Joey und das Tablett. Aber danke.«

Paul atmete tief durch. Hoffentlich fiel ihr nicht auf, dass sein Verlassen der Küche fast einer Flucht glich.

Rick hob grinsend eine Augenbraue. »Der Junge oder die Frau?«

»Beide, aber ich bin dagegen immun. Es passt einfach nicht. Sie sind nett, aber mehr auch nicht.« Mit Nachdruck stellte er die Flasche auf dem Tisch ab. Er musste es nur oft genug wiederholen, dann würde er es auch selbst glauben.

Nett? Sabrina knirschte mit den Zähnen und bewegte sich langsam rückwärts. Erst als sie sicher war, dass keinem der Männer ihre Anwesenheit aufgefallen war, drehte sie sich um und eilte zurück in die Küche.

Nett! Immun! Das waren eigentlich keine Beleidigungen, und dennoch war sie gekränkt. Wenn sie eins nicht gebrauchen konnte, dann war das ein Mann in ihrem Leben, und trotzdem störte sie sich an Pauls Worten. Und zwar ganz gewaltig.

Sie stemmte die Hände auf die Arbeitsplatte und versuchte, ihre widersprüchlichen Gefühle zu sortieren. Dann hatte sie es: verletzter weiblicher Stolz, mehr nicht. Und schon gar kein Interesse an Paul als Mann oder möglichem Partner. Okay, er war hinreißend zu Joey, aber das war auch alles. Na gut, er sah nicht schlecht aus. Verdammt gut sogar. Aber das tat Malcolm auch. Der Vergleich war zwar ein bisschen unfair, weil ihr Exmann genug negative Seiten hatte, um einen mittleren Notizblock vollzuschreiben, während Paul bisher ausgesprochen liebenswürdig gewesen war. Aber das hieß überhaupt nichts, schließlich hatte es auch bei Malcolm Jahre gedauert, bis sie ihn durchschaut hatte. Und dass Paul früher ebenfalls ein netter Kerl gewesen war, musste ja nichts heißen, schließlich war das schon etliche Jahre …

»Was ist denn los?«

Sabrina fuhr herum. Ihren Sohn hatte sie völlig vergessen. Entschieden riss sie sich zusammen und zwang sich zu einem Lächeln. »Nichts, ich habe nur gerade nachgedacht.«

»Worüber?«

Wie ich Paul zeigen kann, dass ich viel mehr bin als nur nett! Mist, das konnte sie nun wirklich nicht sagen. Und denken wollte sie es eigentlich auch nicht. »Ob die Männer noch ein Bier wollen«, wich sie schließlich aus und log nicht einmal. Denn das hatte sie Paul und Rick fragen wollen, ehe sie wieder umgekehrt war.

»Wollen sie bestimmt. Ich nehme was mit raus.«

Joey nahm zwei Flaschen aus dem Kühlschrank und schlug die Tür so heftig zu, dass es gefährlich klirrte. Ihn schien das nicht weiter zu interessieren, er rannte los.

Seufzend machte sich auch Sabrina daran, einige Dinge zusammenzusuchen, die sie mit nach draußen nehmen wollte.

Es wäre vernünftig, sofort auszuziehen, um möglichst viel

Distanz zwischen Joey und Paul zu bringen. Der Junge hing schon jetzt viel zu sehr an ihm. Aber erreichen würde sie damit kaum etwas. Da waren der Schwimmunterricht und vor allem die Größe von Heart Bay. Egal, was sie tat, sie würden sich sowieso ständig treffen. Damit blieb ihr nur, zu akzeptieren, dass die beiden sich anfreundeten, aber gleichzeitig dafür zu sorgen, dass sich ihr Sohn keine Hoffnungen machte, dass Paul jemals mehr als ein guter Kumpel sein würde.

Hinter ihr erklangen Schritte. Joey. Gedankenverloren nahm sie sich die beiden Schüsseln. »Wenn du die Teller und das Besteck mit rausnimmst, haben wir alles. Aber wasch dir vorher noch mal die Hände. Du hast schließlich mit Scout und Shadow gespielt.«

»Mach ich … *Mom*.«

Paul! Sabrina stellte die Schüsseln auf der Arbeitsplatte ab und fuhr herum.

Er grinste sie frech an. »Ich wollte dich eigentlich fragen, ob du vielleicht Lust auf ein Glas Rotwein hättest. Wir sind mit dem Bier gut versorgt. Aber was ist mit dir?«

Das klang verlockend, aber sie zögerte. Paul rollte demonstrativ mit den Augen. »Du denkst zu viel. Ich hole dir eine Flasche und ein Glas und bringe es dir raus.«

Sie öffnete den Mund, wusste aber nicht, was sie sagen sollte. Mit einem Schritt war er bei ihr und fasste sie locker an den Schultern. »Ich möchte, dass du dich hier wohlfühlst und nicht wie ein ungebetener Gast. Du kannst ganz sicher sein, dass ich dir und Joey schon Zimmer in einer anderen Pension besorgt hätte, wenn es mir nicht recht wäre, dass ihr hier seid. Und solange ihr bei mir wohnt, wirst du bitte aufhören, dir jeden Schritt genau zu überlegen. Ihr seid hier willkommen, und ich kann deine Hilfe gut gebrauchen. Also haben wir eine klassische Win-win-Situation.« Bisher hatte sein Blick fast liebevoll auf ihr geruht, nun verstärkte er den Griff um ihre Schultern und sah sie bestimmt an. »Und nachher, wenn wir allein sind, werden wir uns in aller Ruhe über das Thema Sicherheit und Exmann unterhalten. Einverstanden?«

Nein! Aber sie würde wohl nicht darum herumkommen. Die Bezeichnung *kompromisslos* war für seine Miene noch geschmeichelt. Außerdem hatte er ein Recht darauf zu erfahren, wen er bei sich wohnen ließ. »Am liebsten würde ich nie wieder über das Thema reden, aber ich sehe ein, dass du gewisse Dinge wissen solltest.«

»Braves Mädchen.« Ein Zwinkern milderte die herablassende Bemerkung, trotzdem funkelte sie ihn an. Er ließ sie los und griff nach einem Nacho.

Lächelnd schlug sie nach seiner Hand. »Vergiss es. Erst Hände waschen und Wein holen.«

Er murmelte etwas vor sich hin, das verdächtig nach »Sklaventreiber« klang. Damit konnte sie leben.

Das Essen verlief in entspannter Atmosphäre. Keiner erwähnte den Zwischenfall in den Felsen oder den Besuch des Sheriffs. Es war, als ob das Ganze nie stattgefunden hätte. Das Rauschen der Wellen und die Farben, die der Sonnenuntergang an den Nachthimmel zauberte, sorgten für eine friedliche, harmonische Stimmung. Erst als Sabrina nach einem Blick auf die Uhr verkündete, dass es für Joey Zeit war, ins Bett zu gehen, trübte sich die Stimmung deutlich. Ihr Sohn verschränkte die Arme vor der Brust. »Ach, Mom. Es sind Ferien, und ich bin kein kleines Kind mehr.«

»Beides richtig, aber da du bestimmt morgen früh mit an den Strand willst, solltest du dich jetzt verabschieden. Es ist schon nach zehn Uhr.«

Die Aussicht auf einen morgendlichen Ausflug schien ihn

kurz zu besänftigen. Dann schob er die Unterlippe vor. »Kann ich noch ein bisschen YouTube gucken?«

»Definitiv nicht!«

Schmollend stand er auf und nuschelte etwas vor sich hin, das mit viel Fantasie als Abschiedsgruß durchging. Sichtlich wütend stapfte er Richtung Haus, ohne auf eine Erwiderung zu warten.

Sabrina verkniff sich ein Grinsen und fing an, innerlich bis fünf zu zählen.

Sie kam nur bis vier, da blieb er schon stehen und drehte sich um. »Bringst du mich nicht ins Bett?«

»Doch, sicher. Sobald du vernünftig gute Nacht gesagt hast.«

Aus dem Augenwinkel sah sie, dass Pauls Mundwinkel ein interessantes Eigenleben entwickelte und Rick sein Grinsen hinter einer Hand verbarg.

In Rekordtempo war Joey zurück, reichte jedem der Männer die Hand und verabschiedete sich diesmal vernünftig.

Zufrieden stand Sabrina auf und folgte ihm ins Haus. Obwohl Joey wortreich beteuerte, nicht müde zu sein, schaffte er es gerade noch, sich die Zähne zu putzen und sein Schlaf-T-Shirt anzuziehen, ehe er ins Bett plumpste. Als sie ihn zudeckte, schlief er schon, seinen geliebten Stoffseehund Sealy fest im Arm.

Sabrina blieb für einige Sekunden neben dem Bett stehen. Wie so oft, wenn sie ihr schlafendes Kind betrachtete, schienen alle Probleme plötzlich unwichtig zu sein, und ihr wurde vor Liebe ganz warm. Joey war das Beste, was ihr je passiert war. Erst seit er auf der Welt war, wusste sie, wie tief man einen anderen Menschen lieben konnte, hatte allerdings auch gelernt, dass die Angst um das Wohlergehen des eigenen Kindes einen manchmal an die Grenzen brachte.

Ohne Joey hätte sie vermutlich niemals genug Kraft aufgebracht, aus Malcolms goldenem Käfig auszubrechen. Aber irgendwann hätte die ständige Kälte sie so verändert, dass es auch Auswirkungen auf ihr Verhältnis zu Joey gehabt hätte, und das hatte sie nicht zulassen wollen. Er musste schon auf einen normalen Vater verzichten, das war schlimm genug.

Plötzlich sah sie Paul vor sich. Wie sehr sie es auch zu leugnen versuchte: Er benahm sich Joey gegenüber so, wie sie es sich von Malcolm immer gewünscht hatte. Obwohl es im Zimmer über zwanzig Grad warm war, fröstelte sie plötzlich.

Paul war nett und sah gut aus, aber mehr würde da nicht sein. Und schließlich sah er es ebenso, das hatte sie ja vorhin mit eigenen Ohren gehört. Außerdem schuldete sie ihm noch eine Erklärung, warum sie sich die Waffe besorgt hatte, mit etwas Pech landete sie danach auf der Straße.

Sie hätte fast über sich selbst gelacht. Joey und sie nach einem Rausschmiss auf der Straße? Das würde Paul nie tun. Schon als Junge hatte er jedes verletzte Tier selbst aufgenommen und versorgt oder zu Inga gebracht.

Tief durchatmend verließ sie das Zimmer, ehe sie der Versuchung nachgab, sich zu Joey ins Bett zu kuscheln und alle Probleme vorerst zu verdrängen.

Auf der Terrasse sah sie sich suchend um. Sie musste nicht fragen, Paul grinste sie an und erklärte. »Rick ist mit Shadow nach Hause gegangen. Ich soll dir von ihm gute Nacht sagen, damit du ihn morgen ja nicht ohne Abendessen ins Bett schickst.«

Bei der Anspielung auf Joeys Benehmen musste sie schmunzeln. »Das hätte ihm durchaus passieren können.«

Etwas verunsichert setzte sie sich. Ihr Weinglas war wieder gefüllt.

Paul deutete auf ein Windlicht, dessen Flamme in der leichten Brise flackerte, die vom Meer heraufwehte. »Ich habe es noch nie benutzt und vorhin eher zufällig gefunden, aber ich dachte, es könnte dich vielleicht stören, hier mit mir im Dunkeln zu sitzen, also …« Er zögerte kurz. »Ich war nicht mal sicher, ob du noch einmal rauskommst.«

Es war beinahe erschreckend, wie treffsicher er sie einschätzte.

»Na ja, die Versuchung war schon groß, einfach drinnen zu bleiben. Aber das wäre unfair, und außerdem ist deine Terrasse einfach traumhaft. Der Blick aufs Meer. Der Nachthimmel. Du hast wirklich wahnsinniges Glück mit der Lage deines Hauses. Wieso habe ich das Gefühl, du bist trotzdem nicht richtig hier angekommen?«

Das hatte sie zwar schon mehrmals gedacht, aber es eigentlich nicht ansprechen wollen. Und schon gar nicht so direkt. Dennoch interessierte sie die Antwort brennend. Sie hatte schon ein paarmal den Eindruck gehabt, Paul verberge hinter seiner charmanten Art etwas, das sie an sich selbst erinnerte. Eine Mischung aus Unzufriedenheit und Hilflosigkeit.

Statt zu antworten, griff er nach seinem Glas und trank einen großen Schluck. Dann stieß er ein Lachen aus, in dem keine Spur seines gewohnten Humors mitklang. »Das nenne ich mal eine Gesprächseröffnung. Ich dachte eigentlich, wir würden über dich reden. Wie kommst du darauf?«

Jetzt half nur noch schonungslose Offenheit oder sofortiges Zurückrudern. Sie hatte das Gefühl, an einem wichtigen Scheideweg zu stehen. »Vielleicht, weil es mir jahrelang so ging. Auf den ersten Blick hatte ich alles, was nötig ist, um ein glückliches Leben zu führen. Aber hinter der Fassade sah es ganz anders aus. Ich wollte dich nicht … in die Ecke treiben. Aber manchmal habe ich den Eindruck, ich erkenne mich in dir wieder.«

Mist, ihre Erklärung machte es nur noch schlimmer. Rasch trank sie einen Schluck Wein. Da Paul immer noch schwieg, musste sie wohl allein aus der Ecke wieder herauskommen, in die sie sich hineinmanövriert hatte. »Entschuldige bitte, es ist zu persönlich, und ich finde nicht die richtigen Worte.«

»Ich habe dich trotzdem verstanden. Ich bin nur erstaunt. Bisher ging ich davon aus, dass es niemandem gelingt, hinter meine ... wie hast du es genannt? Hinter meine *Fassade* zu blicken. Ein Traumhaus, keine finanziellen Sorgen. Macht doch alles einen prima Eindruck, oder?«

Der bittere Unterton in seiner Stimme war nicht zu überhören. In diesem Moment begriff sie schlagartig, dass er ebenso einsam war wie sie. Halt, das stimmt nicht. Sie hatte wenigstens Joey, er nur seinen Hund. Und noch etwas anderes wurde ihr klar: Es war ihm bereits unangenehm, dass er sich ihr gegenüber so weit geöffnet hatte. Das zeigte seine plötzlich beinahe versteinerte Körperhaltung ganz deutlich. Wenn sie jetzt nicht aufpasste, konnte sie einiges zwischen ihnen zerstören. Sie waren keine unbeschwerten Kinder mehr, die über alles reden konnten. Alles war komplizierter geworden – sie beide, das ganze Leben.

Bewusst lehnte sie sich zurück, um ihm ein wenig Raum zu lassen, und zwang sich, ihrer Stimme einen leichten Klang zu geben. »Siehst du, genau das meinte ich mit der Ähnlichkeit. Unser Penthouse hat bei Malcolms Bekannten wahre Entzückensschreie ausgelöst. Wir konnten von der Dachterrasse aus den Pazifik sehen ... aber nie darin schwimmen. Das Ufer war felsig und die Brandung viel zu stark. Wenn man abends dort saß, hörte man das Rauschen des nächtlichen Verkehrs, nicht die Wellen, die sich an den Felsen brachen. Es war alles nur schöner Schein, aber dahinter war nichts, das man hätte greifen können, nichts als Leere.«

Paul entspannte sich merklich. »Was ist denn bei euch schiefgelaufen? Ich erinnere mich dunkel, dass Inga mal sagte, ihr wärt das reinste Traumpaar. Das ist aber schon ziemlich lange her – glaube ich.«

Die Versuchung war groß, einfach das Thema zu wechseln, aber sie schuldete Paul noch eine Erklärung, und ein Teil davon hing mit ihrer verkorksten Ehe zusammen. Sie strich sich eine Strähne hinters Ohr und trank noch einen Schluck Wein.

»Du musst nicht antworten«, bot Paul ihr an, ehe sie auch nur ein Wort gesagt hatte.

»Lieb von dir, aber es ist schon okay. Die ersten Jahre waren tatsächlich ein Traum. Wir verdienten beide in unseren Jobs recht gut und konnten uns einiges leisten. Joey war nicht geplant, aber nach dem ersten Schreck haben wir uns dann doch gefreut. Er war auch der Grund, warum wir geheiratet haben. Dummerweise stellte sich kurz nach Joeys Geburt heraus, dass er einen Herzfehler hatte. Meine Pläne, gleich weiterzuarbeiten, waren damit hinfällig. Ich verbrachte unglaublich viel Zeit bei Ärzten und in Kliniken, während Malcolm die Karriereleiter hochkletterte. Ich denke, damals begannen die Probleme, aber das war uns beiden nicht bewusst. Als Joey drei Jahre alt war, hatte er schon drei schwere Operationen hinter sich.«

Paul atmete tief ein, und auch sie durchlief ein Zittern, als sie sich an die Angst um ihren Sohn erinnerte. Schnell sprach sie weiter: »Er hat es geschafft und gilt seit kurz nach seinem dritten Geburtstag als gesund. Mit vier Jahren kam er in den Kindergarten beziehungsweise in die Vorschule, aber da war es für Malcolm und mich schon zu spät. Ich hatte nicht einmal bemerkt, wie sehr wir uns auseinandergelebt haben. Er hatte neue Freunde, die ich nicht mochte. Er hatte sich mittlerweile selbstständig gemacht, und wir hatten mehr Geld, als wir jemals zu träumen gewagt hätten.« Sie lachte bitter auf und zwang sich zu einem Lächeln, das vermutlich reichlich unsicher ausfiel. »Das meinte ich mit Fassade. Denn wir hatten uns verloren. Es wurde dann so ziemlich jedes Klischee wahr: Er kam spät nach Hause und duschte sofort, aber den Geruch des fremden Parfüms an seinem Hemd konnte er nicht so leicht loswerden. Eine ganze Zeit lang habe ich nach Auswegen gesucht und wollte ihm wieder näherkommen, aber so blöd es auch klingt, ich habe ihn nicht wiedererkannt, und mit dem Mann, zu dem er geworden war, wollte ich eigentlich auch keine Ehe führen. Trotzdem hat es noch eine gefühlte Ewigkeit gedauert, bis ich die Konsequenzen gezogen habe. So lange habe ich einfach halbwegs funktioniert und mich auf Joey und ein paar karitative Aufgaben konzentriert, unter anderem im Frauenhaus. Erst vor gut einem Jahr habe ich das getan, was ich schon vor Jahren hätte tun sollen: Ich bin zu einer Anwältin gegangen, die ich aus dem Frauenhaus kannte. Zusammen mit einem Privatdetektiv habe ich Beweise für Malcolms Affären gesammelt. Damit hatte ich etwas in der Hand, aber gereicht hat es noch nicht.« Der Gedanke daran machte sie immer noch wütend. Das war einfach ungerecht gewesen. Sie atmete tief durch und sprach dann weiter: »Meine Anwältin hat dann eine Vereinbarung aufgesetzt, dass nach zwölf Monaten die Scheidung rechtsgültig wird und ich das Sorgerecht bekomme, wenn er sich nicht entscheidend ändert und wir wieder ein Leben führen, dass den Namen ›Ehe‹ verdient.« Diesmal fiel es ihr leicht, ihn schief anzugrinsen. »Du kennst diesen Paragrafenkram bestimmt besser als ich, und ich muss dir da nichts erklären. Unser Penthouse war groß genug, um glaubhaft darzustellen, dass wir trotz gemeinsamer Adresse getrennt lebten, und tatsächlich habe ich ihn fast nie zu Gesicht bekommen. Aber trotz der eindringlichen Warnung hat Malcolm nichts geändert. Er hat weiterhin jede von Joeys Schulaufführungen verpasst und sich nicht für seinen Sohn interessiert. Ich war für ihn eine Art Präsentationsfigur und vielleicht noch Organisatorin seines Haushalts, aber als Mensch und als Frau habe ich für ihn nicht mehr existiert. Kaum hatte die Richterin das Urteil unterschrieben, habe ich mich in den Wagen gesetzt und bin hergefahren. Ich will hier neu anfangen und ganz anders leben als bisher.«

Sabrinas Hals war trocken geworden. Noch nie hatte sie mit jemand anderem als ihrer Anwältin so ehrlich über ihre Ehe gesprochen. »Ich … okay, eine Sache gehört noch dazu. Der Privatdetektiv hatte schon angedeutet, dass er Malcolm bei Zusammenkünften mit übel beleumundeten Geschäftspartnern beobachtet hatte. Vor einigen Wochen hörte ich dann durch Zufall ein Telefonat mit. Da ging es um eine Firma, um Aufträge und um einen Mann, um den man sich *kümmern* wollte, damit er nichts sagt. Ich dachte … ich meine … ich weiß nicht genau, was ich gedacht habe. Vielleicht war ja auch alles Einbildung. Ich will nicht glauben, dass Malcolm in etwas wirklich Schlimmes oder gar einen Mord verwickelt ist, aber zumindest liegt es sehr nah, dass er illegale Geschäfte am Laufen hat. Er hat *so* viel Geld verdient, selbst in Krisenzeiten, da stimmt etwas nicht.« Sie atmete tief durch. Im Halbdunkel sah sie Pauls Gesichtsausdruck nicht, sondern nur den Schimmer seiner unverwandt auf sie gerichteten Augen. »Am nächsten Tag habe ich mir im Frauenhaus die Waffe besorgt. Die schleppe ich seitdem mit mir herum, habe ein besseres Gefühl und eigentlich doch gar keinen Grund dafür. Ich finde mich selbst lächerlich, wenn ich es mir recht überlege.«

Paul schwieg geraume Zeit, dann beugte er sich vor und griff nach ihrer Hand. »Du bist nicht lächerlich, sondern die mutigste Frau, die ich kenne.« Seine Finger strichen sanft über ihre Haut. »Außerdem hast du dich vernünftig rechtlich abgesichert und alles gut überlegt. Das ist viel wert und um einiges geschickter als eine spontane Hau-Ruck-Aktion, mit der man alles verlieren kann. Zum Beispiel das Sorgerecht für sein Kind.«

Seine Berührung brachte sie zum Erschauern, aber seine Worte ... sie war sicher, dass es ein Kompliment sein sollte, aber irgendwie klang es, als wäre ihr Verhalten erschreckend berechnend gewesen. Doch ehe sie ihr Vorgehen rechtfertigen konnte, lachte er. »Dann muss ich wohl froh sein, dass du bei unserer ersten Begegnung nur einen Schraubschlüssel in der Hand hattest und keine Pistole.«

Sabrina schnaubte. »Sehr witzig.« Dann musste sie über sich selbst lachen. »Wenn ich dir jetzt beichte, dass ich die Waffe ganz vergessen hatte, kann ich mir vorstellen, was du von mir hältst. Vorhin fiel sie mir aber noch rechtzeitig ein.«

»Glaubst du, dass der Typ vorhin von deinem Mann kommt?«

»Nein, ausgeschlossen. Ich habe ihm bewusst verschwiegen, wo ich bin, um jedem Ärger aus dem Weg zu gehen. Wenn Joey wieder zur Schule geht, nehme ich ganz offiziell wieder Kontakt zu ihm auf, aber erst einmal soll der Junge in Ruhe seine Ferien genießen. Malcolm ist so verdammt manipulativ, so geschickt darin, mich als Schuldige darzustellen und seinen Willen durchzusetzen, dass ich ihm einfach nicht traue.«

»Das ist ja auch dein gutes Recht. In welcher Branche ist er tätig?«

»Er war Architekt und ist jetzt eher so eine Art Baulöwe oder Projektentwickler.«

»Okay, in dem Business ist Korruption tatsächlich an der Tagesordnung. Ich höre mich mal dezent um, damit wir auf alles vorbereitet sind. Nach allem, was du erzählt hast, glaube ich nicht, dass er leicht aufgibt. Wenn er so besessen ist von seinem Ruf und dem äußeren Schein, wird es ihm nicht gefallen, dass seine Frau und sein Sohn ihn verlassen haben.«

Er drückte ihre Hand fest und ließ sie dann los. Sofort vermisste Sabrina den engen Kontakt, gleichzeitig staunte sie über Pauls absolut zutreffende Analyse. Genau so schätzte sie Malcolm ebenfalls ein, aber sie hatte einige Jahre gebraucht, um zu diesem Schluss zu kommen, nicht nur wenige Minuten wie Paul. War sie so naiv, oder war er so gut?

Sie dachte an den Anfang ihres Gesprächs. Paul schien in einer ähnlichen Situation zu stecken wie sie selbst noch vor wenigen Tagen. Sie würde herausfinden, was sein Problem war, und ihm helfen. Das war das Mindeste, was sie für ihn tun konnte.

9

Es war erst acht Uhr morgens, und Malcolm hasste den Tag schon jetzt. Er mochte es kaum zugeben, aber die Wohnung war ihm zu ruhig, zu leer. Er vermisste Sabrina und Joey. Damit hätte er nicht gerechnet. Er horchte in sich hinein. Waren es wirklich die beiden, die ihm fehlten, oder störten ihn die Kleinigkeiten, die nun nicht erledigt wurden? In der Küche stapelte sich das dreckige Geschirr. Er hatte keine Idee, wie seine schmutzige Wäsche aus dem Korb wieder in den Schrank kommen sollte. Sie hatten dafür doch eine Putzfrau, oder nicht? Er war sich nicht sicher. Leise vor sich hinfluchend schaltete er den Wasserkocher ein. Durchdringendes Piepen erklang. Rasch nahm er den Topf von der Heizplatte. Natürlich, es musste erst Wasser hinein. Wie hatte er das vergessen können? Seit Jahren war er daran gewöhnt, dass sich Sabrina um den alltäglichen Kleinkram kümmerte. Früher, in den ersten Jahren ihrer Ehe, hatten sie sich sämtliche anfallenden Hausarbeiten geteilt. Es erschien ihm wie die Erinnerung an ein anderes Leben.

Er füllte den Topf und startete den zweiten Versuch, sich einen Tee zuzubereiten. Dieses Mal funktionierte alles reibungslos. In einem Küchenschrank stieß er auf eine Packung Kekse. Besser als nichts. Natürlich hätte er sich auf dem Weg ins Büro ein erstklassiges Frühstück leisten können, aber erstaunlicherweise reizte ihn der Gedanke an Rührei mit teuren europäischen Trüffeln nicht. Wenn er es sich recht überlegte, schmeckte der merkwürdige Pilz nach Schlamm und Moder. Eigentlich war es völlig unverständlich, dass ein so ekliges Zeug dermaßen angesagt war und in gewisser Weise als Pflichtspeise bei Geschäftsterminen galt.

Und mittags dann Sushi, glitschiges Zeug, mit verschiedenen Gewürzen mehr oder weniger genießbar gemacht. Er stemmte die Ellbogen auf den Tisch und vergrub sein Gesicht in den Händen. Was genau vermisste er denn jetzt eigentlich? Die alten Zeiten? Seine Frau? Seinen Sohn? An Sabrina schätzte er in erster Linie, dass sie sich um alles kümmerte. Sie war eben einfach ... da und sollte es auch wieder sein. Sie sah zwar nicht schlecht aus, aber er empfand keinerlei Leidenschaft mehr für sie. Das Thema war durch. Trotzdem musste er sie zur Rückkehr bewegen, nicht nur wegen des Tablet-PCs, den sie mitgenommen hatte. Er brauchte sie in seinem Leben, sie musste sich um alles kümmern, und sie war bei Empfängen eine hervorragende Gastgeberin. Und vor allem war er nicht bereit, zu scheitern. In seinen Augen gehört es sich nicht, dass eine Frau ihren Mann verließ. Malcolm, geschieden. Malcolm, von seiner Frau verlassen. Er biss die Zähne zusammen. Das kam nicht infrage. Eine intakte Familie gehörte fest zu seinem Lebensentwurf, und er würde sie sich von Sabrina nicht nehmen lassen. Schließlich hatte er sich auch stets auf lockere Affären beschränkt und niemals vorgehabt, Sabrina zu verlassen.

Joey ... er mochte den Jungen so halbwegs, konnte aber nicht wirklich etwas mit ihm anfangen. Dennoch war er sein Fleisch und Blut, sein Erbe. Er wollte ihn zurückhaben und würde dafür sorgen, dass am Ende alles wieder so war, wie er es wollte.

Zunächst gab es allerdings noch einiges zu organisieren.

Seufzend griff er zu seinem Handy und wählte die Nummer seines Geschäftspartners. Er hielt sich nicht mit einer Begrüßung auf. »Hast du erfahren, wo sich meine Familie verkriecht?«

»Natürlich.«

Malcolm ballte die Hand zur Faust. Die offenkundige Selbstgefälligkeit dieses Mannes war kaum zu ertragen. »Gib mir die Adresse, ich fahre hin.«

»Du wirst jetzt erst einmal warten, bis ich dich anrufe.«

Fassungslos starrte Malcolm sein Handy an. Die Verbindung war unterbrochen, aber schon in der nächsten Sekunde klingelte es. Es wurde keine Nummer angezeigt, aber die Stimme seines Geschäftspartners erkannte er trotz des merkwürdigen Halls in der Leitung.

»Dieses Handy ist abhörsicher. Du solltest dir auch ein Prepaid-Handy besorgen, das man nicht zu dir zurückverfolgen kann. Noch hat das FBI dich vielleicht nicht im Visier, aber das kann sich schnell ändern. Also, zurück zum Thema: Du wirst dafür sorgen, dass dein Tagesablauf in San Diego lückenlos nachvollziehbar ist. Ich werde alles Nötige in die Wege leiten, um uns deinen Mini-Computer zu besorgen.«

Malcolm schluckte. »Du willst, dass ich ein lupenreines Alibi habe. Das verstehe ich, aber es gefällt mir nicht. Ich will nicht, dass ihnen etwas zustößt, ich will sie zurückhaben.«

»Was du *willst*, interessiert im Moment nicht. Entscheidend ist, dass wir unser Geld in Sicherheit bringen und das FBI erfolgreich in die Irre führen. Glaubst du, ich gehe dreißig Jahre in den Knast, nur weil du deine Alte nicht unter Kontrolle hast?«

»Das will ich ja auch nicht, ich frage mich nur, warum sie das Gerät mitgenommen hat. Wenn sie wüsste, was da für Daten drauf sind, hätte sie mich doch schon damit erpresst oder bedroht.«

Leises, aber nicht im Geringsten humorvolles Lachen kam aus dem Lautsprecher seines Smartphones. »Und genau das ist der Grund, warum sie noch lebt. Ich will wissen, was sie eigentlich weiß. Für meinen Geschmack gibt es zu viele ungeklärte Fragen. Aber es gibt Spezialisten, die aus jedem die richtigen Antworten rausholen. Ich habe genau den richtigen Mann dafür, er wird sie beobachten, einschüchtern und zur Not auch den Abfall beseitigen. Je nachdem, was seine Nachforschungen ergeben, werden wir uns das weitere Vorgehen überlegen. Über deinen Sohn können wir reden, aber geh lieber nicht davon aus, deine Frau lebend wiederzusehen. Ich hoffe, du hast eine vernünftige Lebensversicherung abgeschlossen. Am Meer passieren ja die erstaunlichsten Unfälle.«

Klick. Die Verbindung bestand nicht länger. Malcolm rieb sich übers Gesicht. Das hatte er nicht gewollt. Oder doch? Sabrinas Tod würde ihm über ihre Lebensversicherung zwei Millionen Dollar einbringen. Der Gedanke hatte was, dennoch behagte ihm die Vorstellung nicht.

Lautes Lachen riss Sabrina aus dem Schlaf. Gähnend zog sie sich die Bettdecke über den Kopf. Sie hätte gestern Abend das Fenster schließen sollen, aber der Klang der Wellen war einfach zu verführerisch gewesen – echte Wellen, kein Verkehrsrauschen. Dann sickerte langsam die Erkenntnis in ihr Bewusstsein, was es mit dem Lachen auf sich hatte. Joey. Er war schon auf. Ihr Sohn war doch ein überzeugter Langschläfer, und das hieß … sie nahm ihr Smartphone vom Nachttisch. Neun Uhr! So lange hatte sie das letzte Mal geschlafen, als … keine Ahnung. Als Teenager?

Wieder lachte Joey, nun hörte sie aber auch eine andere, tiefere Stimme. Sie verstand nicht, was genau gesagt wurde, hatte aber den Eindruck, dass es eine Ermahnung von Paul war, leiser zu sein.

Seufzend reckte sie sich. Bilder von einem Frühstück im Bett geisterten durch ihr Gehirn. Erst ein leidenschaftliches

137

Vorspiel, dann die Fortsetzung in der Küche, und wenn das Essen fertig war, durfte auch Joey dazukommen und … Geborgenheit, Leidenschaft, Liebe, Familie. Erschrocken fuhr sie zusammen. Ihre Fantasie hatte ihr eindeutig Paul gezeigt. Sein liebevoller Blick, dieses Funkeln in seinen Augen, seine breiten Schultern, die langen, wohlgeformten Oberschenkel, seinen ansehnlichen …

»O nein, Zeit zum Aufwachen!«, sagte sie zu sich selbst und stand entschlossen auf. Besser Selbstgespräche als noch mehr solcher Gedanken. Und das, wo sie noch am Vorabend beschlossen hatte, dass keine Beziehung infrage kam. Weder mit Paul noch mit sonst jemand. Und sei es George Clooney. Allerdings war der ja mittlerweile auch vergeben. War eigentlich Benedict Cumberbatch verheiratet? Egal. Kein Mann! Ausgeschlossen! Sie rannte beinahe ins Bad, riss den Hebel am Waschbecken in die Position für kaltes Wasser. Sie brauchte eine Abkühlung. Dringend. Sobald sie sicher war, dass ihr Verstand wieder vernünftig funktionierte, würde sie Joey und Paul suchen.

Sie blickte in den Spiegel und erschrak. Ihre Wangen glühten rot, ihre Augen glänzten. Und das alles von dem kurzen Ausflug ins Reich der Fantasie? Sie schaufelte sich kaltes Wasser ins Gesicht, dann fand sie eine Erklärung, die ihr gefiel: Es war einfach zu lange her, dass sie Sex gehabt hatte, und zwar vernünftigen Sex und keine lieblose, fast schon rein technische Pflichterfüllung. Sie überlegte, wann sie und Malcolm zum letzten Mal wahre Leidenschaft geteilt hatten. Als Joey noch ein Kleinkind gewesen war? Lieber nicht länger drüber nachdenken. Nach einer so langen Zeitspanne war es normal, dass ein attraktiver Mann solche Gefühle in ihr auslöste. Das hatte nichts zu bedeuten.

Sie horchte in sich hinein. Ja, das klang logisch. Jetzt war sie bereit, sich dem Tag zu stellen.

Eigentlich hätte Sabrina erwartet, dass Joey sie erfreut begrüßte, als sie endlich auftauchte. Stattdessen sah ihr Sohn mit sichtlich schlechtem Gewissen auf seinen Teller. Paul blickte rasch zwischen ihnen hin und her, dann zuckten seine Mundwinkel. »Kann es sein«, fragte er Joey, »dass du mir in Bezug aufs Frühstück etwas verschwiegen hast?«

Joey betrachtete den Pfannkuchen, dem er mit Sirup ein lachendes Gesicht verpasst hatte. »Na ja, ich glaube, Mama nennt ein solches Frühstück *lecker, aber ungesund* … aber es sind doch Ferien, und ich bewege mich und sitze nicht nur vor dem Computer.«

Paul hob entwaffnend die Hände und nahm sich dann den Sirup. Er verzierte seinen Pfannkuchen mit einem Smiley, der einen Heiligenschein über dem Kopf trug. »Ich würde sagen, das macht ihr unter euch aus. Ich berufe mich auf Unwissenheit, weil das Zeug gestern auch ohne Kritik durchging. Übrigens, guten Morgen, Sabrina.«

Nun sprang Joey endlich auf und umarmte sie. Ein klebriger Kuss landete auf ihrer Wange. »Tut mir leid, Mom. Ich konnte nicht widerstehen, als Paul sie mir angeboten hat, und sie schmecken wirklich fantastisch.«

Sie konnte nun auf ihren Erziehungsprinzipien beharren und damit gründlich die Stimmung verderben, oder … Sabrina drückte ihren Sohn kurz an sich und setzte sich. »Machst du mir auch einen mit Smiley?«

»Na klar!«

»Und ich hole dir einen Kaffee«, bot Paul an und zwinkerte ihr zu. Sein Haar war noch nass, und er hatte es glatt zurückgestrichen. Wenn es erst getrocknet war, würde es ihm widerspenstig ins Gesicht fallen. Schon gestern hatte sie sich einige Male gedanklich auf die Finger hauen müssen, damit sie ihm nicht mit der Hand durch die Haare fuhr.

Sie zwang sich, den Blick von ihm zu lösen.

»Warst du schon im Wasser?«, fragte sie ihren Sohn, obwohl seine nassen Haare die Antwort verrieten.

»Ja, aber nur ganz vorn, mit dem Surfboard. Das war voll cool. Paul meinte, dass ich Ende nächster Woche das erste Mal mit ihm schnorcheln kann. Natürlich nur, wenn du es erlaubst.«

»Wenn du dann so weit bist, spricht nichts dagegen. Wir können dir ja Ende dieser Woche schon mal ein paar Sachen kaufen. Vernünftige Flossen, Maske und einen ordentlichen Schnorchel.«

»Super, danke, Mom. Bist du hier auch schon getaucht?«

»Ja, früher als Kind. Und später ein paarmal in Acapulco. Es wird allerhöchste Zeit, dass du die Unterwasserwelt auch kennenlernst.«

»Cool. Ich freue mich drauf. Paul hat mir schon was von Monsternacktschnecken erzählt. Aber keine Angst, die sind voll harmlos, sehen nur fies aus.«

Sabrina tat, als würde sie frösteln. »Hör bloß auf. An die hässlichen Viecher erinnere ich mich noch gut.« Sie beugte sich zu Joey rüber. »Und daran, dass sie kleine Kinder fressen.« Sie kitzelte ihn, bis er laut lachte.

Seine Fröhlichkeit wärmte sie mehr als die Morgensonne. Es war unbezahlbar, ihr Kind endlich so unbeschwert zu sehen. Viel zu lange war er ernst gewesen und hatte sich an seinem Computer, seinem Tablet oder dem Nintendo versteckt. Heart Bay, das Meer und natürlich Paul waren Balsam für seine Seele. Nun musste er nur noch ein paar gleichaltrige Kumpel finden, und sie wäre zufrieden. Dann hatte er endlich eine Kindheit, wie sie sie ihm immer gewünscht hatte. Natürlich würden Streitereien nicht lange auf sich warten lassen, aber die gehörten dazu. Und alles war besser als die gefühlskalte Umgebung,

in der sie bisher zu Hause gewesen waren – seine teure Privatschule ausdrücklich eingeschlossen.

Vorsichtig probierte Sabrina den Pfannkuchen, auf den Joey
ein riesiges Herz aus Sirup gemalt hatte. Fast hätte sie geschnurrt. Die waren wirklich perfekt. Locker, mit einem Hauch
von Vanille und außen so knusprig, wie sie es liebte.

Als Paul zurückkehrte und einen Becher Kaffee vor ihr ab-
stellte, deutete sie mit der Gabel auf ihren Teller. »Genial. Ich
werde nachher Inga gegenüber nicht einmal lügen müssen,
wenn ich sage, dass du ein besseres Frühstück zauberst, als ich
es je könnte.«

»Du übertreibst«, wiegelte er ab, aber sie merkte, dass er
sich über das Kompliment freute.

»Wolltet ihr euch heute nicht den Pfad zu Rick vornehmen?
Ich wundere mich ein wenig, dass du hier noch so entspannt
rumsitzt.«

»Ach, der Tag ist ja noch lang.«

Misstrauisch betrachtete sie seine Unschuldsmiene. Kampf-
los würde er ihre Wette nicht aufgeben, schon als Kind hatte er nicht gern verloren. Irgendetwas musste ihr entgangen
sein. Dass Joey plötzlich unterdrückt hustete, sich aber nach
einem warnenden Blick von Paul rasch unter den Tisch beugte
und Scout kraulte, der dort döste, brachte ihr Misstrauen zum
Überschwappen. Aber sie würde schon noch herausfinden, was
hier los war.

Dann fiel ihr etwas anderes, viel Wichtigeres ein, aber das
konnte sie kaum in Joeys Gegenwart ansprechen. In Rekordtempo leerte sie ihren Becher und sah Joey bittend an.

Ihr Sohn sprang auf. »Der nächste kommt sofort!«

Kaum war er außer Hörweite, wandte Sabrina sich an Paul.
»Ich will bestimmt nicht übertrieben ängstlich klingen oder dir
Vorwürfe machen. Aber wegen des Typen von gestern … du

hast hier ja immer alles offen stehen, und als du mit Joey am Strand warst, da …«

Paul hob eine Hand. »Schon klar. Ich weiß, worauf du hinauswillst, und du brauchst bei mir auch nicht so herumzudrucksen – das hast du doch früher auch nie getan.« Er grinste flüchtig. »Es wäre in der Tat unverantwortlich, die Terrassentür offen zu lassen, während wir unten am Strand außer Sichtweite sind und du schläfst. Ehe wir ins Wasser gegangen sind, habe ich die Alarmanlage eingeschaltet und die Tür von außen abgeschlossen. Ich zeige dir nachher, wie alles funktioniert. Bisher war es nicht nötig, weil ich sie nicht genutzt habe. Aber das ist nun anders.«

Erleichtert lehnte sich Sabrina zurück. Dann bemerkte sie, dass Paul sie immer noch ansah. Sie ahnte, dass es ihm um seine ersten Sätze ging, und verzog den Mund. »Deine Botschaft ist angekommen. Wenn ich etwas wissen will, nehme ich den direkten Weg und schmeiße jede Diplomatie über Bord. Wie wäre es mit einer Kostprobe: Wieso nimmst du unsere Wette so locker? Irgendetwas stimmt da doch nicht.«

Grinsend legte Paul seinen Kopf schief. Es gefiel ihr, wie seine Lachfältchen die Augen betonten. »In diesem Fall lautet die Antwort: Kein Kommentar. Was hast du denn heute vor?«

»Ich treffe mich mit Inga, stelle ihr mein grobes Konzept vor und rede dann mit zwei anderen Pensionsbesitzern. Wenn ich damit fertig bin, müsste ich genug Input haben, um die Detailplanung für die Homepage zu beginnen.«

»Klingt interessant. Zeigst du mir heute Abend, worauf das ungefähr hinausläuft? Ich bin wirklich neugierig. Ich glaube, das könnte genau das sein, was Heart Bay dringend braucht. Sozusagen einen sanften Aufschwung.«

Ihre Arbeit schien ihn wirklich zu interessieren. Und nicht nur das, er hatte auch verstanden, worum es ihr ging. Ein war-

142

mes Gefühl breitete sich in ihrer Magengegend aus. Endlich wurde sie von einem anderen Erwachsenen als Mensch wahrgenommen, nicht nur wie ein nützlicher Gegenstand.

Aber Paul war noch nicht fertig. »Wäre es dann nicht besser für dich, wenn Joey bei mir und Rick bleibt? Er könnte uns helfen. Unseren Schwimmunterricht machen wir dann um die Mittagszeit und besuchen dich bei Inga.«

»Das wäre großartig, aber ich weiß nicht, ob …«

»Bitte, Mom!«

Offensichtlich war ihr zweiter Kaffee eingetroffen. Joeys bittendem Blick zu widerstehen war fast unmöglich. »Ich kann dich doch nicht als kostenlosen Babysitter benutzen!«, widersprach sie Paul halbherzig.

»Ich bin kein Baby!« Joey stellte den Becher so schwungvoll auf dem Tisch ab, dass Kaffee über den Rand schwappte.

Paul zwinkerte ihm zu. »Du hast völlig recht, aber wir haben das Wort nicht erfunden. Außerdem wären Rick und ich nicht deine Babysitter, sondern deine Sklaventreiber, schließlich haben wir einen Ruf zu verlieren.«

Gegen Joeys Lachen und seine erwartungsvolle Miene war sie machtlos. »Also gut, aber ich revanchier mich. Ich weiß noch nicht wie, aber mir wird schon was einfallen.« Sie machte mit dem Arm eine ausholende Geste, die die ganze Terrasse umfasste. »Ich werde hier alles so umgestalten, dass du nichts wiedererkennst. Das wäre doch ein Anfang.«

Ihre Bemerkung war scherzhaft gemeint, aber Paul sah sie schweigend an. In seinen Augen blitzte es kurz auf, als würde er sich amüsieren, aber dazu passte seine ernste, beinahe abweisende Miene nicht. Ehe sie richtig einordnen konnte, was für ein Gefühl sich in seinem Gesicht gespiegelt haben könnte, lächelte er bereits wieder, wirkte dabei jedoch geistesabwesend.

War es Vorsicht gewesen? Vielleicht sogar Angst? Sie verwarf den Gedanken so schnell, wie er gekommen war. Wahrscheinlich hatte sie sich getäuscht.

Ricks Timing war perfekt. Sabrina war gerade losgefahren, da rumpelte sein Wagen den Weg entlang. Der Anhänger mit dem Bagger schlingerte leicht, weil Rick so schnell fuhr wie immer.

In einer Staubwolke rangierte er den Anhänger rückwärts an den Pfad heran. Beim ersten Versuch wählte er den falschen Winkel und landete fast in den Büschen. Shadow dauerte das offenbar zu lange, der Hund hing schon halb aus dem Fenster.

Fluchend beugte sich Rick vor und öffnete die Tür. Shadow sprang heraus und schüttelte sich heftig.

Lachend ging Paul zur Fahrertür. »Das ist ja mal eine Begrüßung. Dein Hund ist froh, deinen Fahrkünsten entkommen zu sein. Lass mich mal ran. Das Rückwärtsfahren mit Hänger ist ziemlich schwierig, vor allem, weil es vor dem Pfad recht eng ist.«

»Aber du kannst es?« Rick sah nicht besonders begeistert aus.

Paul zuckte mit der Schulter und verkniff sich ein schadenfrohes Grinsen. »Sicher, ich musste das oft genug machen, als wir das Haus gebaut haben. Na komm schon. Erstens ärgere ich mich nicht, dass du mit Gewehr und Pistole *geringfügig* besser umgehen kannst als ich, und zweitens bin ich bei einem meiner ersten Rangierversuche im Unterholz gelandet. Geht es dir jetzt besser?«

Rick starrte kurz auf die Motorhaube, dann grinste er. »Überredet. Aber über das *geringfügig* reden wir noch, Anwalt. Sorry, der Morgen war bisher irgendwie daneben. Hast du Kaffee?«

»Klar. Was war denn los? Du siehst aus, als ob du die Nacht durchgemacht hättest.«

Rick wollte gerade antworten, als Joey mit Scout im Schlepptau angerannt kam. Mit einem Blick auf den Jungen schüttelte Rick den Kopf. »Später«, sagte er und begrüßte Joey freundlich.

Paul hob eine Augenbraue. »Interessant. Wenn ich mich recht erinnere, hast du mich sehr viel weniger liebenswürdig begrüßt. *Verdammtes Mistding* war dabei noch einer der harmloseren Kosenamen, den Rest werde ich mit Rücksicht auf Joey nicht wiederholen.«

Joey tat, als würde er enttäuscht seufzen, aber er schien sich prächtig zu amüsieren.

Rick rollte übertrieben mit den Augen. »Du weißt genau, dass ich damit den dämlichen Anhänger gemeint habe. Sieh zu, dass du den Bagger an die richtige Position bekommst.« Er legte Joey freundschaftlich einen Arm um die Schulter. »Während ich etwas wirklich Sinnvolles tue.«

»Und das wäre?«

»Kaffee trinken.«

Grinsend sah Paul den beiden nach, die von den wild umherspringenden Hunden begleitet ins Haus gingen. Er biss die Zähne zusammen, als ihm zum zweiten Mal an diesem Morgen auffiel, dass er sich schon viel zu sehr an Sabrina und Joey gewöhnt hatte. Erst durch ihre Anwesenheit wurde sein Haus zu einem echten Zuhause. Aber er gewöhnte sich besser nicht daran. Selbst wenn sich Sabrina überraschenderweise sofort nach ihrer gescheiterten Ehe kopfüber in die nächste Beziehung stürzen wollte – und daran zweifelte er –, wäre er kaum der richtige Mann für sie. Sie und Joey brauchten Stabilität und ein Zuhause, und er selbst … Er wusste ja nicht einmal, was er *wollte*. Und ob er hier in Heart Bay bleiben würde, wenn er es erst einmal herausfand.

Ehe er noch den ganzen Tag mit Grübeln verschwendete, rangierte er Ricks Wagen so an den Pfad, dass sie den Bagger bequem abladen und loslegen konnten. Er blickte auf die Uhr. Länger als drei, höchstens vier Stunden würden sie nicht benötigen. Damit blieb ihm genug Zeit für ein Gespräch mit Rick.

Sein Freund saß auf der Terrasse und hatte die Augen geschlossen. Vom Strand her war lautes Kläffen zu hören und verriet Paul, wo er den Jungen und die Hunde finden würde. Er setzte sich Rick direkt gegenüber. »Möchtest du noch etwas essen?«

Rick schüttelte den Kopf. »Später. Danke.«

»Willst du eine Runde pennen? Ich kann auch mit Joey zusammen schon mal anfangen.«

Gähnend schüttelte Rick den Kopf und öffnete die Augen. »Nicht nötig.«

»Gut, denn ich wollte noch etwas mit dir besprechen, solange Joey nicht dabei ist.«

Bei Pauls Ton setzte sich Rick aufrecht hin. »Worum geht es?«

»Kannst du absolut sicher ausschließen, dass dieser Kerl gestern hinter dir her war?«

Verwirrt nickte Rick. »Ganz bestimmt. Aus meiner Militärzeit ist nichts offen, und was meinen jetzigen Job angeht … also, da weiß niemand, dass ich hier wohne, und mir fällt auch kein Grund ein, weshalb mich jemand angreifen sollte.«

Nur mühsam widerstand Paul der Versuchung, Rick nach seinem Job auszufragen, und blieb beim Thema. »Also bleibt wirklich nur Sabrinas Exmann«, überlegte er laut.

»Sieht so aus«, stimmte Rick zu.

Seufzend stand Paul auf. »Mist, genau das wollte ich nicht hören.«

»Worauf willst du eigentlich hinaus?«

146

»Während des Studiums war ich mit einem Typen befreundet, der heute Anwalt ist und einen Bruder hat, der beim FBI in San Diego arbeitet.«

Rick pfiff leise durch die Zähne. »Verstehe. Ruf ihn an, frag ihn nach ihrem Mann.«

»Exmann!«, korrigierte Paul schärfer als beabsichtigt. »Das habe ich auch vor, aber besonders wohl fühle ich mich dabei nicht. Wir haben nur noch sporadisch Kontakt, und ich bin nicht sicher, ob ›Freund‹ noch die richtige Bezeichnung ist.«

»Mehr als ablehnen kann er ja nicht.«

»Stimmt. Aber trotzdem …« Er stand auf und verzog den Mund. »Ich bringe es besser hinter mich. Aufschieben war noch nie eine Lösung.«

Rob DeGrasse legte sein Handy zurück auf den Schreibtisch und blickte nachdenklich aus dem Fenster. Schüsse in Heart Bay? Er war nur einmal mit Paul dort gewesen, hatte den Ort jedoch als absolut friedlich in Erinnerung und, von der atemberaubenden Landschaft mal abgesehen, sogar eher als langweilig. Und Paul … zum ersten Mal seit viel zu langer Zeit hatte er seinen energischen Freund aus der Studienzeit wiedererkannt. Bei ihren letzten Telefonaten und auch in seinen Mails hatte eine gewisse Müdigkeit mitgeschwungen, vielleicht sogar Resignation. Seinen vorsichtigen Nachfragen war Paul jedoch ausgewichen.

Rob verzog den Mund. Manchmal war es schwer, überhaupt zu merken, dass etwas im eigenen Leben schieflief, und noch viel schwieriger war es, die Ursache dafür zu identifizieren. Das hatte er selbst vor nicht allzu langer Zeit auf die harte Tour gelernt. Vielleicht war es nun bei Paul so weit. Wenn er ihm helfen konnte, würde er es tun.

Seufzend – er hasste es, auf Hilfe angewiesen zu sein – nahm er sein Handy zur Hand und wählte die Nummer seines Bruders Jay, der beim FBI San Diego als Special Agent tätig war.

Aber als Jay sich genervt meldete, grinste Rob schon wieder. »Störe ich dich beim Schreiben eines Berichts? Dann sollte ich dich vielleicht besser nicht von der Arbeit abhalten, sondern mir meine Informationen woanders besorgen.«

»Untersteh dich! Ich bin für jede Ablenkung dankbar. Hast du geahnt, dass man als leitender Special Agent auch für die Kostenstellenplanung seines Teams verantwortlich ist? Ich soll allen Ernstes Angaben über das voraussichtlich genutzte Büromaterial im nächsten Jahr machen.«

»Und wieso überlässt du das nicht Beth?« Jay teilte sich die Leitung des Teams mit seiner Lebensgefährtin, und in der Regel nahm Beth ihm solche Aufgaben ab. Nicht ganz uneigennützig, denn der bürokratische Wahnsinn verwandelte seinen sonst so humorvollen Bruder in ein missgelauntes Ungeheuer.

»Sie ist mit Jenna im Einsatz. Ermittlungen in einer Wellness-Oase. Egal, wie sehr ich überlegt habe, ich wäre da nicht unauffällig reingekommen.«

Rob versuchte, sich ein Lachen zu verkneifen. Vergeblich. Allein, dass Jay ernsthaft überlegt hatte, freiwillig an einem solchen Ort zu ermitteln, zeigte, wie genervt er war. »Eine Gurkenmaske hätte dir bestimmt …«

»Halt besser die Klappe, Rob! Wenn ich mich recht erinnere, wolltest du was von mir.«

»Stimmt, aber alternativ könnte ich auch einen Freund bitten, mir die Informationen zu besorgen. Der ist nämlich ein begnadeter Hacker.«

»Wenn du das tust, werde ich dich … egal. Was ist los?«

Rob erzählte ihm von Paul und ihrer alten Freundschaft und schilderte ihm die Probleme in Heart Bay. Als er fertig war, pfiff Jay leise durch die Zähne. »Ich erinnere mich, dass du seinen Namen mal erwähnt hast. Also gut, ich sehe mich mal im Computer um und telefoniere vielleicht noch etwas herum. Ich melde mich gleich wieder.«

Rob rechnete mit einer gewissen Wartezeit, aber schon nach wenigen Minuten vibrierte sein Handy, und im Display wurde Jays Nummer angezeigt. Das hieß dann wohl, dass sein Bruder nichts gefunden hatte.

Selten hatte er sich so getäuscht. Während er Jays Erklärungen lauschte, lief ihm ein Schauer über den Rücken. Nachdem sie aufgelegt hatten, blickte Rob wieder auf den Pazifik hinaus. Paul ahnte nicht einmal ansatzweise, in welchen Schwierigkeiten er steckte. Hoffentlich war die Frau den ganzen Ärger wert.

Erst die sich öffnende Tür zu seinem Arbeitszimmer riss ihn aus seinen Grübeleien. Umdrehen musste er sich nicht, er erkannte die Schritte und den leisen Hauch ihres Shampoos sofort: Cat hatte den Raum betreten, seine Lebensgefährtin und, wenn es nach ihm ging, bald seine Frau.

»Störe ich?«

»Du störst nie! So früh habe ich dich vom Schießstand nicht zurückerwartet.«

»Wir waren schneller durch, als wir gedacht hatten. Nächstes Mal bist du aber bitte wieder dabei. Ohne dich macht es keinen Spaß.«

Er hob eine Augenbraue. »Du meinst, du hast es vermisst, Lehrerin zu spielen?« Cat war ehemalige Offizierin der US Marines und ausgebildete Scharfschützin. Er selbst konnte froh sein, wenn er wenigstens ungefähr das Ziel traf. Von sicheren Kopfschüssen oder geplanten Treffern in andere Körperteile war er weit entfernt, aber das verlangte zum Glück auch niemand von ihm.

Cat hielt ein Taschenbuch und eine Flasche Wasser in der Hand. Beides legte sie auf dem Schreibtisch ab und musterte ihn gründlich aus ihren grünen Augen. »Eigentlich wollte ich dir nur sagen, dass ich unten am Strand bin. Damit ich endlich das Buch durchkriege. Aber du siehst aus, als ob dich etwas bedrückt.«

Rob bedachte das Taschenbuch mit einem flüchtigen Blick. Er las die Militärthriller von Richard P. Ashley genauso gern wie Cat und konnte nicht widerstehen, sie zu ärgern. »Die Zeit kannst du dir sparen, ich verrate dir einfach, wie es ausgeht.«

»Tu das, wenn du die nächsten vierzehn Tage im Gästezimmer schlafen willst ...«

»Das ist nicht dein Ernst.«

»Reine Notwehr. Und nun erzähl. Was ist los?«

»Erinnerst du dich noch daran, wie wir uns kennengelernt haben?« Lachend hob er eine Hand, als sie ihn völlig entgeistert ansah. »Vergiss es, das war ein völlig falscher Anfang. Ich meinte nur, dass ich damals mit meiner Arbeit als Anwalt total unzufrieden war. Und nicht nur damit, im Prinzip lief mein ganzes Leben völlig falsch.«

Sie lächelte ihn verschmitzt an. »Ich hoffe, es geht dir heute besser, nachdem du auf die dunkle Seite der Macht gewechselt hast.«

Wieder musste er lachen. So konnte man seine neue Tätigkeit natürlich auch beschreiben. Zusammen mit Cat, einigen Freunden und seinem Bruder Phil hatte er eine Firma gegründet, die Jobs für die amerikanische Regierung erledigte, und zwar Aufträge, die zu heikel waren, als dass offizielle Truppen oder Behörden tätig werden konnten. Seine Fähigkeit, analytisch zu denken, war bei diesen Missionen zwar eine große Hilfe, aber wenn er neben seinen Partnern bestehen wollte, musste er im Notfall auch mit einem Gewehr umgehen können. Trotz der Gefahr genoss er das Gefühl, etwas Gutes zu tun.

Er hatte zu lange geschwiegen – Geduld gehörte nicht unbedingt zu Cats Stärken. Sie boxte ihm leicht in die Seite. »Was ist denn jetzt?«

»Ich habe dir doch von Paul erzählt.«

Sie runzelte die Stirn. »Stimmt, neulich erst. Dein ehemaliger Studienfreund, um den du dir Sorgen machst, weil er so unzufrieden klingt.«

»Genau. Es gab zwar keinen konkreten Anlass, aber ich hatte ein schlechtes Gefühl. Eben hat er angerufen. Er hat eine Frau kennengelernt. Das wäre ja eigentlich ganz gut. Aber er hat mich gebeten, über Jay Informationen über ihren Exmann einzuholen, weil gestern auf sie geschossen wurde.«

»Ach du Sch… ähm, Mist.«

Er grinste flüchtig. Wenn es brenzlig wurde, kam bei Cat die ehemalige Soldatin durch, die einige interessante Flüche auf Lager hatte. »Genau. Aber es wird noch schlimmer. Der Exmann steht tatsächlich im Mittelpunkt einer umfangreichen Ermittlung. Und zwar einer Ermittlung, bei der bereits ein Agent ums Leben gekommen ist. Über die Rolle dieser Frau ist sich das FBI nicht ganz im Klaren, sie gilt durchaus als mögliche Mittäterin. Anscheinend ist sie gewissermaßen untergetaucht und hat damit ordentlich für Wirbel gesorgt.«

Wie immer, wenn sie nachdachte, kaute Cat auf ihrer Unterlippe, dann nahm sie das Buch wieder in die Hand. »Okay, ich habe nachgerechnet. Die Zeit reicht noch, um die letzten Seiten zu lesen. In den nächsten Tagen habe ich keine Termine, die ich nicht verschieben könnte, also fliegen wir morgen früh los. Oregon, oder?«

»Stimmt, aber was genau wollen wir da? Wir können uns kaum in die Ermittlungen des FBI einmischen. Ich meine, wir *könnten* schon, aber das wäre nicht besonders Erfolg versprechend, weil wir praktisch nichts wissen.«

»Darum geht es mir auch nicht. Aber wir sollten uns die Frau genau ansehen. Ob sie den Ärger wert ist oder ob wir ihr besser eine direkte Fahrkarte in den Knast besorgen. Ich erinnere mich noch, was du mir über Paul erzählt hast. Das Schicksal hat ihm ganz schön übel mitgespielt mit seinem Vater, diesem Biest von Mutter und dem Haus. Noch eine Enttäuschung braucht dein Freund nicht.«

Damit war für sie die Sache geklärt. Rob griff nach ihrer Hand und zog sie auf seinen Schoß. »Klingt nach einem guten Plan. So weit war ich noch gar nicht. Gut, dass ich dich habe.«

Cat kuschelte sich an ihn. »Finde ich auch«, sagte sie noch selbstgefällig, dann trafen sich ihre Lippen.

10

Paul wischte sich über die verschwitzte Stirn. Es war zwar mörderisch anstrengend, aber die Mühe wert gewesen: Durch die Äste des letzten Busches sah er bereits Ricks Haus hindurchblitzen.

Der Bagger hatte ganze Arbeit geleistet, aber es war noch genug Arbeit übrig geblieben, die man nur per Hand erledigen konnte. Sie hatten endlos viele Zweige und auch Wurzeln zur Seite gezerrt, um den Pfad wieder freizulegen. Rick hatte in Rekordzeit herausgefunden, wie man die rechts und links des Pfades entstandenen Löcher wieder mit Erde füllte. Es war unglaublich, was die Natur in den letzten Jahren geleistet hatte. Wenige Monate später hätten sie vermutlich schweres Gerät benötigt, um des Wildwuchses Herr zu werden.

Rick stand schweigend neben ihm, vielleicht in Erinnerungen an ihre Jugend versunken, als sie den Pfad täglich benutzt hatten. Er grinste. »Endspurt?«

»Erst wenn Joey mit dem Wasser hier ist. So ein verdammter Mist, dass ich noch fahren muss. Ein Bier hätten wir uns eigentlich verdient.«

Ricks Grinsen wurde noch breiter. »Stimmt, aber ich muss nachher auch noch ein bisschen arbeiten, sonst bringt mich mein …«

Ehe er den Satz vollenden konnte, kam Joey angerannt. Paul fluchte innerlich. Anscheinend war es ihm nicht vergönnt, zu erfahren, womit Rick nach der Militärzeit sein Geld verdiente.

Joey hatte nicht nur zwei Flaschen Wasser aus dem Haus geholt, sondern auch Pauls Smartphone, das er ihm jetzt reichte. »Hier, es blinkte. Falls es wichtig ist.«

Unsicher sah der Junge ihn an, und Paul lächelte ihm beruhigend zu. »Sehr gut mitgedacht. Ich wollte es eigentlich mitnehmen, habe es aber vergessen.«

Verblüfft überflog er die kurze Mail von Rob. Vor Joey konnte er kaum ins Detail gehen, aber er verließ sich darauf, dass Rick ihn auch ohne lange Erklärungen verstand.

»Mein Freund, den ich vorhin angerufen habe … er und seine Freundin kommen morgen her.«

Obwohl er sich um einen neutralen Tonfall bemühte, damit Joey nichts von der plötzlichen Sorge mitbekam, die ihn mit Brachialgewalt überfiel, verstand Rick ihn sofort und nickte langsam. »Das nenne ich mal eine Reaktion.«

Für einen kurzen Augenblick zeigte sich in seiner Miene die gleiche Besorgnis, die auch Paul empfand. Rob musste auf etwas Gravierendes gestoßen sein, sonst würde er nicht den weiten Weg von Kalifornien aus auf sich nehmen.

Ängstlich starrte Joey die beiden Männer an, sagte aber kein Wort. Trotzdem wusste Paul, was den Jungen bewegte. Er legte ihm einen Arm um die Schulter.

»Mein Haus ist groß genug für alle, und ich werde auch weiterhin genug Zeit für dich haben. Okay?«

Joey lehnte sich an ihn. »Du bist wirklich … cool. Ich bin gespannt, wie dein Freund so ist.«

»Ich auch. Wir haben uns etwas aus den Augen verloren. Aber eins weiß ich noch: Er war früher ein echtes Karate-Ass. Vielleicht zeigt er dir den einen oder anderen Trick.«

Den Kopf auf seine typische Art etwas schief gelegt, nickte Joey. »Das wäre auch cool. Ich frage mich nur gerade, wie es so ist, erwachsen zu sein. Ihr verliert euch alle aus den Augen und trefft euch dann durch Zufall wieder. Du, Rick, Mom und nun dieser Rob. Klingt nicht gerade toll.«

Das saß. Selbst Rick atmete scharf ein. Paul zog den Jungen kurz an sich und zerzauste ihm die Haare. »Das passiert nur, wenn man vergisst, wie ein Kind zu denken. Aber dank dir bessere ich mich ja gerade.«

»Gut«, antwortete Joey und pfiff laut. »Ich sehe mir mit den Hunden mal Ricks Haus an«, kündigte er an und zwängte sich durch das Gebüsch, gefolgt von Shadow und Scout.

Rick sah ihm nach. »Verdammt cleverer Junge.«

Paul seufzte. »Und genau das ist das Problem.«

»Wie meinst du das?«

»Es ist das passiert, was ich vermeiden wollte: Ich habe mich schon viel zu sehr an ihn und seine Mutter gewöhnt. Aber egal, jetzt ist erst mal Feierabend. Trinken und Schlussakt.«

Rick salutierte lächelnd, und zuerst glaubte Paul, sein Freund würde die Bemerkung gnädig übergehen. Doch dann sah sein Freund ihn fest an. »Manches kommt einfach so, wie es kommen soll. Lass es drauf ankommen – zu verlieren hast du nichts.«

Ehe Paul etwas sagen konnte, wandte sich Rick ab und kletterte wieder in die Fahrerkabine.

Eine halbe Stunde später hatten sie es geschafft. Joey blickte staunend den freigelegten Weg entlang. »Voll krass. Da kommst du doch sogar mit dem Wagen durch.«

Paul und Rick sahen sich verblüfft an. Daran hatte keiner von ihnen gedacht. Anscheinend brauchten sie ein Kind, um das Naheliegendste nicht zu übersehen.

»Du hast dir gerade das größte Eis verdient, das Heart Bay zu bieten hat«, versprach Rick. »Das mit dem Wagen sollten wir testen … Paul, ist es dir denn recht, wenn ich so dicht an deinem Haus vorbeifahre?«

155

Als Antwort tippte sich Paul lediglich vielsagend an die Stirn und drehte sich um. Am Vortag hatte er nur einen flüchtigen Blick auf Ricks Haus geworfen, heute sah er genauer hin. Die Holzwände konnten dringend einen neuen Anstrich vertragen. Das Dach schien tatsächlich undicht zu sein, allerdings sah es aus, als ob jemand mit Absicht ein riesiges Loch hineingesägt hätte. »Was genau planst du da? Abriss oder Neubau?«

Rick hob eine Schulter. »Kommt mit rein. Ich zeige es euch, das ist einfacher als lange Erklärungen.« Er öffnete ihnen die Tür und ließ sie vorgehen. Den Flur kannte Paul schon, aber als er den offenen Wohnbereich betrat, blieb er ungläubig blinzelnd stehen. Neben ihm drehte sich Joey verblüfft einmal um die eigene Achse.

Sabrina widerstand nur noch mit äußerster Mühe der Versuchung, Inga kräftig zu schütteln. Die Pensionsbesitzerin war eine wunderbare Gesprächspartnerin, allerdings nur, wenn sie sich auf ihr gemeinsames Thema konzentrierte. Die meiste Zeit verbrachte Inga leider damit, ihr Pauls Vorzüge zu beschreiben oder ihr die Nachteile des Single-Lebens aufzuzählen. Das Wort »subtil« schien nicht zu ihrem Wortschatz zu gehören. Sie verfolgte ihren Verkupplungsversuch mit der Zielstrebigkeit eines Eisbrechers, der eine Fahrrinne freiräumte.

Nachdem ihre höflichen Ausweichmanöver genauso ignoriert worden waren wie ihr klares Statement, dass Paul für sie nicht mehr war als ein alter Freund, war es Zeit für eine kleine, aber feine Rache. Sabrina atmete tief durch und seufzte dann. »Du hast ja recht, er hat ein paar Vorzüge. Sein gutes Aussehen und seine Fähigkeiten in der Küche gehören definitiv auf diese Liste. Kannst du dir vorstellen, dass er uns heute ein traumhaftes Frühstück gezaubert hat? Aber ganz ehrlich, so kann es nicht weitergehen, wir sind eine viel zu große Belastung für ihn. Ich frage nachher gleich mal rum, wer eine Wohnung für uns hat.«

»Paul hat das Frühstück gemacht?«, erkundigte sich Inga fassungslos. In der Geschäftswelt akzeptierte sie Frauen als gleichberechtigt, aber zu Hause hatte ihrer Meinung nach die Frau den Mann zu verwöhnen.

»Ich hätte ihm ja auch eine Scheibe Brot geschmiert, aber er und Joey waren vor mir wach.« Das war nicht einmal gelogen, allerdings nutzte Sabrina gerade gnadenlos aus, dass Ingas Vorstellung von einem ordentlichen Frühstück diverse warme Speisen mit einschloss. Sie hätte ihren neuen Wagen gegen Ricks Schrottkiste gewettet, dass Inga und Rosie nachher einen Plan ausheckten, um ihnen morgens Frühstück vorbeizubringen. Das war zwar etwas fies, aber nur gerecht, wenn sie an die endlosen demonstrativen Lobeshymnen über Paul dachte, mit denen Inga sie zu manipulieren versuchte.

Entschieden stand sie auf und klappte ihr Notebook zu. »Für heute reicht es mir, und zwar in jeder Beziehung. Wenn ich dich das nächste Mal besuche, können wir über alles reden, aber bitte nicht mehr über Paul! Er ist ein *Freund*. Mehr nicht.«

Sabrina hatte mit Beschwichtigungen gerechnet, stattdessen lächelte Inga verschmitzt. »Wie du meinst, mein Kind.«

Misstrauisch wollte Sabrina nachhaken, was das nun wieder zu bedeuten hatte. Für ihren Geschmack wirkte Inga viel zu zufrieden. Aber sie kam nicht dazu. Ein verdreckter Geländewagen mit New Yorker Kennzeichen und einem Surfbrett auf dem Dach hielt vor der Veranda. »Erwartest du Gäste?«

»Ja, einen jungen Mann. Er rief heute Morgen an. Seine Großmutter hat früher hier Urlaub gemacht.«

Die Augen zu Schlitzen zusammengekniffen fixierte Sabrina ihre Tante. »Und du hast nicht darüber nachgedacht, Joey und mir das plötzlich auf wundersame Weise frei gewordene Zimmer zu geben? Ich hätte doch auch gezahlt.«

»Aber Kind, das wäre doch Verschwendung gewesen. Du hast es doch bei Paul gut getroffen.«

Dazu hätte sie noch einiges zu sagen gehabt, aber Inga stand ebenfalls auf und schritt mit königlicher Würde die Veranda herab. Die Vorstellung, ihr das Notebook an den Kopf zu werfen, hatte etwas, aber Sabrina würde niemals riskieren, sie zu verletzen. Egal, wie nervig sie manchmal war. Der Gedanke an das morgige Frühstück, das die Damen für Joey, Paul und sie garantiert vorbereiten würden, war wenigstens ein kleiner Trost.

Ein blonder Mann Ende zwanzig oder Anfang dreißig stieg aus dem Wagen und ging mit strahlendem Grinsen auf Inga zu. Seine Haare fielen ihm fast bis auf die Schultern, die blauen Augen wurden durch seine Bräune noch betont. Die Jeans war so ausgeblichen und stellenweise ausgefranst, dass Sabrina sie bei ihrem Sohn ausgemustert hätte. Die Chucks waren vermutlich vor Ewigkeiten mal weiß gewesen, nun sahen sie tiefgrau aus. Lediglich das T-Shirt mit dem *Converse*-Logo schien recht neu zu sein. Das lässige Auftreten des Mannes gefiel ihr, aber unwillkürlich verglich sie ihn mit Paul: In jeder Kategorie, die ihr einfiel, ging Paul als Sieger hervor, dabei hatte sie mit Ingas Gast noch keine zwei Worte gewechselt, und rein objektiv sah er besser aus. Wieso rangierte der Unbekannte trotzdem sofort deutlich hinter Paul? Anscheinend hatte das Gespräch mit Inga ihre Überzeugung ins Wanken gebracht, aber das würde sie schon wieder in den Griff bekommen. Ihre Teenie-Schwärmerei für Tom Cruise hatte sie ja schließlich auch erfolgreich überwunden.

Der Gedanke war so absurd, dass sie beinahe laut losgelacht hätte. Da in diesem Moment der Blonde vor ihr stand, einen

Rucksack lässig in der Hand, und sie offenbar begrüßen wollte, schluckte sie das aufsteigende Kichern rasch hinunter
und reichte ihm stattdessen die Hand. »Herzlich willkommen in Heart Bay. Ich bin Sabrina, Inga ist meine Tante. Vielleicht ist das nicht die offiziell richtige Bezeichnung für unseren Verwandtschaftsgrad, aber für uns passt das. Ich hoffe,
Sie sind nicht in einem Rutsch von New York aus durchgefah-
ren.«

»Nein, ich habe auf dem Weg hierher noch einen Zwischenstopp bei Freunden eingelegt. Carter Spencer, aber Carter
reicht völlig.«

»Dann wünsche ich dir eine schöne Zeit hier.«

Er hielt ihre Hand deutlich länger als notwendig. Sein Grinsen war ausgesprochen jungenhaft, dennoch berührte es nichts
in ihr. »Die werde ich haben, besonders bei so charmanten Mit-
bewohnern.«

»Ich muss dich enttäuschen. Mein Sohn und ich wohnen
nicht bei Inga, sondern bei meinem Freund.«

O nein, das hatte sie ganz bestimmt nicht sagen wollen. Ein
klassischer Freudscher Versprecher. Zum Glück beschränkte
sich Inga auf einen vielsagenden Blick.

»Schade, aber vielleicht sehen wir uns ja trotzdem noch mal.
Vielleicht kann ich deinen Sohn und dich mal zu ein paar Kreb-
sen am Strand oder so einladen.«

Seine blauen Augen funkelten, dennoch … obwohl es außer einer gewissen Forschheit nichts an seinem Auftreten auszusetzen gab, erwachte in Sabrina ein undefinierbares Misstrauen. Energisch verdrängte sie das Gefühl, zu dem es nun
wirklich keinen Anlass gab, und lächelte ihn an. »Wir sehen uns
bestimmt noch, ich bin geschäftlich recht häufig bei Inga. Aber
einen Krebsstand suchst du hier vergeblich. Dafür gibt es bei
Rosie die besten Hamburger in ganz Amerika.«

»Super. Dann kannst du mir vielleicht auch noch verraten, was ich hier sonst noch unternehmen könnte.« Er drehte sich um und blickte aufs Meer hinaus. »Außer mich stundenlang faul am Strand herumzutreiben und ein wenig mein Brett zu bewegen.«

»Ich zeige Ihnen Ihr Zimmer, Carter«, beendete Inga resolut das Gespräch.

Das war deutlich. Sabrina biss sich auf die Lippen, um ein Lachen zurückzuhalten, als Carter brav hinter ihrer Tante hinterhertrottete. Der neue Gast schien einem Flirt nicht abgeneigt zu sein, aber Inga schien darüber nicht besonders begeistert zu sein. Sabrina selbst allerdings auch nicht. Im Gegenteil, das hatte ihr gerade noch gefehlt. Sie warf das Notebook mit mehr Schwung als erforderlich in ihre Umhängetasche und machte sich auf den Weg. Zwei Pensionen warteten auf sie. Die Fotos waren schnell erledigt, aber die Gespräche mit den Besitzern konnten sich noch als zeitintensiv herausstellen.

Knapp zwei Stunden später verließ Sabrina die zweite Pension. Sie verbarg ihre Erleichterung und verabschiedete sich freundlich lächelnd. Kaum war die Tür hinter ihr ins Schloss gefallen, atmete sie tief durch. Der Besitzer der Pension war unglaublich nett und ihren Ideen gegenüber sehr aufgeschlossen gewesen, allerdings hatte er eine Abneigung gegen direkte Sonnenstrahlen, und sie hatten die Zeit in seinem fürchterlich überhitzten und stickigen Arbeitszimmer verbracht. Ihre Kleidung klebte unangenehm an der Haut, und sie hatte fürchterlichen Durst. Der süße Tee, den der ältere Herr ihr angeboten hatte, war keine Erfrischung gewesen, sondern eine Strafe. Sabrina überquerte die Straße und befand sich damit schon fast am Strand, nur ein schmaler Grünstreifen trennte Asphalt und Sand. Von hier aus war es ein ziemlicher Fußmarsch zurück zu

Inga. Sie musste fast die gesamte Bucht umrunden, das waren dann ungefähr vier Kilometer. Nachdenklich ließ Sabrina den Blick über die Häuser schweifen. Einschließlich Inga hatte sie nun drei Pensionen als Kunden gewonnen. Zwei weitere hatten schon ernsthaftes Interesse bekundet und bei ihren Konkurrenten nachgefragt, was Sabrina sich vorstellte. Damit war dann fast die gesamte erste Reihe am Strand abgedeckt. Die Provision aus den Zimmervermittlungen sollte reichen, um für ein kleines Einkommen zu sorgen – sofern ihr Engagement denn Erfolg zeigte.

Die Pensionen fielen schon durch ihre Größe auf, aber dazwischen waren auch zahlreiche kleinere Häuser, die sich überwiegend in Privatbesitz befanden. An zwei Gebäuden befanden sich verblasste Schilder mit der Inschrift »Bed & Breakfast«. Irgendwann, wenn sich ihre Homepage etabliert hatte, würde sie diese Eigentümer auch ansprechen. Aber eins nach dem anderen, zunächst lag der Rückweg vor ihr.

Sie strich sich die Haare aus dem Gesicht und überlegte ernsthaft, den Weg abzukürzen, indem sie einfach quer durch die Bucht schwamm. Konditionell traute sie sich das zu, aber da war noch ihre Tasche inklusive Notebook … Damit schied die Option leider aus. Seufzend wappnete sie sich für die Strecke in der glühenden Mittagshitze. Kein Schatten weit und breit und schon gar kein Kiosk, bei dem sie sich ein kühles Getränk kaufen konnte. Wieso gab es so etwas eigentlich nicht am Strand? Gedanklich machte sie sich eine Notiz und ging los.

Sie kam nur zwei Schritte weit. Unerwartet tauchte ein schwarzer Schatten neben ihr auf. Instinktiv wich sie seitlich aus, knickte auf dem Gras um und landete unsanft auf dem Po.

Verständnislos starrte sie auf das Motorrad, das wenige Meter entfernt von ihr anhielt.

161

Der Fahrer eilte auf sie zu. Einen Augenblick lang war Sabrina erschrocken, dachte an die Schüsse, dann nahm der Fremde den Helm ab und entpuppte sich als Frau, die sie besorgt musterte. »Haben Sie sich verletzt?«

Sabrina ergriff die ausgestreckte Hand und ließ sich hochhelfen. »Nur mein Stolz hat einen empfindlichen Knacks bekommen. Ich hätte nicht auf der Straße gehen dürfen, schließlich ist auf der anderen Seite ein Fußweg. Entschuldigen Sie bitte.«

»Gar kein Problem. Hauptsache, Ihnen ist nichts passiert.« Die Motorradfahrerin riss den Reißverschluss ihrer Jacke auf und fächelte sich Luft zu. »Ich bin Trish. Trish Harvey. Kann es sein, dass Sie Sabrina sind, Ingas Nichte? Dann hätte ich einen Vorschlag.« Sie deutete auf eines der kleinen Häuschen. »Dort drüben wohne ich. Wie wäre es, wenn ich Sie für den Schreck auf ein kühles Glas Eistee einlade und Sie ein wenig mit Fragen zu Ihrem Vorhaben löchere? Ich habe nämlich zwei Zimmer, die leer stehen, weil mir meine Stammgäste weggestorben sind.« Sie stockte. »Also nicht hier, sie sind natürlich zu Hause gestorben, aber weg sind sie trotzdem.«

Die etwas wirre Erklärung brachte Sabrina zum Schmunzeln. Trish gefiel ihr, und wenn es ihr um die Vermietung von Gästezimmern ging, konnte sie ihr vielleicht helfen. »Das klingt gut. Ich hatte mir nämlich gerade überlegt, wie ich zurückkomme, ohne unterwegs zu verdursten.«

Trish sah zu der Pension hinüber, aus der Sabrina gekommen war, und grinste. »Ich vermute: Ein stickiges Zimmer, endlos lange Geschichten aus der Vergangenheit und viel zu süßer Tee.«

Lächelnd nickte Sabrina. »Gut kombiniert, Sherlock.«

»Na dann. Lass uns rübergehen. Ich stelle nur schnell die Maschine in den Carport. Die Tür ist offen. Einfach rechts in die Küche. Tee ist im Kühlschrank, Gläser in der Vitrine.«

Das war genau die ungezwungene Gastfreundschaft, an die sich Sabrina erinnerte und die sie vermarkten wollte, ohne den Charakter von Heart Bay zu zerstören.

Sie erreichte die Haustür vor Trish, bewunderte kurz den Vorgarten, der einer blühenden Oase glich, und betrat das klimatisierte Haus. Eigentlich hatte sie vorgehabt, zu warten, aber ihr Hals war so ausgetrocknet, dass sie das Angebot annahm und zwei Gläser mit köstlich riechendem Eistee füllte.

Als Trish in die Küche kam, warf sie ihre Motorradsachen einfach auf den Boden und leerte ihr Glas in einem Zug. »Herrlich. Das habe ich gebraucht. Setz dich doch, Sabrina. Äh, ich hoffe, es ist in Ordnung, wenn wir die Formalitäten über Bord werfen? Leute, die ich fast umfahre, sieze ich nicht gern.«

Lächelnd nickte Sabrina. »Klar. Danke für die Einladung. Du bist meine Rettung. Ich wusste gar nicht, wie nahe ich am Verdursten war.« Sie holte den Krug aus dem Kühlschrank und füllte die Gläser erneut. Erst danach setzte sie sich Trish gegenüber. Kurz wurde ihr bewusst, dass sie sich auch bei Trish fast wie zu Hause fühlte, ähnlich wie bei Paul, und sich völlig ungezwungen benahm. Welch ein Unterschied zu ihren wenigen Bekannten in San Diego, wo der Eistee vermutlich von den Hausangestellten nachgeschenkt worden wäre.

»Es war wirklich nicht deine Schuld. Ich war völlig in Gedanken.« Sie grinste schief. »Verrate das bloß nicht meinem Sohn. Ihm predige ich immer, sich auf den Verkehr zu konzentrieren.«

Trish prostete ihr mit dem Glas zu. »Ich hoffe, Wer-auch-immer war es wert.«

Sabrina musste lachen. »Leider ging es gar nicht um einen Mann, sondern um das, was du draußen angesprochen hast. Ich war am Überlegen, ob ich meine Idee nicht auf Gästezimmer ausweite.«

Trish verzog den Mund zu einem flüchtigen Lächeln. »Das passt dann ja wirklich perfekt, und wieder einmal bestätigt sich die alte Weisheit, dass man nie weiß, für was der eine oder andere Mist gut sein mag, der einem passiert.« Sabrina sah sie verständnislos an, aber Trish winkte ab. »Mein Chef ist ein … äh, also, nun würde eines dieser Wörter folgen, für die dein Sohn vermutlich Ärger bekommen würde. Wie alt ist er eigentlich? Und wie heißt er? Na, jedenfalls habe ich früher Schluss gemacht, weil der Gedanke immer verführerischer wurde, meinen Chef umzubringen. Wäre ich nicht früher gegangen, hätten wir uns nicht getroffen.«

»Mein Sohn heißt Joey und ist zehn Jahre alt. Wo arbeitest du denn?«

»Winterbloom. Ich bin die Chefbuchhalterin. Eigentlich mein Traumjob, wenn dieser dämliche Finanzdirektor nicht wäre. Na ja, und natürlich der Sohn des Hauses, der sich offenbar lieber auf Partys herumtreibt, als seinen Vater zu entlasten, der kurz vorm Kollaps steht.«

»Du meinst Ash. Ich habe seinen Namen ab und zu in der Zeitung oder im Internet gelesen. Irgendwie komisch. Ich kannte ihn als Kind und hätte nie gedacht, dass er sich mal zum Playboy und Partylöwen entwickeln würde.« Gedankenverloren starrte sie aus dem Fenster und dachte an Paul, Rick und Ash. Es war merkwürdig, jeder der Jungs hatte damals auf den ersten Blick ungewöhnlich ernst und zurückhaltend gewirkt. Nur zusammen hatten sie sich wie normale Kinder benommen und den Kopf voller Blödsinn gehabt. Das war ihr vorher nie bewusst geworden.

»Ich wette, nun denkst du doch an einen Mann!«

Trishs Bemerkung riss sie aus ihren Gedanken. »Stimmt, an drei Männer sogar. Als Kind bin ich ihnen immer hinterhergerannt und war in sie verliebt. In alle drei. Heute … na ja, nun sind wir alle erwachsen. Paul und Rick habe ich erst vor Kurzem wiedergetroffen, nachdem wir uns viele Jahre lang nicht gesehen haben. Von Ash weiß ich eigentlich nichts. Außer dem Kram aus der Klatschpresse, aber wer weiß, was da dran ist.« Sie zwang sich zu einem Lächeln. »Obwohl man auf den Bildern immerhin sieht, dass er verdammt attraktiv ist. Dieses Jungenhafte hat was, dazu diese ungewöhnliche Kombination aus braungoldenen Haaren und graublauen Augen.«

Lachend warf Trish den Kopf zurück. »Stimmt, aber er ist nicht mein Typ. Waren sie als Kinder Freunde? Die drei?«

»Ja, sehr enge. Mich hat es überrascht, dass sie sich aus den Augen verloren hatten. Aber genug davon. Kommen wir zu deinem Gästezimmer.«

»Mehrzahl bitte, ich habe zwei. Und falls ich meinen Job verlieren sollte, weil ich meinem Boss gegenüber handgreiflich geworden bin, wäre es ganz gut, wenn sie mir zuverlässig ein kleines Einkommen sichern würden.«

Trishs Art gefiel Sabrina immer mehr. Rasch erklärte sie ihr, dass keine der Pensionen ein vernünftiges Buchungssystem hatte und auch niemand Geld in Marketingmaßnahmen investierte. Sie alle lebten allein von Empfehlungen und hatten damit zu kämpfen, dass die Gäste immer älter wurden und ihnen im wahrsten Sinne des Wortes die Kundschaft wegstarb. Heart Bay hatte zwar noch ausreichend Tagestouristen, die sich am Strand aufhielten, aber die Zahl der Übernachtungen war rückläufig. Sabrinas Idee bestand darin, ein Portal aufzubauen, das zugleich Werbung, Information und Reservierungsmöglichkeiten bot. Wobei sie keineswegs mit den großen Touristenorten konkurrieren wollte, sondern auf den Charme von Heart Bay setzte. »Klasse statt Masse«, beendete sie ihre Ausführungen.

»Genial, exakt das, was uns fehlt. War mir so noch gar nicht klar. Was muss ich tun, um aufs Portal zu kommen?«

Sabrina sah auf die Uhr. »Dich übermorgen mit mir treffen. Wir machen ein paar Fotos, reden über die Konditionen, arbeiten an deinem Vorstellungstext, und das war's.«

»Und die Kosten?«

Sabrina überlegte kurz. Es war schon ein Unterschied, ob sie für eine Privatperson oder eine Pension arbeitete. »Von den Pensionen nehme ich eine Kostenpauschale und später bei Buchungen eine kleine Provision. Bei dir und anderen Privathäusern verzichte ich auf die Pauschale, und wir regeln das über die spätere Beteiligung.«

»Wie viel?«

»Fünfzehn Prozent, wobei das ein Nullsummenspiel ist, weil wir das auf deinen bisherigen Preis draufschlagen.«

Trish hielt ihr eine Hand hin. »Deal!«

Lachend schlug Sabrina ein. »Ein Jammer, dass ich losmuss. Ich hätte zu gern die Einzelheiten sofort mit dir geklärt. Wann passt es dir übermorgen?«

»Wie wäre es am späten Vormittag?«

»Perfekt. Ich freue mich schon darauf.«

Auch Trish schien es zu bedauern, als sich Sabrina kurze Zeit später verabschiedete.

Sabrina war ziemlich sicher, in Trish nicht nur eine Kundin, sondern langfristig auch eine Freundin gefunden zu haben. Die Mittagshitze schien plötzlich viel weniger drückend, und auch der weite Heimweg kam ihr nur noch halb so wild vor. Außerdem erwarteten sie am Ende ihr Sohn und … Paul. Egal, wie oft sie es leugnete, ihre Gedanken kreisten ständig um ihn. Ihre Überzeugung, dass derzeit eine Beziehung mit irgendeinem Mann im Allgemeinen und Paul im Besonderen völlig ausgeschlossen war, hatte mittlerweile Risse bekommen. Erstaunlicherweise gefiel ihr das.

Wirklich großartig … jahrelang konnte sie sich nicht entschließen, ihre Ehe zu beenden, weil sie glaubte, ihrem Sohn eine intakte Familie bieten zu müssen, und nun das. Eigentlich hatte sie vorgehabt, ihr Leben nur mit ihrem Sohn zusammen in geordnete Bahnen zu lenken, aber plötzlich spielte Paul bei jedem möglichen Szenario eine nicht ganz unbedeutende Rolle.

Sie ging schneller. Da gab es ja leider noch ein gewichtiges Problem: Selbst wenn sie offen zugeben würde, an Paul als Mann interessiert zu sein, blieb die Tatsache, dass er sie nur »nett« fand. Also alles zurück auf Anfang, besser, sie stellte sich auf ein Leben ohne Mann ein. Wenn sie es nüchtern betrachtete, war er ihr gegenüber lediglich nett und hilfsbereit gewesen. Es war am vernünftigsten, ihre ins Wanken geratene Entschlossenheit, jeden Mann auf Abstand zu halten, möglichst schnell wieder zu stabilisieren. Vielleicht lag es einfach an der Wärme, dass sie auf solche abstrusen Ideen kam.

»Cool«, kommentierte Joey schließlich das Innere von Ricks Haus, nachdem er seine Sprache wiedergefunden hatte.

Paul nickte nur zustimmend. Damit hatte er nicht gerechnet. Obwohl die Hütte noch einer Baustelle glich, war bereits zu erkennen, was sein Freund plante. Ein riesiger Plasmabildschirm lehnte in Plastikfolie gewickelt an einer Wand. Das Loch im Dach war tatsächlich mit Absicht hineingestemmt worden, hier sollte offenbar der Schornstein hindurchführen. Nun fiel Paul auch wieder ein, dass es früher in der Hütte außer dem Kamin keine vernünftige Heizung gegeben hatte.

Rick hatte Pauls stumme Blicke bisher grinsend zur Kenntnis genommen. »Sieh dir mal das Badezimmer an«, schlug er jetzt vor, »das könnte dir auch gefallen.«

Paul durchquerte das Wohnzimmer, wunderte sich über die Bücherstapel und betrachtete kurz ein paar Bretter, deren

Zweck sich ihm erst mit etwas Verspätung erschloss. »Wenn du das Regal aufbaust, sag Bescheid. Sonst fällt es dir noch auf den Kopf.«

»Mach ich. Danke.«

»Ist doch kein Thema.« Paul nahm ein Buch von einem Stapel. Den Thriller hatte er schon länger lesen wollen. Anscheinend besaß sein Freund sämtliche Werke des Autors. »Kann ich mir das ausleihen? Ich wollte das neulich mitnehmen, aber da war es ausverkauft.«

Rick fuhr sich mit der Hand durch die Haare. »Liest du die Bücher?«

Die Frage irritierte Paul. »Sonst würde ich es ja nicht ausleihen wollen«, erwiderte er ironisch.

»Und wie findest du sie?«

»Verdammt gut, sonst hätte ich sie mir ja nicht kaufen wollen. Ich habe es bisher nur vergessen, sie online zu bestellen, hatte das aber vor. Wieso interessiert dich das so?«

»Weil ich …«

»Wahnsinn! Da ist ja die neue Playstation!«, rief Joey in dem Moment. »Kann ich dir beim Aufbau und Ausprobieren helfen?«

Rick verdrehte die Augen. »Also irgendwie …« Er brach mitten im Satz ab. »Klar, einen Assistenten kann ich dabei gut gebrauchen. Die Handwerker meinten, bis Mittwoch ist das Dach dicht. Dann kann es losgehen.«

»Cool.«

Paul musste über die Begeisterung des Jungen schmunzeln. »Na hoffentlich hast du auch ein Spiel, das für ihn geeignet ist. Alles, was ich bei dir gesehen habe, ist aus gutem Grund erst ab achtzehn empfohlen.«

»Ach, verdammt. Daran habe ich gar nicht gedacht. Hast du vielleicht irgendwas in der Richtung?«

Breit grinsend schüttelte Paul den Kopf. »Aber ich sehe nachher mal im Internet nach, was so angesagt *und* geeignet ist. Per Express sollte es rechtzeitig hier sein.«

Joey stieß ihm freundschaftlich den Ellbogen in die Seite. »Du musst doch nicht extra irgendwelche *Kinder*spiele bestellen. *GTA* und *Witcher* gehen voll in Ordnung.« Lachend hob er die Hände und wich zurück, als Rick und Paul ihn anstarrten. »Das war Spaß, Leute… Regt euch nicht auf. Und nun will ich das Badezimmer sehen!«

»Den Flur runter, zweite Tür«, beschrieb ihm Rick den Weg.

Paul folgte Joey und pfiff begeistert, als er den Raum betrat. Rick hatte nicht zu viel versprochen. Die Wand des Nachbarraums war abgerissen worden, nur noch zwei Stützbaken waren übrig, die in dem jetzt großzügigen Zimmer nicht störten. Der vorher enge Raum war nun hell und geräumig. Die gläserne Duschkabine war auffallend groß. Das frühere dunkle Waschbecken war ebenso wie die Toilette gegen moderne, helle Installationen ausgetauscht worden, aber das Highlight entdeckte Paul erst auf den zweiten Blick: Neben dem Fenster gab es eine Tür, die zu einem Holzbalkon führte, auf dem ein Whirlpool und eine gemütliche Sitzecke aus Holzmöbeln standen. Noch war der Pool mit einer Plastikplane abgedeckt, aber nach der Fertigstellung wäre es einfach perfekt. »Auf die Idee hätte ich eigentlich auch kommen können«, sagte er mehr zu sich selbst.

»Ich kann dir die Firma vorbeischicken«, bot Rick an.

Ungebeten tauchten vor Pauls geistigem Auge Bilder auf: Er und Sabrina im Pool. Der Sternenhimmel über ihnen, ein Glas Wein, das Rauschen der Wellen und …

Er räusperte sich. »Tu das.« Er schüttelte den Kopf. »Unfassbar, dass nicht im ganzen Ort getratscht wurde, dass das Haus wieder bewohnt ist und instand gesetzt wird.«

Rick zuckte mit den Schultern. »Ich hätte auch gedacht, dass innerhalb weniger Stunden halb Heart Bay neugierig vor dem Haus steht. Aber die Handwerker und der Möbelwagen sind frühmorgens gekommen und mittags schon wieder abgezogen, weil ich nachmittags noch arbeiten musste. Du hast sie ja auch nicht bemerkt. War mir ganz recht, um ehrlich zu sein, ich wollte erst mal meine Ruhe haben«

Paul nickte und beugte sich über das Holzgeländer. Tatsächlich, auch zum Meer hin war ein Balkon angelegt worden, fast schon eher eine Terrasse. Anders als bei ihm bestand der Boden aus Holzbalken. Die früher eher armselige Hütte, die ihm schon in seiner Kindheit immer beengt und vollgestopft vorgekommen war, würde am Ende der Bauarbeiten kaum wiederzuerkennen sein und wäre auf dem neuesten technischen Stand.

»Wenn erst einmal alles fertig ist, will ich noch einen kleinen Trakt anbauen. Zwei zusätzliche Räume müssten genügen. Nur für den Fall, dass mir mal jemand begegnet, der dringend ein Zimmer braucht.«

Die Anspielung war unüberhörbar, aber Paul beschränkte sich auf einen vernichtenden Blick. Auf der Suche nach einer Ablenkung sah er sich um. »Wohnst du seit deiner Rückkehr auf dieser Baustelle?«

»Ja, wo sonst? Eigentlich wäre es mir lieber gewesen, die Handwerker hätten Samstag und Sonntag durchgemacht, aber nun hat es sich als Glücksfall erwiesen, dass sie das nicht tun wollten. Shadow wäre bei dem Lärm durchgedreht. Angeblich sind sie Ende der Woche komplett fertig.«

»Wenn es dir hier zu laut wird, weißt du ja, wohin du ausweichen kannst.«

»Darauf komme ich vielleicht zurück.«

Allmählich wurde Paul neugierig, wie sich Rick den Umbau

finanziell leisten konnte. Ehe er direkt fragen konnte, beugte sich Joey so weit über das Geländer, dass Paul ihn zur Vorsicht ermahnte.

»Ich will doch nur sehen, wo die Hunde sind.«

Als hätte der Junge es heraufbeschworen, erklang nun ein lautes Bellen, das Paul sofort alarmierte. So klang Scout nur selten, und wenn, dann bedeutete es Ärger. Ohne sich mit einer Erklärung aufzuhalten, rannte er los. Die Frage, womit sein Freund eigentlich sein Geld verdiente, musste warten.

Vor dem Haus sah Paul sich suchend um, dann entdeckte er die Hunde einige Meter entfernt unter einer großen Weide. Die Tiere standen sich mit gesträubtem Fell gegenüber. Shadow versuchte, an Scout vorbeizukommen, aber Pauls Hund schnappte nach ihm. Jaulend wich Shadow zurück.

»Verdammt!« Rick tauchte neben ihm auf. »Ruf deinen Hund zurück!«

Aber Paul hatte im Gegensatz zu ihm schon den Grund für Scouts Verhalten entdeckt. »Den Teufel werde ich tun. Los, komm. Wir müssen Shadow da wegholen.«

Rick sah ihn verständnislos an, sprintete aber los und nahm Shadow am Halsband. Obwohl sich der Hund wehrte, schaffte er es, ihn zurückzuziehen. Winselnd legte sich Scout auf den Boden und leckte sich über die Pfoten. Paul streichelte ihm übers Fell. »Braver Junge. Das hast du großartig gemacht. Die Belohnung kommt sofort.« Ohne die Stimme zu erheben oder sich umzudrehen, wandte er sich an Rick: »Riech an Shadows Schnauze. Wir müssen wissen, ob er etwas davon gefressen hat.«

Einige Sekunden verstrichen. »Ich glaube nicht.« Ricks Stimme bebte vor unterdrückter Wut. »Ist das da wirklich rohes Fleisch? Denkst du, was ich … meinst du etwa, das ist ein Giftköder für unsere Hunde?«

171

»Sieht ganz so aus. Nun wissen wir wenigstens, dass, wer immer es sein mag, mich nicht besonders gut kennt. Scout nimmt von Fremden kein Futter an und frisst nichts, was er findet. Das haben wir endlos lange trainiert.«

Nachdem sich Scout beruhigt hatte, drehte Paul sich um. Rick war kreidebleich geworden. Neben ihm stand Joey, genauso blass. Der Schock saß tief. »Joey, nimm die Hunde mit in die Küche. Gib ihnen jede Menge Hundekuchen.«

Nachdem sie einander ausgiebig beschnuppert hatten, folgten beide Tiere Joey. Rick atmete tief durch. »Ich hole eine Schaufel und eine Tüte. Gibt es jemanden in Heart Bay, der das analysieren kann?«

»Die Tierklinik. Aber das kann Winston veranlassen. Ich muss sowieso noch wegen des Protokolls bei ihm vorbei und werde ihn darauf ansetzen. Das ist einfach zu heftig.« Er fuhr sich durchs Haar. »Das Zeug war noch nicht da, als wir ins Haus gegangen sind. Das heißt, dass irgendjemand innerhalb der letzten halben Stunde ... das ist doch Wahnsinn.«

»Nicht nur das. Wir oder eher die Hunde müssen ihn kennen: Er ist nahe genug ans Haus gekommen, ohne dass sie angeschlagen haben.«

Das war Paul bis jetzt nicht bewusst gewesen. Seine Knie wurden weich, als ihm das ganze Ausmaß der Sache klar wurde. »Wenn derjenige Scout direkt gefüttert hätte, dann ... hätte er das vielleicht gegessen. Dann wären jetzt beide Hunde ...«

Rick packte ihn am Arm. »Komm mit rein, du siehst aus, als könntest du einen Whisky gebrauchen. *Ich* brauche auf jeden Fall einen. Danach sehen wir uns nach Spuren um. Was für eine Scheiße! Das muss aufhören.«

11

Als Sabrina Ingas Pension erreichte, saßen Paul und Joey auf der Veranda. Beide wirkten überraschend ernst. Sie hob fragend eine Augenbraue. »Wollt ihr mir erzählen, dass ihr schon fertig seid?«

Paul nickte knapp. »Sind wir. Am späten Nachmittag blockieren wir noch den Pfad durch die Felsen, und das war es dann.«

Ungläubig wollte Sabrina nachhaken, wie das funktioniert haben sollte, aber sowohl Pauls Ton als auch seine Miene alarmierten sie. »Ist was passiert?«

Das war das richtige Stichwort. Joey sprudelte die Geschichte so schnell heraus, dass Sabrina Mühe hatte, alles zu verstehen. Als sie schließlich begriff, überlief es sie kalt. »Das darf doch nicht wahr sein. Was sagt der Sheriff?«

»Er ist ratlos. Ehe die Analyse des Fleisches nicht vorliegt, kann er offiziell nicht tätig werden, aber er hört sich natürlich schon mal um. Dummerweise hat er genau wie wir nicht die leiseste Ahnung, wer es auf die Hunde abgesehen haben könnte.«

»Was ist mit …« Sabrina brach mitten im Satz ab. Sie konnte vor Joey kaum seinen Vater verdächtigen, zumal der nicht einmal wusste, wo sie sich befanden. Theoretisch jedenfalls.

Paul verstand sie jedoch auch so. »Das war auch mein erster Gedanke, aber es würde keinen Sinn ergeben. Zumindest keinen, der mir einfällt.«

Schnaubend stand Joey auf. »Ich hasse es, wenn ihr so tut, als ob ich ein kleines Kind wäre. Ich will auch wissen, wer Scout und Shadow so etwas antun wollte.«

Ehe Sabrina ihn beschwichtigen konnte, stand auch Paul auf. »Ich verstehe dich, aber es bringt nichts, wenn wir jetzt wilde Mutmaßungen austauschen. Und schon gar nicht möchte ich, dass du etwas, das vermutlich gar nicht infrage kommt, nachher als Tatsache interpretierst.« Er verzog den Mund und grinste Joey an. »Verstehst du, was ich meine?«

Zögernd erwiderte Joey das Grinsen. »Ja, schon irgendwie, aber das heißt ja nicht, dass es mir gefallen muss.«

Inga trat auf die Veranda, ein Tablett mit einem Krug Eistee und einigen Gläsern in den Händen. »Wie wäre es mit einer Erfrischung? Wollt ihr euch nicht in den Garten setzen?«

Paul schüttelte den Kopf, ehe Sabrina selbst ablehnen konnte. »Danke, Inga, aber wir wollen gleich zum Schwimmen, das lohnt sich nicht mehr.«

Das war offenbar nicht, was Inga hören wollte. Sie stellte das Tablett auf die Bank und stemmte die Hände in die Taille. »Es wird ja wohl noch Zeit für eine kleine Erfrischung sein!«

Paul blieb unbeeindruckt. »Ein wenig Zeit haben wir noch. Die Betonung liegt dabei auf *wenig*!«

Schnaubend nickte Inga. »Ach, da fällt mir ein, ich habe die Post vergessen. Bin gleich zurück. Sabrina, schenk deinen Männern bitte ein Glas Eistee ein.«

Deinen Männern? Mit Rücksicht auf Joey verkniff sie sich einen passenden Kommentar, auch wenn es ihr schwerfiel. Sie füllte die Gläser.

Paul schmunzelte zwar, aber seine Augen blieben ungewohnt ernst. Er deutete auf den Jeep. »Was ist das für ein Typ, dem der Wagen gehört?«

»Kommt aus New York, Marke lässiger Surfer. Für ihn hatte Inga erstaunlicherweise ein Zimmer.«

»Und das wundert dich«, zog Paul sie auf und wirkte zum ersten Mal wieder entspannt.

»Nicht wirklich, ich wollte es nur noch mal betonen.« Rasch erzählte sie ihm, dass sie Inga gegenüber erwähnt hatte, dass er ihnen Frühstück machen musste.

Lächelnd prostete er ihr zu. »Verdammt raffiniert! Dann bin ich gespannt, was sich die Damen morgen früh einfallen lassen werden. Wobei *Damen* nur die Bezeichnung ist, die ich verwende, weil Joey anwesend ist.«

Joey kicherte laut. Inga kam mit einem Umschlag in der Hand zurück und nickte sichtlich zufrieden. »Na also, schon besser. Eure bedrückte Stimmung war ja unerträglich. Hier, das kam vorhin für dich an.«

Sabrina nahm den Umschlag entgegen und drehte ihn ratlos in der Hand. Ein Aufkleber, mit ihrem Namen bedruckt, dazu die Anschrift von Ingas Pension, kein Absender. Neugierig öffnete sie ihn. Nur ein Blatt Papier. Wenige Worte. Ein schwarzer Rahmen. Erst mit reichlicher Verspätung begriff sie, was sie in der Hand hielt. Dann traf es sie mit einer Wucht, als hätte ein Güterzug sie gerammt.

Es war eine Traueranzeige für Joey. Sein Todestag war auf morgen datiert. Die Überschrift lautete: »*Durch die Schuld seiner Mutter verstarb plötzlich und unerwartet* … Keuchend schnappte sie nach Luft. Es war nur ein Stück Papier, doch das milderte ihr Entsetzen nicht.

»Inga, geh mal mit Joey zu den Hasen. Ich kümmere mich darum.«

Paul klang ganz ruhig, und sie starrte ihn Hilfe suchend an, unfähig, etwas zu sagen, geschweige denn zu erklären.

Sanft entwand er ihr das Blatt, das sie so fest umklammerte, dass es schon zerknickt war. Er überflog es und zog sie in seine Arme. Ihr Kopf ruhte an seiner Schulter. Er sagte kein Wort, hielt sie einfach fest. Als sie zu zittern begann, streichelte er ihr sanft über den Rücken. »Ich lasse nicht zu, dass dir oder Joey etwas passiert.«

Das klang wie ein Versprechen. Sie hatte zwar keine Vorstellung, wie er es halten wollte, aber die Überzeugung, die aus seinen Worten sprach, beruhigte sie. Schließlich hatte sie sich wieder so weit in der Gewalt, dass sie sich von ihm löste, verspürte dabei jedoch einen unerwartet großen Widerwillen. Es war zu schön gewesen, von seinen Armen umfangen zu werden und für einige kostbare Augenblicke alle Sorgen zu vergessen. Sie zwang sich zu einem Lächeln, das vermutlich noch reichlich zittrig ausfiel. »Es ist ja nur ein blödes Blatt Papier und eigentlich kein Grund, so heftig zu reagieren. Entschuldige.«

Vehement schüttelte Paul den Kopf. »Hör auf. Was meinst du, wie mir erst der Giftköder und dann jetzt dieser Mist nahegeht? Es gibt keinen Grund dafür, dass du dich entschuldigst oder die Angelegenheit herunterspielst.«

Er besah sich den Ausdruck genauer und runzelte die Stirn. »Hast du die unterste Zeile gelesen? *Gib es einfach zurück, und niemandem muss etwas passieren.*«

Hatte sie nicht. Eigentlich hatte sie außer dem ersten Satz und Joeys Namen überhaupt nichts richtig wahrgenommen. Sorgfältig ging sie die Anzeige Wort für Wort durch. Schließlich schüttelte sie den Kopf. »Ich verstehe das nicht. Ich habe praktisch alles zurückgelassen, sogar den Mercedes, den Malcolm mir gekauft hat. Ich kann nichts zurückgeben. Was meint der nur? Doch wohl kaum meine Kaffeemaschine?«

»Deine Kaffeemaschine? Das musst du mir später erklären. Aber worum es auch geht, es muss ihm wichtig sein, und wir können nun sicher davon ausgehen, dass dein Exmann mit drinsteckt, zumindest indirekt. Das ist ein Anhaltspunkt.«

»Und wie soll das uns weiterhelfen?«

»Weiß ich noch nicht. Soll ich Winston einschalten?«

Prüfend musterte Sabrina ihn. Besonders viel Wert schien er nicht darauf zu legen, und außerdem wich er plötzlich ihrem Blick aus. »Du verschweigst mir etwas!«, warf sie ihm vor.

»Stimmt. Versprichst du mir, nicht sauer zu werden?«

Genau auf die Art hatte Joey oft genug versucht, ihr den Wind aus den Segeln zu nehmen, bevor er ihr von Streitereien in der Schule erzählte. Außerdem hatte sie plötzlich das Bild vor Augen, wie Paul als Kind genau diese Worte zu Inga gesagt hatte, als er ihr beichten musste, dass er beim verbotenen Fußballspielen im Wohnzimmer ihre Lieblingsvase abgeschossen hatte.

»Das werde ich entscheiden, wenn ich weiß, worum es geht.«

Er seufzte. »An der Uni hatte ich einen Freund. Rob. Er ist ein brillanter Anwalt, und er hat einen Bruder beim FBI in San Diego. Obwohl wir uns etwas aus den Augen verloren haben, hat er sofort reagiert, als ich ihn vorhin angerufen habe. Er hat für mich, also eigentlich für uns, beim FBI nachgefragt, ob Ermittlungen gegen deinen Mann laufen und, falls ja, worum es dabei geht.«

Ihre Neugier überwog. Der Ärger, dass er über ihren Kopf hinweg gehandelt hatte, konnte warten. »Und?«

»Das Ergebnis hatte es wohl in sich. Er kommt morgen vorbei und will persönlich mit mir sprechen, also mit uns.«

Sabrina registrierte zwei Dinge: Erstens fiel es Paul auffallend schwer, zu begreifen, dass die Angelegenheit in erster Linie sie betraf. Er benahm sich wie ein typischer Einzelgänger, der alles im Alleingang lösen wollte. Sie würde ihm unmissverständlich klarmachen müssen, dass es nur ein »Wir« gab. Zweitens, auch das sah sie ganz deutlich, war ihm durchaus klar, dass er verdammt eigenmächtig gehandelt hatte.

Sichtlich unsicher erwiderte er ihren Blick – wie ein auf frischer Tat ertapptes Kind. »Ich hätte dich wohl besser gefragt, ehe ich ihn angerufen habe.«

War das nun eine Frage oder eine Feststellung? Sabrina verschränkte die Arme vor der Brust. »Hättest du, aber die Antwort wäre Ja gewesen.«

Sein Lächeln kehrte zurück. »Dann ist es ja gut.«

Das ging ihr dann doch zu schnell. »*Gut* würde ich das nicht nennen. Mach so was nicht noch mal!«

»Noch ein Anruf würde ja auch nichts bringen«, erwiderte er grinsend. Empört schnappte sie nach Luft, aber er redete schon weiter: »Ich würde vorschlagen, dass wir bis morgen warten, ehe wir mit Winston über diesen Mist reden. Wir sollten uns erst anhören, was es mit dem FBI auf sich hat.«

Das klang vernünftig.

Es überraschte sie kaum, dass das FBI gegen Malcolm ermittelte. Trotzdem konnte sie sich nicht vorstellen, dass ihr Exmann eine wirkliche Bedrohung für sie und Joey sein sollte. »Einverstanden. Aber sag mal, passt denn der Giftköder zu diesem Brief? Der ist doch ...« Sie nahm den Umschlag, betrachtete den Stempel und seufzte. »Er ist gestern ganz in der Nähe aufgegeben worden. Das verstehe ich nicht.«

»Ich auch nicht, aber derjenige, der das Fleisch bei mir platziert hat, muss aus dem Ort stammen, sonst hätten die Hunde ihn nie so nah ans Haus gelassen. Also ist es schon sinnvoll, dass Winston ermittelt.« Er tippte auf den Umschlag. »Das hier kann dazugehören, muss es aber nicht. Vielleicht ist beides ganz unabhängig voneinander. Es schadet nichts, wenn wir erst einmal inoffiziell vorgehen. So ein Schreiben gibt kaum was her. Ein gutes Labor kann den verwendeten Drucker identifizieren, aber ich bezweifle, dass Winston solche Mittel einsetzen kann. Im Zweifel gilt es als übler Scherz. Und sollte er in seiner Funktion als Sheriff in San Diego nachfragen, kann es sein, dass sie ohnehin total abblocken. Die Zusammenarbeit zwischen örtlicher Polizei und Bundesbehörde ist nicht immer ganz einfach.«

Sabrina wollte ihm schon zustimmen, als ihr auffiel, dass Paul plötzlich nicht nur abgelenkt, sondern vor allem angespannt wirkte. Im nächsten Moment drehte er sich um und veränderte seine Position so, dass er sie gegen die Eingangstür hin abschirmte. Immer noch konnte Sabrina sich keinen Grund für sein Verhalten vorstellen. »Was ist …?«

Polternde Schritte lieferten ihr die Antwort, ehe sie aussprechen konnte. Die Verandatür flog auf. Carter Spencer erschien, wie vorhin bei seiner Ankunft ein lässiges Grinsen in den Mundwinkeln.

»Hallo zusammen, störe ich?«

Paul trat nicht zur Seite. »Die Antwort sollten Sie kennen, nachdem Sie unser Gespräch so aufmerksam verfolgt haben!«

Hatte er das? Sabrina war nichts aufgefallen, aber Pauls bestimmter Tonfall ließ keinen Zweifel. Ihr fiel auf, dass Carters Augen merkwürdig ernst blieben.

»Keine Ahnung, was Sie meinen«, wehrte er ab und schob sich an Paul vorbei. Direkt neben ihr blieb er stehen. »Wie sieht es denn jetzt aus mit uns zweien, schöne Frau? Lust auf eine Runde mit dem Surfbrett?«

Sein jungenhafter Charme verfehlte diesmal seine Wirkung komplett und verkehrte sich sogar ins Gegenteil: Sein Verhalten wirkte aufgesetzt und in Anbetracht von Pauls Gegenwart sogar unpassend. Sabrina schüttelte den Kopf. »Genieß die Wellen. Ich muss noch arbeiten.«

»So einen schönen Tag sollte man sich nicht von trüben Gedanken verderben lassen.«

179

Hartnäckig war er … und leichtsinnig, denn Paul sah aus, als ob er im nächsten Moment auf ihn losgehen würde. Sollte sie sich deshalb geschmeichelt fühlen? Eigentlich war sie eher genervt.

»Ich muss nachsehen, was mit Joey ist.« Sie hielt Paul eine Hand hin. »Kommst du?«

Paul ergriff sie und strich mit dem Daumen leicht über ihre Haut. »Sicher.«

Carter runzelte die Stirn, sah auf ihre Hände hinunter und stand immer noch so, dass er ihnen den Weg von der Veranda hinunter versperrte. »Ach, so ist das.«

Paul fixierte ihn. »Ganz genau. Und nun können Sie zum Strand gehen, statt uns weiter im Weg herumzustehen.«

»Nun mal langsam, Mann. Ich wollte doch nur …« Er brach mitten im Satz ab und lächelte Sabrina herzlich an. »Wir klären das, wenn dein Neandertaler wieder in seiner Höhle ist. Ein Kaffee oder ein Eis statt der Krebse. Okay?«

Carter ging, ehe sie zustimmen oder ablehnen konnte.

Paul sah ihm nach, ließ ihre Hand aber nicht los. »Dem Typen traue ich nicht. Ich habe das Knarren der Dielenbretter drinnen gehört und möchte nicht wissen, wie lange der Kerl da schon stand und uns zugehört hat.«

»Vielleicht war es ihm unangenehm, uns zu stören.«

Pauls ungläubiger Blick sprach für sich. Ein so rücksichtsvolles Verhalten passte nicht recht zu Carters Auftreten. Immer noch hielt er ihre Hand fest, verstärkte nun sogar den Druck. »Ich habe einen kleinen Wunsch, befürchte aber, dass du nicht besonders begeistert sein wirst: Ich würde mich besser fühlen, wenn weder du noch Joey allein unterwegs seid. Solange wir nicht wissen, was hier eigentlich los ist, wäre es besser, wenn Rick oder ich immer in eurer Nähe sind. Was meinst du?«

Zu ihrer eigenen Überraschung stimmte sie sofort zu. Unter normalen Umständen hätte sie empört abgelehnt, aber der Anblick der fiktiven Traueranzeige steckte ihr noch in den Knochen, und sie dachte an den Mann, der sie von den Felsen aus beobachtet hatte. »Einverstanden.«

Ungläubig blinzelte Paul, dann lächelte er. »Perfekt. Erst einen Hamburger mit Pommes bei Rosie, danach Schwimmen und dann zurück nach Hause? Passt das zu deinen Plänen?«

Sie schüttelte den Kopf. »Keine Pommes für mich, sonst platzt der Badeanzug noch. Der Hamburger ist schon eine Kalorienbombe.«

Paul musterte sie von Kopf bis Fuß. »Blödsinn. Du eiferst doch wohl nicht diesen dürren Hungerhaken aus der Werbung nach? Mir gefallen deine kleinen Rundungen.«

Kleine Rundungen? War das nun ein Kompliment? Irgendwie wohl schon.

Ehe sie sich eine Antwort überlegt hatte, zog er sie mit sich. »Lass uns Joey holen. Ich habe Hunger.«

»Ich auch«, stellte Sabrina erstaunt fest. Trotz des Schocks freute sie sich auf das gemeinsame Essen. Außerdem würde sie Pauls Vorschlag befolgen: Ein Burger ohne Pommes war eigentlich ein Stilbruch, den sie nicht verantworten konnte.

Der Lärm war unerträglich. Die Hunde hatten sich jaulend unter den Wohnzimmertisch verzogen, und Sabrina konnte sie gut verstehen. Wieder kratzte die Baggerschaufel über die Felsen. Nervös zuckte sie zusammen. Joey war vor dem Lärm mit Tablet und Kopfhörern in sein Zimmer geflüchtet, statt den Männern zu helfen, und sie musste ständig den Impuls unterdrücken, nachzusehen, ob mit ihm alles in Ordnung war. Wie lange mochte es noch dauern, bis Paul und Rick den Pfad durch die Klippen blockiert hatten? Auf sie wirkte es, als würden sie eine Mauer errichten, die geeignet war, eine Herde wilder Elefanten aufzuhalten, aber ganz sicher fühlte sie sich trotzdem nicht. Ständig kreisten ihre Gedanken um Joey und diese Anzeige. Egal, wie oft sie sich sagte, dass in Pauls Haus nichts passieren konnte, sie wurde noch wahnsinnig. Ein weiteres Mal tigerte sie durch das Wohnzimmer, da … der nächste ohrenbetäubende Lärm. Kurz dachte sie daran, dass sie unter normalen Umständen stinksauer gewesen wäre, dass sie wegen des blöden Teils ihre Wette verloren hatte, aber sie war ehrlich genug, zuzugeben, dass es ihr Fehler gewesen war, weil sie nicht genau genug nachgefragt hatte. Und das, obwohl sie schon misstrauisch geworden war! Momentan jedoch interessierte sie nur Joeys Sicherheit und die Frage, was wohl mit dieser ominösen Drohung gemeint war. Ihr fiel nichts ein, obwohl sie sich den Kopf zerbrach. Wenn Malcolm nicht so wäre, wie er nun einmal war, hätte sie ihn mit ihrem Verdacht konfrontiert, dass er in diesen Mist verwickelt war. Aber sie kannte ihren Exmann zu gut. Aalglatte Beteuerungen, nichtssagende Erklärungen – mehr war von ihm nicht zu erwarten. Weder Ehrlichkeit noch Einsicht gehörten zu den Eigenschaften, die er besaß. Oder wenn, dann nur in homöopathischen Dosen.

Sie ging in die Küche und schenkte sich ein Glas Rotwein ein. Da sie dem Lärm nicht entfliehen konnte, würde sie dem Schauspiel eben zusehen. Vom Balkon aus hatte sie nicht nur eine gute Sicht aufs Meer und die Baustelle, sondern konnte sich vielleicht ein bisschen damit ablenken, ein paar Ideen zu sammeln, um den Bereich wohnlicher zu gestalten. Wenn sie weiter bei jedem sich bewegenden Schatten und jedem Geräusch an die Decke sprang, drehte sie noch durch. Denn Geräusche gab es nun wirklich genug, solange Rick und Paul draußen am Werk waren.

Bei dem Balkon im ersten Stock des Hauses handelte es sich eigentlich schon fast um eine weitere Terrasse. Sie überschlug die Anzahl der Blumenkübel, die sie brauchen würde, und überlegte, wo sich welche Art von Lichtquelle am besten machen würde. Fackeln. Oder offene Laternen. Mal sehen, was der nächste Gartenmarkt zu bieten hatte. Wenn sie sich beeilte, konnte sie noch vor dem Eintreffen von Pauls Freunden ein paar nette Akzente setzen.

Schließlich lehnte sie sich gegen das Geländer und sah den Männern bei der Arbeit zu. Beide trugen Shorts, die inzwischen ziemlich verdreckt waren, und hatten ihre T-Shirts ausgezogen. Rick war eindeutig breiter und kräftiger gebaut, aber auch Paul besaß trotz seiner schlanken Gestalt ein paar nette Muskeln. Vor allem seine Oberschenkel gefielen ihr, nicht zu vergessen natürlich der äußerst ansprechende Hintern. Eigentlich gab es überhaupt nichts an ihm auszusetzen, das Gesamtpaket konnte sich sehen lassen. Niemand käme bei seinem Anblick auf die Idee, dass er einen Schreibtischjob ausübte. Sabrina trank einen Schluck Wein und lächelte, als Paul einen großen Stein in der Hand drehte, zweifelnd auf die Mauer blickte und ihn schließlich mit einem Schulterzucken Richtung Meer warf. Anscheinend hatte er früher nie Tetris gespielt, sonst hätte er eine passende Lücke gefunden.

Ihr Leben spielte verrückt. In jeder Beziehung. Da traf sie mitten im Nirgendwo auf einen dubiosen und Furcht einflößenden Mann, der sich als alter Freund herausstellte. In den darauffolgenden Tagen erlebte sie ein Familienleben, wie sie es sich immer erträumt hatte … mit Paul, der nach der langen Zeit eigentlich wie ein Fremder für sie hätte sein müssen. Stattdessen verspürte sie tiefe Vertrautheit und eine Anziehungskraft, gegen die sie ankämpfen sollte. Nur: Sollte sie das wirklich? Was hatte sie schon zu verlieren? Eine weitere

Enttäuschung würde sie nicht umbringen, sie musste nur dafür sorgen, dass Joey nicht unter einem möglichen Fehlschlag litt.

Joey. Der Gedanke an ihren Sohn reichte, um die Angst um ihn neu zu entfachen. Wieder verspürte sie den Impuls, nach ihm zu sehen. Aber sie konnte sich schon vorstellen, wie er darauf reagierte, wenn sie ständig mit fadenscheinigen Ausreden in sein Zimmer platzte. Sie zwang sich zur Ruhe. Die Hunde würden keinen Fremden nach oben lassen, und draußen waren die beiden Männer. Hier und jetzt würde – konnte – überhaupt nichts passieren.

Alles war besser, als weiter über die dämliche Traueranzeige nachzudenken. Selbst Grübeleien über Paul im Allgemeinen und Paul und sie ganz im Speziellen. Eins wollte sie jedenfalls nicht: Dass er nur wegen der möglichen Bedrohung Zeit mit ihr verbrachte. Ein grober Plan, der perfekt zu ihrer verlorenen Wette passte, nahm Form an. Sie würde ihm schon beweisen, dass sie nicht nur »nett« war.

Es klingelte. Rasch lief sie zurück ins Erdgeschoss. Die Männer würden draußen das Geräusch kaum hören, dann übernahm sie es eben, den Besucher zu empfangen. Ohne nachzudenken riss sie die Haustür auf. Im gleichen Moment wurde ihr klar, dass ihr Verhalten verdammt leichtsinnig war. Aber vor ihr stand nur Rosie, in der Hand eine prall gefüllte Tüte.

»Ich dachte, ihr kommt heute vielleicht nicht richtig zum Kochen. Ich habe mich mal wieder fürchterlich verschätzt und wäre froh, wenn ihr mir etwas abnehmen würdet.«

Na sicher doch. Sabrina verkniff sich ein Grinsen. »Das machen wir doch gern.« Sie warf einen schnellen Blick über die Schulter. »Ich glaube, Rick und Paul werden sich freuen, wenn ihnen meine Kochkunst erspart bleibt.« Das war zwar ein bisschen fies, aber auch verdient.

»Bestimmt. Und immer dran denken: Der Weg zum Herzen eines Mannes führt durch seinen Magen!«

Sehr hilfreicher Tipp! Aber eine ironische Bemerkung würde weitere Essenslieferungen gefährden. »Ich werde das alles hübsch arrangieren.«

»Sehr gute Idee. Und vielleicht könnt ihr nachher noch ein Glas Wein zusammen trinken. Das Meer, die Brandung … das alles ist sehr entspannend.«

Wenn das nicht bald aufhörte, würden Inga und Rosie ihr am Ende noch eine detaillierte Anleitung diktieren, wie sie Paul ins Bett bekam. Rosie klemmte sich eine widerspenstige Haarsträhne hinters Ohr. »Vielleicht möchte Joey ja auch mal bei Inga oder mir übernachten. Das wäre kein Problem.«

O Mann, es reichte. »Danke für das Angebot. Aber Joey und Paul haben sich schon so gut angefreundet, dass ich da eher störe. Vielleicht sollte *ich* mal eine Nacht bei Inga verbringen?«

Rosie öffnete den Mund und klappte ihn wieder zu, ohne ein Wort gesagt zu haben. Sie drückte ihr die Tüte in die Hand, schnaubte sehr undamenhaft und verabschiedete sich.

Sabrina sah ihr lächelnd nach, nicht sicher, ob sie es vielleicht übertrieben haben könnte. Das würde sich am nächsten Tag zeigen. Wenn die Damen ihre Kupplungsversuche aufgegeben hatten, würde es kein Frühstück geben. Sie atmete tief durch. Morgen. Eigentlich wollte sie an den nächsten Tag am liebsten gar nicht denken.

Als sie sich umdrehte, schrak sie zusammen. Paul stand direkt hinter ihr. Seine Miene war grimmig, in einer Hand hielt er die Pistole, in der anderen sein Handy.

Ohne Erklärung zog er sie ins Haus und schloss die Tür mit einem gezielten Fußtritt.

»Was …? Das war doch nur Rosie.«

185

»Eben nicht nur. Du bleibst hier! Scout sorgt dafür, dass niemand dir oder Joey zu nahe kommt. Hast du ihn?«

Die letzte Frage galt nicht ihr, sondern dem Handy. Paul schaltete mit einem Knopfdruck den Lautsprecher ein und hielt es so, dass Sabrina mithören konnte.

»Ich war nah genug dran, um Wagentyp und Kennzeichen zu erkennen. Geländewagen aus New York. Sagt dir das was?«, fragte Rick.

»Ja, das ist dieser Surferboy, von dem ich dir erzählt habe.«

»Verdammt, ich bin nicht nah genug rangekommen, um ihn aufzuhalten. Aber wir sollten …«

Ein lautes Krachen übertönte Ricks Worte.

Automatisch wollte Sabrina nachsehen, was passiert war.

»Du bleibst hier!«, befahl Paul und rannte nach draußen.

Beim Laufen presste sich Paul das Telefon ans Ohr. »Rick? Was ist los?«

»Klang nach einem Unfall. Ganz in der Nähe. Ich bin unterwegs.«

»Ich auch.« Paul war nicht sicher, ob Rick ihn noch gehört hatte. Er sprintete den Weg entlang. Hinter der zweiten Kurve kam er schlitternd zum Stehen. Fassungslos starrte er auf das Bild, das sich ihm bot, und verstaute die Pistole im Bund seiner Shorts. Die würde er nicht brauchen. Rick hatte die Lage im Griff, und er hatte Unterstützung.

Der weiße Geländewagen stand quer auf der Straße, direkt davor, mit eingedrückter Front, ein ebenfalls weißes Fahrzeug, jedoch eine Kategorie teurer: Ein Porsche Cabrio, das er zwar nur selten gesehen hatte, aber sofort erkannte. Neben Rick stand Ash. Der letzte aus ihrer alten Dreierbande.

Langsam ging Paul näher. Die Spurenlage war recht deutlich. Die Straße wurde zwar auf beiden Seiten durch Bäume und Felsen begrenzt, war aber breit genug für zwei Wagen, sofern sich beide rechts hielten. Es sah so aus, als ob der Surferboy genau dies nicht getan hatte. Er und Ash standen sich gegenüber, beide wirkten wütend. Rick stand so dicht neben Ash, dass sich ihre Schultern beinahe berührten. Mut hatte dieser Carter Spencer … es war bestimmt nicht einfach, sich gegen die beiden zu behaupten.

Ash deutete mit dem Kopf auf seinen demolierten Porsche. »Ich hoffe, in Ihrer Urlaubskasse ist eine solche Reparatur eingeplant.«

»So klar, wie Sie es darstellen, ist die Schuldfrage nicht! Sie sind zu schnell gefahren.«

Ash schnaubte geringschätzig. »Das ist nur eine Schutzbehauptung. Fakt ist, dass Sie auf der falschen Seite gefahren sind, und dafür habe ich einen Zeugen.«

»Na sicher doch. Ihr Kumpel hat alles gesehen, obwohl er sich hinter der Kurve befand. Hat er Supermans Röntgenblick, oder was?«

Paul hatte keine Geduld für diesen Schlagabtausch, der sich noch ewig hinziehen konnte. Er hielt sich nicht damit auf, Ash zu begrüßen, als er näher kam, das konnten sie später nachholen. »Überlassen wir doch die Interpretation der Spuren dem Sheriff. Ich rufe ihn an, und dann sehen wir weiter.«

Spencer presste die Lippen zusammen. »Nicht nötig. Ich übernehme die Kosten.«

Paul nickte knapp. »Ehe ich auf den Anruf beim Sheriff verzichte, beantworten Sie mir aber noch, was Sie hier wollten.«

»Wie meinen Sie das?«, fragte Spencer, scheinbar verwirrt.

Wäre der Ausdruck seiner Augen nicht so kalt geblieben, hätte Paul ihm die Unschuldsmiene vielleicht abgekauft. »Stellen Sie sich nicht dümmer, als Sie sind! Das hier ist ein Privatweg, der zu genau zwei Häusern führt. Zu meinem und«, er

187

zeigte mit dem Kopf auf Rick, »zu seinem. Keiner von uns hat Sie eingeladen. Also? Was wollten Sie hier?«

»Nichts. Ich bin einfach so in der Gegend herumgefahren.«

»Ich dachte, Sie wollten surfen.«

»Muss ich mir jetzt von Ihnen genehmigen lassen, wie ich meine Zeit verbringe? Ich hatte selbst schon den Eindruck, dass der Weg nicht weiterführt, und wollte wenden.«

Rick verschränkte die Arme vor der Brust. »Klar, gleich nachdem Sie den Wagen so rangiert hatten, dass Sie ungesehen das Haus meines Freundes beobachten konnten! Sie sind Rosie gefolgt. So einfach ist das.«

»Bin ich ganz bestimmt nicht. Gibt es hier im Ort eigentlich einen Psychiater, der Ihnen helfen könnte, mit Ihrer Paranoia fertig zu werden?«

Die Männer funkelten sich an. Paul seufzte. Jede weitere Auseinandersetzung war Zeitverschwendung. Ein Geständnis würden sie von dem Kerl nie erhalten, aber er war nun zumindest gewarnt, dass sie ihn auf dem Radar hatten.

Rick trat noch einen Schritt dichter an den Surfer heran und tippte ihm auf die Brust. »Pass bloß auf, Freundchen, dass du uns nicht mal im Dunkeln über den Weg läufst. Hier in Oregon darf man seinen Privatbesitz mit Waffengewalt schützen.« Rick formte mit den Fingern eine Pistole und tat, als würde er schießen.

Spencer hob eine Augenbraue. »War das eine Drohung?«

»Aber nein, lediglich eine Feststellung. Ash, teste mal, ob deine Karre noch fährt, und mach dem verirrten Surfer Platz. Wir wissen ja, wie er heißt und wo er wohnt und dass er eine Begegnung mit dem Sheriff vermeiden möchte. Das reicht wohl, um die Bezahlung deiner Rechnung zu garantieren.«

Es quietschte und schepperte bedenklich, als Ash den Porsche dichter an den Straßenrand rangierte. Ohne weiteren

Kommentar stieg Spencer in seinen Wagen. Beim Losfahren drehten seine Reifen durch und deckten Rick und Paul mit einer Ladung Sand ein.

»Arschloch. Das mit Vierradantrieb hinzubekommen ist eine reife Leistung«, stellte Rick fest und rieb sich übers Gesicht.

»Glaubst du, er steckt hinter der Drohung und dem Giftköder?«

Rick schwieg geraume Zeit. »Eher nicht. Mein Instinkt sagt mir, dass er zwar gefährlich ist, aber auf andere Art. Ich traue ihm zwar nicht, aber trotzdem … irgendwie erscheint er mir eher wie ein Typ, der erst eine Aufklärungsmission unternimmt, danach aber offen vorgeht.« Er grinste schief. »Ergibt das einen Sinn für dich?«

»Nicht den geringsten. Aber ich werde das Kennzeichen über Winston checken lassen.«

Sofort schüttelte Rick den Kopf. »Bitte deinen anderen Freund darum, diesen Rob. Ich habe bei Winston ein ungutes Gefühl.«

»Das ist jetzt nicht dein Ernst?«

»Doch. In den letzten Stunden ist zu viel passiert, was nicht zusammenpasst. Ich kann diesen Surfer nicht einschätzen. Ehe wir nicht wissen, was genau das FBI in der Hand hat oder zu wissen glaubt, sollten wir mit Winston vorsichtig sein.«

»Ach, so meintest du das. Ich dachte schon, du verdächtigst Winston in irgendeiner Art und Weise.«

»FBI? Wovon redet ihr eigentlich?« Ash stand neben Rick und blickte ratlos zwischen ihnen hin und her.

Paul zwang sich zu einem Grinsen. »Das ist eine ziemlich lange Geschichte. Wir klären dich bei einem kühlen Bier auf meiner Terrasse auf. Einverstanden?«

»Klar. Meine Kiste kann hier stehen bleiben. Es reicht, wenn ich die morgen in die Werkstatt bringe. Sag mal, Paul, ich war mit einem Hintergedanken auf dem Weg zu dir ... kann ich eines deiner Gästezimmer haben?«

Schmunzelnd lehnte sich Rick gegen den zerbeulten Porsche. »Ehe sich unser armer Jurist hier eine Ausrede überlegen muss, kannst du bei mir pennen. Seine Zimmer sind schon fast komplett belegt, und du würdest stören.«

»Auch gut. Ich habe anscheinend einiges verpasst. Seit wann bist du wieder hier, Rick?«

»Seit einigen Tagen, aber ich war erst mal auf Tauchstation, weil ich etwas zu Ende bringen musste. Seit ich Paul bei Rosie getroffen habe, geht's hier rund. Gut, dass du auch zurück bist. Wir können deine Hilfe brauchen.«

Kurz zuckte ein bitterer Ausdruck durch Ashs Gesicht, dann saß seine betont lässige Miene wieder. »Wie schön, dass wenigstens ihr euch über meine Rückkehr freut. Zu Hause bin ich hochkant rausgeflogen. Sagtest du was von Bier und Terrasse? Los, Mann. Ich will alles wissen.«

Ash ging einfach vor und bemerkte nicht, wie Paul und Rick hinter seinem Rücken einen stummen Blick wechselten. Einige Dinge änderten sich nie.

Schon früher war Ash regelmäßig mit seinem Vater aneinandergeraten und hatte bei ihnen Dampf abgelassen. Anscheinend war es nach ein paar Jahren Pause mal wieder so weit.

Nach einer herzlichen Begrüßung zwischen Sabrina und Ash, bei der die beiden nach Pauls Meinung auf den Kuss ruhig hätten verzichten können, kündigte sie an, sich ums Essen kümmern zu wollen. Rosie hatte genug für drei Erwachsene und ein Kind mitgebracht, aber für Ash würde es nicht reichen. Die Männer boten zwar ihre Hilfe an, aber davon wollte Sabrina nichts wissen.

Mit einer Bierflasche in der Hand ließ sich Ash auf einen der Gartenstühle fallen. »Die nervige Bohnenstange hat sich ja verdammt gut entwickelt. Vor allem ihr …«

Rick legte ihm schnell eine Hand auf die Schulter. »Vorsichtig, was du sagst, Paul knurrt schon.«

Das war zwar völlig übertrieben, aber er machte Ash mit einem Blick klar, dass er keine zweideutigen oder schlüpfrigen Bemerkungen über Sabrina dulden würde. Das hieß natürlich nicht, dass … er fuhr sich durchs Haar. Die Mienen seiner Freunde sprachen für sich. Egal, was er sagte, sie würden ihm niemals glauben, dass er im Prinzip kein Interesse an einer Beziehung zu Sabrina hatte. Wobei er kurz davor war, den Versuch aufzugeben, sich das selbst einzureden. Wie hatte sein Leben nur so plötzlich noch komplizierter werden können, als es ohnehin schon gewesen war?

Ash hustete, kaschierte damit aber offensichtlich nur ein lautes Lachen. »Ich wollte selbstverständlich nur ihren Charme erwähnen.«

Na, sicher doch. »Gibt es nicht irgendein Fotomodell oder eine Nachwuchsschauspielerin in deinem Leben, über die du reden möchtest?«, schnappte Paul.

Ein Schatten vertrieb Ashs Grinsen. »Du solltest nicht alles glauben, was in der Yellow Press steht.«

Es war unverkennbar, dass Paul ihn mit seiner scharfen Bemerkung gekränkt hatte. »Entschuldige, das war nicht so gemeint.« Reumütig wechselte er das Thema und fasste so knapp wie möglich die Ereignisse der letzten Tage zusammen. Ash hörte so fasziniert zu, dass er sogar sein Bier komplett vergaß. Rick nutzte die Ablenkung und tauschte seine leere gegen die noch halb volle Flasche aus. Paul biss sich auf die Lippen, um ein verräterisches Schmunzeln zurückzuhalten. Manche Dinge änderten sich wirklich nie.

Im nächsten Moment griff Ash nach seinem Bier, wollte trinken und stellte stattdessen die leere Flasche irritiert zurück. »Komisch. Ich dachte …«

Seine Beherrschung verließ Paul, er lachte auf und sah Rick an. »Du bist dran, die nächste Runde zu holen.«

Ash blitzte ihn an. »Sag mal, hast du dir etwa meins geschnappt?«

Schnell stand Rick auf. »Wer? Ich? Würde ich doch nie tun!« Grinsend ging er Richtung Küche davon.

Gedankenverloren blickte Ash ihm nach. »Unglaublich. Es ist fast, als hätte es die ganzen Jahre nie gegeben. Alles genau wie früher.« Er atmete tief durch. »Wenigstens auf uns bezogen. Alles andere hat sich schon geändert.« Er machte eine Handbewegung zum Haus. »Unglaublich, was du hier hochgezogen hast.«

Paul zuckte mit den Schultern. »Eigentlich ist das nichts Besonderes. Und ich habe es ursprünglich nicht für mich, sondern für meinen Dad getan. Aber so langsam wird es vielleicht doch noch mein Haus.« Mist, das klang verbitterter, als er beabsichtigt hatte, aber Ash nickte.

»Ich verstehe so ungefähr, was du meinst. Das wird schon. Manche Dinge brauchen ihre Zeit.«

Schritte erklangen vom Haus her. Paul musste sich nicht umdrehen, um zu wissen, dass Sabrina auf ihn zustürmte. Alarmiert sprang er auf.

Ash grinste flüchtig. »Entweder Zeit oder die richtige Frau«, murmelte er leise vor sich hin.

Da Paul den wahren Kern in den Worten erkannte, verzichtete er auf einen Kommentar. Tatsächlich hatte er erst seit wenigen Tagen das Gefühl, ein richtiges Zuhause zu haben. Aber die Überlegungen konnten warten, ihn interessierte Sabrinas besorgter Gesichtsausdruck viel mehr.

Instinktiv fasste er sie am Arm, als sie ihn erreicht hatte. »Was ist passiert?«

»Rick kümmert sich kurz um die Tortillas.«

Verwirrt blinzelte Paul, aber Sabrina fuhr schon fort: »Entschuldige, ich bin gerade irgendwie durcheinander. Joey hatte an der Schule bisher ziemlich viele Probleme. Es gab nur einen Jungen, den er als Freund bezeichnet hat. Ich habe es nicht fertiggebracht, ihm den Kontakt zu verbieten. Außerdem kennen sich die Eltern des Jungen und Malcolm gar nicht. Glaube ich. Er heißt übrigens Steve. Also der Junge, sein Freund. Eben hat mich Steves Vater über Joeys Handy angerufen. Joey hat so von Heart Bay, Scout und dir geschwärmt, dass er … Ach, Mensch. Ich wusste nicht, was ich sagen sollte!«

Trotz des ernsten Themas konnte Paul nicht widerstehen, sie zu necken, nachdem er ihre wirren Äußerungen sortiert hatte. »Interessante Reihenfolge hat dein Sohn da! Ich rangiere also hinter meinem Hund.«

»Nein, das war andersherum. Du standst ganz vorn, und …« Sie brach mitten im Satz ab und boxte ihm leicht in die Rippen. »Um zum Punkt zu kommen: Steves Vater möchte sein Verhältnis zu seinem Sohn verbessern. Er und seine Frau haben sich letztes Jahr scheiden lassen. Er kommt morgen hierher und versucht, ein Zimmer bei Inga zu bekommen. Ich habe dabei irgendwie ein ganz fürchterlich schlechtes Gefühl, aber ich konnte seine Bitte einfach nicht ablehnen. Dabei wollte ich nicht, dass irgendjemand erfährt, wo ich bin. Und nun das. Ich weiß nicht mehr, was ich denken soll, ich werde noch völlig paranoid. Eben kam mir sogar der Gedanke, dass Steves Vater mit Malcolm unter einer Decke stecken könnte, aber das ist doch Blödsinn.« Sie strich sich eine Haarsträhne aus dem Gesicht, die ihr sofort wieder über die Augen fiel. »Oder vielleicht doch nicht?«

193

Sanft klemmte Paul die störenden Haare hinter ihr Ohr und genoss es, ihre weiche Haut zu berühren. Rasch räusperte er sich. »Gib mir mal den vollständigen Namen von Steves Vater. Vielleicht kann Rob klären, ob es eine Verbindung zu deinem Exmann gibt. Ich sehe mir das später auch noch mal genauer an. Aber nun beruhige dich erst einmal. Bist du sicher, dass das Essen bei Rick in guten Händen ist?«

Schnuppernd hob Sabrina den Kopf, und Paul kämpfte gegen die Versuchung an, ihren Hals zu küssen. Was war denn auf einmal mit ihm los?

»Ich bringe ihn um. Das riecht angebrannt!« Sie rannte zurück Richtung Haus, machte eine Vollbremsung, rief »Charles Snyder« und sprintete wieder los.

»Das war wohl der Name des Vaters«, stellte Ash fest, der seelenruhig ihren etwas wirren Auftritt verfolgt hatte.

»Vermute ich auch. Ich schicke Rob die nächste Mail. Das Kennzeichen habe ich ihm ja auch schon durchgegeben.«

»Tu das. Und noch was, Paul.«

»Möchte ich hören, was jetzt kommt?«

Ash grinste flüchtig. »Lass dir das Mädel nicht entgehen. Ihr passt perfekt zusammen.«

»Wenn sie hört, dass du sie Mädel nennst, bekommst du nichts zu essen. Aber ganz ehrlich, Ash, wie willst du das nach den paar Minuten einschätzen können?«

»Ich kenne euch beide nicht erst seit ein paar Minuten, Paul.«

Ash schien das ernst zu meinen. Paul lehnte sich zurück und starrte in den Himmel, der sich bereits verdunkelte. Plötzlich tauchten Bilder in seinem Kopf auf, wie er und Sabrina im Whirlpool den Sonnenuntergang über dem Meer auf ganz eigene Art genossen. Was für ein Wahnsinn! Sein Leben wurde von Stunde zu Stunde komplizierter.

Langsam setzte er sein Fernglas ab. Sie hatten zwar den Pfad durch die Klippen blockiert, aber vom Meer aus war die Terrasse noch gut einsehbar. Für einen sauberen Schuss würde es nicht reichen, der Wellengang war an diesem Abschnitt der Küste zu stark, aber das war auch nicht nötig.

Nun waren die drei Männer also wieder vereint. Das Schicksal spielte manchmal merkwürdige Karten aus. Das alles lag so lange zurück, dass er manches selbst schon vergessen hatte. Nun kamen nicht nur die Erinnerungen, sondern auch sämtliche Befürchtungen zurück. Mit dem angeblichen Mord, der in Wirklichkeit eine verdiente Strafe gewesen war, konnte er gut leben; mit der Möglichkeit, dass die drei Männer sein Leben zerstörten, jedoch nicht. Das würde er rechtzeitig zu verhindern wissen.

Noch ein letztes Mal sah er durch das Fernglas. Dank des digitalen Zooms sah es aus, als hätte er die Männer direkt vor sich. Bisher hatten sich Ash und Paul unterhalten, nun gesellte sich Rick zu ihnen und wurde offenbar mit einigen scherzhaften Worten empfangen.

Ein ungewohnter Stich in seiner Magengegend irritierte ihn, dann hatte er das Gefühl erkannt. Verblüfft legte er das Fernglas zur Seite. Er beneidete die Männer! Sie hatten sich jahrelang nicht gesehen und wirkten dennoch so vertraut wie immer.

Kopfschüttelnd zwang er seine Gedanken wieder in geordnete Bahnen. Er brauchte keine Freunde! Sein schlimmster Albtraum war wahr geworden, da hatte er keine Zeit, über so abwegige Dinge nachzudenken. Er musste die drei engmaschig beobachten und dafür sorgen, dass sie nicht zur Ruhe kamen. Einer allein war harmlos, aber wenn sie sich unterhielten, wenn sie sich erinnerten, wenn sie irgendwann begriffen … dann wurden sie zur ernsthaften Gefahr. Noch war er in Sicherheit, aber wie lange? Zusammen verfügten sie über sämtliche

195

Bruchstücke, und früher oder später würden sie die richtigen Schlüsse ziehen. Er stellte sich vor, wie sie zusammensaßen und sich unterhielten, beim Thema Iris ernster wurden – und auf einmal würde einer von ihnen sich aufrecht hinsetzen und sagen: »Sag das noch mal. *Was* hast du gesehen?« Dann würde eins zum anderen führen, und am Ende würden sie wissen, wer der Mörder war. So weit durfte es einfach nicht kommen. Er würde dafür sorgen, dass dieser Fall niemals eintrat.

Selbst mit bloßem Auge konnte er erkennen, dass sich inzwischen auch die Frau und der Junge auf der Terrasse aufhielten. Sollte den beiden etwas geschehen, so wäre das Ablenkung genug. Das mit den Hunden hatte ja leider nicht wie geplant funktioniert. Er musste nur dafür sorgen, dass es keinerlei Ähnlichkeit mit dem anderen Vorfall gab.

Er drückte den Sperrknopf für den Rückwärtsgang herunter und gab vorsichtig Gas. Sein Boot war so klein, dass man es aus dieser Entfernung vom Strand aus kaum sah, der Motor tuckerte ganz leise, und aus gutem Grund hatte er keine Positionslichter eingeschaltet.

12

Rob bremste den am Flughafen gemieteten Mercedes ab und ignorierte das leise Lachen vom Beifahrersitz.

»Was genau hast du eigentlich nicht verstanden, als das Navi dir mitgeteilt hat, dass du abbiegen sollst?«, erkundigte sich Cat anzüglich.

»Ich habe mit einer Straße gerechnet, das da ist ein *Weg*.«

»Pfff, Juristen, immer eine Ausrede parat.«

»Du hättest mir das ja auch sagen können. Als ehemalige Soldatin hast du im Gelände mehr Erfahrung!«

Er wendete den Wagen und winkte dem Fahrer eines Lieferwagens entschuldigend zu, als er ein weiteres Mal zurücksetzen musste.

Cat wartete, bis er sein Manöver abgeschlossen hatte, und grinste frech. »Wenn das hier für dich schon als *Gelände* zählt, dann solltest du mal über ein Geländetraining mit Luc nachdenken.«

Rob verdrehte nur die Augen und brachte Cat damit zum Lachen, während er in den richtigen Weg einbog. Sein Bruder gehörte zur Spezialeinheit der US Navy SEALs und war entsprechend fit. Ehe er sich auf ein Training mit Luc einließ, würde er sich lieber durch sämtliche Änderungen des Wirtschaftsrechts der letzten Jahrzehnte wühlen. Ein gemeinsames Schießtraining ging in Ordnung, aber selbst den berühmten Hindernisparcours der SEALs hatte er nur kurz getestet und rasch als überflüssige Quälerei abgetan. Allerdings hatte er es durchaus genossen, Cat zuzusehen, wie sie in Tarnhose und

197

knappem Tanktop die Hindernisse so schnell bewältigt hatte, dass Luc am Ende nur mit einer Nasenlänge Vorsprung das Rennen gewonnen hatte. Über das verblüffte Gesicht seines Bruders hatte er sich köstlich amüsiert. Aber es blieb dabei: Ihm reichten Schwimmen und Laufen, um fit zu bleiben.

Der Mercedes rumpelte durch ein Schlagloch. »Wir hätten am Flughafen doch lieber einen anderen Wagen nehmen sollen«, überlegte Cat laut.

»Ach was, das muss er abkönnen. Sieh mal, der da hat es auch bis hierhin geschafft.«

Vorsichtig rangierte Rob seinen Wagen an dem havarierten Porsche vorbei. Cat besah sich die lädierte Frontpartie und verzog den Mund. »Eine Schande. Stell dir mal vor, das wäre Lucs geliebtes Spielzeug.«

Rob lachte leise. Die Liebe seines Bruders zu seinem eigenhändig restaurierten Porsche 911 war legendär. »Du hast ihn ja leider damals nicht erlebt, als Jay sein Baby auf dem Highway zerlegt hat. Aber gut, dass du mich dran erinnerst. Ich muss ihm mal wieder Bilder von schönen Kombis oder SUVs schicken.«

Nun lachte Cat laut. »Ihr seid fies. Nur weil Jasmin schwanger ist, heißt das doch nicht, dass er seinen Sportwagen aufgeben muss.«

»Stimmt, aber er springt so schön drauf an. Aber was ganz anderes: Ich bin immer noch nicht sicher, was wir Paul verraten sollen, und würde es deiner Einschätzung dieser Sabrina überlassen, wie offen wir mit ihm reden.«

Verblüfft fuhr Cat zu ihm herum. »Ist das dein Ernst?«

»Na klar. Du kennst beide nicht und bist vielleicht objektiver. Außerdem schätze ich deine Instinkte. Wir fangen ganz harmlos mit Small Talk an, und wenn du dich entschieden hast, dann kannst du das eigentliche Thema ansprechen. Oder eben nicht, je nachdem.«

Vor ihnen tauchte das Haus auf, und Cat pfiff leise durch die Zähne. »Was für ein Prachtbau. Der würde mir auch gefallen.« Sie runzelte die Stirn. »Aber er sieht aus wie neu, fast wie unbewohnt. Keine Blumenkästen, kein Schnickschnack. Alles regelrecht steril. Merkwürdig. Oder auch nicht, du hast mir ja erzählt, wie das Haus entstanden ist.«

»Eben.«

Das war offensichtlich zu selbstgefällig gewesen – Cat funkelte ihn an. Grinsend parkte Rob neben einem schwarzen Range Rover.

Sie waren gerade ausgestiegen, da erklang hinter ihnen lautes Motorengeräusch. Ein schwarzer Pick-up jagte den Weg entlang. Cat blieb wie angewurzelt stehen. »Das gibt es doch nicht.«

Rob folgte ihrem Blick. Der Wagen war mit zwei Personen besetzt: auf dem Beifahrersitz eine attraktive Frau, hinter dem Lenkrad ein Mann, der das Fahrzeug in diesem Moment mit blockierenden Reifen zum Stehen brachte.

Er sprang aus dem Jeep und starrte Cat an. Dann hoben sich seine Mundwinkel leicht, und er tippte sich lässig an die Stirn. »Ich weiß zwar nicht, was du hier machst, aber es ist verdammt gut, dich zu sehen, Captain.«

Breit grinsend erwiderte Cat den Gruß auf die gleiche Art. »Finde ich auch, Lieutenant. Reicht es noch für eine vernünftige Begrüßung, oder war's das schon?«

Rob schüttelte lediglich den Kopf, er hatte den merkwürdigen Humor der Soldaten bereits kennengelernt. Im nächsten Augenblick verschwand Cat in der Umarmung des Mannes.

Er kämpfte einen Anflug von Eifersucht nieder und betrachtete stattdessen misstrauisch einen schwarzen Schäferhund, der ihn seinerseits ebenfalls nicht aus den Augen ließ und leise knurrte. »Wenn ihr mit eurer Wiedersehensfeier fertig seid, könnte jemand diese Bestie zurückrufen.«

Der Mann drehte sich grinsend zu ihm um. »Leider gehorcht er noch nicht richtig.«

»Großartig.« Dann würde Rob die Vorstellung eben selbst übernehmen. Er ging langsam einen Schritt auf den Hund zu, vermied es, ihm direkt in die Augen zu sehen, und hockte sich vor ihm hin. Vorsichtig hielt er ihm die Hand hin. »Hey, Großer. Ich habe einen Vorschlag für dich: Du beißt mich nicht und ich dich nicht. Was meinst du? Haben wir einen Deal?«

Das Knurren verstummte, stattdessen kam der Hund näher und beschnüffelte die Hand gründlich. Schließlich legte er sich vor Rob hin und ließ sich bereitwillig streicheln.

Die unbekannte Frau lehnte immer noch am Jeep und beobachtete abwechselnd ihn und Cat. Schließlich hob sie eine Schulter. »Ich verstehe langsam gar nichts mehr. Ihr kennt euch? Wir erwarten Freunde von Paul. Aber die wollten doch erst später kommen. Ich wollte unbedingt bis dahin noch die Terrasse etwas … umgestalten.«

Rob stand langsam auf. »Ich fürchte, das ist meine Schuld. Die Fahrt war viel kürzer, als ich gedacht hatte.«

Cat stellte sich neben ihn und grinste schelmisch. »Was neben dem früheren Flieger, den wir bekommen haben, durchaus an deiner konsequenten Missachtung des Tempolimits liegen könnte. Rick Grayson, Rob DeGrasse«, stellte sie die Männer vor. »Und verzichtet bitte gleich auf irgendwelche nervigen Formalitäten. Rob, Rick und ich kennen uns aus meiner Zeit bei den Marines. Du weißt ja Bescheid über den … Zwischenfall im Irak. Rick und seine Männer sind uns damals zu Hilfe gekommen. Dass er nicht auf einen entsprechenden Befehl warten mochte, hat ihn seine nächste Beförderung gekostet.«

Rob biss kurz die Zähne so fest zusammen, dass es schmerzte. Der *Zwischenfall*, wie Cat es nannte, hatte zu ihrem Rauswurf bei den Marines geführt. Ihr damaliger Verlobter war für den Tod einiger Soldaten verantwortlich gewesen, mit denen Cat befreundet gewesen war, hatte die Schuld jedoch ihr zugeschoben. Auch wenn mittlerweile alles geklärt war und sie in den Dienst hätte zurückkehren können, nagte die Erinnerung an die damaligen Ereignisse an ihm. Ernst sah er Rick an und hielt ihm dann eine Hand hin. »Wann immer du die Hilfe eines Anwalts brauchst, sag es. Ich schulde dir was.«

Sie wechselten einen prüfenden Blick und einen festen Händedruck.

»Danke«, erwiderte Rick, »aber das ist nicht notwendig. Es war nicht nur meine Pflicht, sondern auch ein persönliches Bedürfnis, Cat und ihren Jungs zu helfen. Übrigens dachte ich, dass du gar nicht mehr als Anwalt tätig bist, sondern in eine andere, interessantere Branche gewechselt hast?«

Rob kniff bei der unverblümten Anspielung die Augen zusammen. Eigentlich konnte Rick von seiner neuen Tätigkeit nichts wissen, dafür war ihre Firma ein zu gut gehütetes Geheimnis. Den Punkt mussten sie später unbedingt klären. »Du bist ja verdammt gut informiert. Egal – wenn ich dir irgendwann mal bei irgendetwas helfen kann, ob als Anwalt oder auf anderem Wege, sag Bescheid.«

Auch Cat wirkte kurz irritiert, formte dann stumm das Wort ›später‹ mit den Lippen, wobei unklar blieb, ob sie Rob oder Rick meinte. Sie wandte sich zu der bisher noch unbekannten Frau um. »Ich hatte auch nur mit einem Freund von Rob gerechnet und war eben ganz schön überrascht, auf einmal vor Rick zu stehen. Ich bin Cat, das ist Rob, mein Partner im Job und auch sonst. Und du bist …?«

»Sabrina Hollister. Pauls unfreiwilliger Hausgast mit ziemlich komplizierter Vergangenheit, die der Grund für euren Besuch ist.«

Rob schüttelte ihr die Hand. »Auch wenn die Umstände vielleicht nicht so schön sind, freue ich mich, dass wir einen Grund haben, Paul endlich wiederzusehen. Es ist viel zu lange her.«

Die Haustür ging auf, Paul und ein zweiter Schäferhund stürmten auf sie zu. »So früh habe ich nicht mit euch gerechnet.« Er umarmte Rob kurz, aber herzlich. »Ihr habt euch schon bekannt gemacht?«

Nachdem Rob genickt hatte, wandte sich Paul an Cat. »Du bist also die Frau, die Robs Leben umgekrempelt hat? Willkommen in Heart Bay. Ich freue mich, dass wir uns endlich kennenlernen.«

Cat grinste ihn auf ihre schelmische Art an. »Ich mich auch. Rob hat mir einige nette Geschichten aus eurer Studienzeit erzählt.«

Sabrina ließ den Blick langsam über die Terrasse schweifen. Es war erstaunlich, dass ein paar Grünpflanzen und die beiden großen Laternen dem vorher eher kargen Platz einen so wohnlichen Charakter gaben. Paul schien wirklich begeistert zu sein und hatte sich ebenso wenig wie Rick oder Rob über die Schlepperei beschwert.

Rob und Cat gefielen ihr. Ohne eine Minute zu zögern, hatten sie mit angefasst, und sie waren in Rekordzeit fertig geworden.

Bisher hatte keiner von ihnen die FBI-Ermittlungen erwähnt, und Sabrinas Anspannung wuchs. Die Männer hatten sich nach der Arbeit ins Wasser gestürzt und schwammen auf den Felsen zu. Sie hätte sich ihnen zu gern angeschlossen, aber das wäre Joey gegenüber unfair gewesen. Außerdem fiel es ihr immer noch schwer, ihn zu lange aus den Augen zu lassen. So

beschränkte sie sich auf eine Wasserschlacht im flachen Ufer-
bereich.

Prustend tauchte Cat ein Stück von ihr entfernt auf und
strich sich das nasse, kinnlange schwarze Haar aus dem Gesicht. Die Frisur war nicht nur praktisch, sondern verlieh ihren
eher harten Gesichtszügen einen weicheren Touch, der ihr ausgezeichnet stand. Rob sah auf den ersten Blick unauffälliger,
beinahe durchschnittlich aus, aber wenn er grinste, verwandelte er sich mit seinem braunen Haar und den auffallend blauen
Augen in einen sehr attraktiven Mann.

»Ihr habt es hier herrlich«, bemerkte Cat.

»Finde ich auch. Aber ich versuche, mich nicht zu sehr dran
zu gewöhnen, wir sind ja hier nur übergangsweise untergekom-
men.«

Cats ungläubige Miene sprach für sich, aber dann lächelte
sie. »Wie ihr miteinander umgeht und einander anseht, wirkt
nicht, als wäre es nur übergangsweise.«

Verlegen sah Sabrina zu Joey hinüber, aber er war ein gutes
Stück entfernt und tauchte gerade mit einem Hechtsprung in
die Wellen. »Es ist kompliziert«, sagte sie schließlich.

Cat zuckte mit den Schultern. »Das ist es immer.«

»Vermutlich. Aber ich habe mich gerade erst von meinem
Mann getrennt, was ich schon vor Ewigkeiten hätte tun sollen.
Eine neue Beziehung ist das Letzte, was ich will oder gebrau-
chen könnte.«

»Danach geht es im Leben nicht immer, oder? Wenn du mir
vor einigen Monaten gesagt hättest, dass ich mich ausgerechnet
in einen *Anwalt* verlieben würde, hätte ich dir eine Einweisung
ins nächste Irrenhaus besorgt. Aber genau das ist passiert.«

»Ihr seht sehr glücklich aus«, murmelte Sabrina nachdenklich.

»Das sind wir«, bestätigte Cat mit einem Zwinkern. Im

203

nächsten Augenblick wurde sie unter Wasser gezogen. In Robs Armen tauchte sie nach Luft schnappend wieder auf. »Was fällt dir ein, Anwalt?«

»Du musst eben mehr auf deine Umgebung achten, Captain.«

Zwischen ihnen entspann sich eine liebevolle Balgerei. Mit einem Anflug von Neid sah Sabrina ihnen zu. Dann bemerkte sie, dass auch Paul und Joey sich einen Kampf um einen Ball lieferten, während Scout um sie herumsprang. Rick war ihrem Blick gefolgt und grinste sie an. »Wollen wir auch?«

Vorsichtshalber wich Sabrina etwas zurück. »Untersteh dich!«

»Spielverderberin!« Er beobachtete, wie Rob Cat untertauchte und sie sich fluchend und Wasser spuckend wieder hocharbeitete. »Hey, Captain. Hast du nicht mehr drauf?«

Sie zeigte ihm kurz den Mittelfinger und stürzte sich wieder auf Rob, der mit ihr zusammen in die Wellen tauchte.

»Mann, bin ich froh, dass Cat es diesmal offenbar gut getroffen hat. Rob scheint in Ordnung zu sein. Vor ihm war sie mit dem größten Arschloch der Truppe liiert. Leider hat sie das anders gesehen.«

Das klang wie eine versteckte Botschaft. Misstrauisch betrachtete sie Rick, aber er schien keine Hintergedanken gehabt zu haben – oder er verbarg es ganz hervorragend. Nach einem letzten Blick auf Cat seufzte er. »Wie gut, dass ich nicht zu Depressionen neige. Überall diese glücklichen Pärchen, das kann einem schon aufs Gemüt schlagen.«

Okay, das war jetzt definitiv eine Anspielung. Sabrina schnaubte empört, aber da wandte sich Rick schon ab.

»Ich heize den Grill an.«

Seufzend sah sie ihm nach. Was sollte sie nur tun? Jeder schien sie und Paul bereits als Paar zu betrachten, dabei hatte er sie noch nicht einmal geküsst.

Ein Schwall Wasser ergoss sich über sie. Ehe sie sich beschweren konnte, landete sie in den Wellen. Aber sie tauchte nicht komplett unter, sondern wurde festgehalten.

»Du darfst gern mitspielen.« Pauls leise Stimme direkt an ihrem Ohr jagte einen Schauer über ihren Rücken. Sein Atem strich warm über ihren Hals.

»Vorsicht, hinter euch!«, rief Joey.

Sabrina erhaschte noch einen Blick auf einen dunklen Schatten, dann sprang Scout sie an. Paul verlor das Gleichgewicht, aber er löste die Umarmung nicht. Im Gegenteil, eng umschlungen landeten sie in der nächsten Welle. Obwohl sie eigentlich keinerlei Probleme im oder unter Wasser hatte, klammerte sich Sabrina an Paul. Wenn es nach ihr ging, konnte er sie für immer festhalten.

So viel zu ihrer Behauptung, es wäre für eine neue Beziehung noch zu früh.

Erst als Cat nach dem Essen das Wort »FBI« erwähnte, kehrte Sabrinas Beklemmung zurück. Eine Zeit lang hatte sie fast vergessen, weshalb die beiden hier waren, und auch die Bedrohung, die immer noch wie ein Damoklesschwert über ihr und vor allem über Joey hing, war für kurze Zeit etwas in den Hintergrund getreten. Die Umgestaltung der Terrasse, der Spaß im Meer, das gemeinsame Essen, alles hatte so normal gewirkt. Die Schüsse und Malcolms Geschäfte waren ihr fast wie ein schlechter Traum erschienen.

Rob und Cat wechselten einen stummen Blick, dann lehnte sich Rob zurück und drehte nachdenklich seinen Kaffeebecher in der Hand. »Das Thema passt nicht ganz in diese traumhafte Umgebung. Aber ihr solltet wirklich wissen, womit ihr es zu tun habt, und ich würde gern die Gelegenheit nutzen, solange Joey mit seinen Computerspielen beschäftigt ist.«

Paul beugte sich vor, seine plötzliche Anspannung war unverkennbar.

Nach Robs ersten Sätzen wirbelten Sabrinas Gedanken durcheinander. Geldwäsche, Korruption, ein toter FBI-Agent. Gemeinsame Ermittlungen von Steuerbehörde und FBI. Ein bekannter Unternehmer und vermutlich noch ein skrupelloser Unbekannter im Hintergrund, der unglaublich viel Einfluss haben musste, und mittendrin ihr Exmann Malcolm. Wut stieg in ihr auf und vernebelte ihren Verstand. Sie sprang auf und schlug mit der Faust auf den Tisch. »Ich begreife es nicht! Reicht es denn nicht, genug Geld für ein komfortables Leben zu haben? Muss es immer mehr und mehr sein? Ich könnte ihn *umbringen*. Jetzt. Sofort. Und was hat es mit den Schüssen auf sich? Mit dem Giftköder für die Hunde? Und vor allem mit der Drohung gegen Joey? Ich verstehe das alles nicht.«

Tränen schossen ihr in die Augen, die sie entschlossen wegwischte. Sie würde nicht heulend zusammenbrechen, nur weil sich bestätigte, was sie schon immer geahnt hatte: Malcolm hatte sich im Lauf der letzten Jahre in ein Arschloch verwandelt. Vermutlich war die Veranlagung dazu schon immer da gewesen, sie hatte es nur nicht gemerkt. Denn man gab wohl kaum von heute auf morgen der Versuchung nach, mit kriminellen Machenschaften sein Geld zu verdienen, wenn man dafür sämtliche moralische Bedenken über Bord werfen musste.

Sichtlich bedauernd zuckte Rob mit der Schulter. »Die Agenten wissen nur, dass bei den Verdächtigen, die sie überwachen, seit einigen Tagen ziemliche Hektik ausgebrochen ist. Leider sind sie zu clever, um ihre normalen Handys zu nutzen. Aber ihre Nerven, und das schließt deinen Exmann ausdrücklich ein, liegen offenbar blank. Und diese ganze Betriebsamkeit ging an dem Tag los, an dem du untergetaucht bist. Bist du sicher, dass du nicht irgendetwas aufgeschnappt hast, das die

Mistkerle nervös machen kann? Niemand beim FBI glaubt an einen Zufall.«

Sabrina schüttelte den Kopf. »Darüber habe ich schon die ganze Zeit nachgedacht. Ich habe sogar nachgesehen, ob ich aus Versehen etwas von Malcolm eingepackt habe. Aber da ist nichts, und ich weiß nichts.« Ein erschreckender Gedanke durchfuhr sie. »Ich hoffe, ihr glaubt mir«, brachte sie mit zitternder Stimme hervor. »Mir war das Ausmaß seiner krummen Geschäfte einfach nicht klar.«

Paul griff nach ihrer Hand und zog sie zurück auf den Stuhl. »Beruhige dich, Brina. Wenn jemand hier am Tisch glauben würde, dass du da mit drinsteckst, hätte Rob dir nichts über den Stand der Ermittlungen gesagt.«

»Stimmt«, bestätigte Rob sofort.

Cat legte ihr eine Hand auf den Arm. »Die ganzen Ermittlungen sind sehr hoch aufgehängt, es war nicht einfach, an die Informationen heranzukommen. Ich gebe auch zu, dass wir uns nicht ganz sicher waren, was deine Rolle in diesem Spiel betrifft, aber nun sind wir es!«

Erst jetzt wurde ihr klar, dass sie in gewaltigen Schwierigkeiten steckte, wenn die Behörden annahmen, dass sie nicht nur über Malcolms Geschäfte informiert, sondern vielleicht sogar daran beteiligt war.

»Was soll ich denn nun machen?« Sie hasste sich dafür, wie unsicher sie sich anhörte, aber sie wusste einfach nicht weiter. Endlich hatte sie die Konsequenzen gezogen und genug Kraft für einen Neuanfang aufgebracht, und nun war sie direkt im Chaos gelandet.

Wieder ein stummer Blickwechsel zwischen Rob und Cat. Dann lehnte sich Rick, der bisher nur aufmerksam zugehört hatte, seufzend zurück. »Spuck es schon aus, Cat. Ich sehe dir doch an, dass da noch mehr ist.«

Rob grinste flüchtig. »An ihrem Pokerface muss sie wirklich noch arbeiten. Übernimm du den Rest, Kätzchen.«

Cat nickte knapp und drückte Sabrinas Arm. »Das wird euch noch viel weniger gefallen. Die gute Nachricht ist, dass die Ermittlungen innerhalb der nächsten zwei Wochen abgeschlossen sein sollen. Die Anklageerhebung scharrt schon mit den Hufen und will endlich loslegen. Der Fall bindet erhebliche Mittel, und die Verantwortlichen ganz oben wollen endlich Resultate sehen. Das ist dann aber zugleich auch die schlechte Nachricht. Denn wenn die Behörden Druck aufbauen, kann es auch auf der Gegenseite zu Kurzschlussreaktionen kommen, und die Leute werden unberechenbarer und gefährlicher, wenn jeder nur noch seine Haut retten will.«

»Wenn die Sache erst bei der Staatsanwaltschaft liegt, ist wenigstens ein Ende absehbar«, überlegte Paul laut. Dann legte er den Kopf in den Nacken und blickte in den wolkenlosen Himmel. »Auch wenn du es nicht gern hörst, Brina, es *muss* einen Grund geben, warum du in ihr Visier geraten bist.«

Sie wollte heftig widersprechen, aber Paul sah sie direkt an. »Ich rede nicht von etwas, das dir bewusst sein muss! Es kann auch eine zufällige Beobachtung sein, deren Bedeutung dir gar nicht klar ist. Fakt ist jedenfalls, dass du und dadurch natürlich auch Joey die nächsten Tage in echter Gefahr schweben. Darauf müssen wir uns einstellen.«

Sabrina schluckte und nickte.

Paul wandte sich an Rob. »Was ist mit Joeys Klassenkameraden und diesem Surfer aus New York? Konntest du da was rausfinden?«

»Ich nicht, aber ein Freund, der zufällig ein Genie am Computer ist. Dieser Spencer Carter ist extrem undurchsichtig. Auf den ersten Blick ist alles in Ordnung, aber uns ist er ein bisschen zu glatt. Es ist nicht ausgeschlossen, dass sein gesamtes Leben ein Fake ist, also eher eine Tarnung, denn er scheint erst seit vier Jahren wirklich zu existieren.«

»Sein gesamtes Leben ein Fake? Was habt ihr euch denn angesehen?«, hakte Sabrina ratlos nach.

»Seine Kreditkartenumsätze, seine Steuerdaten und solche Dinge. Und das war alles ein wenig zu sauber, zu regelmäßig. Keine spontanen Käufe oder Reisen, jede Woche fast das gleiche Programm. Und nebenbei ist sein Wagen auf eine Firma zugelassen, die offensichtlich nur auf dem Papier existiert und keine Angestellten hat.«

»Darf man jemanden einfach so ausforschen?«

Die Frage hätte sie am liebsten sofort zurückgezogen. Robs Grinsen sagte ihr genug. »Wir haben lediglich einen möglichen Geschäftspartner überprüft«, antwortete er mit einem Zwinkern.

»Und was ist mit Steves Vater, Charles Snyder? Der hat sich ja für heute Abend in Heart Bay angekündigt.«

Rob kratzte sich am Kopf. »Schwierig. Seine Einkünfte laut Steuererklärung passen nicht ganz zu seinem Lebensstil. Mehr Unstimmigkeiten haben wir nicht gefunden. Er ist freiberuflicher Berater. Vielleicht gibt er nicht alle Aufträge an. Alles, was wir uns angesehen haben, sah harmlos aus.«

Rick beugte sich etwas vor. »Höre ich da ein Aber?«

»Ja, aber nur ein schlechtes Gefühl. Mir ist der Zufall, dass der ausgerechnet jetzt hier auftaucht, ein wenig zu groß. Außerdem sollte ja eigentlich niemand wissen, wo ihr euch aufhaltet, aber ich fürchte, davon sollten wir nicht ausgehen.«

»Du meinst Joeys Handy?«, fragte Paul nach.

Rob nickte. »Soweit ich verstanden habe, hat er eine neue Nummer bekommen, aber das bringt nichts, wenn er seine alten Kontakte behalten hat.«

»Steve war sein einziger Freund. Ich dachte nicht, dass …«
Sabrina seufzte. »Ach Mist, mein Fehler«, gab sie zu.

»Aber ein sehr verständlicher«, verteidigte Paul sie sofort.

»Mom!« Joeys lauter Ruf ließ alle Anwesenden zusammenzucken. Laute Schritte, dann hatte ihr Sohn sie erreicht. Er
hielt seinen Tablet-PC an die Brust gedrückt, seine Augen waren weit aufgerissen. Mit zitternder Hand reichte er das Gerät
nicht ihr, sondern Paul. »Du bist doch Anwalt. Ist das da wirklich wahr? Ich will nicht zurück, sondern mit Mom bei dir bleiben.«

Sabrina widerstand nur mühsam der Versuchung, das Tab
einfach an sich zu reißen. Paul sah kurz auf das Display. Seine
Augen verengten sich zu Schlitzen, seine Kiefermuskeln traten deutlich hervor. »Du musst das so sehen, Joey: Dein Vater
vermisst dich und möchte auch gern mit dir zusammen sein,
aber letztlich wird ihm dein Wohlergehen am wichtigsten sein.
Wenn du hier glücklich bist, wirst du auch hierbleiben. Ich lasse nicht zu, dass du oder deine Mom gegen euren Willen zurückkehren müsst. Versprochen. Wenn dein Vater mit dir Zeit
verbringen will, kann er das gern tun. Hier in Heart Bay.«

»Gut. Aber ich verstehe das nicht, sonst war doch auch seine
Arbeit immer wichtiger als alles andere. Was soll ich denn zu
Hause herumsitzen, wenn er sowieso keine Zeit für mich hat?«

»Das sehe ich auch so. Sag mal, tust du mir einen Gefallen
und siehst mal nach, ob du noch Eis im Tiefkühlfach findest?
Ich glaube, auf den Schreck können wir alle eins vertragen.«

»Klar. Mache ich.«

Paul wartete, bis der Junge außer Hörweite war, dann reichte er das Tablet nicht ihr, sondern Rob. »Eine WhatsApp mit
angehängtem Worddokument an Joey, in der sein Vater ankün-
digt, gegen das Scheidungsurteil und die Sorgerechtsvereinbarung vorzugehen. Er bietet dem Jungen an, dass er und sei-

ne Mutter sofort zurückkehren können … wobei das für mich eher wie eine Drohung klingt.«

»Scheißkerl«, entfuhr es Rob. »Aber nun wissen wir, dass er und damit auch sein Verbrecherkumpel wissen, wo ihr euch aufhaltet. Auf welcher Basis wurde die Scheidung ausgesprochen?«

Sabrina atmete tief durch, der Schock saß tief. »Ich konnte ihm zwei außereheliche Affären nachweisen, dazu kam, dass er kaum Zeit zu Hause verbracht hat, nämlich nur wenige Stunden in der Woche. Versäumen sämtlicher Schulveranstaltungen.« Verdammt, sie spürte, dass sie rot wurde, aber sie musste das erwähnen. »Und seit, ähm, Monaten, eher seit Jahren keinerlei, ähm, eheliche Beziehungen mehr. Das Ganze über einen Zeitraum von drei Jahren dokumentiert und die letzten zwölf Monate dann die erforderliche konsequente Trennung unserer Leben, das hat der Richterin gereicht.«

Paul nickte langsam. »Klingt erst einmal gut. Leider wirft er dir im letzten Satz Kindesentzug über eine Staatsgrenze vor. Das könnte einen Richter veranlassen, sich das Verfahren noch einmal genau anzusehen.«

»Das stimmt aber nicht. Ich habe ihm sofort geschrieben, dass es uns gut geht und ich im Moment nur sämtliche Streitereien von Joey fernhalten möchte. Das Kind kennt ja nur noch Zank und Streit oder Gleichgültigkeit. Das musste aufhören.« Ohne es zu wollen, war Sabrina mit jedem Wort lauter geworden.

Rob schob ihr das Gerät zu. »Damit hat Paul schon genug in der Hand, um in Abstimmung mit deiner kalifornischen Anwältin einen Widerspruch einzulegen oder, noch besser, proaktiv sämtliche Gründe im Vorfeld auszuräumen. Es geht ja nicht um eine Flucht mit dem Kind, sondern um einen ganz normalen Urlaub bei deinen nächsten Verwandten.« Rob grinste Paul an. »Na ja, zumindest offiziell. Aber ich würde mich da sofort ranmachen. Das ist zwar nicht mein Spezialgebiet, aber wenn du Hilfe brauchst, bin ich dabei.«

Rick leerte seinen Kaffeebecher in einem Zug und knallte ihn auf die Tischplatte. »Statt anwaltliche Schreiben aufzusetzen, würde ich mit dem Dreckskerl lieber unter vier Augen reden. Was will er nur von Sabrina, dass er solche Geschütze auffährt? Den liebenden Vater nehme ich ihm keine Sekunde lang ab.«

Paul fuhr sich durchs Haar. »Ich auch nicht. Wir wissen nun zwar, dass wir die beiden beschützen müssen, aber mir ist immer noch nicht klar, wovor eigentlich.«

Schweigen breitete sich aus. Jeder hing seinen eigenen Gedanken nach, dann kehrte Joey mit zwei Eisbehältern und einem Stapel Schüsseln zurück. Dicht an seiner Seite lief Scout, während Shadow ihnen mit etwas Abstand folgte.

Rick schmunzelte. »Die Aufgabenteilung scheint klar zu sein, Paul. Die Hunde übernehmen Joey, und du Sabrina.«

»Oh, Mist, ich habe die Löffel vergessen.« Joey stellte die Sachen auf dem Tisch ab und rannte zurück.

Rob sah ihm lächelnd nach. »Seid ihr sicher, dass ihr das allein hinbekommt? Cat und ich könnten länger hierbleiben oder auch noch einige Freunde dazuholen.«

Statt Paul antwortete Rick: »Danke für das Angebot, ich weiß das zu schätzen und komme sofort darauf zurück, wenn es notwendig wird. Aber das Haus hier ist ziemlich leicht abzuriegeln, ich denke, wir bekommen es hin.«

»Eure Entscheidung. Aber wir bleiben in engem Kontakt! Mit dem Flieger können wir in ein paar Stunden hier sein. Was ist eigentlich mit dem Sheriff?«

Paul seufzte. »Mit dem bin ich befreundet. Ich rede morgen mit ihm, verkaufe es ihm irgendwie, dass wir uns hinter seinem Rücken Informationen vom FBI besorgt haben, und bitte ihn, regelmäßig einen Streifenwagen hier und bei Inga vorbeizuschicken. Ein bisschen Polizeipräsenz kann nicht schaden.«

Rick wirkte zwar nicht überzeugt, widersprach aber auch nicht.

13

Rick blieb stehen, als sein Haus vor ihnen lag. Cat stieß einen schrillen Pfiff aus. »Was für eine Lage! Hinten der Wald, vorne der Pazifik. Du hast es verdammt gut getroffen. Allerdings hätte ich nie gedacht, dass du hierher zurückkehrst.«

»Hatte ich auch nicht vor. Warte, bis du es von drinnen gesehen hast. Den Rest erzähle ich dir auf der Terrasse.«

Ohne das Haus aus den Augen zu lassen, nickte Cat. »Aber dann die vollständige Version.«

Deutlicher musste sie nicht werden. Er hatte schon darauf gewartet, dass sie oder ihr Freund ihn in die Zange nahmen. Schließlich war ihre Firma ein gut gehütetes Geheimnis. Das Eis war noch nicht aufgegessen gewesen, als sie schon beschlossen hatten, dass Paul und Rob sich sofort an das Schreiben setzen würden, das sämtliche mögliche Angriffspunkte der Sorgerechtsvereinbarung von vornherein entschärfen würde. Sabrina und Joey spielten mit den Hunden am Strand und waren dort in Sicherheit. Rick und Cat hatten zunächst die Sicherheitseinrichtungen von Pauls Haus überprüft, für ausreichend erklärt und dann beschlossen, einen kurzen Spaziergang zu Ricks Haus zu unternehmen. Rick war klar gewesen, dass es Cat nicht nur darum ging, alte Erinnerungen aufzufrischen.

»Ich bin nicht sicher, ob es dir aufgefallen ist, aber da ist ein Loch in deinem Dach!«

Ihr schelmisches Grinsen hatte er schon früher gemocht, und es hatte eine Zeit gegeben, in der er gern mehr als ihr

Freund und Kamerad gewesen wäre. Damals hatte sie jedoch nur Augen für den aus seiner Sicht falschen Kerl gehabt. Wenn heute nicht offenkundig gewesen wäre, dass sie und Rob sehr glücklich miteinander waren, hätte er ernsthaft über einen Versuch nachgedacht. Aber so wusste er, dass er sich auf einen aussichtslosen Kampf einlassen würde. Und das schied schon deshalb aus, weil er ihren Anwalt mochte.

»Ja, ich habe das schon bemerkt, vermutlich, weil ich mitgeholfen habe, es reinzuschlagen. Komm, sieh es dir von drinnen an.«

Mit leuchtenden Augen sah sich Cat im Inneren des Hauses um. »Das wird ein Traum. Ich kann mir schon vorstellen, wie es sein wird, wenn es fertig ist. Also, das mit dem Whirlpool draußen … ich muss mit Rob reden.«

Es war typisch für Cat, dass sie sich zwar ganz offenkundig fragte, wie er sich das Ganze leisten konnte, aber nicht nachfragte.

»Tu das. Paul denkt wegen des Whirlpools auch schon nach. Ich sollte wohl mal über eine Vermittlungsprovision verhandeln.«

»Tu das, das könnte sich lohnen. Ich könnte mir nämlich vorstellen, dass Robs Brüder auch nachziehen würden.«

»Wie viele hat er denn?«

»Vier.«

»Gehört dieser Reporter auch dazu, der die Waffengeschäfte aufgedeckt hat?«

»Ja.«

Rick runzelte kurz die Stirn. »Warte mal, das war dann wohl auch der Anlass, weshalb du in Afghanistan warst, oder?«

Sie wirbelte zu ihm rum. »Langsam reicht es mir, wie gut du offenbar informiert bist.« Sie wollte offenbar noch mehr sagen,

215

sah aber plötzlich an ihm vorbei und ging zu seinem provisorischen Wohnzimmertisch.

Er fluchte. Nun konnte er jede wohlüberlegte Erklärung vergessen.

Mit einem Buch in der Hand drehte sie sich zu ihm um. »Der Thriller erscheint erst nächsten Monat.«

»Stimmt. Das ist ein Vorabexemplar für den Autor.«

Ihre Verwirrung wurde von Fassungslosigkeit abgelöst, und er musste lachen. Sanft bugsierte er sie auf die Terrasse und in einen Stuhl. »Ich hole uns was zu trinken und erkläre dir alles.«

Als er mit zwei Flaschen Bier zurückkehrte, hatte sie die letzte Seite mit den Danksagungen aufgeschlagen. »In jedem Buch wird ein Colonel S. als wichtigster Ratgeber erwähnt. Ist damit der Alte gemeint? Colonel Shoemaker? Und bist das da«, sie tippte auf den Autorennamen auf dem Cover, »wirklich du?«

Rick nickte, hob sein Bier zu einem stummen Gruß. Klirrend schlugen die Flaschen gegeneinander.

Cat lächelte ihn an. »Vor unserem Abflug habe ich endlich den letzten Band verschlungen. Rob liebt deine Bücher übrigens auch. Ich fasse es nicht. Dabei liegt es ja sogar auf der Hand. Richard P. Ashley. Rick, Paul und Ash. Du hast viel von deinen Freunden geredet. Damals.«

»Richtig.« Nachdenklich betrachtete er seinen Namen auf dem Cover. »Ich schreibe unter einem Pseudonym, und das soll auch so bleiben. Es gab wegen des ersten Buchs schon genug Ärger mit den Marines, obwohl ich mir vor der Veröffentlichung alle erforderlichen Genehmigungen geholt habe.«

»Wo war das Problem? Geheimnisse verrätst du ja nicht gerade. Ging es um die Kritik, die du unterschwellig mit einfließen lässt? Ich fand die sehr auf den Punkt gebracht.«

»Nein, das war es nicht. Ich weiß es nicht sicher, aber vermutlich hat meinem Vorgesetzten die Vorstellung nicht gepasst, dass ich nebenbei ziemlich gutes Geld verdiene. Dabei habe ich mit dem Erfolg selbst nicht gerechnet. Shoemaker hat ein paar Seiten einer Geschichte, an der ich mich mal probiert habe, einem Freund gezeigt, der aus der Verlagsbranche stammt, und damit kam alles in Gang. Es war nie so geplant, aber ich werde mich deswegen sicher nicht beschweren. Ich liebe es, die Geschichten zu entwickeln und dann aufzuschreiben.«

»Das merkt man beim Lesen, wahrscheinlich bist du deshalb so erfolgreich. Hast du wegen des Ärgers den Dienst quittiert?«

»Ja, auch, aber nicht nur. Klar hat es mich geärgert, dass mir meine Beförderung aus durchsichtigen Gründen verweigert wurde, aber es hat mich auch zunehmend genervt, dass man nichts wirklich ändern kann. Dieses enge Befehlskorsett wurde unerträglich. Wenn es mehr Leute wie den Alten geben würde, wäre das anders. Für Shoemaker würde ich heute noch durchs Feuer gehen.«

»Ich auch. Kennst du die Geschichte, wie er seinen Job riskiert hat, um Rob und mich aus einer wirklich üblen Lage zu befreien?«

»Nein, die hat er mir verschwiegen. Aber wir haben hin und wieder über dich gesprochen. Ich wollte wissen, wie es dir geht.«

»Dann hättest du dich auch ruhig bei mir melden können.«

»Da hast du recht. Es klingt wie eine billige Ausrede, aber ich wusste nicht, wie ich den Anfang machen sollte. Dabei hatte Shoemaker mir noch geraten, mit dir zu reden.« Er tippte auf das Buch. »Nach diesem Band ist Schluss mit den Geschichten rund um die Marines. Ich habe vor einigen Tagen das erste Manuskript einer neuen Reihe beendet, in der es um

Aufträge geht, hinter denen die Regierung offiziell nicht stehen kann und will.«

»Und da hat er erwähnt, dass Rob und ich in dem Geschäft tätig sind«, überlegte Cat laut.

»Ja, aber er weiß auch, dass ich das niemals irgendwo ausplaudern würde. Ich hoffe, du weißt das auch.«

Cat prostete ihm zu. »Wenn ich dir nicht vertrauen kann, wüsste ich nicht, wem dann. Sag mal, wissen deine Freunde, wer du bist?«

Rick sah aufs Meer hinaus.

Schmunzelnd lehnte sich Cat zurück. »Du bist so was von fällig, wenn sie es erfahren!« Sie machte eine Handbewegung, die das ganze Haus umfasste. »Außerdem sind sie nicht blöd und werden sich längst fragen, woher du das Geld hast, um das hier alles so kostspielig umzubauen.«

»Ich weiß. Aber ebenso wie du vorhin sind sie zu rücksichtsvoll, um direkt nachzufragen. Und nun erzähl mir, wie du Rob kennengelernt hast.«

Bereitwillig ließ sich Cat auf den Themenwechsel ein. »Aber wehe, wir enden als Geschichte in einem deiner Bücher.«

Paul drückte auf »Senden« und rieb sich erleichtert über den verspannten Nacken. »Danke für deine Hilfe, Rob.«

»Kein Problem. Ich bin froh, dass die Anwältin so gut mitgespielt hat. Das Telefonat mit ihr war schon wichtig. Und ich verstehe gut, dass du das Schreiben doch lieber sofort erledigt haben wolltest.«

Paul schob einen Stapel Bücher so energisch zur Seite, dass sie beinahe vom Tisch gefallen wären. »Schon, aber so hast du dir deinen freien Tag ja bestimmt nicht vorgestellt.«

Lächelnd schüttelte Rob den Kopf. »Ach was. Bei dieser Aussicht fällt es sogar leicht, solche dämlichen Texte zu verfas-

sen. Bist du immer noch sicher, dass du den Rest allein hinbekommst? Ich will bestimmt nicht an deinen Fähigkeiten zwei-
feln, aber deine Waffen sind eher Paragrafen als Pistolen.«

Nachdenklich sah Paul seinen alten Freund an. »Eigentlich
würde ich zu dir das Gleiche sagen. Aber ich glaube, bei dir hat
sich einiges verändert, oder?«

»Wie kommst du darauf?«

»Du wirkst anders, als ich dich in Erinnerung hatte. Härter,
aber auch zufriedener. Und Cat ... sie hat ja erwähnt, dass ihr
zusammenarbeitet, aber sie sucht dir bestimmt keine Grund-
satzurteile raus.«

Rob lachte. »Nein, das würde nun wirklich nicht zu ihr passen.« Er zögerte, stand dann auf. »Die Zeit reicht noch für eine
kurze Zusammenfassung, aber nicht ohne Bier. Ich hole uns
zwei Flaschen.«

Paul vergaß sein Bier komplett, während Rob ihm zunächst
von seiner wachsenden Unzufriedenheit mit seinem Job und
seinem Leben, der Begegnung mit Cat, dem Kampf gegen Ter-
roristen im Yosemite Nationalpark und seiner neuen Firma erzählte. Fassungslos trank er schließlich einen Schluck und verzog das Gesicht. Das kalte Getränk hatte sich in eine warme
Brühe verwandelt.

Er wusste nicht, was er sagen sollte. »Danke für dein Vertrauen«, begann er schließlich.

»Ich muss aber nicht erst betonen, dass du darüber bitte
nicht sprichst, oder? Wobei: Dein Freund Rick weiß über unsere Jobs auch Bescheid. Aber frag mich bitte nicht, woher. Cat
hat es übernommen, das zu klären. Ist meine eigentliche Botschaft bei dir angekommen?«

Ratlos sah Paul ihn an. »Deine eigentliche Botschaft?«

Robs Grinsen milderte sein demonstratives Augenrollen.
»Mein bester Freund und meine Brüder haben bemerkt, dass

ich dabei war, mir mein Leben zu versauen. Ich nicht. Ohne ihre Initiative würde ich heute noch den falschen Job ausüben und hätte wahrscheinlich die falsche Frau geheiratet. Jetzt klar? Oder soll ich dir eine Skizze machen?«

»Nein danke, nicht nötig. *Jetzt* weiß ich, was du meinst. Ich denke darüber nach.«

»Gut. Es würde nämlich zu meinem intelligenten und warmherzigen Freund nicht passen, wenn er sich von der Vergangenheit seine Zukunft kaputtmachen ließe.«

Mehr auf der Suche nach einer Ablenkung als aus Durst trank Paul noch einen Schluck. Vom Strand her drangen Hundegebell und Sabrinas Lachen an sein Ohr. Er fühlte sich wie jemand auf dem Drei-Meter-Brett, der sich nicht zu springen traute. Wobei der Vergleich fürchterlich hinkte, er war immer gesprungen, ohne zu zögern, auch von höheren Sprungtürmen. Sollte und konnte er sich wirklich auf eine Beziehung einlassen? Mit einer Frau, die ihre eigene unschöne Vergangenheit und ein Kind mitbrachte? Sein Magen krampfte sich zusammen. Er blickte auf den Blumenkübel auf der Terrasse, der aussah, als ob er dort schon immer gestanden hätte. Sabrina hatte Farbe in sein Leben gebracht, nicht nur ein paar Pflanzen und Lampen in sein Haus.

»Sie hat ein Kind«, brach es aus ihm heraus.

»Und du einen Hund.«

Die verquere Logik brachte Paul zum Schmunzeln.

Rob zwinkerte ihm zu. »Außerdem vergöttert der Junge dich jetzt schon, Problem abgehakt. Noch mehr Einwände, Herr Anwalt?«

»Keine, die du nicht sofort zerpflücken würdest.«

Rob wollte etwas sagen, aber ein gewaltiger Knall ließ die Fensterscheiben am Haus klirren.

»Was …?«

Scout kläffte wie verrückt. Ohne nachzudenken sprang Paul auf und rannte zum Strand. Sabrina und Joey sahen ihn erschrocken an, waren aber offenkundig in Ordnung. Dann andere Richtung. Dorthin, wo die Explosion stattgefunden hatte.

»Ihr bleibt hier«, befahl er und sprintete zurück.

Vorm Haus angekommen blieb Paul stehen, hustete und rieb sich über die brennenden Augen. »Das ist doch nicht wahr?«

Rick und Cat waren ebenfalls schon eingetroffen. Beide hielten Pistolen in der Hand, sicherten die nähere Umgebung und verständigten sich dabei mit Handzeichen.

Rob zog sich den Kragen seines T-Shirts über den Mund. Paul folgte seinem Beispiel. Immer noch stieg schwarzer, beißender Qualm von dem Haufen Blech auf, der noch wenige Augenblicke zuvor ein Mercedes gewesen war.

»Hast du einen Feuerlöscher? Der Wagen ist verloren, aber …«

Darauf hätte er auch selbst kommen können. Paul rannte zu seinem Pick-up und holte den Feuerlöscher hinter dem Fahrersitz hervor. Während er versuchte, die Flammen zu ersticken, riss Rob die Tür von Sabrinas Wagen auf. Hustend löste er die Handbremse. »Rick, hilf mir mal!«

Gemeinsam schoben sie den Wagen zurück, bis er aus dem unmittelbaren Gefahrenbereich heraus war.

Jemand rannte an Paul vorbei. Sabrina. Konnte die Frau denn nicht mal den einfachsten Befehl befolgen? Statt im Haus zu warten, rannte sie zu ihrem Wagen und holte einen Feuerlöscher aus dem Kofferraum, der wie ein Spielzeug aussah. Aber er hatte das Teil unterschätzt. Sein eigenes Gerät gluckerte und war dann leer. Sabrina gab den letzten Flammen den Rest, als hätte sie nie etwas anderes getan.

»Nächstes Mal musst du etwas gezielter vorgehen und die

Flammen systematisch ersticken, am besten von vorn nach hinten«, belehrte sie ihn.

Mit zuckenden Mundwinkeln nickte Rick. »Da hat sie recht. Woher kennst du dich damit aus?«

»Das Frauenhaus, in dem ich geholfen habe, war ein Altbau. Jeder musste zur Feuerwehr und eine Schulung machen.« Kopfschüttelnd betrachtete sie das geschmolzene Metall. »So was gehörte aber nicht zum Programm dort.«

Rob grinste sie an. »Das wäre auch etwas teuer. Ich fürchte, unser Rückflug hat sich gerade erledigt. Es wird Ewigkeiten dauern, die Formalitäten zu regeln.«

Mit grimmiger Miene kehrte auch Cat zu ihnen zurück. »Spuren eines Geländewagens. Der Typ ist über alle Berge. Ich tippe auf einen Zeitzünder. Habt ihr schon die nette Botschaft entdeckt?« Sie deutete auf einen Punkt hinter Pauls Rücken. Alarmiert fuhr er herum.

»Gib es zurück, oder das Kind ist tot!«, stand dort in blutroten Buchstaben an die Hauswand geschmiert. Ein Kreuz sollte die Wirkung wohl noch verstärken. Wut kochte in Paul hoch, und Sabrina wich leichenblass einen Schritt zurück.

Er griff nach ihrer Hand. »Wo ist Joey?«

»Unten am Strand, mit den Hunden. Ich muss zu ihm.« Sie riss sich los und rannte davon.

Paul sah ihr kurz nach, dann suchte er den Bereich über der Tür ab. Schließlich atmete er tief durch. »Diese Mistkerle haben die Kamera über der Tür nicht entdeckt.«

Die gesamte Aufmerksamkeit konzentrierte sich auf ihn. Rick war der Erste, der breit grinste. »Dann lass uns die Bilder mal ansehen und den Sheriff anrufen.«

Paul schmunzelte. »Die Reihenfolge ist bestimmt kein Zufall.«

»Nö.« Rick zwinkerte ihm zu.

Die Bilder der Überwachungskamera konnte Paul von seinem Laptop abrufen, hatte das bisher jedoch noch nie benötigt. Dennoch gelang es ihm problemlos – trotz der gespannten Männer und Frauen, die sich ungeduldig um ihn herum scharrten.

Mit der Maus navigierte er über den Zeitstrahl und stoppte erschrocken, als Cat und Sabrina gleichzeitig »Da!« schrien. Er drehte sich zu ihnen um. »Danke! Ich habe die beiden auch gesehen und wäre froh, wenn mein Trommelfell morgen noch intakt wäre.«

Die Frauen schnaubten absolut synchron, als hätten sie es einstudiert.

Grinsend drückte er auf den Play-Button und dann sofort wieder auf Pause. »Sekunde«, bat er, als nun auch noch Rick Luft holte und etwas sagen wollte. Paul zoomte das Gesicht des Mannes, der sich gerade auf den Mercedes zubewegte, dichter heran. »Ich kenne den Kerl. Das ist ein Idiot, der für ausreichend Geld alles erledigt und auch einer Oma die Handtasche klauen würde.«

»Woher kennst du den? Und hat der Idiot auch einen Namen?«

»Ab und zu helfe ich Winston, dabei hatte ich auch schon mit dem Typen zu tun. Geistig ist der ziemlich beschränkt. Letztes Jahr hat er für einen Geschäftsmann dessen eigenes Lokal angezündet. Wenn er nicht ausgepackt hätte, wäre er lebenslänglich in den Knast gegangen, denn der Koch war noch in dem Laden und ist gerade so noch rausgekommen, als der Kerl ziemlich professionell das Gebäude in Brand gesteckt hat. Ich habe erst dafür gesorgt, dass ihm klar wird, was ihm droht, wenn er nicht auspackt, und ihm danach geholfen, damit der Staatsanwalt sein Geständnis auch ausreichend würdigt. Ich hätte allerdings gedacht, dass er noch einsitzt.«

»Tja, die Gefängnisse sind voll«, warf Rick ein. »Besonders dankbar scheint er dir ja nicht zu sein. Hast du eine Ahnung, wo man ihn findet?«

»Er wohnt in einem Trailerpark nordöstlich von Heart Bay. Sein Wagen ist leicht zu erkennen – die einzige Rostlaube dort, der Rest des Parks ist gepflegt und wird überwiegend von Rentnern bewohnt.«

Ricks Gesichtsausdruck machte Paul klar, dass es ein Fehler gewesen war, seinem Freund so detaillierte Hinweise zu geben, wo er den Mann finden konnte. Ehe jemand etwas sagen konnte, sprintete Rick davon.

Rob sah ihm nach. »Mist, es wäre besser gewesen, wenn ihn jemand begleitet hätte.« Ein schwarzer Schatten jagte Rick nach. »Ich meine, außer seinem Hund.«

Beruhigend legte Cat ihm eine Hand auf die Schulter. »Lass ihn. Er weiß schon, was er tut.« Etwas leiser fügte sie hinzu: »Hoffe ich.«

Rick parkte seinen Wagen vor der Einfahrt des Trailerparks. Paul hatte nicht übertrieben: Alles wirkte übermäßig gepflegt, regelrecht bieder und langweilig. Blumenkästen vor den Wagen, die Wege ordentlich geharkt. Abschätzend betrachtete er seinen Beifahrer. Wenn Shadow schon so gut ausgebildet gewesen wäre wie Scout, hätte er keine Sekunde gezögert, so verließ er sich lieber auf seine Neunmillimeter. »Sorry, Kumpel, aber du wirst hier schön brav warten. Ich bin gleich zurück.«

Der Hund winselte leise, als hätte er ihn verstanden. Rick ließ die Fensterscheiben halb herunter, damit es nicht zu heiß im Wagen werden konnte, und stieg aus.

Die Empfangshütte im Eingangsbereich des Parks war verlassen. Das kam ihm entgegen, so würde niemand Erklärungen verlangen, was er hier trieb. Langsam schlenderte er die Wege entlang, beantwortete neugierige Blicke mit einem freundlichen Lächeln. Niemand sprach ihn an. Dann entdeckte er unter den ausladenden Ästen einer Kiefer einen Anhänger, der in der gepflegten Umgebung wie ein Fremdkörper wirkte. Die Außenhaut des Trailers war verdreckt, die Scheiben fast undurchsichtig. Laute Musik drang aus dem Inneren. Gut, seine Zielperson war offenbar da.

In einem weiten Bogen näherte sich Rick dem Wohnwagen von der Rückseite, spähte dann vorsichtig durchs Fenster. Treffer. Den einen Kerl hatte er auf dem Video gesehen, und der andere trug das gleiche Tanktop mit Drachenemblem auf dem Rücken wie der zweite Mann, den die Überwachungskamera nur kurz von hinten erwischt hatte. Der Menge an leeren Bierdosen auf dem Tisch nach zu urteilen, feierten die Kerle ausgiebig ihr Verbrechen oder verprassten ihre Entlohnung. Es wäre ein Kinderspiel, die fälligen Antworten einzufordern.

Viel zu spät schlugen seine Instinkte Alarm. Er hatte sich zu sehr auf das konzentriert, was vor ihm passierte. Irgendwas war … er wollte sich umdrehen, brachte die Bewegung aber nicht zu Ende. Etwas traf mit Brachialgewalt seinen Hinterkopf, dann wurde alles schwarz.

Stechende Kopfschmerzen drangen langsam in Ricks Bewusstsein. Dann hörte er einen leisen Fluch, und in der nächsten Sekunde wurde ihm etwas aus der Hand gewunden. Er wusste weder wo er war, noch was man ihm da entriss. Die Augen zu öffnen war reinste Schwerstarbeit, aber es gelang ihm dennoch. Es dauerte einige Sekunden, bis das unscharfe Bild Konturen annahm.

Entsetzen verdrängte die Kopfschmerzen. Er wollte sich aufrichten, wurde aber mit Bestimmtheit zurückgedrückt.

»Langsam, mein Junge.«

225

Die Stimme kannte er, konnte sie aber so schnell nicht einordnen. Er drehte den Kopf zu schnell, wieder war seine Sicht vernebelt, dann klärte sie sich. Winston. Er stöhnte unwillkürlich auf, und das lag nicht an dem Pochen in seinem Schädel. Vor ihm zwei tote Männer, direkt neben seiner Hand ein Messer. Man musste kein Genie sein, um aus den Indizien die richtigen Schlussfolgerungen zu ziehen.

Mit undurchdringlicher Miene half Winston ihm hoch und drückte ihn in einen abgewetzten Sessel. »Fühlst du dich gut genug, um mir zu erklären, was hier los war?«

Die Frage überraschte Rick, aber er würde sich die Chance zu einer Erklärung nicht entgehen lassen. »Paul konnte einen der Typen identifizieren, die für die Schmiererei an der Wand und die Explosion verantwortlich waren.« Er stockte. »Weißt du darüber überhaupt schon Bescheid?«

Winston nickte, und Rick fuhr fort: »Gut. Ich bin hergefahren, weil ich wissen wollte, für wen sie gearbeitet haben. Ich bin von hinten gekommen und habe idiotischerweise nicht gemerkt, dass ich nicht allein war.« Er brach ab. »Das hätte mir niemals passieren dürfen.«

»Würde ich im ersten Moment auch sagen, aber solange wir nicht wissen, mit wem wir es zu tun haben, kannst du dich mit den Selbstvorwürfen zurückhalten. Brauchst du einen Arzt?«

Ricks Erstaunen wuchs. »Nein. Geht schon. Heißt das, du glaubst mir?«

»Ich halte dich für einen Vollidioten, weil du diesen Alleingang unternommen hast, aber sicher nicht für einen Mörder.« Der Sheriff sah ihn so durchdringend an, dass Rick seinem Blick auswich und die dreckige Wand des Trailers betrachtete. Leider war Winston noch nicht fertig: »Das hätte verdammt böse ausgehen können. Ist dir das überhaupt klar?«

»Natürlich.«

»Gut. Dann zurück zum Tatort: Die Schleifspuren draußen passen zu deiner Geschichte, ebenso die geladene Neunmillimeter, die ich aus deinem Gürtel gefischt habe. Warum hättest du die beiden mit einem Messer erledigen sollen, wenn zwei gezielte Schüsse gereicht hätten? Bestimmt nicht, um Lärm zu vermeiden, denn das Geschrei der Kerle hat die Nachbarn und damit auch mich alarmiert. Das lautlose Töten müsstest du als ehemaliger Marine eigentlich besser draufhaben. Das hier sieht so inszeniert aus, dass ich es fast als Beleidigung auffasse. Dennoch wirst du um eine offizielle Aussage nicht herumkommen. Mag sein, dass der Staatsanwalt die Lage anders beurteilt, also solltest du nicht auf einen Anwalt verzichten. Das ist schließlich dein gutes Recht, und Paul kann dir helfen, eventuelle Fallstricke zu vermeiden.«

Rick fuhr sich durchs Haar und verzog fluchend den Mund, als er auf blutverkrustete Strähnen stieß und die Schmerzen heftiger wurden. »Hast du eine Idee, wer das gewesen sein könnte?«

»Und wenn? Würdest du dann wieder alleine losrennen?«

Rick biss die Zähne zusammen. Das hatte er sich nach seinem amateurhaften Auftritt wohl verdient.

Aber Winston war noch nicht fertig. »Wir haben da draußen Fußabdrücke gefunden, die wir aber auf dem Grasboden nicht weiterverfolgen können. Kannst du mal deinen Hund holen und versuchen, ihn darauf anzusetzen? Fühlst du dich fit genug dafür?«

»Sicher. Ich weiß nur nicht, ob Shadow versteht, was wir von ihm wollen.«

»Ein Versuch schadet ja nicht. Aber natürlich nur, wenn du dich gut genug fühlst.«

War das nun eine Herausforderung oder Spott? Egal, er würde den Weg zum Wagen und zurück schaffen, und wenn er kriechen musste. Neben der Erleichterung, dass er beim Sheriff nicht als Tatverdächtiger Nummer eins galt, überwog der Ärger über seinen Fehler. Wenn er nicht so leichtsinnig gewesen wäre, könnten die Männer noch leben, und sie wären einen gewaltigen Schritt weiter bei ihrem Versuch, Sabrina zu schützen.

Rick musste zwar noch immer gegen Schwindelgefühle ankämpfen, aber das hätte er um keinen Preis zugegeben. Shadow hielt sich dicht an seinem Bein. Rick wusste nicht, ob der Hund spürte, dass er nicht ganz fit war, oder ob ihn das Gewusel aus Polizisten und Beamten der Spurensicherung irritierte. Fragen konnte er ihn ja leider nicht.

Etwas hilflos blieb er vor einem deutlich sichtbaren Fußabdruck im Sandboden vor dem Trailer stehen. Ein junger Mann, der kaum alt genug schien, um ein Bier trinken zu dürfen, schüttelte den Kopf. »Sieht gut aus und taugt nix.« Er sprach mit betont fester Stimme, war aber ziemlich blass um die Nase – allzu oft hatte er in seinem Leben wohl noch keine Leiche gesehen. »Standardgröße und außerdem Chucks, wie sie jeder zweite trägt.« Der Blick des jungen Mannes glitt an Rick herunter. »Sie allerdings nicht.« Er bückte sich und strich mit einem weißen Tuch leicht über den Abdruck. »Da müsste nun die Duftnote dran sein.«

Wie gut, dass er früher »Lassie« im Fernsehen geliebt hatte … Rick nahm das Tuch entgegen und hielt es Shadow unter die Nase. »Such, Shadow. Such!«

Shadow legte den Kopf schief und sah ihn an, dann reckte er den Hals und schnupperte gründlich an dem Tuch.

»Such«, wiederholte Rick.

Langsam machte Shadow einen Schritt von ihm weg.

»Sehr gut. Weiter so, mein Junge. Wo ist der Kerl hin?«

Erst als Rick ihm folgte, machte Shadow den nächsten Schritt. Okay, das war leicht zu verstehen. Der Hund wollte nicht allein losrennen. »Kein Problem, dann untersuchen wir das zusammen.«

Nachdem sich Shadow einige Male vergewissert hatte, dass Rick ihm folgte, wurde er mutiger. Er führte Rick und den Beamten der Spurensicherung, der ihnen mit etwas Abstand folgte, direkt zu dem Hauptweg und blieb schließlich vor einem Trailer stehen, der in einem hellen Gelbton angestrichen war. Er setzte sich und jaulte leise.

»Das heißt dann wohl, dass die Spur hier endet«, überlegte Rick laut.

Der Beamte trat neben ihn. »Vermute ich auch. Der Hund meines Bruders reagiert auch immer so, wenn sie am Ziel sind. Sie sollten ihm nun eine Belohnung geben. Sie haben ihn wohl noch nicht lange, was?«

»Nein, erst seit ein paar Tagen, ich habe keine Ahnung, was er draufhat und was nicht.«

Der Polizist nickte nur. »Er macht sich aber schon ganz gut. Dann will ich mal die Dame da drüben fragen. Sie wird die Kerle ja wohl nicht abgestochen haben.«

Nach einem kurzen Gespräch mit einer weißhaarigen Dame kehrte er zu Rick zurück und schüttelte den Kopf. »Sie sieht nicht mehr besonders gut. Der Wagen war groß und dunkel, der Mann ganz normal. Auf dem Beifahrersitz saß ein Kind oder ein Hund. Aber ganz ehrlich, das kann im Zweifel auch eine Tasche gewesen sein. Sie ist sich einfach nicht sicher. Er hat seinen Wagen hier kurz abgestellt, im Vorbeigehen gegrüßt und sich über das tolle Wetter gefreut. Ich bekomme die Krise! Entweder ist das der kaltblütigste Killer, von dem ich je gehört habe, oder er hatte nichts mit der Sache zu tun. Allerdings passen die Zeitangaben ziemlich gut zum Verbrechen. Na, soll sich da mal der Boss Gedanken drum machen, ich bin ja nur für die Spuren zuständig.«

Kaum waren sie zu Winston zurückgekehrt, schickte er auch schon seine Männer los, um weitere Zeugen aufzutun. Eine halbe Stunde später rief er seine Leute zusammen. Rick hatte die Zeit mit Shadow im Schatten des Baumes verbracht und gemeinsam mit dem Hund eine Flasche Wasser geleert – nachdem er kurz mit Paul telefoniert hatte. Wie befürchtet, war sein Freund kurz davor gewesen, selbst zum Trailerpark zu fahren, aber das hatte er ihm ausreden können. Unauffällig näherte er sich nun den Deputys. Winston bemerkte ihn natürlich sofort und verzog missbilligend den Mund, verscheuchte ihn jedoch nicht.

»Der ersten Aussage, die Carl von einer alten, sehbehinderten Lady bekommen hat, ist kaum was hinzuzufügen. Unauffälliger Wagen, unauffälliger Mann und tatsächlich ein Kind auf dem Beifahrersitz. Es wurde angenommen, dass ein Vater mit seinem Sohn einen Ausflug hierher unternommen hat, um Verwandte im Trailerpark zu besuchen. Keiner hat aufs Kennzeichen geachtet, keine vernünftige Personenbeschreibung, außer dem Stichwort ›normal‹, der genaue Wagentyp ist auch unsicher. Ein Mann sagte: ›Etwas Größeres‹. Das war's dann erst einmal. Vielleicht finden Carl und seine Leute noch etwas Verwertbares. Wir ziehen hier ab, für uns gibt's nichts mehr zu holen.« Winston sah zu Rick herüber. »Ich will dich und Paul morgen früh bei mir im Büro sehen, und das war keine Bitte.«

Rick tippte sich an die Schläfe. »Geht klar.«

Als er mit Shadow zu seinem Wagen ging, folgten ihm die neugierigen Blicke der Polizisten und einiger Anwohner, die aus sicherer Entfernung das Spektakel verfolgten, aber niemand sprach ihn an. Kaum hatte er die Tür hinter sich geschlossen, schlug er auf das Lenkrad. »Verdammte Scheiße.«

Jaulend verkroch sich Shadow in die hinterste Ecke der Beifahrerseite.

Sofort meldete sich Ricks schlechtes Gewissen. »Entschuldige, Kumpel. War nicht auf dich bezogen. Aber du wirst dich daran gewöhnen müssen, dass ich auch mal sauer werde.« Er kramte ein zerbrochenes Stück Hundekuchen aus der Seitenablage und fragte sich gleichzeitig, wie es dahin gekommen war. Behutsam hielt er es Shadow hin. »Hier, Großer.«

Wie in Zeitlupe machte Shadow den Hals länger und länger, bis er das Naschzeug erreicht hatte und es verschlang.

Rick klopfte ihm sanft auf den Rücken und kraulte ihm den Nacken. »So ist es gut. Ich würde dir nie was tun, keine Angst, Schwarzer.«

Erst nachdem er sicher war, dass sich der Hund wieder entspannt hatte, fuhr er los. Auf das nun drohende ausführliche Gespräch mit Paul hätte er ebenso gut verzichten können wie auf die Begegnung mit Cat. Sie würde einiges zu seinem Fehler zu sagen haben. Aus Rücksicht auf Shadow sprach er jedoch die Flüche, die ihm auf der Zunge lagen, nicht aus.

Sabrina hatte das Gefühl, langsam aber sicher wahnsinnig zu werden und zwar vor Wut. Leider fehlte ihr ein geeignetes Ziel für ihren Ärger. Sie konnte kaum Paul, Rob oder Cat anfauchen, dasselbe galt für Scout und Joey. Aber irgendetwas musste sie tun, sonst würde sie platzen.

Das Meer hatte normalerweise eine beruhigende Wirkung auf sie. Heute nicht. Wer war hinter ihr her? Und was wollte er von ihr? Wie sehr sie auch grübelte, ihr fiel nichts ein. Sie hatte unter den irritierten Blicken ihrer Zuschauer sogar die verdammte Kaffeemaschine aus dem Kofferraum geholt und auseinandergebaut. Wie erwartet handelte es sich bei dem Gerät um einen ganz normalen Kaffeevollautomaten, keine Spur von versteckten Speichersticks, Bauplänen einer Atombombe oder einer Liste mit Bestechungsgeldern. Und was hatte es mit Malcolms angeblichem Interesse am Sorgerecht für Joey auf sich? Er hatte sich doch sonst nie um seinen Sohn gekümmert!

»Mom, ich kann mich so nicht auf mein Spiel konzentrieren. Du rennst hier wie eine Irre im Kreis!«

Scout hatte bisher ruhig neben ihm auf der Couch gelegen, nun schlug der Hund mit dem Schwanz, als wollte er dem Jungen zustimmen. Es reichte. Nachdem der Sheriff überstürzt aufgebrochen war, hatten Rob und Cat angeboten, ihnen das Wohnzimmer zu überlassen. Von wegen nette Geste ... die waren förmlich an den Strand geflüchtet.

Paul, der inzwischen auf einem der Sessel saß, hatte versucht, mit ihr zu reden, aber sie hatte ihn schroff abgewürgt. Zu dem Zeitpunkt hatte sich Joey schon hinter seinem Tab versteckt. Sie wusste, dass sie unausstehlich war, aber das konnte sie nicht ändern. Die gesamte Situation machte sie wahnsinnig.

Es klingelte. Rick! Hoffentlich erfuhr sie nun Einzelheiten. Als sie die Tür aufriss, stand jedoch Ash vor ihr. Er sah genauso fertig aus, wie sie sich fühlte, was aber kein Trost war.

»Verdammt, du kannst doch nicht einfach jeden reinlassen!«

Paul war neben ihr aufgetaucht. Auch wenn er recht hatte, reizte sein Vorwurf sie nur noch mehr. Am liebsten hätte sie ihn wütend angefaucht, aber ein letzter Rest Beherrschung hielt sie davon ab.

Ash blickte irritiert zwischen der Schmiererei an der Hauswand, dem verkohlten Wagen und Sabrina hin und her. »Und ich dachte, *mein* Tag wäre beschissen gewesen. Mich kann sie doch wohl reinlassen – oder glaubst du, ich bin für den Mist verantwortlich?«

»Natürlich nicht, aber Madam hat es ja nicht für nötig gehalten, vorher nachzusehen, wer vor der Tür steht.«

Jetzt reichte es. »Ich dachte, es wäre Rick!«, fauchte sie los.

»Er ist es aber nicht!«, brüllte Paul sie an. »Ab jetzt wird diese verdammte Tür nicht mehr geöffnet, ehe nicht hundertprozentig klar ist, wer davorsteht. Hast du das verstanden?«

»Laut genug warst du ja, überhören kann ich dein Geschrei kaum.«

Wütend starrten sie sich an. Ash hustete und drückte sich an ihnen vorbei. »Das klärt mal besser unter euch. Was dagegen, wenn ich mir was zu trinken hole?«

»Fühl dich wie zu Hause«, bot Paul etwas ruhiger an. Dann griff er nach Sabrinas Hand und zog sie einfach mit sich. »Wir müssen reden. Komm bitte mit.«

Sie verzichtete auf den Hinweis, dass er ihr kaum eine Wahl ließ. Paul ging mit ihr außen um das Haus herum. Statt jedoch zum Strand zu gehen, liefen sie zu den Klippen hoch, wo er am Vortag den Weg blockiert hatte.

Er wurde langsamer und ließ ihre Hand los. »Bis nach Heart Bay kommt man hier entlang nicht mehr, aber immerhin bis zu einem meiner Lieblingsplätze.« Fragend sah er sie an.

Sie blickte an ihm vorbei zu den Felsen und nickte.

Nach einer abenteuerlichen Kletterpartie erreichten sie einen flachen Stein, der Platz genug für sie beide bot.

»Wir haben ihn früher immer *Tisch* genannt«, erklärte Paul, während er sich hinsetzte und seine Beine über die Kante baumeln ließ. Sabrina spähte hinab. Gut zehn Meter, aber das Wasser sah ausreichend tief aus. Selbst wenn sie runterstürzte, würde sie nur nass werden. Sie folgte seinem Beispiel und atmete scharf ein. Erst jetzt erkannte sie richtig, wie genial der Platz gewählt war. Unter ihnen schlugen Wellen an die Felsen, vor ihnen lag die unendliche Weite des Meeres, und über ihnen wölbte sich der wolkenlose Himmel und schimmerte in allen möglichen Farben des Sonnenuntergangs. Rot, Gold, Gelb – wie ein sanftes, harmonisches Feuerwerk. Weder die Terrasse noch der Strand waren von hier aus einsehbar. Der perfekte Ort, um zur Ruhe zu kommen.

»Es ist traumhaft hier.«

»Mein Vater hat mir den Felsen gezeigt, als ich so alt war wie Joey. Er ist hierher geflüchtet, wenn es wieder einmal Streit mit meiner Mutter gab. Am Ende hatte er kaum noch genug Kraft, um den Weg zu schaffen, aber Hilfe wollte er nicht. Nur diesen Ort erreichen. Ich hatte gehofft, dass du hier auch zur Ruhe kommst.«

Paul sah auf das Meer hinaus, seine Anspannung war unverkennbar. Sabrina wusste nicht, ob ihn die Vergangenheit so beschäftigte oder der Ärger über ihr Verhalten.

Sie legte ihm eine Hand auf den Oberschenkel. »Es tut mir leid, es war gedankenlos. Ich war nur so fürchterlich wütend.«

Möwen kreisten in einiger Entfernung, ihre Silhouetten hoben sich als dunkle Schatten gegen den Himmel ab. Paul blickte ihnen nach. »Hast du dich abgeregt?«

»Ja, so ziemlich.«

Er würde niemals weiter nachfragen, aber es war ihr wichtig, dass er sie verstand. »Meine Eltern haben mir als Kind immer vorgeworfen, dass mein Verstand aussetzt, wenn ich richtig sauer bin. Daran hat sich nichts geändert.«

Er lachte leise, blickte aber immer noch den Möwen nach. »Stimmt. Ich kann mich da auch noch an ein, zwei Gelegenheiten erinnern. Weißt du noch, wie du auf Rick losgegangen bist, als er dein Lieblings-T-Shirt mit Schokoladenpudding versaut hat? Wenn ich mich recht erinnere, hast du dich revanchiert, indem du ihm den Inhalt deiner Schale über den Kopf gekippt hast.«

Sie boxte ihm sanft in die Seite. »Er hatte mich den ganzen Morgen mit dem Glitzerpferd auf dem Shirt aufgezogen. Und dann sollte ich ihm glauben, dass es ein Unfall war? Es war mein Lieblingsshirt! Hättest du das nicht vergessen können?«

»Nö. Verrätst du mir, was dich so sauer macht?«

Auf die Nachfrage hatte sie nur gewartet. Alles sprudelte aus ihr heraus: die jahrelange Unentschlossenheit, endlich der Neuanfang und jetzt diese Angriffe, deren Motiv sie einfach nicht begriff. »Ich habe Malcolm zwar unsaubere Geschäfte zugetraut, aber doch niemals *so* etwas, und doch muss er tief darin verstrickt sein. Wie konnte ich nur so dämlich sein? Wenn ich doch nur früher gegangen wäre.«

Paul legte ihr einen Arm um die Schulter und zog sie an sich. »Nichts davon ist deine Schuld, und niemand kann sicher wissen, was in einem anderen vorgeht.«

»Das klingt so logisch, aber trotzdem … ich könnte ihn erwürgen. Und zwar schön langsam.«

»Hey, keine Ankündigung einer Straftat, das erhöht das Strafmaß! Aber der Gedanke ist schon in Ordnung, und alles ist besser, als wenn du dir die Schuld gibst, weil du dann nämlich Ärger mit mir bekommst. Ich finde, wir sind auf einem guten Weg, und ich glaube, dass der Spuk bald vorbei ist.«

»Wirklich?«

»Ich würde dich nicht belügen.«

Sie glaubte ihm. Mit geschlossenen Augen genoss sie seine Berührung und lauschte dem Rauschen der Wellen. Für einige kostbare Minuten waren sämtliche Probleme verschwunden, und es gab nur noch sie beide, hier auf diesem Stein am Meer. Es wäre dumm von ihr, die Stimmung zu zerstören, aber sie konnte die Gelegenheit nicht ungenutzt verstreichen lassen. Es war die perfekte Überleitung von ihrem verkorksten Leben zu seinen Problemen. Sie holte tief Luft, sammelte ihren Mut zusammen und machte sich daran, sich zu der Frage vorzuarbeiten, die sie seit Tagen bewegte: »Mich hat eigentlich in erster Linie rasend gemacht, dass ich es so unfair finde, dass mir ausgerechnet jetzt, wo ich endlich was geändert habe, solche Probleme vor die Füße fallen. Das Leben ist manchmal wirklich fies.«

Paul zog sie nur stumm dichter an sich.

Okay, jetzt oder nie. »Ich weiß ja aus eigener Erfahrung, wie es ist, mit seinem Leben unzufrieden zu sein. Was ist es eigentlich, das *dich* so unglücklich macht? Ich merke zwar, dass da etwas ist, aber ich kann mir einfach nicht vorstellen, was es sein könnte.«

Paul erstarrte förmlich.

14

Neben den Möwen flog nun auch ein Albatros im Tiefflug über das Meer. Paul wünschte sich, er könnte sich auch einfach so in die Luft schwingen und Sabrinas Frage entgehen. Nachdem sie so offen gewesen war, wäre es unfair, wenn er ihr auswich. Vermutlich würde er sogar das, was sich da zwischen ihnen anbahnen mochte, empfindlich beschädigen. Sie hatte eine ehrliche Antwort verdient, aber das war nicht leicht. Schließlich war er selbst erst kurz davor, zu erkennen, was in seinem Leben eigentlich so alles falschlief, aber noch weit davon entfernt, zu wissen, was er tun konnte, um seine Situation zu verbessern.

»Du musst mir nicht antworten, wenn du es nicht möchtest«, bot sie an, und ihre Verletzlichkeit, die sie sonst so sorgfältig verbarg, war deutlich zu spüren.

»Ich möchte ja, ich sortiere nur alles ein bisschen, ehe ich antworte.« Er grinste etwas schief. »Bis zum Ende des Studiums lief eigentlich alles prima. Ich hatte mich für zwei ungewöhnliche Schwerpunkte entschieden: Strafrecht und Wirtschaftsrecht. Beides unglaublich komplexe Themen, die auf den ersten Blick nicht zueinanderpassen. Die Professoren waren extrem skeptisch, aber ich konnte mich einfach nicht auf eine Richtung festlegen. Dann kam Rob und wählte die gleiche Kombination. Zusammen haben wir das Studium recht schnell und problemlos abgeschlossen. Die Welt der guten und teuren Anwaltskanzleien stand uns offen.«

Er stockte, als ihm bewusst wurde, dass Rob, ihm Gegensatz zu ihm, diesen Weg gegangen war. Später hatte sein Freund eine eigene Kanzlei eröffnet, mit der er noch mehr Geld verdient hatte, und dennoch war er nicht glücklich gewesen und hatte sein Leben entscheidend geändert. Vielleicht hatte Paul jahrelang einem Gespenst nachgejagt, das auch ihm nur eine kurzzeitige Zufriedenheit geboten hätte.

»Was ist dann passiert?«, hakte Sabrina nach.

»Mein Vater wurde krank, gerade als ich die ersten Bewerbungsgespräche absolviert hatte und die ersten Vertragsangebote eintrudelten.« Die Erinnerung an den Moment, als er begriff, dass sein Vater nicht wieder gesund werden würde und nur noch ein paar Monate zu leben hatte, brach über ihn herein und ließ ihn verstummen. Hinzu kam noch die Wut auf seine Mutter, die er jedes Mal empfand, wenn er an die Zeit zurückdachte.

»Und da bist du nach Heart Bay zurückgekehrt und hast deinen Eltern geholfen«, mutmaßte Sabrina und lehnte sich stärker an ihn.

»Das ist nur teilweise richtig. Meine Mutter hat ihn sofort nach der Diagnose verlassen. Sie hatte gewisse Vorstellungen von ihrem Leben, und ein kranker oder sterbender Mann gehörte nicht dazu. Sie ist nach Florida gegangen.«

Sabrina erstarrte in seiner Umarmung. Dann atmete sie tief durch. »Ich sage jetzt besser nicht, was ich denke. Das alles ist furchtbar. Aber es liegt doch schon Jahre zurück, oder?«

»Das ist nur teilweise richtig. Die Ärzte gaben meinem Vater noch sechs Monate, aber er hat daraus sieben Jahre gemacht, in denen es stetig bergab ging. Er war erst dann bereit zu sterben, als er sein Ziel erreicht hatte: Das Haus vor sich zu sehen, das ich mit ihm zusammen geplant und entworfen habe.«

»Das erklärt allerdings eine ganze Menge«, entfuhr es Sabrina, und Paul ahnte, dass sie das nicht hatte sagen wollen. Allerdings hatte er keine Ahnung, worauf sie hinauswollte.

238

»Was meinst du?«

Sie zögerte. »Man merkt, dass du dem Haus gegenüber ein zwiespältiges Gefühl hast. Das ist nur natürlich, wenn du seine Fertigstellung mit dem Tod deines Vaters verbindest.«

Das war ihm so noch nie klar geworden. Darüber musste er in Ruhe nachdenken, und das konnte er nicht, wenn ihr seidiges Haar gegen seine Wange geweht wurde und ihm der Geruch ihres Shampoos in die Nase stieg. »Kann sein«, wich er aus.

»Wie lange ist es her, dass dein Vater gestorben ist?«

»Fast sieben Jahre.«

»Wieso bist du nicht nach seinem Tod in eine der großen Anwaltskanzleien eingestiegen?«

»Weil es ein Unterschied ist, ob du mit Anfang oder Mitte zwanzig bei denen ankommst, frisch von einer guten Uni und mit einem glänzenden Diplom in der Hand, oder ob du dich nach etlichen Jahren als Provinzanwalt bei ihnen bewirbst.«

Sie schnaubte. »Wenn du ein Provinzanwalt wärst, hättest du dich niemals so schnell mit Rob zusammen in das Sorgerechtthema eingelesen. Du bist viel zu gut, um nur als Provinzanwalt zu arbeiten.«

»Ich helfe ab und zu Winston bei der Schlichtung von Streitereien.«

Wieder ein Schnauben, nun noch lauter. »So langsam wird mir einiges klar, und ich habe genau das für dich, was du brauchst und was dir dein altes Leben zurückgeben wird. Wenn auch ein wenig anders, als du es vielleicht gedacht hast. Warte nur ab. Ich zeige es dir morgen früh, sobald wir unter uns sind.«

Trotz ihrer Entschlossenheit glaubte er ihr kein Wort. Aber dennoch war er neugierig, was sie meinte.

Unerwartet schmiegte sie ihren Kopf an seine Brust. »Die

Sonne geht langsam unter, und das mit solcher Farbenpracht. Das ist für mich das perfekte Vorzeichen, dass alles gut gehen wird. Ein Ende und morgen dann ein Neuanfang.«

Gerade hatte er sich an das Gefühl gewöhnt, sie so nahe zu spüren, und genoss es, da sprang sie unvermittelt auf und hielt ihm eine Hand hin. »Und nun müssen wir zurück. Wir haben Gäste, die was zu essen brauchen.«

So, wie er die Jungs einschätzte, hatten sie sich schon selbst darum gekümmert, dass sie nicht verhungerten, aber er widersprach Sabrina nicht. Stattdessen staunte er, wie gut das »Wir« in seinen Ohren klang.

Als sie zum Haus zurückkehrten, wurden sie von Cat empfangen, der man ansah, dass sie sauer war, und zwar enorm. Im Wohnzimmer lag Rick auf der Couch, Shadow zu seinen Füßen und einen beeindruckenden Eisbeutel auf dem Kopf. Er blickte Paul Hilfe suchend an. »Schaff sie mir vom Hals.«

Ehe er fragen konnte, was eigentlich passiert war, rannte Joey lachend ins Wohnzimmer, dicht gefolgt von Scout, und zog dabei eine Spur aus Sand und Wasserflecken hinter sich her. »Ihr habt vielleicht einen Streit versäumt! Das war der Hammer. Ich dachte einige Sekunden schon, Cat haut ihm was auf die Nase.«

Cat verengte die Augen zu schmalen Schlitzen. »Da hast du dich getäuscht, ich habe mit dem Gedanken gespielt, ihn zu treten, und zwar ordentlich.«

Joey lachte so laut, dass Scout anfing zu bellen. Paul bemerkte allerdings, dass Sabrina keineswegs amüsiert war. Sie starrte abwechselnd ihren Sohn und den Dreck an, den er hereingeschleppt hatte. Gerade als sie Luft holte, um ebenfalls jemandem die Meinung zu sagen, befahl er Scout, ruhig zu sein und sich zu setzen. »Und du, mein Junge, holst dir schnell einen Lappen und beseitigst den Dreck, den du reingeschleppt hast.«

Joey blickte sich um. »Ups.« Er schielte zu seiner Mutter, zog den Kopf ein und sprintete davon.

»Weise Entscheidung«, rief Sabrina ihm hinterher, schmunzelte dabei jedoch. Schlagartig wurde sie wieder ernst. »Und nun will ich genau wissen, was passiert ist. Und ich warne dich, Rick, keine Ausflüchte.«

Missmutig verzog Rick den Mund. »Sprich nicht mit mir, als wäre ich ein Kind.«

Cat verschränkte die Arme vor der Brust und betrachtete ihn streng, allzu leicht hätte man das amüsierte Funkeln übersehen können, das in ihren Augen spielte. »Ich denke, der Ton passt perfekt. Also los. Bericht, Rick.«

»Aber nur, wenn du dich ab sofort zurückhältst. Glaub mir, deine Meinung habe ich voll und ganz verstanden.«

Cats Mundwinkel zuckten kurz nach oben. »Gut.«

Ehe jemand den Schlagabtausch der beiden kommentieren konnte, begann Rick zu erzählen. Kaum war er fertig, ließ sich Paul auf einen Sessel fallen und zog Sabrina, die kreidebleich geworden war, auf seinen Schoß. Er räusperte sich, weil er seiner Stimme nicht traute. »Hat Cat wirklich ausreichend deutlich gemacht, wie bescheuert das von dir war?«

Rick knurrte leise etwas vor sich hin, das Paul als Zustimmung interpretierte.

»Und die Zeugin hat von einem Mann mit Kind gesprochen? Ich glaube nämlich nicht, dass sich Shadow geirrt hat.«

In diesem Moment hob Shadow den Kopf und bellte. Paul lachte, obwohl ihm eigentlich nicht im Geringsten danach zumute war. »Das wäre dann wohl geklärt. Wann wollte dieser – wie hieß er noch – mit seinem Sohn hier eintreffen?«

Sabrina schluckte und lehnte sich gegen ihn. »Charles Snyder, und sein Sohn heißt Steve. Das würde zeitlich passen. Aber ich dachte, es gibt keine Verbindung zwischen Charles und Malcolm, und irgendwie traue ich ihm das auch nicht zu. Mit einem Messer … das ist …« Sie brach mitten im Satz ab, weil Joey zurückkehrte. Paul spürte, wie sie in seinen Armen zitterte und sich dann zusammenriss. »Sag mal, Joey, ist Steve eigentlich schon in Heart Bay?«

»Klar, vorhin mit seinem Dad eingetroffen. Sie wohnen bei Inga, und er hat schon die Hasen gefüttert.«

Rick richtete sich auf. »Gut zu wissen. Cat?«

Sie schien ihn ohne Erklärung zu verstehen. »Wir fahren da mal vorbei, das dürfte interessant werden.«

Paul hätte am liebsten widersprochen, aber er konnte Sabrina und Joey nicht allein lassen. »Aber passt auf, dass ihr nicht …« Mist, in Joeys Gegenwart konnte er nicht sagen, was er eigentlich meinte. »Passt einfach auf euch auf, im Dunkeln kann die Gegend ja manchmal gefährlich sein.«

»Kann ich mitkommen?«, fragte Joey.

»Nein!«, erklang es gleich dreistimmig.

Fassungslos sah Joey Rick, Cat und seine Mutter an. »Aber …«

»Morgen!«, mischte sich Paul ein. »Du kannst deinen Kumpel gern morgen besuchen. Was haben sich Rob und Ash eigentlich zum Abendessen überlegt?«

Die Ablenkung funktionierte. »Sie sind zu Rosie gefahren und wollen was mitbringen. Kann ich denn mit Scout wieder an den Strand?«

Rick und Cat verabschiedeten sich mit einem einfachen Winken, Shadow trottete ihnen hinterher. Paul nickte ihnen nur beiläufig zu und konzentrierte sich weiter auf Joey. »Sicher, sobald du das Chaos hier beseitigt hast. Wir warten da auf dich.«

Joey nickte zwar, aber er sah weiter mit unergründlichem Blick Sabrina und Paul an. Dann schluckte er und wandte sich ab. Sabrina rutschte von Pauls Schoß und wollte zu ihrem Sohn, aber Paul hielt sie sanft zurück und schüttelte den Kopf. »Geh schon mal mit Scout raus. Ich komme gleich nach.«

Kaum hatte Sabrina den Raum verlassen, ging Paul zu dem Jungen und hockte sich neben ihm auf den Boden. »Das war eben komisch für dich, oder? Deine Mutter und mich so eng nebeneinander zu sehen?«

»Ja, Sir.«

»Hey, nenn mich nicht Sir, dann fühle ich mich wie mein eigener Opa. Also, es ist so: Ich finde deine Mutter sehr, sehr nett, und da kommt es vor, dass man sich berührt.«

Joey blitzte ihn an. »Das ist mir schon klar, ich bin doch kein Kleinkind! Ich meine, sie sieht glücklicher mit dir aus als mit Dad. Aber ist es denn ernst?«

»Das weiß ich noch nicht, aber ich möchte es herausfinden. Ich kann dir jetzt noch nicht versprechen, ob etwas aus uns wird. Wir müssen da einfach abwarten. Im Moment weiß ich nur, dass ich sehr gern mit dir und deiner Mom zusammen bin. Und eins verspreche ich dir: Auch wenn deine Mom und ich nur Freunde bleiben, ändert sich zwischen dir und Scout und mir nichts. Einverstanden, Partner?«

Er hielt ihm die Hand hin, freudestrahlend schlug Joey ein. »Ja, das klingt gut.«

»Na, dann beeil dich. Vielleicht reicht die Zeit noch für ein Bad im Meer, ehe unser Abendessen eintrifft.«

Cat hatte darauf bestanden, am Steuer zu sitzen, und Rick hatte keine Lust gehabt, mit ihr zu diskutieren. Jetzt sah sie ihn besorgt an. »Immer noch Kopfschmerzen?«

»Ja.«

Sie nickte. »Gut. Dann wirst du in Zukunft hoffentlich besser auf dich aufpassen.«

»Ich werde Rob bitten, dich öfter mal übers Knie zu legen.«

Sie lachte nur. »Träum weiter. Bist du wirklich fit genug?« Die Sorge in ihrer Stimme strafte ihre scheinbar unbeschwerte Neckerei Lügen.

»Definitiv ja. Absolut einsatzbereit. Kein Schwindel, keine Sehstörungen, einfach nur Kopfschmerzen.«

»Gut.« Im nächsten Moment fuhr ihre Hand zum Mund, und sie kicherte. »Ich meinte jetzt wirklich nur, dass ich froh bin, dass du fit genug bist, um mitzukommen. Da Rob unterwegs ist, um Essen zu holen, bist du immerhin meine zweite Wahl.«

Er presste sich eine Hand auf die Brust und stöhnte übertrieben. »Als ehemaliger Offizier bei den US Marines rangiere ich heute hinter einem Anwalt.«

Cat grinste nur, bremste und hielt schließlich am Straßenrand an. Ingas Pension war noch gut hundert Meter entfernt, lag aber außer Sichtweite. »Ich würde sagen, wir besuchen sie zu Fuß.«

Das hätte er auch vorgeschlagen, denn wenn sie mit dem Wagen vorfuhren, konnte es den Überraschungseffekt verderben. »Gefällt mir, wobei …« Er sprach den Satz nicht zu Ende, sondern stieg aus.

Über das Wagendach hinweg sah Cat ihn abwartend an. »Sag ruhig, was dir durch den Kopf ging.«

»Mein Verstand sagt mir, dass der Kerl darin verwickelt ist, aber die Vorstellung, dass er zwei Typen professionell abschlachtet, während sein Sohn im Wagen wartet, ist so pervers, dass es mir den Magen umdreht.«

Jeder Humor verschwand aus Cats Gesicht. »Mir wird bei dem Gedanken auch schlecht, aber andererseits wundert mich allmählich gar nichts mehr. Na komm, lass uns rausfinden, womit wir es zu tun haben.«

Nebeneinander gingen sie die Straße entlang, dicht gefolgt von Shadow. Die Dunkelheit brach mit Macht herein, das Farbenspiel am Himmel wich den ersten Sternen am beinahe schwarzen Himmel. Vor ihnen lag Ingas Pension, dank der hell erleuchteten Veranda kaum zu übersehen. Rick erkannte einige schemenhafte Gestalten, die dort saßen, war aber noch zu weit entfernt, um die Personen sicher identifizieren zu können.

Als sie langsam näher kamen, änderte sich das schnell. »Ganz links, das ist Inga. Der Blonde ist uneingeladen bei Paul aufgetaucht. Angeblich, weil er an Sabrina interessiert ist«, flüsterte er Cat zu.

Sie nickte und ließ dabei den Mann mit dem Jungen, die ganz rechts saßen, nicht aus den Augen. »Schon komisch, wer alles ausgerechnet jetzt in diesem Kaff auftaucht«, gab sie in gleicher Lautstärke zurück.

Rick hielt sich in gespieltem Entsetzen eine Hand vor den Mund. »Du hast doch meine Heimat nicht gerade ›Kaff‹ genannt?«

»Würde ich nie tun, du musst dich verhört haben.«

Da sie die Veranda nun fast erreicht hatten, beendete Rick widerwillig das Geplänkel.

Die Männer sahen ihnen bereits entgegen. Als er ins Licht trat, sprang Inga auf und stürmte ihm entgegen. Trotz ihrer innigen Umarmung bemerkte er, dass der Vater des Jungen ihn sichtlich überrascht ansah. Und war der Surfertyp nicht sogar zusammengezuckt?

»Mensch, machst du Sachen, mein Junge! Rosie hat mir erzählt, was passiert ist. Ein Glück, dass alles gut ausgegangen ist.«

Rick wunderte sich nicht über die perfekt funktionierende Gerüchteküche der Frauen und erwiderte ihre Umarmung.

»Du bist ja mal wieder bestens informiert. Weißt du denn auch, wem ich die Beule zu verdanken habe?«

Inga löste sich von ihm und trat einen Schritt zurück. »Leider nicht, aber wenn ich es herausfinde, bekommt derjenige ordentlich Ärger mit mir. Wer ist denn die nette Dame in deiner Begleitung?« Der hoffnungsvolle, fast lauernde Unterton war nicht zu überhören.

»Eine gute Freundin von mir, aber ehe du auf falsche Gedanken kommst: Sie ist mit ihrem Lebensgefährten zu einem kurzen Besuch hier.«

Inga musterte Cat kritisch und lächelte dann. »Willkommen in Heart Bay. Dann war das wohl Ihr Wagen, der in die Luft geflogen ist?«

Cat nickte. »Stimmt. Wir hatten uns Heart Bay ein wenig ruhiger vorgestellt, hier ist ja anscheinend einiges los. Das hier ist also die Pension, von der Paul so viel Positives erzählt hat. Ihr Haus sieht wirklich reizend aus, kein Wunder, dass es so gut belegt ist.«

Obwohl sie nicht direkt nachfragte, ging Inga auf die Anspielung ein. »Ja, das war so eigentlich gar nicht geplant, aber ich kann wirklich nicht über zu wenige Gäste klagen. Charles und sein Sohn Steve sind heute erst eingetroffen, aber Carter ist schon etwas länger hier«, stellte sie ihre Gäste beiläufig vor.

Cat lächelte freundlich, aber Rick wusste, dass ihr kein Detail entging. Er selbst hatte keine Ahnung, welcher der Männer verdächtiger war. Im Prinzip reichte schon ihr »zufälliges« Auftauchen im Ort, um sie an die Spitze der Liste der möglichen Täter zu katapultieren. Lediglich den Jungen schloss er aus. Steve hatte sich auf ein kurzes Nicken beschränkt und beschäftigte sich nun wieder mit seinem Tablet-PC. »Bist du der Freund, den Joey erwähnt hat?«

246

Steve nickte. »Ja, ich chatte gerade mit ihm, und nach dem Essen spielen wir zusammen auf dem Server. Voll cool, dass er sein geschrottetes Ding doch wieder zum Laufen gebracht hat.«

Rick spürte förmlich, wie Cat neben ihm in den Alarmmodus wechselte. Erstaunlicherweise war es Steves Vater, der sich plötzlich zu seinem Sohn rüberbeugte und ihn fest ins Visier nahm. »Was genau meinst du damit?«, hakte er nach.

Steve blickte kurz hoch. »Na, sein Tab. Joey hat es voll geschrottet. Es ist ihm am letzten Schultag runtergefallen, und es ging gar nichts mehr. Wir dachten, es wäre nicht mehr zu retten. War es aber wohl, er ist ja wieder online. Auf dem Smartphone sind die Spiele voll ätzend.«

Die Aufmerksamkeit von Steves Vater wendete sich wieder dem dampfenden Becher Kaffee zu, der vor ihm auf dem Tisch stand.

Cat fasste Rick leicht am Arm. »Wir sollten langsam zusehen, dass wir zurückfahren, sonst essen uns die anderen alles weg.«

»Du hast recht. War nett, Sie kennenzulernen. Bis morgen, Inga.«

Cat beschränkte sich auf ein unverbindliches Lächeln, aber kaum waren sie außer Hörweite, seufzte sie. »Es ist doch zum Verrücktwerden. Beide Männer haben sich extrem merkwürdig verhalten. Der blonde Surfer hat dich einige Sekunden lang angestarrt wie einen Geist. Ich könnte nicht sagen, wer verdächtiger ist. Aber das mit dem Tablet-PC … denkst du das Gleiche wie ich?«

»O ja. Joey hat sich das Gerät von seinem Vater genommen. Natürlich ohne zu fragen. Da muss irgendwas drauf sein, was sein Vater dringend braucht. Ich wette, darum geht es.«

Cat pfiff leise durch die Zähne. »Kein Wunder, dass mir deine Bücher so gut gefallen, Fantasie hast du jedenfalls. Ich denke das auch, hatte aber schon überlegt, ob das vielleicht zu weit hergeholt ist.«

»Nein, das ist einfach nur logisch. Wir sollten uns das Spielzeug von Joey mal genau ansehen.«

Cat nickte. »Also gut, dann in Höchstgeschwindigkeit zurück, denn ich kenne genau den Richtigen für einen solchen Job.«

Sabrina entschied sich, den Abend zu genießen, so gut sie nur konnte, und setzte ihr Vorhaben sogleich in die Tat um. Sie schnappte sich trotz Robs beleidigtem Blick das letzte Brötchen und belegte es mit frisch gegrilltem Fleisch und einer ordentlichen Portion Röstzwiebeln. »Du kannst dir ja Nachschub aus der Küche holen. Du musst es nur kurz aufbacken«, erklärte sie ihm grinsend.

Rob stand auf, murmelte dabei etwas Unfreundliches über die Emanzipation vor sich hin und stapfte Richtung Küche.

Paul schüttelte leicht den Kopf. »Besonders nett war das nicht.«

»Vermutlich nicht, aber er ist ein großer Junge und wird es überleben.«

»Nur, wenn er für uns auch welche mitbringt!«, erwiderte Paul und erntete ein energisches Nicken von Ash.

Männer! Sabrina verkniff sich ein lautes Lachen. Manchmal waren sie wie Kinder. Ihr Brötchen schmeckte jedenfalls ausgezeichnet. Kauend lehnte sie sich zurück und genoss den Blick aufs Meer. Es gab nichts, was sie tun konnte, um die verzwickte Situation mit ihren Verfolgern und den Drohungen zu klären. Malcolm anzurufen und ihn anzubrüllen hätte ihr zwar eine gewisse Erleichterung verschafft, aber ansonsten hätte sie nichts erreicht. Sie wusste nur zu gut, wie aalglatt er jeden Vorwurf abstreiten konnte. Selbst als sie seine Affären absolut sicher nachweisen konnte, hatte er zunächst geleugnet und am Ende einfach ihr die Schuld gegeben. Das Ganze hatte er so geschickt verpackt, dass sie ihm für einige kurze Augenblicke sogar beinahe geglaubt hätte.

Vielleicht brachte sie der kleine Ausflug von Cat und Rick weiter. Bis die beiden zurück waren, würde sie einfach das Essen und die Gesellschaft genießen. Pauls Terrasse war sicher, keinerlei Bedrohung in Sicht, also konnte sie sich entspannen.

Seit ihrem Abstecher zur Klippe hatte sich etwas zwischen Paul und ihr geändert, sie konnte nur nicht genau beschreiben, was es war. Ein wenig erinnerte sie sein Verhalten an ein Raubtier, das die Witterung von Beute aufgenommen hatte. Wenn sie seine Blicke richtig interpretierte, dann war es jedoch sie, auf die er es abgesehen hatte. Merkwürdigerweise gefiel ihr der Gedanke. Ihre Einstellung zu einer möglichen Beziehung hatte eine zögerliche Kehrtwendung gemacht. Mittlerweile rangen in ihr Angst und Unsicherheit, wohin es mit ihnen führen konnte, mit Neugier und einem intensiven Gefühl der Versuchung. Sie würde es einfach drauf ankommen lassen und das Beste hoffen.

Sie schielte zu Paul hinüber. Schon wieder lag sein Blick auf ihr. Nachdenklich? Zärtlich? Das Licht der Laterne war zu schwach, um seine Miene zu deuten.

Nun beugte er sich zu ihr und legte ihr eine Hand aufs Knie. »Niemand backt Brötchen so perfekt auf wie du. Meinst du, du könntest …«

Erst jetzt bemerkte sie, dass sich Rob exakt zwei Brötchen geholt hatte.

Schmunzelnd schüttelte sie den Kopf. »Das bekommst du auch selbst hin. Zur Not die schwarze Kruste einfach abkratzen. Morgen Abend kannst du dich bedienen lassen, da löse ich meine Wettschuld ein, obwohl das mit dem Bagger echt fies war! Heute kannst du dich selbst versorgen.«

Paul seufzte abgrundtief, aber es war Ash, der aufstand. »Ehe es stundenlang so weitergeht, übernehme ich das. Danke, dass du so an uns denkst, Rob. Großartig.«

Gänzlich unbeeindruckt zuckte Rob mit der Schulter. »Es passten nur zwei Stück auf den Toaster. Genau ausreichend für mich. Pech gehabt, Jungs.«

Toaster? Sabrina blinzelte ungläubig. Warum hatte er nicht den Backofen benutzt? Männer … Sie hätte dazu noch einiges zu sagen gehabt, aber in diesem Moment hörte sie Schritte: Cat und Rick kehrten zurück.

Ihr Gesichtsausdruck sprach Bände. Irgendetwas hatten sie herausgefunden. Cat ließ sich auf den freien Stuhl neben Rob fallen und nahm sich eines der Brötchen von seinem Teller. »Hol bitte dein Notebook und ein USB-Kabel. Wir brauchen das gleich.«

Ohne Fragen zu stellen, stand er auf und ging. Ash verzog den Mund. »Auf sie hört er also.« Er machte Anstalten, sich das zweite Brötchen zu schnappen, aber Cat schlug spielerisch nach seiner Hand.

Es reichte! Sabrina war kurz davor, die Geduld zu verlieren. »Benimm dich, Ash. Du weißt, wo du Nachschub findest, und wolltest dich gerade drum kümmern! Was habt ihr herausgefunden?«

Cat grinste breit. »Hast du schon mal über eine Karriere bei den Marines nachgedacht? Den passenden Befehlston hättest du schon mal.«

»Den hat eigentlich jede Mutter automatisch eingebaut«, gab sie zurück und grinste flüchtig. »Und nun bitte einen ausführlichen Bericht!«

Lächelnd lenkte Cat ein. Als sie erzählte, wie Steve den Tab-

250

let-PC erwähnt hatte, der Joey kaputtgegangen war, passte für Sabrina schlagartig alles zusammen. Sie sprang auf. »Man hat Malcolm nie ohne sein Tab angetroffen. Joey hatte er das gleiche Modell geschenkt. Da ich nicht einmal wusste, dass Joeys Gerät kaputt ist, gibt es nur eine logische Erklärung. Das haben wir gleich.« Sabrina rannte los.

»Bring das Ding mit, wir müssen …«, hörte sie noch Cat rufen, dann hatte sie auch schon das Wohnzimmer erreicht und jagte die Treppe hoch. Vor Joeys Zimmer angekommen rang sie nach Luft und kämpfte um ihre Beherrschung. Sie schrak zusammen, als sie bemerkte, dass sie keineswegs allein war.

Paul! Er musste ihr gefolgt sein. Im Gegensatz zu ihr war er nicht außer Atem. »Vielleicht solltest du das Gespräch mir überlassen. Du siehst ziemlich sauer aus.«

Tränen schossen ihr in die Augen, und sie nickte. Zornig rieb sie sich übers Gesicht. Dafür hatte sie keine Zeit. »Ich bin wütend, aber nicht auf Joey. Er ist ein Kind. Es ist die Vorstellung, dass Malcolm genau weiß, was hier läuft und worum es geht. Ich begreife das nicht. Es ist doch auch sein Sohn! Ich könnte ihn … Mist, ich hatte mich gerade wieder beruhigt, und nun haben wir keine Zeit, um noch mal zur Klippe zu gehen.«

Erst als er ihr sanft einen Finger auf die Lippen legte und den Kopf Richtung Tür neigte, merkte sie, dass sie mit jedem Wort lauter geworden war. Sie zwang sich zur Ruhe und machte eine einladende Bewegung zum Zimmer hin. »Wahrscheinlich ist es tatsächlich besser, wenn du es übernimmst.«

Paul nickte und klopfte an die Tür, wartete aber keine Aufforderung zum Eintreten ab.

Joey, der überrascht schnell satt gewesen war und mit Steve online spielen wollte, lag mit dem Tab in der Hand auf dem Bett und sah ihnen erstaunt entgegen. Sabrina blieb neben dem Bett stehen, Paul setzte sich auf die Matratze und nahm

251

ihm das Tablet aus der Hand. »Deine Mutter und ich sind uns einig, dass man durchaus mal Mist machen kann, aber dann muss man auch dazu stehen. Gibt es etwas, das du uns über dieses Gerät erzählen willst?«

Joey lief rot an, schüttelte aber den Kopf.

Paul verzog keine Miene. »Weißt du, Joey, manchmal glaubt man, im Recht zu sein, ist es aber nicht. Wenn jemand zum Beispiel glaubt, ihm stehe etwas als Ausgleich zu, und er holt es sich einfach, dann mag es mit seinem Gewissen vereinbar sein, aber es ist trotzdem Unrecht. Verstehst du, was ich meine?«

Joeys Unterlippe zitterte. Ein sicheres Anzeichen dafür, dass Paul ins Schwarze getroffen hatte. Sabrina würde später darüber nachdenken, wie es sein konnte, dass er so sensibel war und instinktiv erkannt hatte, was Joey getan und was er sich dabei gedacht hatte.

Aber so schnell gab ihr Sohn nicht nach. »Wenn du recht hättest, dann hättet ihr Shadow zurückgeben müssen, wenn der Sheriff das verlangt hätte, und das hättet ihr nie getan. Also ist manchmal Unrecht doch Recht.«

Joeys Logik hatte es in sich. Für einen Sekundenbruchteil zuckten Pauls Mundwinkel nach oben, dann saß seine strenge Miene wieder. »Bei Shadow ging es darum, ein Tier zu schützen. Wenn es darum geht, einen Menschen oder ein Tier vor einer Gefahr oder einem Schaden zu bewahren, dann mag es durchaus sein, dass Gesetze und Recht nicht immer übereinstimmen. Aber hier reden wir über einen Gegenstand.«

»Und über das, was mir zusteht! Zählt das denn gar nicht? Immer war alles andere wichtiger! Nie wurden Versprechen gehalten! Was habe ich denn schon getan? Er kann sich doch ein neues Tab kaufen. Geld hat er doch genug. Aber mir hätte er bestimmt keins gekauft, und außerdem wollten wir los. Ich finde, es war ein Wink des Schicksals, dass er es ausgerechnet an dem Tag vergessen hatte. Da habe ich es mir eben genommen! Außerdem … außerdem …« Joey stockte. »Außerdem hatte ich so etwas von ihm dabei.«

Sabrina atmete tief durch. Das erwartete Geständnis war da, der Grund für die Anschläge nun offensichtlich, aber viel mehr berührte sie die tiefe Verletzung, die aus Joeys wütenden Worten sprach. Sie hätte viel früher handeln müssen! Es war ein dummer Fehler gewesen, zu glauben, dass ihre Liebe reichte, um die Gleichgültigkeit seines Vaters auszugleichen. Hart schluckend kämpfte sie gegen die Tränen an, die schon wieder in ihr aufstiegen.

Auch wenn es ihr das Herz brach, musste sie Joey klarmachen, dass er etwas Falsches getan hatte. Aber ehe sie etwas sagen konnte, griff Paul nach Joeys Hand.

»Ich verstehe dich, und als Anwalt würde ich mildernde Umstände beantragen, weil du in dem Moment nicht richtig nachgedacht hast. Aber es bleibt dabei, dass es falsch war.«

Joey nickte. »Das weiß ich eigentlich ja auch. Aber ist das denn nun wirklich so schlimm? Ich habe es ja nicht auch noch kaputt gemacht.«

Paul schüttelte den Kopf. »Eigentlich wäre es nicht so dramatisch. Dummerweise ist aber auf dem Tab etwas drauf, was dein Vater dringend braucht. Ich nehme es mit nach unten und sehe mal nach, um was es da eigentlich geht.«

»Und … ich meine, bekomme ich es denn wieder? Ich weiß ja wirklich, dass es falsch war, obwohl es mir auch irgendwie richtig vorkam.«

»Wäre es denn richtig, wenn du es ohne die Erlaubnis deines Vaters weiternutzt?«, fragte Paul ruhig.

Langsam schüttelte Joey den Kopf. »Wohl nicht.«

»Hast du Taschengeld gespart?«

»Ja, fast achtzig Dollar.«

»Gut. Ich habe ein nagelneues Tab, das ich nicht brauche. Das hat neu hundertfünfzig Dollar gekostet. Ich überlasse es dir für hundert. Das fehlende Geld kannst du bei mir durch Aufpassen auf Scout oder sonstige Hilfe im Haus verdienen. Was meinst du?«

Ein strahlendes Lächeln erschien auf Joeys Gesicht. »Ja, klar, abgemacht.«

»Und dich interessiert überhaupt nicht, wie so die technischen Daten von meinem Gerät sind?«

»Nö, ich vertraue dir.«

Jetzt musste Paul sichtlich schlucken. »Alles klar, mein Junge. Morgen früh kannst du mit der Installation deiner Spiele und dem ganzen Kram loslegen. Heute Abend ist langsam Schlafenszeit.«

»Danke, Paul. Und … es tut mir wirklich leid. Ich weiß, dass es falsch war.«

Paul fuhr ihm durch die Haare. »Und nur darauf kommt es an. Jeder macht mal Fehler, weil er sauer ist oder nicht richtig nachdenkt. Mal sehen, ob wir die Daten deines Vaters finden. Ich lass dich und deine Mom nun allein. Schlaf gut, Kleiner.«

Erstaunlicherweise verzichtete Jocy sogar darauf, Paul wegen der verhassten Anrede zu korrigieren, sondern wünschte ihm auch eine gute Nacht.

Sabrina lächelte Paul zu und hoffte, dass er verstand, wie beeindruckt sie davon war, wie er mit Joey geredet hatte. Sie war ehrlich genug, um zuzugeben, dass es nicht so gut hinbekommen hätte. Dafür war sie viel zu durcheinander. Er zwinkerte ihr zu und ließ sie dann allein.

Unsicher sah Joey sie an. »Du hast noch gar nichts gesagt. Bist du sehr sauer?«

Sabrina brachte kein Wort über die Lippen. Stattdessen setzte sie sich dorthin, wo eben noch Paul gesessen und mit ihrem Sohn geredet hatte, und zog Joey in ihre Arme. Joey kuschelte sich sofort an sie. »Bin ich froh, dass du nicht mit mir schimpfst.«

Sie räusperte sich. »Ach was. Paul hat schon alles gesagt, was es zu sagen gibt.«

»Ist es schlimm, wenn ich ihn viel cooler finde als Papa?«

Sabrina vergrub ihr Gesicht in seinen Haaren, dann hatte sie sich wieder im Griff. Fast wäre sie mit einem »ich ja auch« herausgeplatzt, was bestimmt keine Hilfe gewesen wäre. »Aber nein, dein Vater ist und bleibt dein Vater. Daneben darf es doch auch noch andere Menschen geben, mit denen du gern Zeit verbringst. Das ist völlig in Ordnung.«

»Gut. Denn ich mag ihn sehr. Und Rick auch. Ash ist auch ziemlich cool, aber den kenne ich noch nicht richtig. Es wäre wirklich schön, wenn ihr mehr als nur Freunde sein könntet.«

Mehr als nur Freunde? Wie kam er denn auf die Idee? Hatte vielleicht Paul ihrem Sohn erklärt, dass sie nur Freunde waren?

So ein Blödsinn. Freunde nahmen sich nicht so in den Arm, und in der Nähe von Freunden schlug das Herz nicht so schnell. Anscheinend musste sie ihren Standpunkt gegenüber Paul deutlich machen. Ihr schoss durch den Kopf, wie er sie als »nett« bezeichnet hatte. Die Entschlossenheit, ihm zu beweisen, dass sie weit mehr war als das, ergriff von ihr Besitz. Wenn es nach ihr ging, bestand zwischen ihnen deutlich mehr als Freundschaft.

Sie lehnte sich ein wenig zurück und grinste Joey an. »Ich finde, das ist eine gute Idee. Ich kann dir zwar nichts versprechen, aber wir können ja mal sehen, was die Zukunft bringt.«

»Cool. Kannst du noch etwas hierbleiben?«

Obwohl er es nicht sagte, spürte sie, wie durcheinander er war. Obwohl sie unbedingt wissen wollte, was ihr Exmann auf dem Tab gespeichert hatte, hätte sie um nichts auf der Welt ihr

Kind allein gelassen. »Natürlich. Aber nur, wenn du mir beim Kuscheln nicht wieder die ganze Decke klaust.«

In den nächsten Minuten entspann sich ein fröhlicher Kampf um die Bettdecke. Kichernd lag Joey schließlich neben ihr und schmiegte seinen Kopf an ihre Schulter. »Ich habe dich lieb, Mom.«

»Ich dich auch, mein Kleiner.«

Sein empörtes Schnaufen brachte sie zum Schmunzeln, aber er sagte nichts weiter. Wenig später schlief er tief und fest in ihrem Arm. Sie brachte es nicht übers Herz, ihn schon zu verlassen. Eigentlich brauchte sie seine Nähe ebenso wie andersherum. Schon immer hatte sie tiefen Frieden verspürt, wenn sie an seinem Bett gestanden hatte. Sämtliche Probleme schienen dann weit weg; das Wichtigste auf der Welt schlief friedlich und war in Sicherheit. Nichts anderes zählte in diesen Momenten.

Nichts hatte sie auf die Liebe vorbereitet, die eine Mutter zu ihrem Kind empfand. Natürlich hatte sie ihren Mann damals geliebt, aber ihre Beziehung zu Joey war schon immer anders gewesen. Reiner, tiefer, vollkommen. Auch wenn er sie manchmal wie kein anderer auf die Palme bringen konnte, war das Band zwischen ihnen unzerstörbar. Sie würde ihn immer lieben und für ihn da sein. Egal, was er tat.

Sie erinnerte sich an eine Sendung, die sie im Frauenhaus mit einigen anderen gesehen hatte. Auf die Frage einer Fernsehreporterin antwortete die Mutter eines überführten Serienmörders vor laufender Kamera, dass sie ihren Sohn trotz seiner Taten immer lieben würde. Einige Zuschauer hatten empört reagiert, aber die Mütter unter ihnen hatten sich nur stumm angesehen.

Vorsichtig löste sie sich von Joey und verließ nach einem letzten langen Blick auf ihn den Raum, der durch die überall verstreuten Sachen schon einem richtigen Kinderzimmer glich.

Unten angekommen stellte sie fest, dass sich Ash und Rick bereits verabschiedet hatten. Rob hielt sein Handy ans Ohr und starrte auf das Display seines Notebooks, das per USB-Kabel mit Malcolms Tab verbunden war.

Als er sie bemerkte, nickte er ihr zu. Von Paul und Scout war nichts zu sehen, aber aus der Küche kam Cat und winkte sie heran.

»Paul ist kurz mit dem Hund rausgegangen. Hör zu: Wir wissen nun, warum das Tab so wichtig ist. Da sind die Schlüsseldaten für ein Onlinebankingprogramm drauf. Vermutlich hat dein Mann, sorry, dein *Exmann*, ohne das Gerät keinen Zugriff auf sein Geld.«

Sabrina staunte, dass Rob in der kurzen Zeit so erfolgreich gewesen war. Cat interpretierte ihre Miene richtig und reichte ihr ein Glas Wein.

»Das Lob gebührt einem Freund von uns. Er ist am Computer wirklich ein Genie und hat sofort herausgefunden, welche App dein Exmann am häufigsten aufgerufen hat. Die Banking-Software war mit dem harmlosen Namen ›Organizer‹ getarnt, aber mehr wissen wir noch nicht.« Cat trank einen Schluck Wein und runzelte die Stirn. »Halt, das stimmt nicht ganz. Den Namen der Bank auf den Bahamas kennen wir auch, und laut ihrer Internetseite nehmen sie Kunden nur mit Einlagen ab zehn Millionen Dollar.«

Sabrina hätte sich fast an ihrem Wein verschluckt. »Zehn Millionen?«

»Ja. Nicht ganz unsere Liga, was?«

Stumm schüttelte Sabrina den Kopf. Dann meldete sich ihre Wut zurück. »Wie heißt der Laden?«

Cat sagte es ihr. Sabrina leerte ihr Glas zur Hälfte und riss dann ihr Handy aus der Tasche ihrer Shorts. Sie drückte zwei Tasten, um zu verhindern, dass ihre Rufnummer bei Telefonaten angezeigt wurde, obwohl das vermutlich überflüssig war, denn offensichtlich wusste Malcolm ja ohnehin, wo sie war. Sie hämmerte die Nummer ihres Exmannes in das Telefon und wartete, bis die Verbindung hergestellt wurde.

Cat hob zwar eine Augenbraue, machte aber keine Anstalten, sie von ihrem Vorhaben abzuhalten.

»Du verdammte, miese Ratte«, begrüßte sie Malcolm. »Dein Sohn hat dein Tablet mitgenommen, weil er wenigstens *etwas* von seinem Vater haben wollte. So eine Art Andenken. Und was machst du? Lässt wegen deines verdammten Schwarzgelds auf uns schießen, versuchst einen Hund zu vergiften, und ein Doppelmord ist dir auch scheißegal.«

Malcolm holte Luft. »Sekunde mal …«

»O nein, du hörst jetzt mir zu. Ich weiß inzwischen genau, worum es dir geht. Und nur zu deiner Information, deine kleine Organizer-App ist aufgeflogen, dein Zugang zur First National bekannt und bereits an das FBI weitergeleitet. Also pfeif deine Bluthunde zurück. Es ist vorbei!«

Malcolm schwieg, nur seine heftigen Atemzüge waren zu hören. »Ich wollte nie, dass euch etwas passiert«, sagte er schließlich.

»Ich wünschte, ich könnte es dir glauben, aber Tatsache ist doch, dass wir dir schon seit Ewigkeiten völlig egal sind.«

»Ich dachte, du hättest … Joey hat also …«

Sabrina spürte, wie sie endgültig die Fassung verlor, aber das konnte sie nicht ändern. »Ja, er wollte wenigstens eine einzige Sache von seinem Vater haben, du gewissensloser Mistkerl. Mögest du im Gefängnis verrecken!«, brüllte sie.

Mit zitternden Händen trennte sie die Verbindung. Etwas berührte sie am Schienbein, etwas Warmes, Weiches. Fell.

Scout schmiegte sich an sie, als wolle er sie trösten. Die Berührung des Hundes wirkte. Ihre Hand zitterte zwar noch immer vor Wut, aber sie konnte wieder klarer denken.

Cat prostete ihr zu. »Mir hat dein Schlusssatz besonders gut gefallen.«

Sabrina grinste schief. »Der mit dem Verrecken? War das nicht zu melodramatisch?«

»Nö, passend. Ich hoffe nur, deine klare Ansage sorgt wirklich dafür, dass ihr ab sofort Ruhe habt.«

Rob und Paul gesellten sich zu ihnen. Sichtlich besorgt musterte Paul sie. »Das hoffe ich auch«, stimmte er zu. »Ich glaube nicht, dass er allein für den ganzen Mist verantwortlich ist. Aber vielleicht gibt er die Information ja weiter, und es kehrt wirklich Ruhe ein.«

Rob nickte. »Leider haben wir, oder, genauer gesagt, ein Freund von uns, die Verschlüsselung noch nicht geknackt. Das heißt, wir wissen zwar, worum es geht, haben aber noch keinen Überblick, um wie viel Geld es sich eigentlich handelt. Vorher hat es wenig Sinn, das FBI zu informieren. Ich gebe meinem Bruder trotzdem schon mal einen Tipp. Wir dürfen nicht vergessen, dass das FBI dich ebenfalls im Visier hat, Sabrina.«

Das hatte sie völlig aus ihrem Gedächtnis gestrichen. Sie seufzte und lehnte sich gegen die Arbeitsplatte. »Mach, was immer du für sinnvoll hältst. Ich möchte nur, dass der Albtraum vorbei ist.«

»Das kann ich gut verstehen.« Rob lächelte ihr aufmunternd zu und wandte sich dann an Paul. »Bist du sicher, dass Cat und ich morgen früh zurückfliegen sollen? Es wäre auch möglich, dass wir länger bleiben.«

Paul nickte entschieden. »Das Angebot ist nett, aber erstens habe ich mitbekommen, dass ihr in San Diego gebraucht werdet, und zweitens sind wir ja nun auch zu dritt. Und dann hoffe ich, dass Sabrinas Auftritt vielleicht tatsächlich für Ruhe sorgt. Aber ich bin ja nicht wahnsinnig und melde mich sofort, wenn wir Hilfe brauchen.«

»Wie du meinst, auch wenn ich mich dabei nicht wohlfühle«, gab Rob nach. »Ich hoffe, der Freund, den ich auf den Fall angesetzt habe, bekommt noch etwas raus. Vielleicht auch über diesen Surferboy oder den angeblich harmlosen Familienvater.«

15

Obwohl Sabrina schon längst aufgelegt hatte, umklammerte Malcolm noch immer sein Smartphone. Immer noch hallte das Wort »Gefängnis« in seinem Kopf wider. Soweit durfte es einfach nicht kommen. Schließlich hatte er nur getan, was alle taten. Korruption gehörte im Baugewerbe nun mal dazu.

Nun wusste er, wo sein Tablet-PC geblieben war. Nicht seine Frau, sondern sein Junge hatte das Gerät mitgenommen. Quasi als Erinnerungsstück? Was für ein Schwachsinn! Aber es war schon sonderbar, wie der Zufall spielte. Ein einziges Mal vergaß er sein Tab, und ausgerechnet diesen Tag wählte Sabrina, um ihn zu verlassen. So gesehen trug sie doch die Schuld an dem ganzen Drama. Und was sie ihm alles vorwarf: Schüsse, vergiftete Köter, Doppelmord. Damit hatte er nichts zu tun. Aber wenn das tatsächlich stattgefunden hatte, vielleicht auf Veranlassung seines Geschäftspartners … würde er dann überhaupt beweisen können, dass er damit nichts zu tun hatte?

Hatte das FBI tatsächlich schon Zugriff auf seine Daten? Das wäre eine Katastrophe. Dann wäre seine einzige Chance dahin, mit den Behörden zusammenzuarbeiten und auf Strafermäßigung, vielleicht auch auf Zeugenschutz zu hoffen. Andererseits hatte sie vielleicht nur geblufft. Er warf das Handy auf den Tisch und vergrub das Gesicht in seinen Händen.

Egal, was er auch tat, sein bisheriges Leben war vorbei. Erstaunlicherweise fühlte er auch einen kleinen Stich des Bedauerns beim Gedanken an seinen Sohn. Er vermisste das Kind ein wenig, obwohl er kaum etwas mit ihm zu tun gehabt hatte. Merkwürdig, aber so war es nun einmal.

Entschieden stand er auf und ging zu der Kommode, auf der eine Flasche Tequila stand. Eine Dreiviertelliterflasche seiner bevorzugten Sorte kostete fast so viel wie ein Kurzurlaub in einem Luxushotel, aber das war es ihm wert. FBI oder sein Kumpel? Wen sollte er anrufen? Wer bot ihm den besseren Ausweg? Er musste sich entscheiden, und vielleicht half ihm der Agavenschnaps dabei.

Der Alkohol brannte in seiner Kehle, hinterließ dabei aber eine köstliche Geschmacksexplosion. Karamell, Vanille und natürlich Agave. Perfekt. Die armen Irren, die Tequila im Supermarkt kauften und mit Limette und Salz verdarben! Sie hatten keine Ahnung, welch kostbarer Schatz sich in einem echten Tequila verbarg.

Mit dem Glas in der Hand trat er ans Fenster und sah auf den Pazifik hinaus. Er wollte dieses Leben nicht aufgeben. Er hatte ein Recht auf sein Penthouse und einen vernünftigen Wagen! Das Geld hatte er schließlich hart verdient. Das alles aufzugeben war keine Option.

Vermutlich würde das FBI das ganz anders sehen und ihn ins Gefängnis oder, im besten Fall, in ein schmuddeliges Reihenhaus in einem öden Staat wie Idaho oder Montana stecken. Das war doch kein Leben, keine Alternative.

Er bemühte sich, die kleine Stimme in seinem Kopf zu überhören, die ihn darauf hinwies, dass er dann wenigstens noch am Leben wäre – und Sabrina und Joey auch. Wobei Sabrina ihm fast egal war, aber das Kind … hatte wirklich jemand auf Joey geschossen? Es würde nichts schaden, wenn er seinen Standpunkt gegenüber seinem Partner noch einmal betonte: Dem Jungen durfte nichts passieren!

Entschieden wandte er sich ab und griff nach seinem Handy.

Erst als sein Gesprächspartner sich meldete, wurde ihm klar, dass er eigentlich keine Ahnung hatte, wie er ihn dazu bringen sollte, seine Familie oder zumindest sein Kind in Ruhe zu lassen.

»Ich hatte gedacht, ich hätte mich klar ausgedrückt: Lass meinen Jungen in Ruhe! Auf ihn zu schießen geht zu weit.«

Schweigen. »Ich weiß nicht, wovon du sprichst. Niemand hat auf Joey geschossen. Wie kommst du darauf?«

»Sabrina hat mich angerufen.«

»Damit hätte ich allerdings nicht gerechnet. Was hat sie sonst noch gesagt?«

»Sie hat die App gefunden und weiß, worum es geht. Angeblich hat sie die Daten schon ans FBI weitergeleitet, aber … ich denke, sie blufft. Meine Verschlüsselung ist nicht so leicht zu knacken, und von einem unterbezahlten, angeblichen FBI-Experten schon gar nicht.«

»Es kostet mich einen Anruf, um herauszufinden, ob sie die Wahrheit gesagt hat. Aber nachdem nun offenbar jeder weiß, worum es geht, gibt es keinen Grund zur Zurückhaltung mehr.«

»Denk an meinen Jungen«, forderte Malcolm mit sich überschlagender Stimme. Etwas ruhiger fügte er hinzu: »Du bist doch auch Vater und müsstest das verstehen.«

»Nach Möglichkeit wird ihm nichts geschehen. Aber wenn ich mich zwischen meiner Zukunft und deinem Sohn entscheiden muss, fällt mir die Wahl nicht schwer.«

Die Verbindung wurde getrennt. Das Telefon landete erneut schwungvoll auf dem Tisch. Während er das nächste Glas Tequila leerte, wurde Malcolm klar, dass er nichts erreicht, aber vielleicht die Gesamtsituation für alle Beteiligten noch verschlimmert hatte. Viel mehr verunsicherte ihn jedoch die Wahl, die sein Geschäftspartner ihm aufgezeigt hatte. Was war wichtiger:

seine komfortable Zukunft oder das Leben seines Sohnes? Es beunruhigte ihn, dass er über die Antwort nachdenken musste.

Das Smartphone verriet Sabrina die aktuelle Uhrzeit. 1:15 Uhr. Eindeutig Schlafenszeit. So weit die Theorie. Sie war müde und kaputt und konnte dennoch nicht einschlafen. Ihre Gedanken kreisten immer wieder um Joey, um Paul und auch um Malcolm. War ihr Sohn in Sicherheit? Gab es wirklich eine Zukunft für sie und Paul? War er überhaupt ernsthaft an ihr interessiert? Und wie hatte sie sich nur so in einem Mann täuschen können, mit dem sie jahrelang verheiratet gewesen war? Abwechselnd jagten die ungeklärten Fragen durch ihren Kopf und verhinderten, dass sie zur Ruhe kam. Dabei würde sie in dieser Nacht keine Antworten finden, sondern musste abwarten. Aber genau das fiel ihr schwer. Nachdem sie jahrelang zu passiv gewesen war, wollte sie nun nicht geduldig sein müssen. Sie wollte ihr Leben aktiv gestalten. Dass dies im Moment nicht möglich war, gefiel ihr überhaupt nicht.

Entschieden warf sie die zerknüllte Bettdecke zur Seite und stand auf. Barfuß ging sie durchs Zimmer, fluchte leise, als sie gegen ein Hindernis stieß, und öffnete die Dachterrassentür. Es war deutlich kühler geworden, aber immer noch angenehm warm. Der Klang der Wellen beruhigte sie ein wenig. Tief atmete sie die salzige Luft ein. Vorsichtig ging sie über die Holzbohlen bis zum Geländer der Dachterrasse und lehnte sich dagegen. Das Meer war in der Dunkelheit kaum zu erkennen, nicht mehr als eine schwarz glänzende Ebene mit einigen hellen Strichen aus Mondlicht. Der Wellengang nahm anscheinend zu. Gut, dann würden sie am Morgen wieder in der Brandung toben können.

Es war erstaunlich, wie sie trotz aller widrigen Umstände und der drohenden Gefahr einige Dinge intensiv genießen konnte. Vielleicht würde sie am Ende Inga doch noch dankbar sein, dass sie ihr das Zimmer verweigert hatte.

Gedankenversunken blickte sie auf den Pazifik. Unzählige Sterne glitzerten am Nachthimmel und sorgten für eine zauberhafte Atmosphäre. Allmählich wurde sie ruhiger und entspannte sich. Vielleicht sollte sie hier draußen schlafen. Den beiden Stühlen fehlte zwar die Auflage, aber der Zweisitzer aus Korbgeflecht wäre groß und bequem genug.

Oder sie kuschelte sich zu Joey. Das war ebenfalls ein erprobtes Mittel gegen schlaflose Nächte. Seine Wärme und regelmäßigen Atemzüge hatten sie schon etliche Male durch unruhige Nächte begleitet.

Ehe sie sich entschieden hatte, spürte sie, dass sie nicht länger allein war. Instinktiv wusste sie, wer die Terrasse betreten hatte, aber in sicherer Entfernung wartete. Paul.

»Habe ich dich geweckt? Tut mir leid, das wollte ich nicht.«

Er trat näher und blieb dicht neben ihr stehen. »Keine Sorge, hast du nicht. Ich hatte noch etwas gelesen und dann bemerkt, dass du hier bist.«

»Dann hast du Augen wie eine Eule.«

»Oder einen siebten Sinn, wenn es um dich geht.« Er legte ihr einen Arm um die Schulter. »Ich kann gut verstehen, dass du nicht schlafen kannst. Soll ich dir was zu trinken holen? Ein Glas Wein? Oder … nein, warte. Ich bin sofort wieder da.«

Er gab ihr keine Chance zu einer Antwort, sondern eilte davon. Sofort vermisste sie ihn und musste über sich selbst lachen. Vermutlich lag es an der Übermüdung. Nach einigen Minuten, die ihr wie eine Ewigkeit erschienen, kehrte er zurück.

Angestrengt schnupperte Sabrina und schmunzelte. »Ist es das, was ich glaube, dass es das ist?«

Nun lachte auch Paul. »Falls du Kakao meinst: ja. Ganz stilecht mit einigen Marshmallows obendrauf. Nur Sahne hatte ich nicht im Haus. Mein Vater hat mir immer Kakao gemacht, wenn ich nicht schlafen konnte. Allerdings habe ich ihn sozusagen noch etwas getunt. Probier doch mal.«

Vorsichtig nippte Sabrina an dem warmen Getränk und stöhnte dann behaglich auf. Paul hatte den Kakao mit etwas Rum aufgewertet, und das Ergebnis war einfach köstlich. »Perfekt.«

»Sekunde. Ich hole uns die Bank hierher. Dann kannst du im Sitzen trinken.«

Er machte sich viel zu viele Umstände, aber wieder bekam sie keine Gelegenheit, zu protestieren, im nächsten Moment stand die Bank schon hinter ihr. Paul setzte sich neben sie, hüllte sie in eine dünne Decke ein und zog sie wieder an sich. »So, nun trinkst du deinen Kakao, und dann sieht die Welt schon wieder ganz anders aus.«

Wieder musste sie lachen. »Ich brauche aber noch eine Gutenachtgeschichte und einen Gutenachtkuss.« Ups, so direkt hatte sie das eigentlich nicht sagen wollen, das musste am Rum liegen.

»Hm, was für eine Geschichte denn?«

»Wie wäre es mit dieser: Ein Prinz rettet die gar nicht prinzessinnenhafte Königstochter vor einem Bösewicht, und zusammen reiten sie in den Sonnenuntergang?«, schlug Sabrina vor.

»Okay, die nehmen wir. Eigentlich hast du ja schon alles gesagt. Da fehlt nur noch: Und wenn sie nicht gestorben sind, dann leben sie noch heute glücklich mit ihren neunundneunzig Kindern in ihrem Haus am Meer.«

Sabrina prustete los und kuschelte sich dichter an ihn. Jetzt war der Augenblick absolut perfekt. Die Wärme der Decke, aber vor allem Pauls Nähe, dazu der warme Kakao. Es war fast so wie am Bett von Joey. Die Probleme traten in den Hintergrund, ihre Bedeutung verschwand. Sie trank den Kakao aus und seufzte.

»Es ist so friedlich. Aber wer weiß schon, was der Morgen bringt.«

»Ich passe auf euch auf«, versprach Paul. »Niemand wird uns das Happy End mit den neunundneunzig Kindern verderben.«

Sie wollte mit einem Scherz antworten, aber ihr fielen die Augen zu.

Ein schmerzhaftes Stechen in seinem rechten Arm riss Paul aus dem Schlaf. Blinzelnd starrte er in die Sonne. Er war nicht in seinem Bett, das war sicher, aber was … dann begriff er schlagartig, wo er sich befand. Er erinnerte sich noch, dass Sabrina in seinem Arm eingeschlafen war und er es nicht übers Herz gebracht hatte, sie zu wecken. Irgendwann musste auch er der Müdigkeit nachgegeben haben.

Vorsichtig veränderte er die Position seines Arms, bis ein Prickeln das Stechen ablöste. Sabrina seufzte im Schlaf, kuschelte sich dann aber noch dichter an ihn.

Paul versuchte, einen Blick auf seine Uhr zu werfen, ohne Sabrina zu wecken. Sechs Uhr. Damit hatte er noch gut eine Stunde, ehe Scout sein Recht auf einen morgendlichen Ausflug ins Freie einforderte.

Was sollte er nur mit Sabrina tun? Er genoss ihre Nähe und wollte mehr, viel mehr. Die Versuchung war groß, es einfach auf eine Beziehung ankommen zu lassen und zu sehen, wohin es sie führen würde. Aber er konnte sich nicht überwinden, den ersten Schritt zu tun. Noch nicht. Auch wenn er es eigentlich wollte. Es ging hierbei schließlich nicht nur um ihn und Sabrina, sondern auch um Joey, der sich eindeutig Hoffnungen machte, dass sie ein Paar wurden. Vielleicht ging es gut, aber vielleicht entpuppte sie sich auch …

Stopp! Bis hierhin und nicht weiter. Er machte eine gedankliche Vollbremsung.

Schließlich hatte Sabrina ja schon bewiesen, dass ihr Kind für sie an erster Stelle kam. Es war unvorstellbar, dass sie Joey aus egoistischen Gründen verlassen oder vernachlässigen würde. Außerdem konnte er sich noch gut daran erinnern, wie loyal sie als Kind gewesen war. Sie alle hatten gewusst, wie kompliziert das Verhältnis zwischen Ash und seinem Vater gewesen war, aber Sabrina war die Einzige gewesen, die seinem Vater die Meinung gesagt hatte. Sie hatte den wesentlich älteren Mann mit einem ganzen Arsenal von Vorwürfen bombardiert, die es in sich gehabt hatten: Vernachlässigung, immer nur arbeiten, Gleichgültigkeit … an mehr konnte er sich nicht mehr erinnern, wohl aber daran, wie versteinert Ashs Vater gewirkt hatte. Es gab keinerlei Ähnlichkeit zwischen seiner Mutter und der Sabrina von damals oder heute!

Er verfluchte sich dafür, dass er immer wieder an seine Mutter denken musste. *Er* war es, der sich verändert hatte! Früher war er trotz der Launenhaftigkeit seiner Mutter immer offen gewesen. Das hatte sich alles geändert, als sie seinen Vater verlassen hatte. Seitdem hatte er sich von anderen zurückgezogen; selbst Winston, den er als Freund betrachtete, hatte er nur bis zu einem bestimmten Grad an sich herangelassen. Lediglich bei Ash und Rick war es anders, vermutlich wegen ihrer früheren Vertrautheit – und auch bei Sabrina. Es musste endlich aufhören, dass er von dem Verhalten seiner Mutter sein Leben bestimmen ließ. Jetzt, wo er das erkannt hatte, würde er gegensteuern. Lange genug hatte es ja gedauert, bis er die Dinge so durchschaute, wie sie waren.

Ein anderer Punkt war viel wichtiger: Sabrina war noch lange nicht über die Erfahrung mit ihrem Exmann hinweg. Und jeder Tag, der neue unangenehme Überraschungen bot, verschlimmerte die Sache noch. Er hatte bisher zwar den Eindruck, dass sie sich in seiner Nähe wohlfühlte, sie vielleicht sogar suchte, aber er wollte sie keinesfalls verschrecken. Er musste vorsichtig vorgehen und Geduld haben.

An Schlaf war nicht mehr zu denken, aber das störte ihn nicht. Der Blick aufs Meer, die ersten Sonnenstrahlen und Sabrina neben ihm – mehr brauchte er in diesem Moment nicht. Zum ersten Mal seit langer Zeit war er zufrieden, fast glücklich.

In der Ferne war plötzlich Hundegebell zu hören und riss ihn aus seinen Grübeleien. Das musste Shadow sein, der offenbar früher nach draußen wollte als Scout. Daran würde sich Rick gewöhnen müssen. Der Gedanke amüsierte Paul, und schlagartig fiel ihm auf: Er konnte sich eigentlich wirklich nicht beschweren, denn es gab keinen Grund mehr, sich in Heart Bay einsam zu fühlen. Rick und Ash waren zurück, und nicht nur das: Ihre Freundschaft hatte die lange Trennung anscheinend überstanden. Es herrschte die gleiche Vertrautheit zwischen ihnen wie früher, und das galt auch für Rob, bei dem er nie zu hoffen gewagt hätte, dass sie nach all der Zeit noch Freunde waren. Und durch Robs Bruder hatte er zusätzlich noch den Vorteil, bei Bedarf einen direkten Draht zum FBI zu haben.

Rob hatte ihm abends noch beinahe drohend befohlen, diesmal in engem Kontakt zu bleiben, und genau das würde er tun. Noch einmal würde er keine Distanz zu den Männern entstehen lassen, die seine Freunde waren.

Das Hundegebell wurde lauter und kam näher. Er schielte wieder auf seine Uhr. Mist, schon kurz vor sieben Uhr. Er hatte nicht einmal gemerkt, wie lange er hier gesessen hatte, die schlafende Sabrina im Arm, tausend Gedanken im Kopf

269

und innerlich doch zufrieden. Vermutlich würde jeden Augenblick ... da hörte er auch schon das Klacken von Krallen auf dem Holzboden. Die Ruhe war vorbei.

Schnüffeln, ein leises Kläffen. Dann saß Scout auch schon direkt vor ihm und sah ihn auffordernd an.

Leider beinhaltete die Erziehung des Hundes nicht den Befehl *Komm in dreißig Minuten wieder, du störst gerade.*

»Scout? Bist du hier? Sei vorsichtig, dass du nicht Mom oder Paul weckst!«, rief Joey lautstark aus dem Inneren des Hauses.

Paul verdrehte bei der Kinderlogik den Kopf. Im Gegensatz zu Joeys Gebrüll war Scouts Auftritt dezent gewesen. Er überlegte gerade, wie er antworten konnte, ohne Sabrina zu wecken, als sie sich schon rührte und sich verschlafen die Augen rieb. »Was ist denn hier los?«, brachte sie gähnend und kaum verständlich hervor.

Paul wollte gerade antworten, da stürmte Joey auf die Dachterrasse und kam schlitternd vor Scout zum Stehen. »Ach, hier bist du. Und ihr auch? Was macht ihr denn so früh hier?«

Sabrina gähnte erneut. »Nachdenken! Wieso machst du so früh einen solchen Lärm?«

»Ich habe Scout gesucht!«

Seine Mutter deutete auf den Hund. »Da ist er. Kannst du mich jetzt bitte weiterschlafen lassen?«

Paul musste die Lippen fest zusammenpressen, um nicht laut loszulachen. Da sah Joey ihn auch schon entschuldigend an. »Bevor sie nicht ihren zweiten Kaffee hatte, ist es immer etwas schwierig mit ihr.«

Fast wäre es um Pauls Beherrschung endgültig geschehen gewesen, da tippte Joey seiner Mutter an die Schulter. »Mom, willst du wirklich hier draußen weiterschlafen?«

Sabrina hatte die Augen schon wieder geschlossen, fuhr dann aber sichtlich erschrocken hoch. »Hier?«

Verwirrt sah sie sich um, rückte von Paul ab und setzte sich aufrecht hin. »Was … ich meine, wie … ach ja, der Kakao.«

Blinzelnd schüttelte Joey den Kopf. »Na, dann ist ja alles klar. Ich hole dir einen Kaffee und lasse Scout vorne raus. Ist das in Ordnung, Paul?«

»Mach zweimal Kaffee draus, und wir sind im Geschäft.«

»Na klar. Komm, Scout.« Joey pfiff ziemlich schräg, aber Scout stand auf, schüttelte sich und trottete hinter dem Jungen her.

Sabrina versuchte, ihre zerzausten Haare zu einem Pferdeschwanz zusammenzufassen, musste aber feststellen, dass sie kein Haargummi hatte. Sie schimpfte leise und sah Paul dann entschuldigend an. »Ich brauche morgens immer ein bisschen, bis ich rundlaufe. Habe ich tatsächlich hier geschlafen? Und du auch?«

Paul nickte nur. Vermutlich würde sie sauer werden, wenn er laut loslachte, aber so verschlafen erinnerte sie ihn an ein kleines Kind und war einfach süß. Das behielt er aber besser für sich – für die Bezeichnung *süß* hätte er sich wahrscheinlich ebenfalls *einiges* anhören müssen.

»Danke für den Kakao und dafür, dass du ein sehr angenehmes Kissen warst.«

Das klang für seinen Geschmack viel zu formell. Außerdem wollte er nicht nur ihr Kissen sein.

Ihr T-Shirt war verrutscht und ermöglichte ihm einen interessanten Blick auf den Ansatz ihrer Brüste. Sofort meldete sich ein Körperteil zu Wort, das er schon seit dem Aufwachen unter strenger Kontrolle hielt.

»Jederzeit wieder«, bot er schließlich an, dann konnte er nicht mehr widerstehen, zog sie kurz an sich und gab ihr einen Kuss auf die Haare.

Sabrina sagte zwar nichts, runzelte aber die Stirn und stand auf. Gegen das Geländer gelehnt blickte sie aufs Meer. »Ich hoffe, es wird nicht noch einmal nötig sein. Vielleicht haben wir ja Glück und können schon ab heute wieder zur Tagesordnung übergehen.«

Lag es an ihrer Müdigkeit, oder hatte er sie verärgert? Er hätte schwören mögen, dass sie sauer war, wusste aber nicht, was er falsch gemacht haben könnte. Hatte der flüchtige Kuss sie verärgert? Dann konnte er seine weiteren Pläne vergessen, denn die sahen sehr viel mehr vor als einen beinahe brüderlichen Kuss!

Sabrina sah den Möwen zu, die dicht über den Wellen dahinsegelten und nach Fischen Ausschau hielten, und versuchte, ihre wirren Gedanken zu ordnen. Sie hätte neben Paul sitzen bleiben sollen! Obwohl die Sonne trotz der frühen Stunde schon warm auf sie herabschien, fror sie ohne seine Berührung. Auch wenn sie beim Aufwachen nicht einmal gewusst hatte, wo sie war, hatte sie sich so wohlgefühlt wie schon lange nicht mehr. Leider schienen sie und Paul völlig unterschiedliche Vorstellungen von ihrer Beziehung zu haben: Er benahm sich ihr gegenüber wie ein guter Freund oder wie ein großer Bruder. Das war es nicht, was sie sich mittlerweile wünschte. Und sie wollte bestimmt keinen keuschen Kuss auf den Kopf! Leider passte sein Verhalten sehr gut dazu, dass er sie als *nett* bezeichnet und zu Joey gesagt hatte, sie wären nur Freunde.

Eine Möwe stieß aus vollem Flug ins Wasser hinab und kam mit einem Fisch im Schnabel wieder hoch. Sie beschloss, das als Zeichen zu betrachten: Man musste sich nehmen, was man wollte, manchmal sogar darum kämpfen. Das konnte er haben! Ein grober Plan nahm in ihren Gedanken Form an, und sie wirbelte zu Paul herum. »Heute Abend löse ich definitiv meinen Wetteinsatz ein, sag Rick Bescheid! Wenn du willst, kannst du auch Ash zum Männerabend einladen. Ich kümmere mich um den Rest.«

Paul wollte etwas erwidern, allerdings seinem Gesichtsausdruck nach keine Zustimmung. Bisher hatten sie den Termin nicht festgemacht, sondern nur grob darüber nachgedacht. Aber er kam nicht dazu, abzulehnen, denn Joey war zurückgekehrt und hatte gehört, was sie sagte. Der Kaffee in den zwei Bechern schwappte gefährlich nahe an der Kante, aber das hielt ihn nicht davon ab, ein Freudengeheul auszustoßen. »Männerabend! Voll cool. Das muss ich Steve sagen.« Er stellte die Becher aufs Geländer und umarmte Sabrina. »Guten Morgen, du liebste Morgenmuffel-Mama.«

Der alte Scherz zwischen ihnen brachte sie zum Schmunzeln. »Ich bin kein Morgenmuffel. Ich weiß gar nicht, was das ist. Willst du mich beleidigen?« Sie knurrte bedrohlich, während sie ihn fest umarmte.

»Wenn du nicht weißt, was das ist, weißt du auch nicht, ob du einer bist. Aber gut, dann bist du eben ein Kaffeejunkie.«

»Wie war das, du Frechdachs?«

Lachend wand er sich aus ihren Armen. »Kaffeejunkie, Morgenmuffel«, rief er ihr zu, umarmte rasch Paul, flüsterte ihm was ins Ohr und rannte davon.

Grinsend sah Paul ihm nach. »Also gut, ich wurde gerade von kompetenter Seite davor gewarnt, dir zu widersprechen, ehe du nicht mindestens zwei Becher Kaffee intus hast. Meinetwegen machen wir das heute Abend. Aber nur, wenn du wirklich möchtest. Du kannst doch eigentlich gerade keinen zusätzlichen Stress gebrauchen.«

Wenn alles so lief, wie sie es sich vorstellte, konnte von Stress keine Rede sein, aber das würde er noch früh genug merken.

Sie prostete ihm mit dem Kaffeebecher zu und genoss den ersten Schluck. Erst dann reichte sie ihm seinen Becher.

Dieses Mal galt sein Grinsen ihr. »Dein Sohn hat recht, weißt du. Du bist definitiv ein Kaffeejunkie und ein Morgenmuffel dazu.«

Sabrina knurrte ihn so an, wie sie es seit Jahren mit Joey tat, wenn er sie aufzog. Besonders bedrohlich wirkte sie anscheinend nicht, denn er lehnte sich lachend zurück und trank seinen Kaffee.

Sie warf den Kopf in den Nacken. »Ich dusche schnell und kümmere mich dann ums Frühstück. Wir können Rob und Cat ja schlecht hungrig zum Flughafen fahren lassen.«

»Stimmt, das können *wir* nicht.«

Hatte da in seinem »wir« eine besondere Betonung gelegen? Vielleicht sogar eine Herausforderung? Ohne eine zweite Tasse Kaffee war sie nicht wach genug, um sein Verhalten richtig zu interpretieren. Es war schon ein mittleres Wunder, dass sie einen Plan grob skizziert hatte. Die Feinheiten würde sie in den nächsten Stunden herausarbeiten, aber am Ende würde er keine Chance haben. Hoffentlich. So oder so würde sie wissen, wo sie standen.

Sie wandte sich ab, aber Paul rief sie zurück. »Denkst du daran, die Tür zu checken, ehe du den Kochlöffel schwingst?«

Ratlos drehte sie sich wieder um. Seine Augen lachten sie aus. »Rosie. Frühstück«, half er ihr auf die Sprünge.

Verflixt, das hatte sie ganz vergessen. »Selbstverständlich«, behauptete sie. »Die Zeit müsste auch noch für einen Sprung in die Wellen reichen. Und wenn Rob und Cat unterwegs sind, zeige ich dir, was ich gestern meinte.«

Verständnislos sah er sie an. So viel zum Thema, *sie* wäre morgens nicht ansprechbar.

»Na, wegen deiner Unterforderung im Job. Dafür reicht die Zeit noch locker, ehe ich den Termin mit Trish habe.«

»Du meintest das wirklich ernst? Und wer ist Trish?«

»Ich meine immer alles ernst. Und Trish ist die erste Kundin, deren Gästezimmer ich mit anbieten werde.«

»Okay, aber ich komme mit zu ihr. Du und Joey, ihr werdet heute keine Minute allein verbringen!«

Betont unschuldig legte sich Sabrina einen Finger an die Lippen. »Heißt das, dass du jetzt mit mir gemeinsam duschen willst?«

Prompt verschluckte sich Paul an seinem Kaffee. Sehr schön, darüber konnte er ja mal nachdenken. Sie ging, ehe ihr die kleine Frechheit noch peinlich werden konnte – oder er das Angebot am Ende noch annahm. Allein bei dem Gedanken, mit ihm zusammen zu duschen, wurde ihr heiß. Sie brauchte dringend mehr Kaffee, und zwar möglichst schnell.

Drei Stunden später stand sie in der Haustür und sah dem neuen Mietwagen von Rob und Cat nach, den sie sich am Vorabend besorgt hatten. Sie würde die beiden vermissen, freute sich aber schon auf ein Wiedersehen. Als wären sie tatsächlich ein Paar oder eine Familie, hatte Cat sie eingeladen, in naher Zukunft ein Wochenende bei ihnen in San Diego zu verbringen. Sabrina war sicher, in Cat eine Freundin gefunden zu haben, und würde schon deshalb dafür sorgen, dass nicht Monate bis zum nächsten Treffen vergingen. Da auch Cat und Rick sich geschworen hatten, in Verbindung zu bleiben, war das mehr als ein reines Lippenbekenntnis. Vor Kurzem hatte sie außer Joey niemanden gehabt, und auf einmal waren da so viele Menschen, die ihr in kurzer Zeit so erstaunlich ans Herz gewachsen waren.

Joey umarmte sie, und wieder einmal staunte sie, wie groß der Junge geworden war. Sein Kopf reichte ihr schon bis ans Kinn, und es war absehbar, dass er sie bald überragen würde. Das war das Einzige, was ihr am Muttersein nicht gefiel:

Die Zeit raste nur so dahin. Es kam ihr vor, als wäre es gestern gewesen, dass sie ihn im Kindersitz auf dem Rücksitz festgeschnallt hatte, und nun fragte er ernsthaft nach, wann er selbst ans Steuer durfte. Mit zehn Jahren! Und statt sein Verlangen locker abzuwehren, dachte sie darüber nach, dass es eigentlich nichts schaden konnte, wenn er auf einem Waldweg ein paar Meter fuhr. Sie selbst hatte bei ihrem Großvater als Vierzehnjährige ans Lenkrad gedurft. Und damals war sie technisch bei Weitem nicht so versiert gewesen wie ihr Sohn.

»Besuchen wir sie bald?«

»Ganz bestimmt.«

»Gut. Vielleicht könnten wir dann ja auch ganz kurz bei Papa vorbeisehen.«

Daran hatte sie überhaupt nicht gedacht, aber sie nickte. »Natürlich. Unsere Trennung heißt ja nicht, dass du ihn nicht mehr triffst.«

Wobei das vermutlich schwierig werden würde, wenn er bald dort saß, wo er hingehörte: im Gefängnis. Aber das würde sie niemals vor ihrem Sohn sagen. Außerdem war Malcolm aalglatt. Vielleicht fiel ihm ja doch noch ein Dreh ein, sich der fälligen Strafe zu entziehen. Ihm gönnte sie einen langen Aufenthalt im Knast von Herzen, aber Joey würde sehr darunter leiden. Wie sie es drehte und wendete, es gab keinen wirklich guten Ausgang.

»Gehst du mit Scout an den Strand runter? Ich möchte Paul noch etwas auf dem Notebook zeigen. Danach fahren wir dann in die Stadt.«

»Klar.«

16

Sabrina platzierte das Notebook mitten auf dem Wohnzimmertisch und rief die Seite auf, die sie Paul zeigen wollte. Sie war gespannt, wie er reagieren würde. In diesem Fall hatte sie nicht die geringste Ahnung, ob er nicht sofort ablehnen würde, aber einen Versuch war es wert.

Suchend sah sie sich um und entdeckte Paul am Durchgang zur Küche. Sie winkte ihn mit einem Finger heran. Statt näher zu kommen, grinste er sie an.

»Mach das noch mal, und ich spendiere dir ein Outfit aus schwarzem Leder und dazu eine Peitsche, dann kannst du dich austoben.«

»Vorsicht, du weißt nicht, was dann passiert«, knurrte sie. Aber ihr Herz klopfte schneller. Hatte er es so anzüglich gemeint, wie es geklungen hatte? Eine Idee kam ihr, für die sie in Heart Bay allerdings kaum das passende Outfit finden würde. Und ob sie den Mut dazu aufbringen würde, stand ohnehin noch auf einem ganz anderen Blatt.

Erst als sich Paul neben sie setzte und sein Oberschenkel ihren berührte, konzentrierte sie sich wieder auf ihr eigentliches Thema. Sie räusperte sich noch einmal, dann traute sie ihrer Stimme wieder. »Sagt dir LPB etwas?«

Paul schüttelte den Kopf, die Aufmerksamkeit bereits ganz auf die Webseite konzentriert. »Was ist das für ein Portal? Eine Anwaltssuche? Das kannst du vergessen, hier in der Gegend bin ich bekannt.«

»Nein, das ist kein normales Portal. Die Abkürzung steht für

›lawyer pro bono‹. Ich bin durch das Frauenhaus auf die Seite gestoßen. Hier melden sich Menschen, die am Ende sind und dringend Hilfe brauchen. Leider reichen die Kapazitäten nicht aus. Es gibt einige junge Anwälte, die das hier unterstützen, und einige ältere aus wirklich renommierten Kanzleien, aber denen fehlt dann wiederum die Zeit. Außerdem sind viele zu stark spezialisiert. Hier geht es um das gesamte rechtliche Spektrum: Mietangelegenheiten, Sorgerecht …« Sabrina tippte auf einen Absatz. »Garantieprobleme. Und …«

Sie wollte eigentlich die Funktionsweise noch weiter erklären, aber Paul zog den Computer zu sich rüber und rief den kompletten Fall auf. Mit gerunzelter Stirn überflog er den Sachverhalt. Bei einem Kinderwagen, für den jemand mühsam das Geld zusammengespart hatte, war schon während der ersten Ausfahrt die Feststellbremse durchgebrochen und der Wagen damit unbenutzbar. Er klickte sich schnell durch einige angehängte Bilddateien und verweilte nur beim Kaufbeleg etwas länger. »Das ist ja eine ganz miese Angelegenheit. Der Kerl ist nichts anderes als ein skrupelloser Verbrecher, der nur an sein Geld denkt. Dabei ist die Sachlage völlig unstrittig. Na warte.«

Sabrina sah schweigend zu, wie seine Finger über die Tasten flogen. Ohne eine Sekunde zu zögern, formulierte er ein kurzes und knappes Schreiben an die Frau, die auf dem Portal Hilfe suchte. Er nannte die relevanten Paragrafen und forderte den Verkäufer auf, sofort und unverzüglich für einen adäquaten Ersatz zu sorgen, außerdem forderte er einen Schadenersatz in Höhe von 250 Dollar, den er ebenfalls knapp begründete.

Erst als er den Text hochladen wollte, fiel ihm ihre Anwesenheit wieder ein. »Mist, ich hätte mich irgendwie registrieren müssen, oder? Es kann sonst ja jeder behaupten, dass er …«

Wortlos zog Sabrina das Notebook zu sich rüber und klickte auf »senden«. Als ein Benutzername gefordert wurde, gab sie »PaulW« ein, als Passwort »Fast&Furios«.

»Bitte was?«, erkundigte sich Paul.

»Hey, ich habe die Kinofilme geliebt, insbesondere … na, ist ja auch egal, mir fiel gestern Abend nichts anderes ein. Immerhin bist du damit heute Morgen schon freigeschaltet!«

»Okay, danke. Aber …" Er schüttelte den Kopf und klickte auf einen weiteren Fall, diesmal ging es um einen Streit ums Sorgerecht. »Fast das gleiche Problem wie bei dir und diesem Arschloch Malcolm.«

Bei dem für ihn ungewöhnlichen Schimpfwort hob sie die Brauen, aber er bemerkte es nicht, sondern öffnete bereits eine Worddatei und kopierte verschiedene Passagen in ein neues Dokument.

Er war eindeutig in seinem Element. Sabrina stand auf. »Ich sehe mal nach dem Kind und dem Hund.«

»Tu das«, erwiderte Paul, ohne beim Tippen innezuhalten. »Grüß sie von mir«, fügte er noch sinnloserweise hinzu.

»Mache ich. Und dann schmeiße ich sie von der höchsten Klippe ins Meer.«

»Gute Idee, das macht sicher Spaß.«

Sabrina biss sich so fest auf die Unterlippe, dass sie Blut schmeckte. Sie würde nicht losprusten, sie würde sich beherrschen. Jedenfalls bis sie außer Hörweite war. Nichts sollte ihn aus seiner Konzentration reißen. Sie hatte erwartet, dass ihn das Portal interessieren würde, aber dass es ihn so elektrisieren würde, hatte sie nicht zu hoffen gewagt.

Auf der Terrasse traf sie auf Rick, der es sich auf einem Stuhl bequem gemacht hatte. Die Füße hatte er auf dem Tisch abgelegt. Statt etwas dazu zu sagen, schüttelte sie sich vor Lachen.

Verdutzt sah Rick sie an. »Was immer du geraucht hast, ich will auch was davon haben. Und Ash braucht das auch, der ist vorhin mit Gewittermiene abgezogen. Was habe ich verpasst?«

»Paul hat gerade gesagt, es wäre eine gute Idee und mache sicher Spaß, Joey und Scout von der Klippe zu werfen.«

Kurz wirkte Rick irritiert, dann begriff er offenbar und stimmte in ihr Lachen ein. »So war er früher schon, wenn er gelesen hat. Er war so konzentriert, dass er nebenbei dem größten Schwachsinn zugestimmt hätte. Was macht er gerade?«

So knapp wie möglich beschrieb ihm Sabrina das Portal.

Rick pfiff leise durch die Zähne. »Genau das Richtige für ihn. Sehr gut, Kleine.« Sabrina bedachte ihn mit einem grimmigen Blick, aber er grinste nur. »Kommst du noch mal mit ins Wasser? Shadow könnte schon wieder eine Abkühlung vertragen.«

Das war eine glatte Lüge, denn Shadow lag lang ausgestreckt neben dem Stuhl und bewegte nur ab und zu ein Ohr. »Lass den armen Hund in Ruhe. Wollen wir mal sehen, wer schneller an der Boje ist?«

»Die Antwort kenne ich zwar, aber können wir trotzdem machen.«

Ihr Ausflug an den Strand dauerte länger als geplant, denn Scout und Joey bestanden noch auf einer wilden Wasserschlacht.

Als sie zurückkehrten und Joey sich in einen der Stühle fallen ließ, seufzte er. »So ein Mist, Frühstück ist zu lange her und Mittag noch zu lange hin. Ich werde verhungern!«

Sabrina wollte gerade in die Küche gehen, da drückte Rick sie sanft, aber bestimmt auf einen der Stühle. »Ihr kennt mein weltberühmtes Omelett noch nicht. In ungefähr fünfzehn Minuten habt ihr die Gelegenheit, es zu testen.«

Das hörte sich gut an. Sie schloss die Augen und hörte zu, wie Joey mit den Hunden herumalberte. Der Junge tat, als würden die Hunde ihn verstehen, aber vielleicht stimmte das ja sogar. So gelöst hatte sie ihn viel zu lange nicht erlebt. Der Tag hatte gerade erst angefangen und verdiente bereits das Prädikat »perfekt«.

Vor lauter Behaglichkeit wäre sie fast eingeschlafen, da spürte sie plötzlich Pauls Anwesenheit. Er stand hinter ihr und legte ihr eine Hand auf die Schulter. »Danke.«

In dem einen Wort lag so viel mehr. Sabrina lächelte. »Der Verdienst ist nicht so berauschend, aber ich hatte gehofft, dass dir das nichts ausmacht.«

»Ich habe eben erst gesehen, dass es einen kleinen Obolus für die Antworten gibt. Ich wollte schon ablehnen, aber dann habe ich gesehen, dass die Bezahlung mit Spenden von renommierten Anwaltskanzleien finanziert wird, deren Zeit für solch einen Kleinkram natürlich zu wertvoll ist.« Er fuhr sich mit beiden Händen durch die Haare. »Da war eine Mutter mit einem Baby, deren Vermieter es egal war, dass sie kein warmes Wasser und einen kaputten Herd hatte. Ein Vater sollte ins Gefängnis, weil er sich bei seinem Bewährungshelfer nicht gemeldet hatte. Wie denn auch, wenn zur gleichen Zeit sein Sohn auf der Intensivstation lag? Und das waren nur zwei Fälle von so vielen. Was für ein Abgrund! Zum Glück waren sie alle clever genug, sich ans Portal zu wenden.«

Joey starrte Paul mit offenem Mund an. »Und du hast ihnen geholfen?«

Paul nickte. »Es war nicht mal viel Arbeit. Wenn man sich nicht auskennt, ist es der reinste Irrgarten aus Paragrafen, aber wenn man weiß, was man tut, sind solche Probleme oft ganz schnell erledigt.«

»Ich werde dann auch Anwalt und helfe den Armen.«

281

»Na, das solltest du dir besser in Ruhe überlegen. Außerdem haben wir jetzt erst einmal ein großes Problem.«

Paul machte eine bedeutungsvolle Pause, und sofort hakte Joey nach: »Was denn?«

»Ich habe Hunger«, sagte Paul mit sorgenvoll zerfurchter Stirn, »aber ich traue Ricks Kochkünsten nicht!«

»Das habe ich gehört«, erklang Ricks empörte Stimme hinter ihm, aber seine Mundwinkel zuckten. »Damit wäre geklärt, dass *du* nichts abbekommst.«

Joey beugte sich zu Paul hinüber. »Ich gebe dir was von meiner Portion ab!«, flüsterte er ihm viel zu laut zu.

Rick schnaubte. »Womit geklärt wäre, dass Brina und ich allein diese Pfanne leerfuttern werden.«

Unter viel Gelächter wurde das Omelett dann doch auf vier Teller verteilt. Es war genauso köstlich, wie Rick versprochen hatte. Als Sabrina ihn lobte, lehnte er sich grinsend zurück. »Danke, aber damit kennst du auch schon das Gesamtrepertoire meiner Kochkünste. Was habt ihr nach dem zweiten Frühstück denn heute vor?«

Paul übernahm die Antwort: »Brina will irgendwelche Fotos von irgendeinem Gästezimmer in der Stadt machen. Joey und ich werden sie begleiten.«

»Langweilig!«, beschwerte sich Joey und zog einen Schmollmund.

Sabrina zielte mit ihrer Gabel auf ihn. »Das nennt sich Arbeit und ist bestimmt nicht langweilig. Allerdings ist einige Häuser neben Trish die Pension, in deren Swimmingpool Paul dir das Schwimmen beibringt, und genau gegenüber von ihrem Haus ist der Pazifik. Wäre das vielleicht eine Alternative?«

Joey strahlte. »Na, und ob. Natürlich nur, wenn Paul das mitmacht, aber das wird er doch, oder?«

Mit erhobener Augenbraue sah Paul Sabrina an. »Habe ich noch eine realistische Chance, deinen Vorschlag abzulehnen?«

»Wird schwierig«, erwiderte sie. »Hattest du denn wirklich vor, mir bei der Auswahl der Fotos und dem Interview zu helfen? Wenn du gern möchtest, kannst du das natürlich tun.« Der Gedanke, dass er sich fürchterlich langweilen würde, während sie mit Trish arbeitete, hatte was. Aber sie würde nicht aus kleinlicher Rachsucht Joey den Spaß verderben.

Paul sah Joey an. »Wir gehen schwimmen!« Er wandte sich Sabrina zu. »Aber nur, wenn du hoch und heilig versprichst, das Haus nicht zu verlassen!«

Sabrina kniff die Augen zusammen. »Meinetwegen«, schnaubte sie schließlich, wohl wissend, dass Paul sonst nie nachgeben würde.

Paul stoppte Sabrinas Wagen direkt vor Trishs Haus. »Ich hole dich hier in zwei Stunden wieder ab. Warte auf uns. Geh nicht allein los!«

Joey kicherte auf dem Rücksitz. »Du sprichst mit Mom, als ob sie ein kleines Kind wäre.«

Sabrina verengte die Augen. In Joeys Gegenwart konnte sie Paul schlecht sagen, was sie von seinem übersteigerten Beschützerinstinkt hielt. Bisher war es ihnen gelungen, die mögliche Bedrohung von Joey fernzuhalten, und das sollte auch so bleiben.

Ihr Blick verfehlte seine Wirkung nicht, Paul zog den Kopf zwischen die Schultern.

Sie stieg aus und beugte sich noch mal in den Wagen, um sich von Joey zu verabschieden. Da er nicht sonderlich auf Kuscheleinheiten in Gegenwart von anderen stand, beschränkte sie sich darauf, ihm die Haare zu zerzausen. Dann lächelte sie Paul an. »Pass bitte beim Einparken auf, nicht, dass du mir

283

einen Kratzer ins Auto fährst. Es soll ja manchmal ganze *Bäume* geben, die nicht im Rückspiegel zu sehen sind.«

Die Anspielung auf die Delle im hinteren Kotflügel seines Pick-ups kam an. Er rollte mit den Augen. »Ich werde auf dein Schätzchen aus Lack und Blech aufpassen«, versprach er. »Und ein ernstes Wort mit Rosie reden«, fügte er etwas leiser hinzu. »Der Klatsch in diesem Dorf ist wirklich unerträglich.«

»Bist du echt gegen einen Baum gefahren?«, fragte Joey und klang fast bewundernd. Anscheinend gab es in seinen Augen nichts, was Pauls Heldenstatus erschüttern konnte.

Paul zwinkerte ihm zu. »Das ist eine lange Geschichte. Ich erzähle sie dir gleich.«

Sabrina sah ihnen noch nach und schmunzelte bei dem Gedanken, wie Paul die Beule wohl erklären mochte. Wahrscheinlich war am Ende der Baum schuld. Männer!

Trish erwartete sie an der Haustür. Sie sah dem Wagen hinterher. »Ist das deine Familie?«

»Nicht ganz, aber hoffentlich bald«, rutschte es Sabrina heraus.

Neugier blitzte in Trishs Augen auf. »Das klingt interessant. Das war doch Paul, der Anwalt, oder habe ich das falsch gesehen? Ich will alles wissen!«

Wenige Augenblicke später fand Sabrina sich am Küchentisch wieder, vor sich ein Glas köstlichen, selbst gemachten Eistee und zwischen ihr und Trish eine Schachtel mit Pralinen. Sie verzog den Mund. »Ich habe eigentlich schon zweimal gefrühstückt und sollte die besser liegen lassen.«

Trish nahm sich eine Praline. »Kein Problem. Ich schaffe das auch allein.«

»Das kann ich dir nicht antun!« Sabrina angelte sich eine, die mit einem Kringel weißer Schokolade dekoriert war. Dann fasste sie sich ein Herz. »Ehe ich dir was über Paul verrate, habe ich eine etwas eigenartige Frage: Gehört zu deinem Motorrad-outfit vielleicht auch etwas Normales aus schwarzem Leder? Ein Top oder ein Rock?«

»Zweimal ja, auch wenn die Sachen nicht wirklich etwas mit meinem Motorrad zu tun haben, sondern mit meinem alten Nebenjob in einer Bikerkneipe.« Trish musterte sie abschätzend. »Müsste dir eigentlich passen, ist vielleicht ein wenig knapper, aber dagegen hast du wahrscheinlich nichts, oder? Aber jetzt will ich wirklich alles wissen. Natürlich nur, wenn du magst, ansonsten verbanne ich meine Neugier in die hinterste Ecke.«

Obwohl sie sich erst kurz kannten, hatte Sabrina keine Vorbehalte, ihr die ganze Geschichte zu erzählen. Nachdem sie jahrelang keine gute Freundin gehabt hatte, gab es mit Cat und Trish nun schon zwei Frauen, die sie mochte und denen sie vertraute. Kaum war sie am Ende angekommen, sprang Trish auf und holte eine Flasche mit einer braunen Flüssigkeit von einem Küchenregal. »Das ist ein Tropfen für besondere Gelegenheiten. Den brauchen wir jetzt, na ja, ich auf jeden Fall. Aber was wir nun sofort ändern werden, ist Pauls dämliches Verhalten! Ist der total bescheuert? Dich wie eine kleine Schwester zu behandeln? Ich ahne, warum du nach den Lederklamotten gefragt hast. Der Junge tut mir jetzt schon leid. Wir nehmen gleich meinen Kleiderschrank auseinander. Ich habe da nicht nur ein Top, sondern auch eine Korsage, die ich noch nie anhatte. Aber erst einmal trinken wir einen Schluck von Grandmas Likör.«

Sie holte zwei Kristallgläser aus einer Vitrine und schenkte ihnen einen ordentlichen Schluck ein. »Probier mal. Das hilft in fast jeder Lebenslage.«

Sabrina schnupperte vorsichtig an dem Glas. Es roch fruchtig, aber auch etwas herb. Sie prostete Trish zu und nahm einen Schluck. Verzückt schloss sie die Augen. »Ein Traum. Da steckt ja der Sommer drin. Und der Herbst. Was für ein Aroma!«

Trish nickte, ihre Augen glänzten. »Genauso habe ich ihn auch immer beschrieben. Ich werde Grandma fragen, ob sie dir auch eine Flasche spendiert. Ich finde, die hast du dir verdient.«

Trishs herzliche Art machte sie beinahe sprachlos. Sie hatte sich nicht in ihr getäuscht, sondern tatsächlich eine Freundin gefunden, die sie verstand. Sie musste sich erst räuspern, ehe sie ihrer Stimme wieder traute. »Das wäre wunderbar. Und wir erwähnen dieses köstliche Getränk auf deiner Seite. Die Flasche und die Gläser allein sind schon ein Blickfang. Dazu noch unsere Beschreibung, das wird der Hit! Wäre es möglich, dass jeder Gast einen Begrüßungsschluck davon bekommt?«

»Ich muss das noch mit Granny klären, aber ich glaube, sie wird begeistert sein. Die Gäste bekommen aber nur einen Probierschluck. Wir beide nehmen die Flasche mit nach oben und suchen die Korsage.«

Sabrina betrachtete den Likör. »Vermutlich brauche ich das auch. Meinst du wirklich, ich sollte es tun?«

»Na klar, nun komm mir nicht mit einem Rückzieher, du bist auf genau dem richtigen Weg.« Trish sprang auf und zog Sabrina hoch. »Du wirst dich nicht wiedererkennen, und Paul hat keine Chance. So ein Trottel. Ich meine, er sieht wirklich gut aus, aber trotz seines Uniabschlusses ist er ziemlich begriffsstutzig.«

Sabrina nickte. »Ein Mann eben.«

Nach kurzer Suche in ihrem unglaublich ordentlichen Kleiderschrank schrie Trish triumphierend auf. »Ich habe sie!« Mit verschmitztem Lächeln hielt sie Sabrina eine Lederkorsage hin. »Einen Moment, den Rock habe ich sofort.«

»Himmel, herrscht hier eine Ordnung. Bei mir sieht es nach dem Aufräumen nie länger als drei Minuten so gut aus.«

»Das ist meine Buchhalterseele.«

Sabrina musste lachen. Die freche Motorradfahrerin, die verständnisvolle Freundin und nun auch noch ein Ordnungsfanatiker, alles auf einmal. Trish passte in keine Schublade.

»Hier.« Ein Bügel wurde ihr in die Hand gedrückt. »Probier es an. Da drüben ist das Badezimmer. Aber erst …« Trish schenkte ihnen noch zwei Gläser Likör ein. »Nur, damit du dich auch wieder heraustraust.«

Einige Minuten später stand Sabrina im Bad und hätte noch ein Glas gebrauchen können. Dringend. Das Spiegelbild konnte unmöglich zu ihr gehören. Vorsichtig öffnete sie die Tür einen Spaltbreit. »Ich glaube nicht, dass ich mich so raustraue. Weder hier noch zu Hause. O Gott, habe ich gerade *zu Hause* gesagt? Ich wohne doch da gar nicht richtig.«

Die Tür wurde aufgerissen. Trish pfiff so schrill, dass es in Sabrinas Ohren klirrte. »Das ist ja so was von perfekt.« Sie griff nach Sabrinas Hand und zog sie in die Mitte des Schlafzimmers. Langsam ging sie einmal um sie herum. »Absolut perfekt. Es fehlt nur noch … warte …«

Trish eilte zu einer Kommode und stand im nächsten Moment schon wieder hinter Sabrina. »Nicht erschrecken, die ist am Anfang kalt.«

Es war eine schwere Kette mit einem glitzernden großen Kreuz, das genau zwischen ihren Brüsten hing, die durch die Korsage viel voller wirkten als sonst. »Sehr schön«, sagte Trish mehr zu sich selbst. »Und was die Haare angeht, würde ich sagen, strenger Look mit gezielten Auflockerungen. Die Klamotten sprechen schon für sich. Darf ich?«

Sabrina nickte stumm. Sie hatte die Haare zu ihrem üblichen lockeren Pferdeschwanz gebunden, den Trish nun löste. Ihre Freundin band die blonde Mähne viel weiter oben am Kopf zusammen und zupfte dann an einigen Strähnen. »Du brauchst dafür nicht einmal viel Make-up. Ein wenig Rot auf die Lip-

287

pen und die Augen schwarz betonen. Er wird dir zu Füßen liegen, sich wünschen, deinen Pferdeschwanz zu lösen. Apropos Schwanz. Wenn er sich zu dämlich anstellen sollte, wird der ihm schon mitteilen, was er gefälligst zu tun hat.«

Trishs schon fast obszöne Einschätzung, vorgetragen mit einem süßen Lächeln und absolut überzeugender Unschuldsmiene, war zu viel. Sabrina prustete los. »Du bist unmöglich! Also gut, ich wage es, einen winzigen Blick in den Spiegel zu werfen. Aber ich glaube nicht, dass …«

Trish schob sie kurzerhand in die gewünschte Richtung. »Glaub nicht, sondern sieh hin. Du willst ihn? Du nimmst ihn dir!«

Sprachlos starrte Sabrina in den Spiegel. Schon im Badezimmer hatte sie sich nur mit Mühe wiedererkannt, aber nun, mit der Kette und der veränderten Frisur, wirkte sie wie eine Fremde. Allerdings eine sehr selbstbewusste Fremde, sehr sexy, eine von denen, die wussten, was sie wollten, und es sich nahmen. Genau wie Trish es gesagt hatte. Das Kreuz glitzerte dezent und lenkte die Aufmerksamkeit auf ihr Dekolleté. Die zurückgebundenen Haare verliehen ihr etwas Strenges, was jedoch durch ihre funkelnden Augen und die losen Strähnen aufgelockert wurde.

Ungläubig trat sie noch einen Schritt näher. Das war *wirklich* sie? Ihre Beine schienen viel länger und schlanker zu sein als sonst, durch die nach oben gedrückten Brüste und den engen Schnitt der Korsage wirkte ihre Taille viel schmaler. Sie hatte damit gerechnet, dass das Leder sie einengen würde, aber es gab jeder ihrer Bewegungen nach. Und es sah auch keineswegs billig aus, wie sie befürchtet hatte, sondern regelrecht edel. Damit gab es nichts mehr, das gegen das Outfit sprach, außer …

Sie wirbelte herum. »Schuhe und mein Kind«, brach es aus ihr heraus.

»Hm.« Trish ließ sich aufs Bett fallen. »Dein Sohn ist zehn Jahre alt, und er mag Paul. Also ist das kein Problem. Auf einigen Werbeplakaten hat er garantiert schon freizügigere Damen gesehen. Abgehakt. Aber die Schuhe … barfuß zu gehen würde die Wirkung ruinieren. Wir brauchen … warte … Ich hab's. An die Dinger habe ich ja schon gar nicht mehr gedacht.«

Trish stürmte aus dem Zimmer. Etwas langsamer folgte ihr Sabrina. Ihre neue Freundin stand vor einem geöffneten Einbauschrank und betrachtete die gestapelten Kartons. Dann zog sie zielsicher einen hervor und öffnete ihn. »Hier, ein glatter Fehlkauf, die waren mir zu klein. Probier sie mal an. Ein paar Stunden sollten sie irgendwie gehen.«

Sabrina öffnete den Mund und schloss ihn wieder, ohne etwas gesagt zu haben. Okay, Luft holen, räuspern, nächster Versuch. »Die sind von Jimmy Choo!«, krächzte sie.

»Ich weiß, aber sie passen trotzdem nicht.«

»Die kosten locker vierhundert Dollar. Die ziehe ich nicht an. Das ist Wahnsinn.«

Trish drehte einen der Pumps in der Hand und zuckte mit den Schultern. »Schwachsinn. Das war ein Frust-Schnäppchenkauf. Ich habe es nur nicht übers Herz gebracht, sie bei eBay oder so einzustellen. Sie sehen einfach zu grandios aus.«

Das stimmte allerdings. Schwarzes Leder und ein hoher Absatz, der silbern glänzte. Prüfend fuhr Sabrina über den Absatz. »Gut, ich dachte schon, es wäre wirklich Metall.«

»Nee, damit würdest du ja jeden Holzboden perforieren. Probier sie endlich an. Kannst du auf solchen Dingern eigentlich gehen? Ich nämlich nicht. Ich bin Chucks und Motorradstiefel gewohnt.«

»Das kann ich, alles eine Frage der Übung. Und die habe ich durch diese endlosen, gähnend langweiligen Empfänge, zu denen ich Malcolm begleitet habe.« Sie dachte daran zurück und hätte fast gekichert – zwar hatte sie sich immer aufwendig zurechtgemacht und teure Markenkleidung getragen, aber auf einmal fand sie, dass sie immer ganz schön bieder ausgesehen hatte. Teuer, aber bieder, fast langweilig. Wann hatte sie zum letzten Mal *sexy* ausgesehen?

»Prima, dann war der Mistkerl ja doch zu etwas gut.«

Vorsichtig schlüpfte Sabrina in die Schuhe und ging einige Meter.

Wieder pfiff Trish. »Entschuldige meine Direktheit, aber dein wackelnder Hintern in dem Rock ist eine pure Einladung. Also, eins ist sicher: Entweder beißt er an, oder du kannst ihn abschreiben.«

Angst stieg in Sabrina auf. Fluchend drängte sich Trish an ihr vorbei Richtung Likör. »Ich und meine lose Klappe. *Natürlich* wird er auf dich abfahren. Alles andere ist gar keine Option. Ich hole uns noch ein Gläschen.«

Nach dem nächsten Likör kehrte Sabrinas Zuversicht zurück. Sie zog sich wieder um, Trish verstaute die geliehenen Klamotten in einer Tüte, und sie machten sich an die Arbeit. Die restliche Zeit verging wie im Flug. Trotz oder vielleicht gerade wegen des reichlich getesteten Likörs gelangen ihnen nicht nur wunderbare Aufnahmen der Gästezimmer und einiger Einrichtungsdetails, sondern auch die Formulierung eines Werbetextes, mit dem sie auf Anhieb beide zufrieden waren.

Sabrina schaltete ihr Notebook aus. »Spätestens nächste Woche geht das Portal online. Ich wette, die ersten Gäste gehören dir. Nichts gegen Inga und die anderen Pensionen, aber das Haus hier …« Sie breitete die Arme aus. »Das ist lebendig und heimelig. Du hast hier was ganz Besonderes geschaffen, und das werden die Besucher des Portals merken.«

»Ich hoffe, du behältst recht. Mein Boss hat mich heute gefragt, ob ich einen Monat lang auf mein Gehalt verzichten kann, die Firma läuft schlecht. Das Haus hier ist zwar abbezahlt, aber ich habe kaum noch Reserven.«

»Was? Ich dachte, Winterbloom sei so ein solides Unternehmen? Davon hat Ash kein Wort gesagt. Wobei … vielleicht ist er deswegen zurückgekehrt?«

»Er ist hier? In Heart Bay?«

»Ja, er ist ganz überraschend bei Rick und Paul aufgetaucht.« Sie zögerte kurz, entschied sich dann aber für die Wahrheit. »Ich glaube, es hat zwischen ihm und seinem Vater wieder einmal fürchterlich gekracht.«

»Der alte Herr erwähnt seinen Sohn nie. Haben sie sich so entfremdet?«

Sabrina zuckte mit der Schulter. »Ich weiß nur, dass es bei ihnen schon früher heiß herging, als Ash noch ein Teenager gewesen ist. Er hat ziemlich oft bei Paul oder Rick übernachtet, wenn es zu Hause wieder gekracht hat. Ich verstehe das nicht, denn Ash ist wirklich in Ordnung. Ich glaube auch nur die Hälfte von dem, was in der Zeitung steht.«

»Aber Fakt ist doch, dass er das Geld mit vollen Händen rauswirft. Ich sage nur Porsche …«

»Das gehört zu der Hälfte, die ich glaube. Den Porsche meine ich. Aber das mit dem Geld rauswerfen eher nicht.«

»Na gut, wir werden sehen. Wie lange bleibt er denn?«

»Keine Ahnung. Aber ich kann ihn ja mal aushorchen. Er ist heute Abend auch dabei.«

»Gut, dann erwarte ich morgen deinen Anruf. Wenn er dich in *dem* Outfit sieht, wird er dir alles sagen, was du wissen willst.«

Sie kicherten gleichzeitig los. Ihr Heiterkeitsausbruch endete erst, als es an der Tür klingelte. »Das sind Paul und Joey.«

Trish sprang auf. »Na, auf deinen Sohn bin ich ja mal gespannt.«

291

Es dauerte einige Zeit, bis sie sich von Trish verabschiedet hatten, denn Joey und Trish verstanden sich auf Anhieb, während Paul sich zurückhielt. Es wirkte fast, als ob er ahnte, dass sich die Frauen gegen ihn verbündet hatten.

Trish begleitete sie zum Wagen und umarmte sie zum Abschied. »Petri Heil. Schnapp ihn dir, Brina!«, flüsterte sie ihr zu.

Sabrina nickte und klammerte sich an die Tüte mit den Schuhen und den Klamotten.

»Ihr tuschelt wie die kleinen Mädchen«, beschwerte sich Joey vom Rücksitz aus. »Und was hast du da eigentlich mitgenommen?«

Aus gutem Grund hatte Trish eine undurchsichtige Verpackung gewählt und die Schuhe zusätzlich in Papier eingewickelt. »Mädchenkram«, gab Sabrina zurück. »Wohin fahren wir jetzt?«

Paul hob einen Mundwinkel. »Dein Sohn hat schon wieder Hunger. Also zu Rosie.«

Sabrina stöhnte, und Paul lachte. »Tja, wenn du ihn nicht ausreichend fütterst …«

17

Obwohl die Mittagszeit schon fast vorbei war, saßen noch etliche Besucher im Diner. Unschlüssig sah sich Sabrina um und entdeckte einen freien Ecktisch. »Wollen wir da …« Weiter kam sie nicht. Ein kräftiger Stoß brachte sie ins Taumeln. Rasch packte Paul zu und verhinderte, dass sie stürzte.

Auch als sie wieder sicher auf den Beinen stand, ließ er sie nicht los.

»Ach, das tut mir aber leid, mein Kind. Da habe ich dich doch glatt übersehen«, erklang Rosies Stimme hinter ihr. Von wegen »übersehen«. Rosie klang so zufrieden, dass die Entschuldigung ähnlich unglaubwürdig klang wie Joeys allabendliche Beteuerungen, pünktlich mit den Computerspielen aufzuhören.

»Na sicher doch«, flüsterte Paul Sabrina ins Ohr, und sein Atem strich warm über ihre empfindliche Haut. »Und Ostern und Weihnachten fallen dieses Jahr auf den gleichen Tag.«

Den Kopf an seiner Schulter kicherte Sabrina leise. »Pass auf, was du sagst, sonst bekommst du wieder höllisch scharfe Pommes.«

»Was flüstert ihr da? Wollt ihr was essen oder mir den Weg versperren?«

Zur Antwort kläffte Scout einmal laut. »Komm, mein Junge. Das gilt auch für dich, Joey, ihr bekommt schon mal was Ordentliches von mir. Bei den beiden hier hingegen muss ich mir das noch überlegen.«

Entgegen ihrer Ankündigung stand wenig später vor jedem ein großer Hamburger. Sabrina verschluckte sich vor Lachen, als Paul ausgesprochen vorsichtig die Pommes testete. Grimmig knurrte er etwas vor sich hin, das definitiv nicht nett war. Als Joey verständnislos vom einen zum anderen blickte, erzählte sie ihm, wie sich Rosie damals für die Schmierereien auf der Werbetafel revanchiert hatte.

Der Junge lachte so sehr, dass ihm Tränen die Wangen hinabliefen. Als Paul ihn böse anknurrte und daraufhin Scout aufsprang und bellte, verwandelte sich sein Lachen in einen Schluckauf. »Bist du jetzt böse?«, erkundigte sich das Kind und konnte eine gewisse Sorge nicht verbergen.

Paul beugte sich vor und schnaubte. »Und wie. An dieser Geschichte ist nichts Witziges. Haben wir uns jetzt verstanden, oder musst du auf die harte Tour überzeugt werden.«

Ein zögerndes Grinsen erschien auf Joeys Gesicht und wurde immer breiter. »Ich nehme die harte Tour.«

Paul runzelte die Stirn. »Das volle Programm? Das bedeutet, inklusive Untertauchen und Kitzeln? Also gut, Kleiner. Wir reden nachher im Wasser weiter. Du wolltest deiner Mutter ja sowieso noch zeigen, wie gut du mittlerweile tauchen kannst.«

Prustend hob Joey die Schultern. »Ich zittere vor Angst.«

Betont gönnerhaft nickte Paul. »So ist es brav!«

Die beiden machten so weiter, während sie ihre Hamburger in Rekordzeit verspeisten. Kopfschüttelnd schob Sabrina Paul die Pommes zu, die sie einfach nicht mehr schaffte. »Ich weiß wirklich nicht, wer von euch beiden hier eigentlich das Kind ist. Ich muss kurz was mit Rosie besprechen. Benehmt euch, solange ich weg bin.«

Jetzt waren sie sich wieder einig und deckten sie mit empörten Blicken ein. Sabrina stemmte die Hände in die Taille. »Ich meine das ernst, sonst gibt es keinen Nachtisch heute Abend.«

Sofort lenkte Joey ein. »Okay, Mom.«

Paul tippte sich an die Stirn. »Okay … Mom.«

Das Wort hatte sie aus seinem Mund nicht hören wollen! Sie wandte sich rasch ab, ehe ihr ein Kommentar rausrutschten konnte, der hier nicht hingehörte. Dieser verflixte Likör wirkte noch. Sie musste aufpassen. Sie konnte ja kaum Paul vor allen Leuten im Diner anbrüllen, dass sie etwas ganz anderes für ihn sein wollte. Entschieden machte sie sich auf den Weg in die Küche. Da sie wusste, wie eifersüchtig Rosie über ihr Reich wachte, klopfte sie gegen die Schwingtür.

»Komm rein, Kind.«

»Danke, Rosie. Ich brauche schon wieder deine Hilfe, aber es ist nichts Aufwendiges.« Rasch erklärte sie ihr die verlorene Wette und den geplanten Herrenabend.

»Und was hast du dir als Mahlzeit vorgestellt?«

Sabrina deutete auf den Kühlschrank. »Hast du vielleicht ein paar marinierte Spareribs übrig? Dazu Salat und Knoblauchbrot?«

Rosie überlegte kurz und nickte dann. »Das klingt gut, nach einem echten Männeressen.« Sie legte den Kopf schief, und Sabrina wäre am liebsten weggelaufen. Diesen Blick kannte sie nur zu gut. Die spanische Inquisition war nichts gegen Rosie, wenn sie in den Verhörmodus schaltete.

»Ist das alles, was du vorhast? Den Männern ihr Essen zu servieren?«

»Es geht um einen netten Abend«, wiegelte Sabrina ab.

»Ja, aber mit Rick, Ash und Joey sind das genau drei Anwesende zu viel.«

Man konnte ihr nicht vorwerfen, nicht auf den Punkt zu kommen. Schlagartig meldete sich Sabrinas schlechtes Gewissen zu Wort. Kuppelei hin oder her, sie hatte Rosies Gutmütigkeit ganz schön ausgenutzt. »Ich denke, dass Ash und Rick nach dem Essen gehen werden, und Joey wird müde sein und schnell schlafen gehen.«

Etwas blitzte in Rosies Augen auf, dann lächelte sie und wirkte zwanzig Jahre jünger. Ehe Sabrina sich versah, fand sie sich in einer Umarmung wieder. »Das ist mein Mädel. Du machst das schon. Und nun ab nach vorn zu deinen Männern. Ich stelle dir was Nettes zusammen.«

»Ich danke dir, aber ich möchte nicht, dass ...«

»Papperlapapp. Wenn du mir jetzt Geld anbietest, solltest du bei deinen Pommes das nächste Mal sehr vorsichtig sein.«

Abwehrend hob Sabrina die Hände. »Überredet, ich gehe schon. Aber ich werde mir etwas als Dank einfallen lassen.«

Rosie zielte mit einem Kochlöffel auf sie. »Übertreib es nicht. Mir reicht es, wenn ihr beide zueinanderfinden würdet – ihr drei, Joey eingerechnet. Das wäre mein größter Wunsch, und wenn ich dir dabei ein wenig unter die Arme greifen kann, tu ich das doch gern. Und nun raus hier. Ich muss eine spezielle Lieferung zusammenstellen. Ich bringe dir die Tüte gleich an den Tisch.«

Als Sabrina zu Paul und Joey zurückkehrte, bemerkte sie sofort, dass sich die Stimmung gewandelt hatte, und zwar zum Schlechten. Der Schmollmund ihres Sohnes sprach für sich.

»Was ist denn mit euch los?«

Joey warf Paul einen bösen Blick zu. »Ich dachte, es wäre klar, dass ich mich gleich mit Steve treffe. Aber Paul besteht darauf, das erst mit dir zu besprechen. Was gibt es denn da zu besprechen? Ich gehe einfach von hier aus zu Tante Inga, und fertig.«

Verdammt, an Joeys Verabredung hatte Sabrina bei dem ganzen Trubel überhaupt nicht mehr gedacht. Siedend heiß fiel ihr ein, dass sie sich auch nicht erkundigt hatte, ob Robs Freund noch Informationen über Malcoms Bankverbindungen, Steves Vater oder Carter Spencer ausgegraben hatte. Paul sah sie warnend an, aber das war überflüssig. Sie würde die Fragen nicht in Joeys Gegenwart stellen, so klar konnte sie trotz des Likörs noch denken.

Dummerweise fiel ihr kein plausibler Grund ein, Joey die Verabredung zu verbieten. Als sie dem Treffen zugestimmt hatte, war Steves Vater noch nicht verdächtig gewesen. Aber sie würde ihn nicht allein zu Inga gehen lassen.

»Ich muss noch einiges am Notebook machen, damit ich die Homepage für das Portal möglichst schnell hochladen kann. Das kann ich wunderbar bei Inga erledigen, während du mit Steve spielst.«

Verwirrt blinzelte Joey. »Warum willst denn unbedingt dableiben? Zu Hause … ich meine, *bei Paul* hast du doch viel mehr Ruhe und vor allem ein superschnelles WLAN. Das bei Inga zickt ganz gern.«

Sabrina musste bei seinem Versprecher erst schlucken. Vorhin hatte auch sie schon an Pauls Haus als Zuhause gedacht.

Da sie nicht sofort reagieren konnte, lehnte Paul sich vor und sah Joey fest an. »Es geht nicht darum, dass deine Mutter dich überwachen oder beim Spielen stören will, sondern darum, wie es für uns am praktischsten ist. Wir wollen nachher noch ins Wasser, ehe die Brandung noch stärker wird. Vorher muss ich noch was im Büro klären, und deine Mutter muss an ihrem Portal arbeiten. Da ist es einfach praktischer, wenn wir alle hierbleiben und später zusammen zurückfahren.«

Joey murmelte etwas, das wie »ist ja schon gut, Mann« klang. Sabrina sah ihn streng an. »Wie bitte?«

»Alles klar«, wiederholte Joey nicht ganz zutreffend in normaler Lautstärke.

Steve wartete schon auf der Veranda und lief ihnen entgegen, kaum dass Paul den Wagen geparkt hatte. Die Jungs begrüßten sich so begeistert, dass sich Sabrina fast dafür schämte, dass sie

Joey das Treffen am liebsten verboten hätte. Er brauchte den Kontakt zu Gleichaltrigen, und Steve war nun mal sein bester, im Prinzip sogar sein einziger Kumpel.

Wesentlich langsamer folgte Steves Vater Charles seinem Sohn. Er begrüßte Sabrina und bedankte sich überschwänglich dafür, dass sie ihm die Adresse von Ingas Pension gegeben hatte.

»Steve ist begeistert. Ich bekomme ihn von den Tieren kaum weg. Der Ort und vor allem die Pension sind das reinste Paradies für Kinder.«

»Ich freue mich, dass es euch so gut gefällt«, erwiderte Sabrina etwas zu förmlich und deutete auf Paul. »Paul Wilson, mein …«

»Freund«, vollendete Paul den Satz und hielt Charles die Hand hin. »Du musst Charles sein, Steves Vater. Ich habe schon einiges von euch gehört.«

Charles lächelte verschmitzt. »Ich hoffe, nur Gutes, allerdings bin ich offenbar nicht auf dem aktuellsten Stand. Ich hatte Steve so verstanden, dass Sabrina ihre Tante besucht und hier in der Pension wohnt.«

Pauls Grinsen bekam etwas Raubtierhaftes. »Dann hast du das wohl falsch verstanden.« Er legte Sabrina einen Arm um die Taille. »Wir kennen uns schon seit Ewigkeiten, und da ist es selbstverständlich, dass sie bei mir wohnt.«

Sabrina bemühte sich darum, ihre Überraschung zu verbergen. Diese zweideutige Aussage passte nicht im Geringsten zu Pauls bisheriger Zurückhaltung. Im Gegenteil, er tat so, als wären sie schon seit Jahren ein Paar. War er … eifersüchtig? Nur wegen der zugegeben ziemlich überschwänglichen Begrüßung von Charles?

Sie wusste nicht, ob sie sich darüber freuen oder ihn kräftig treten sollte. Oder wollte er nur signalisieren, dass Sabrina nicht alleine und damit kein leichtes Opfer war? Beides war in ihren Augen völlig überflüssig. Charles war in jeder Beziehung nett, er benahm sich so und sah auch so aus – nett und ausgesprochen durchschnittlich. Seine dunklen Augen wirkten immer etwas distanziert, und die braunen Haare konnten dringend einen ordentlichen Schnitt vertragen. Für ihn würde sie sich niemals in Lederklamotten schmeißen!

Vor ihrem geistigen Auge erschien das Outfit, das sie sich von Trish geliehen hatte. *Na warte.* Paul würde sie noch kennenlernen. Sie brauchte keinen Beschützer, sondern einen Partner, und ihre Wahl war auf ihn gefallen.

Die Männer schienen sich trotz der scheinbar freundlichen Mienen gegenseitig abzuschätzen, beinahe zu belauern. Innerlich seufzte Sabrina. Was sollte das denn? Steves Vater hatte niemals Interesse an ihr gezeigt. Warum nun dieses testerongesteuerte Gehabe? Oder interpretierte sie zu viel in ihr Verhalten rein? »Ich trinke nie wieder so viel von Trishs Likör«, überlegte sie und bemerkte zu spät, dass sie es laut ausgesprochen hatte.

Beide Männer sahen sie an, und zwar beide eindeutig amüsiert. In diesem Moment wurde ihr endgültig klar, dass Steves Vater vielleicht seine Geheimnisse haben mochte, aber kein Verbrecher war. Schon gar kein Doppelmörder. Leider hatte sie nichts außer ihrer Intuition … das würde Paul kaum reichen.

»Frag nicht, es war ein arbeitsreicher Vormittag«, erklärte sie, und das war nicht einmal gelogen. »Ich baue hier ein Internetportal für die Pensionen und einige private Gästezimmer auf. Die Fotos zu machen, die Texte zu erstellen und das alles kostet ziemlich viel Zeit. Es ist also kein reiner Urlaub, den Joey und ich hier verbringen.«

»Hast du überhaupt vor, nach San Diego zurückzukehren?«,

fragte er zögernd, als wisse er nicht recht, ob es ihn überhaupt etwas anging.

»Sicher«, antwortete Sabrina und spürte äußerst zufrieden, dass sich Pauls Hand fester um ihre Taille schloss und er scharf einatmete. »Aber nur, um Freunde dort zu besuchen. Das Kapitel Malcolm ist abgeschlossen.« Sie sah ihm direkt ins Gesicht. »Hattet ihr eigentlich jemals beruflich Kontakt?«

Charles' Augen funkelten amüsiert. »Nein, wir sind uns so selten begegnet, dass ich ihn auf der Straße kaum erkennen würde. Wie kommst du darauf?«

»Ich habe nur über den Zufall nachgedacht, dass du ausgerechnet jetzt hier Ferien machst.«

Das Glitzern in seinen Augen verstärkte sich, ansonsten blieb seine Miene unverändert. »Das hatte ich auch nicht vor. Und schon gar nicht mit Steve. Aber manchmal ändern sich Pläne, und man muss seine Prioritäten neu ordnen. In diesem Fall habe ich das sehr gern getan.«

Verflixt, klang das nun zweideutig, fast wie eine versteckte Botschaft, oder bildete sie sich das nur ein? War er wirklich harmlos, oder wollte sie es nur so gern glauben, damit Joey nach dem Vater nicht auch noch seinen einzigen Freund verlor? Immerhin hatten die Zeugen auf dem Campingplatz einen Mann mit einem Kind gesehen. Sie konnte sich nicht vorstellen, dass er ein kaltblütiger Killer war, aber andererseits – wie gut war ihre Menschenkenntnis? Als sie Paul vor einigen Tagen zum ersten Mal wiederbegegnet war, hatte sie ihn nicht mal erkannt, ihn stattdessen für eine Bedrohung gehalten. Und trotz aller Hinweise hatte sie Ewigkeiten gebraucht, um Malcolm als den Mistkerl zu erkennen, der er war – von seinen Verstrickungen in ernsthafte kriminelle Machenschaften mal ganz abgesehen. Ihre Menschenkenntnis brachte sie besser nicht ins Spiel.

Ein Wagen näherte sich der Pension: Winston, der Sheriff. Bei seinem Anblick stöhnte Sabrina auf. »Nicht auch noch der! Ich bin nicht da! Ich gehe nach drinnen und arbeite; falls es etwas wirklich Wichtiges sein sollte, findet er mich dort. Paul, behältst du Joey im Auge und sagst ihm noch mal, dass er nicht allein ins Wasser darf?«

Sie wartete keine Antwort ab, sondern stürmte in die Pension, ignorierte Ingas fragenden Blick und ließ sich schwer auf einen Küchenstuhl fallen. »Das Wort Chaos beschreibt mein Leben nicht einmal ansatzweise! Es ist ein Irrenhaus, und ich weiß nicht mehr, wer eigentlich wer ist. Am besten, ich arbeite am Portal und ignoriere alles andere.«

Ingas Lippen zitterten, dann lachte sie leise. »Du bist Sabrina, und da draußen läuft Joey rum, dein Sohn. Und vielleicht auch ein ganz bestimmter Mann, der dich um den Verstand bringt.«

»Dafür brauche ich keinen Mann, dafür reicht der Likör von Trish. Meinst du, Charles ist ein mieser Typ, der zwei Männer umbringt, während sein Sohn wenige Meter entfernt auf ihn wartet?«

Inga blinzelte. »Wie viel habt ihr von Fayes Likör getrunken? Der schmeckt harmlos, hat aber ordentlich Prozente.«

»Das erklärt einiges. Entweder zu viel oder zu wenig. Ich bin mir noch nicht sicher. Aber Hauptsache, ich bin heute Abend wieder fit, denn da habe ich etwas vor.«

Inga betrachtete sie nachdenklich. »Meinst du das mit Charles ernst? Auf mich wirkt er hart wie ein Stein, aber er liebt seinen Sohn über alles. Daher lautet meine Antwort: Nein, das würde er niemals tun.«

»Hart? Du findest ihn hart?«

»Ja. Er verbirgt seine Härte gut, aber ich spüre es trotzdem.«

Darüber musste Sabrina nachdenken und am besten mit Paul drüber reden. Sie hatte Charles immer nur als nett und ziemlich durchschnittlich empfunden. »Hart« wäre das letzte Wort gewesen, das ihr in Verbindung mit ihm eingefallen wäre. Aber sie würde Ingas Einschätzung nicht leichtfertig abtun. Inga hatte schon immer eine scharfe Beobachtungsgabe und ein bemerkenswertes Einfühlungsvermögen gehabt – und das nicht nur bei Tieren.

Wie wäre wohl ihr Leben verlaufen, wenn sie Inga mit Malcolm regelmäßig besucht hätte? Ihre Tante hätte ihr bestimmt früher klargemacht, was in ihrem Leben falschlief.

Sie schluckte. Bloß nicht drüber nachdenken. Jetzt – viele Jahre zu spät – wünschte sie sich, sie hätte als Teenager nicht damit aufgehört, ihre Sommerferien in Heart Bay zu verbringen, aber damals waren ihr die Feriencamps so viel cooler und angesagter vorgekommen.

Rasch schüttelte sie die Gedanken an die Vergangenheit ab und konzentrierte sich auf die Gegenwart. »Und was fällt dir zu deinem anderem Gast ein, dem Surferboy?«

Inga lachte. »Das Wort beschreibt Carter sehr gut. Sein lässiges Auftreten ist eine Fassade, dahinter verbirgt sich etwas, das ich nicht recht greifen kann. Aber ich denke nicht, dass er gefährlich ist.«

»Bist du sicher?«, hakte Sabrina nach.

Inga schnaubte. »Nicht ganz sicher, aber ich hoffe es. Was ist nur los mit euch? Paul hat vorhin auch schon angedeutet, dass meine Gäste eine Gefahr für mich sein könnten. So ein Blödsinn. Ich kann schon ganz gut allein auf mich aufpassen. Carter hat Geld, er ist nur vielleicht etwas zu sehr verwöhnt. Übrigens ist er sehr an dir interessiert, er hat mich regelrecht über dich ausgequetscht.«

»Ich hoffe, du hast ihm nicht zu viel erzählt!«

»Natürlich nicht. Für wen hältst du mich? Außerdem hat er einen strategischen Fehler gemacht: Er ist nur an dir interessiert, dein Junge scheint ihm eher lästig zu sein. Damit scheidet er als Kandidat für dich dann auch leider aus.«

»Inga! Ich bin doch kein … kein Versuchsobjekt für dich und deine Kuppeleien! Ich kann mir sehr gut allein einen Mann suchen!«

Mit einem reichlich selbstgefälligen Lächeln stand Inga auf. »Ich überlasse dir mal die Küche, mein Kind, damit du in Ruhe arbeiten kannst. Und träum mal ruhig weiter. Meinst du wirklich, dass du und Paul ohne etwas Hilfe zusammengefunden hättet? Denk mal drüber nach.«

Sie waren überhaupt nicht zusammen, jedenfalls noch nicht. Zum Nachdenken hatte Sabrina jetzt allerdings wirklich eine Menge – wenn auch nicht über Paul, denn da stand ihr weiteres Vorgehen fest, sondern über die beiden Männer, die möglicherweise in Verbindung zu Malcolm und den Anschlägen stehen konnten. Wie um alles in der Welt sollte sie in dieser Verfassung fröhliche, lockere verkaufsfördernde Texte zustande bringen?

Paul sah der Ankunft des Sheriffs mit gemischten Gefühlen entgegen. Normalerweise schätzte er die Gesellschaft seines Freundes durchaus, aber in diesem Fall musste er ihm jede Menge verschweigen, und das behagte ihm nicht. Mittlerweile waren seine eigenen Nachforschungen dank Robs Hilfe so weit fortgeschritten, dass er nicht mehr wusste, wie er aus dieser Klemme herauskommen sollte. Jeder Versuch einer Beichte würde einen Rattenschwanz an Erklärungen nach sich ziehen, die er nicht abgeben konnte und wollte. Winston würde zu Recht toben, wenn er erfuhr, dass sie hinter seinem Rücken schon Kontakt zum FBI aufgenommen hatten. Auch wenn ihre

Nachfragen indirekt über Rob an seinen Bruder gegangen waren, würde das für Winston keinen Unterschied machen. Dennoch würde Paul es mittelfristig nicht vermeiden können, reinen Tisch zu machen. Dafür schätzte er den Sheriff und seine Freundschaft zu sehr.

Winston nickte Steves Vater knapp zu und wandte sich direkt an Paul. »Ich hatte dich und Rick heute Morgen in meinem Büro erwartet. Habe ich mich so unklar ausgedrückt?«

Paul schüttelte den Kopf. »Nein, das nehme ich auf meine Kappe. Ich habe das total vergessen.«

So leicht kam er nicht davon. Winston fixierte ihn förmlich. »Dann hoffe ich, dass du einen guten Grund dafür hattest.«

Tief durchatmend kämpfte Paul dagegen an, scharf zu antworten. Eigentlich hätte Rick ihn an den Termin erinnern können, schließlich war Paul selbst nur indirekt involviert, als Anwalt seines Freundes. »Nicht nur *einen* Grund. Eine Mieterin und ihr Baby, denen der Vermieter warmes Wasser verweigerte, eine alleinerziehende Mutter, die Hilfe gegen einen Walmart-Filialleiter brauchte, und noch so einiges mehr. Danach war der Vormittag fast rum, und wie du dir denken kannst, mag ich Brina und Joey im Moment nicht allein lassen. Ich hätte trotzdem an dich denken müssen. Tut mir leid.«

»Wann darf ich denn mit eurem Besuch rechnen?«

Pauls Blick irrte zu den Jungs, die in Sichtweite mit Scout am Strand tobten. »Solange nichts geklärt ist, bin ich ein wenig eingeschränkt. Was hältst du davon, wenn ich uns einen Eistee von Inga hole, und wir reden hier miteinander? Rick hat mir alles erzählt, und als sein Anwalt kann ich die Aussage übernehmen.«

»Gut, aber auf den Tee verzichte ich. Ich hole meinen Notizblock, und du suchst uns eine ruhige Ecke.« Winston warf Steves Vater einen bedeutungsvollen Blick zu.

Kaum hatte sich Winston umgedreht, kratzte sich Charles an der Stirn. »Ich gehe mal zu den Jungs, dann seid ihr ungestört. Aber nachher hätte ich ein paar Fragen. Wenn es hier aus irgendeiner Richtung Gefahren gibt, die meinen Sohn betreffen könnten, will ich das wissen!«

»Ich kann mir nicht vorstellen, dass dir oder deinem Sohn in irgendeiner Form eine Gefahr droht, es sei denn, es gibt etwas, das wir über dich wissen sollten.«

Charles presste die Lippen zusammen, und um seinen Mund bildeten sich kleine Falten. »Ist das schon wieder so eine Anspielung wie die von Sabrina vorhin? Ich habe keinerlei geschäftliche oder private Beziehung zu ihrem Exmann. Geht die mögliche Gefahr von ihm aus? In welcher Form?«

»Das wüssten wir alle gern. Und ganz besonders ich«, mischte sich Winston ein, der entschieden zu schnell zurückgekehrt war. »Aber wo wir gerade dabei sind: Gestern Nachmittag wurde ein Wagen, so ähnlich wie der, der da drüben parkt und offenbar Ihnen gehört, in einem Trailerpark gesehen. Bei den Fahrzeuginsassen soll es sich um einen Vater und seinen Sohn gehandelt haben. Da liegt die Frage nahe, wo Sie gestern waren, Sir.«

Nur weil Paul sehr genau hinsah, bemerkte er, wie Charles' Miene einen kurzen Augenblick lang versteinerte. Dann wirkte er auch schon wieder ganz normal. »Das ist in der Tat mein Wagen, und wir waren seit unserer Ankunft hier in der Pension oder am Strand.«

Winston nahm die Erklärung mit einem knappen Nicken zur Kenntnis. »Sie machen hier Urlaub?«

»Ja. Joey hat meinem Sohn so von diesem Ort vorgeschwärmt, dass ich Sabrina nach der Adresse gefragt habe. Ich sehe mein Kind während der Schulzeit viel zu wenig und wollte ihm wenigstens eine schöne Ferienwoche gönnen.«

»Was machen Sie denn beruflich?«

305

»Ich bin in der IT-Branche als Berater tätig«, erwiderte Charles, ohne zu zögern.

Damit war Pauls Misstrauen geweckt. Robs Freund hatte sich die Steuererklärungen und finanziellen Verhältnisse von Charles Snyder angesehen und war dabei auf Widersprüche gestoßen: Er bekam hohe Zahlungen von Unternehmen, zu denen es kaum Angaben gab und bei denen es sich offensichtlich um Scheinfirmen handelte. Das allein war kein Grund, ihn zu verdächtigen, es gab genug Konzerne, die ihre Ausgaben verschleierten oder Zahlungen umleiteten, was grundsätzlich auch nicht verboten war – dieses Verfahren war jedoch im Bereich der IT-Beratung höchst unüblich. Rob hatte auf einen Experten für Unternehmenszusammenschlüsse oder ähnliche sensible Dinge getippt, aber auch nicht ausgeschlossen, dass hier Schwarzgelder gewaschen wurden. Und in diesem Fall wäre Charles womöglich doch in irgendeiner Weise in Malcolms Geschäfte verwickelt.

Charles warf ihm einen prüfenden Blick zu, und Paul fragte sich, ob ihn vielleicht sein Gesichtsausdruck verraten hatte. Sein Ruf als Pokerspieler war nicht gerade der Beste. Obwohl er vor Gericht durchaus erfolgreich bluffen konnte, gelang es ihm beim Kartenspiel nie, und auch im Alltag zeichnete sich in seinem Gesicht viel zu häufig deutlich ab, was er dachte.

»Ich gehe dann mal zu den Jungs und lasse Sie allein.«

Paul wartete gespannt ab, wie Scout reagierte. Soweit er es beurteilen konnte, hatte der Hund nichts gegen den neuen Mitspieler. Hoffentlich war auf seinen Instinkt Verlass.

Er setzte sich auf einen der Verandastühle. »Wahrscheinlich hast du jetzt auch einige Fragen.«

Winston verzog keine Miene, während er sich direkt Paul gegenüber niederließ. »Ja. Die Erste lautet, warum zum Teufel du mir offenbar einiges verschweigst.«

Paul wich dem forschenden Blick nicht aus. »Weil ich nichts sicher weiß, sondern nur ein paar wilde Vermutungen habe.« Das war zwar hart an der Grenze zwischen Wahrheit und Nicht-mehr-ganz-so-die-Wahrheit, aber in seinen Augen noch akzeptabel. »Es könnte sein, dass Sabrinas Exmann in irgendwelche kriminellen Geschäfte verwickelt ist und sie deshalb in das Visier von Verbrechern geraten ist.«

»So weit war ich nach der netten Botschaft an deiner Hauswand schon selbst. Ich habe versucht, Informationen über ihren Exmann zu bekommen, wurde aber knallhart abgeblockt. Das heißt in der Regel, dass eine andere Behörde schon am Ball ist. Was weißt du darüber?«

»Wie kommst du darauf, dass ich etwas wissen könnte? Ich kenne niemanden beim FBI.« Auch das war nicht gelogen … er war Robs Bruder schließlich nie begegnet.

»Ich habe nicht gesagt, dass es um das FBI geht.«

Paul verdrehte die Augen. »Um wen denn sonst? CIA, NSA oder vielleicht die NASA?«

»Na gut, lassen wir das für den Moment. Was sagt denn Sabrina zu der Anschuldigung, dass ihr Exmann in die Anschläge verwickelt sein könnte? Der Laborbericht ist übrigens da. Das Gift im Fleisch wäre für jeden Hund tödlich gewesen, der kleiner ist als ein Elefant.«

Paul schluckte hart. Er hatte es sich schon gedacht, aber die Bestätigung seiner Vermutung traf ihn trotzdem wie ein Schlag in den Magen. Er atmete tief durch und beantwortete Winstons Frage: »Sie kann dazu nichts sagen, weil sie nichts weiß.«

»Und das glaubst du ihr.«

»Ja.« Seine Antwort klang wie ein Knurren, aber das konnte er nicht ändern.

»Na gut, ich behalte das im Auge. Kommen wir nun zu Ricks gestrigem Ausflug. Was genau war da nun los? Eine grobe Zusammenfassung hat er mir gestern schon gegeben, aber ich brauche mehr Details, insbesondere auch welche, die sich gut als Entlastung machen. So normal ist es ja nun auch nicht, dass jemand, der am Tatort mit der Tatwaffe aufgefunden wird, noch frei herumläuft.«

Damit hatte Winston recht. Sie schuldeten dem Sheriff etwas, allen voran Rick.

Während Winston sich Notizen machte, schilderte Paul den Ablauf der Ereignisse so genau, wie er konnte. Als er am Ende angekommen war, blickte Winston zum Strand hinüber. »Das bestätigt die Ergebnisse der Spurensicherung und hilft Rick. Das ändert aber nichts daran, dass hier im Moment reichlich viel passiert, und das macht mir zu schaffen. Normalerweise ist es in meiner Stadt ruhig. Einen Doppelmord gab es hier seit dreißig Jahren nicht mehr.« Winston ballte die Hand zu einer Faust, dann deutete er zum Strand. »Was ist mit dem da drüben? Traust du dem Typen?«

Paul breitete die Hände aus. »Eingeschränkt. Ich weiß nicht, wem oder was ich noch glauben kann. Ist dir der blonde Surferboy schon über den Weg gelaufen? Den finde ich noch merkwürdiger.«

»Den habe ich bisher nur von Weitem gesehen.«

»Er ist bei mir zu Hause aufgetaucht. Angeblich, weil er Sabrina zum Kaffee einladen wollte.« Mist, das klang aggressiver als geplant.

Winstons Mundwinkel hoben sich. »*Das* ist natürlich ein Schwerverbrechen. Soll ich ihn zur Fahndung ausschreiben?«

»So war das nicht gemeint, und das weißt du auch. Mir ist er einfach zu glatt und zu perfekt. Ich traue ihm nicht über den Weg.«

»Ist notiert. Ich sehe ihn mir genauer an, wenn er mir über den Weg läuft. Was ist mit Inga? Ich fühle mich nicht wohl bei dem Gedanken, dass sie Männer hier wohnen lässt, bei denen zumindest gewisse Fragen angebracht sind.«

»Ich habe es angesprochen, und mir wäre fast ein Kaffeebecher an den Kopf geflogen. Die Kurzfassung lautet, dass sie eine erwachsene Frau ist und weiß, wen sie hier wohnen lassen kann.«

Winston klappte sein Notizbuch zu. »So etwas habe ich befürchtet. Ich lasse von einem der Deputys Ricks Aussage tippen. Entweder muss er selbst das Teil dann später noch unterschreiben, oder du als sein Anwalt. Und fürs Protokoll brauche ich noch deine Vertretungsvollmacht.« Er stand auf und reckte sich. Als vom Strand her Gelächter und Gebell erklangen, seufzte er. »Was für ein Durcheinander. Auch wenn das Fahrzeug und das Alter des Jungen passen würden, kann ich mir nicht vorstellen, dass der Typ da drüben ein Doppelmörder ist. Ich rede noch mal mit Inga und frage, wann genau ihr Gast hier angekommen ist. Ansonsten kann ich nur hoffen, dass sich bald alles aufklärt. Dafür wäre es aber sehr hilfreich, wenn ich nicht länger das Gefühl hätte, dir jede Kleinigkeit aus der Nase ziehen zu müssen!«

Automatisch war Paul dem Blick des Sheriffs gefolgt. War es denn wirklich ausgeschlossen, dass Charles ein Mörder war? Er wusste nicht mehr, was er glauben sollte. Aber es kam nicht infrage, den Kerl unbeaufsichtigt mit Joey und Scout spielen zu lassen, solange der Verdacht nicht völlig ausgeräumt war. Er würde seine Sekretärin anrufen und die Kanzlei einen weiteren Tag ignorieren.

18

Sabrina fuhr sich prüfend durch die Haare. Nach der Toberei am Strand hatte sie länger als gewohnt gebraucht, bis sämtliche Knoten endlich entwirrt waren. Nun stand dem »Männerabend« nichts mehr im Wege. Sie musste nur noch mutig genug sein, das geplante Outfit auch anzuziehen. Vorhin hatte ihr Plan noch so gut geklungen, nun erschienen ihr plötzlich doch Jeans und ein einfaches Top als die bessere Wahl. Unschlüssig spielte sie mit dem Gürtel ihres Bademantels.

Ihr Handy vibrierte. Die blinkende Diode in der oberen Ecke signalisierte den Eingang einer neuen Nachricht. Sabrina rief den Text auf und lachte. Trish schrieb, dass sie es ja nicht wagen sollte, die Lederklamotten nicht anzuziehen. War sie so durchschaubar? Anscheinend ja.

Eine zweite Nachricht: »Schnapp ihn dir, Tigerin. Wenn nicht, gibt's keinen einzigen Schluck mehr von Omas Likör!« Ein Smiley mit einem Knüppel in der Hand beendete den Text. Das hieß wohl, dass sie es durchziehen musste.

Und wieder ein Vibrieren. Sabrina rechnete mit einer weiteren Ermahnung von Trish, stattdessen war es eine Nachricht von Cat: »Setz dich vorm Weiterlesen lieber hin. Dein Exmann hat via Tab Zugriff auf $ 50 000 000 (kein Tippfehler, in Worten fünfzig Mio. Dollar). Ohne das Tab kommt niemand an das Geld ran. Passt auf euch auf! Das FBI ist inzwischen informiert, aber nur, damit du endgültig aus deren Schusslinie bist, noch ist alles inoffiziell. Anscheinend steht der Zugriff der Behörden in den nächsten zwei Tagen bevor.«

Sabrina sank aufs Bett und versuchte, die Zahl zu begreifen.

Ihre Anwältin hatte sie vor einigen Monaten gefragt, wie hoch sie Malcolms Vermögen schätzte. Damals hatte sie gewissenhaft alle Konten und Wertgegenstände aufgelistet, von denen sie wusste, und war inklusive Penthouse auf etwas über zwei Millionen gekommen. Das hier war eine ganz andere Dimension.

Ein anderer Gedanke durchfuhr sie. Das Geld konnte nicht Malcolm allein gehören! Wenn das so wäre, hätte er sich noch ganz andere Dinge gegönnt. Er hatte ständig darüber gejammert, dass seine Firma weder über einen eigenen Hubschrauber verfügte noch über einen Privatjet. Sie kannte sich mit solchen Dingen nicht aus, aber mit *der* Summe hätte das doch eigentlich möglich sein müssen, und er hätte keine Sekunde gezögert, sich so ein prestigeträchtiges Spielzeug zuzulegen.

Fünfzig Millionen! Das erklärte einiges. Die Skrupellosigkeit. Den Doppelmord. Bei so viel Geld galt ein Menschenleben manch einem nichts mehr.

Und sie und Joey steckten mittendrin in diesem Chaos. Wegen eines verdammten Tablet-PCs. Wie oft hatte sie das Ding schon verflucht, wenn Malcolm es auch bei den wenigen gemeinsamen Mahlzeiten nicht aus den Augen ließ. Und nun das. Sie hätte es beizeiten zertrümmern sollen!

Sie ermahnte sich gedanklich zur Ruhe. Laut Cats Nachricht war der Spuk in zwei Tagen vorbei, und Malcolm musste denken, das Gerät sei schon beim FBI. Der ganze Tag war ruhig verlaufen. Damit hatten sie es fast geschafft. Sie würde sich davon nicht den Abend verderben lassen, sondern ihren Plan durchziehen.

Merkwürdigerweise war ihre Unentschlossenheit nach der SMS verschwunden. Das gefiel ihr schon viel besser als ihr vo-

311

riges Zögern. Die Spareribs waren schon im Backofen, zusammen mit den Baguettes, der Salat vorbereitet. Die drei Männer und Joey waren im Spielzimmer verschwunden. Sie musste sich nur noch umziehen und ihnen Essen und Getränke servieren. Und darauf hoffen, dass ihr Outfit Paul klarmachte, was sie von ihm wollte. Und natürlich, dass er auch wollte, dass sie und er …

Sie stand auf und ballte die Fäuste. Schluss! Sie machte sich schon wieder verrückt. Es gab da so einige Signale, die konnte sie doch nicht alle falsch gedeutet haben! Dass er bei Beziehungen vorsichtig und zurückhaltend war, konnte sie verstehen. Wer sein Leben lang gesehen hatte, wie unglücklich die Ehe der eigenen Eltern verlief, musste ja so werden. Dann war es eben ihre Aufgabe, ihm zu zeigen, dass es auch anders ging. Sie mochte zwar ihre Fehler haben, würde aber ihren Mann und ihr Kind nie leichtherzig verlassen. Selbst bei Malcolm hatte sie Ewigkeiten gebraucht, bis sie es über sich brachte, den endgültigen Bruch durchzuziehen.

Wenn sie noch länger herumgrübelte, würden die Spareribs nicht knusprig werden, sondern schwarz. Entschlossen zog sie den Bademantel aus und schlüpfte in die Lederklamotten. Erst als sie auch die Kette umgelegt und die Schuhe angezogen hatte, wagte sie es, einen Blick in den Spiegel zu werfen. Wieder verschlug es ihr die Sprache. Was für ein Unterschied zu ihrer sonst sportlich-lässigen Kleidung oder der fürchterlich formellen Garderobe, die sie bei den Veranstaltungen mit Malcolm getragen hatte!

Sabrina fasste die Haare zu einem Pferdeschwanz zusammen und zupfte an einigen Strähnen, um den strengen Look ein wenig aufzulockern. Etwas schwarzer Kajal und roter Lippenstift mussten reichen. Wie hatte Trish es ausgedrückt: Weniger war manchmal mehr.

Die Schlafzimmertür wurde geöffnet, erschrocken wirbelte Sabrina herum. Natürlich. Joey. Ihr Sohn hielt nichts vom Anklopfen.

Er starrte sie mit offenem Mund an. Langsam kam er näher und ging einmal um sie herum. »Mensch, Mom, du siehst ja viel jünger aus. Cool.«

Jünger? Das klang, als würde sie sich sonst wie eine Großmutter kleiden! Sie wusste nicht, ob sie ihn küssen oder erwürgen sollte, entschloss sich aber wie schon unzählige Male zuvor für eine feste Umarmung und einen Kuss auf seine Haare. »Ich nehme das dann mal als Kompliment.«

»War's doch auch«, bestätigte er. »Ich wollte eigentlich nur fragen, wann es Essen gibt.«

Sabrina warf einen schnellen Blick auf die Uhr. »In exakt vier Minuten und dreißig Sekunden. Kommst du mit in die Küche und hilfst mir tragen?«

»Klar. Du, das Zimmer von Paul ist voll krass. So was hätte ich auch gern.«

Hoffentlich schenkte ihr Paul mehr Aufmerksamkeit als ihr Sohn, seine Bewunderung hatte nur wenige Sekunden angehalten. Schmunzelnd fuhr sie ihm noch einmal durchs Haar. »Lass mich raten: Am liebsten inklusive aller Spiele, die erst für Erwachsene geeignet sind, oder?«

Grinsend nickte er. »Die klingen wirklich am besten. Vor allem *Call of Duty* würde mich interessieren und *GTA* und …«

Sabrina hob abwehrend die Hände. »Ich habe dich schon verstanden. Du musst ja nicht unbedingt achtzehn sein, aber ein *bisschen* älter solltest du schon noch werden, ehe du diese Dinger ausprobierst.«

»Ich weiß.« Ein Stoßseufzer der Marke Extratief. »Das hat Paul auch schon gesagt. Aber die Spiele sind auch echt heftig.«

Er verließ das Schlafzimmer, ehe Sabrina nachfragen konnte, woher er das wusste. Aber vermutlich war es besser, wenn sie es nicht erfuhr. Sie folgte ihm in die Küche.

Brot und Spareribs hatten schon den richtigen Bräunungsgrad. Sie platzierte den Salat, Besteck und ausreichend Schüsseln auf einem Tablett und schickte Joey damit los. »Ich komme gleich mit dem Rest.«

Das nächste Tablett war mit den Tellern, einem Brotkorb und der Platte voller Spareribs fast überfüllt. Sie quetschte noch zwei passende Saucen zwischen das Geschirr und atmete tief durch. Jetzt gab es kein Zurück mehr.

Ohne Probleme bewältigte sie trotz der High Heels die Treppe. Aus dem Zimmer drang lautes Lachen, die geschlossene Tür stellte jedoch ein überwindliches Hindernis dar. Sie überlegte gerade, welche Folgen es für die Schuhe haben würde, wenn sie dagegen trat, als Joey ihr die Tür öffnete. Es ging doch nichts über ein Kind, das mitdachte – manchmal jedenfalls.

Die drei Männer standen um den Billardtisch herum. Rick wollte gerade zu einem Stoß ansetzen, als er sie entdeckte. Sein Mund öffnete sich, kein Ton kam über seine Lippen. Er blinzelte, stieß den Queue nach vorn und verfehlte die weiße Kugel um mehrere Zentimeter. Was vermutlich daran lag, dass er weiter sie ansah und nicht den Tisch. Sabrina hob spöttisch eine Augenbraue und verkniff sich mühsam das Grinsen.

Ash war nicht so rücksichtsvoll, sondern lachte Rick aus. »Reicht bei dir schon ein Bier? Von einem Marine hätte ich mehr erwartet.« Erst dann dämmerte ihm, dass Rick abgelenkt worden war. Er drehte sich um und riss die Augen auf. »Holy shit, Brina. Du bist … du siehst … hey, Paul. Sag mal was.«

Paul stand hinter Rick, sagte kein Wort, sah sie einfach nur an. Sein Blick schien jedes Detail zu erfassen: Die bis knapp unterhalb des Pos nackten, gebräunten Beine, die hohen Ab-

314

sätze, den tiefen Ausschnitt und die Kette mit dem geschickt zwischen den Brüsten platzierten Anhänger.

»Ich dachte, ihr könntet Hunger haben.« Das klang exakt so zweideutig wie beabsichtigt. Scheinbar ungerührt durchquerte sie den Raum und stellte das Tablett auf dem Tisch ab. Durch die hohen Absätze wiegte sie sich beim Gehen in den Hüften, und sie fühlte sich sehr schlank, sehr exponiert und trotzdem eigenartig wohl – Ricks Reaktion hatte sämtliche Unsicherheit vertrieben.

Pauls Blick ruhte wie gebannt auf ihr. Ihr wurde warm. Sehr warm. Immer noch wirkte er wie erstarrt.

Ash hingegen zwinkerte ihr frech zu. Mit zwei Schritten war er bei ihr, half, das Geschirr auf dem Tisch zu verteilen, und schielte ihr dabei nicht besonders unauffällig in den Ausschnitt. Kaum war alles zu seiner Zufriedenheit arrangiert, fasste er Sabrina an der Taille und drehte sie einmal im Kreis. »Unsere Kleine ist erwachsen geworden und wunderschön.«

Von Ashs lässiger Art war nichts übrig geblieben, er klang ernst, und sein Lächeln fuhr ihr direkt ins Herz. Unvermittelt wurde sie aus seiner lockeren Umarmung gerissen.

»Unsere *Kleine* ist schon vergeben, also bleib du mal gefälligst bei deinen Hollywood-Models.«

Pauls Stimme klang wie ein Knurren. Nun lag seine Hand auf ihrer Taille, aber keineswegs locker, sondern bestimmt. Alles an ihm strahlte »Meins« aus. Bei einer anderen Gelegenheit hätte Sabrina sich vielleicht an seinem dominanten Verhalten gestört, aber heute Abend war es genau das, worauf sie gehofft hatte.

Ashs Mundwinkel entwickelten ein interessantes Eigenleben, er biss sich auf die Unterlippe und wich einen Schritt zurück. »Jetzt hab ich *wirklich* Hunger.« Er machte eine bedeutungsvolle Pause. Paul kniff die Augen zusammen und starrte ihn an.

»Ich dachte dabei nur an die Spareribs«, erklärte Ash unschuldig. »Ihr versperrt den Weg.«

Lächelnd trat sie zur Seite und zog Paul mit sich. »Bedien dich«, forderte sie Ash auf.

»An den Rippchen«, präzisierte Paul, und sie fing an zu lachen. Die Bemerkung war mehr als überflüssig gewesen!

Ehe sie etwas sagen konnte, brachte er seinen Mund an ihr Ohr. »Spricht was dagegen, wenn Joey heute Nacht bei Rick und Ash schläft? Scout kann mit nach drüben. Joey hat vorhin gefragt, und jetzt bin ich sehr dafür.«

»Jetzt erst?«, zog sie ihn auf.

»Ich wollte nur …«, begann er.

Ein kräftiger Rippenstoß von Rick schnitt ihm das Wort ab. »Er ist zwar angeblich hochintelligent, aber manchmal auch extrem begriffsstutzig. Du siehst toll aus, Brina. Wir sollten diese Männerabende zur regelmäßigen Angelegenheit machen.«

Sabrina grinste ihn an und stieß ihm den Zeigefinger gegen die Brust. »Du meinst, ihr würdet mich wieder bei einer Wette fies austricksen? Als ob ich darauf noch mal reinfallen würde.«

Rick hob beide Hände und zwinkerte ihr zu. »Ich sage kein Wort mehr, ehe mein Anwalt nicht wieder bei klarem Verstand ist. Ich würde ja noch hinzufügen, dass es sich gelohnt hat, und damit meine ich ganz bestimmt nicht die köstlich riechenden Spareribs, aber ich fürchte, dann fange ich mir eine ein.«

Paul grinste verlegen. »Hol dir was zu essen und halt die Klappe.« Immer noch lag seine Hand fest auf ihrer Taille, und es sah nicht so aus, als ob sich das in absehbarer Zeit ändern würde.

Joey suchte Pauls Blick. »Ihr seid gerade alle irgendwie komisch. Kann ich denn jetzt bei Ash und Rick übernachten? Der Whirlpool draußen ist angeschlossen. Das Teil ist bestimmt voll cool, den würde ich gern testen.«

»Okay«, sagte Sabrina.

»Ehrlich?«, fragte er verblüfft. »Einfach so – okay?«

Sie nickte. »Ja, wirklich okay. Du kannst heute bei Rick und Ash schlafen. Aber nur, wenn du versprichst, ans Zähneputzen zu denken, und Scout mitnimmst.«

»Okay«, sagte er. Dann strahlte er übers ganze Gesicht. »Cool! Dann können wir ja jetzt essen!«

Joey, Rick und Ash wandten sich dem Essen zu. Obwohl die Männer und der Junge noch anwesend waren, hatte Sabrina das Gefühl, mit Paul allein zu sein. Sein Blick ruhte auf ihr. Es kostete sie einige Mühe, sich seinem Griff zu entziehen, aber schließlich hatte sie versprochen, heute Abend zu bedienen, und das würde sie auch tun.

Sie sorgte dafür, dass die Männer immer eine Flasche Bier in der Hand hatten, füllte Spareribs nach und reichte lächelnd das Brot herum. Nur als Joey meinte, ihre Serviertätigkeit müsste sich auch darauf erstrecken, ihm eine Cola von unten zu holen, verwandelte sich ihr strahlendes Lächeln in ein Zähnefletschen. »Ich hoffe, ich habe mich verhört, Joey. Denn sonst …«

»Äh, schon klar, Mom, war nur ein Scherz. Ich hole mir die Flasche selbst.«

»Sehr gute Idee«, lobte sie ihn.

Rick hatte ihr Gespräch vom Sofa aus verfolgt. Nun hielt er sich eine Hand vor den Mund. »Ich wollte gerade für ihn Partei ergreifen, aber wahrscheinlich wären mir dann die nächsten Spareribs an den Kopf geflogen.«

Lächelnd schüttelte Sabrina den Kopf. »Aber nein. Durch die Soße gäbe das eine fürchterliche Schweinerei. Aber über das Brot hätte ich nachgedacht.«

Grinsend hob Rick seine Bierflasche und prostete ihnen zu. »Gut, dass ich darauf verzichtet habe. Sobald meine Küche komplett fertig ist, lade ich dich zum Drei-Gänge-Menü ohne

Grill ein. Das schulde ich dir nach dem heutigen Abend ... so ganz fair war die Aktion mit dem Bagger ja nun doch nicht.«

Paul schien sich ständig in ihrer unmittelbaren Nähe aufzuhalten. Den Umstand nutzte Sabrina aus und nahm ihm die Bierflasche einfach aus der Hand. Sie prostete Rick zu. »Das klingt gut! Ich freue mich drauf.«

Während sie einen Schluck aus der Flasche trank, dachte sie daran, dass eben noch Pauls Lippen das Glas berührt hatten. Ihr wurde schon wieder heiß, und es kribbelte in ihrer Magengegend.

Sanft entwand ihr Paul die Flasche, und seine Lippen lagen eine ganze Weile auf dem Rand der Öffnung, ehe er trank, als wollte er ihr über diesen Umweg einen Kuss geben. Konnte er mittlerweile Gedanken lesen? Die Zeit schien stillzustehen, während sie sich stumm ansahen.

»Irgendwie wird es hier ganz schön heiß. Gibt es eigentlich noch Eis?«, fragte Ash.

Paul bedachte ihn mit einem funkelnden Blick. »Wie wäre es, wenn ich dir zwanzig Dollar gebe, und ihr fahrt zu Rosie oder zur Tankstelle? Die haben bestimmt genug Eis, um dich gründlich abzukühlen.«

Ash grinste breit. Zum ersten Mal an diesem Abend schien er sich richtig zu entspannen. »Würde ich sofort, aber wenn Winston mich erwischt, bin ich meinen Führerschein los.«

»Tja, dann ...« Sabrina machte eine bedeutungsvolle Pause. »Sehe ich mal nach, was ich für dich tun kann.«

Paul versuchte, sie zurückzuhalten. »Das musst du wirklich nicht.«

Sie zwinkerte ihm zu. »Das mache ich doch gern.« Paul glaubte vermutlich, sie hätte vor, Ash zu verwöhnen. Das Gegenteil war der Fall – sie erinnerte sich noch daran, dass Ash nur wenige Eissorten mochte und richtig süßes Zeug verabscheute. Da sie mittlerweile den Inhalt von Pauls Eisschrank kannte, wusste sie genau, was sie ihm servieren würde. Vielleicht half die kleine Gemeinheit, ihn aus den trüben Gedanken zu reißen, denen er immer wieder nachhing. Schon als Kinder hatten sie ihn immer geärgert, um ihn von den Streitereien mit seinem Vater abzulenken. Er hatte nie Mitleid gewollt, und mit Freundlichkeit und Rücksichtnahme hatten sie ihn nie aus seinen Grübeleien herauslocken können.

»Hey, warte, Brina. Das war nur Spaß«, rief Ash ihr hinterher, aber sie ging einfach weiter.

In der Küche machte sie sich ans Werk: Weißes Schokoladeneis mit grellroter Erdbeersauce, die genauso süß war, wie sie aussah, darüber Kokosraspeln. Die Kreation sah gut aus, verfehlte Ashs Geschmack jedoch um Längen. Perfekt.

Sie ging zurück ins Spielzimmer und servierte ihm mit strahlendem Lächeln das Eis. Ash riss die Augen auf. »Das ist nicht dein Ernst!«

Betont unschuldig rückte sie die Glasschale vor ihm zurecht. »Ich habe keine Ahnung, was du meinst. Du hattest doch ein Eis bestellt?«

»Du weißt doch ganz genau, dass ich …« Er brach mitten im Satz ab, schob das Eis mit einer übertriebenen Grimasse zur Seite und sprang lachend auf. »Du bist noch genauso ein Biest wie früher«, stellte er fest und umarmte sie. Einen Augenblick hatte sie den Eindruck, dass er Halt bei ihr suchte und fand. Dann ließ er sie los und gab ihr einen brüderlichen Kuss auf die Wange. Aus dem Augenwinkel sah sie Pauls Gesicht. Besonders begeistert wirkte er nicht über den harmlosen Kuss.

»Ihr seid heute Abend wirklich sehr merkwürdig«, wiederholte Joey. »Kann ich das Eis haben, wenn Ash es nicht will? Und fahren wir danach Rennen?«

Sabrina nickte, ohne den Blick von Ash abzuwenden.

»Weißt du«, sagte sie leise zu ihm, »manchmal hilft es, miteinander zu reden. Dann sieht man oft Dinge, die man vorher nicht gesehen hat oder sehen wollte. Falls du mal Bedarf hast, vergiss nicht, das du Freunde hast, die dich immer noch sehr gut kennen.«

»Angebot zur Kenntnis genommen, Brina«, sagte er ebenso leise und ernst. Dann stemmte er sich vom Sofa hoch und war plötzlich wieder derselbe unbekümmerte Ash wie immer. »Aber erst einmal zeige ich euch, wie man auf der Bahn vernünftig fährt. Was Paul da vorhin gezeigt hat, war ja die reinste Lachnummer, wir fahren schließlich kein Schneckenrennen.«

Eigentlich hatte Sabrina inzwischen auch Hunger, aber sie konnte sich auch später noch ein Stück Brot nehmen. Nun galt es erst einmal, Ash auf andere Gedanken zu bringen. »Träum weiter«, erwiderte sie und hob herablassend eine Augenbraue. »Von meinem Polizeiwagen darfst du höchstens das Heck bewundern.«

Der Abend übertraf Sabrinas Erwartungen noch bei Weitem. Das Essen, die Wettkämpfe auf der Rennbahn, auf der Playstation und auch am Billardtisch … sie kamen aus dem Lachen nicht heraus, obwohl sie sich die ganze Zeit erbitterte Duelle lieferten. Immer wieder verglich Sabrina die drei Männer mit den Jungs, die sie gekannt hatte. Sie entdeckte Ähnlichkeiten, aber auch gravierende Unterschiede. Die letzten Jahre hatten bei allen Spuren hinterlassen, und dennoch fühlte sie wieder die gleiche Verbundenheit zu ihnen wie früher, nur ihre Gefühle für Paul hatten sich grundlegend geändert. Früher hatte sie sich eher von Ashs Charme angezogen gefühlt … aber das behielt sie wohl besser für sich.

Mist, sie hatte sich zu lange ablenken lassen. In der Zwischenzeit hatte Paul seine letzten beiden Kugeln versenkt.

Wenn er jetzt noch die schwarze Acht im richtigen Loch unterbrachte, hatte sie verloren, und das kam nicht infrage. Es war Zeit für Plan B.

Unauffällig näherte sie sich ihm. Aber es war wohl nicht unauffällig genug gewesen, denn er sah zu ihr herüber und setzte den Queue wieder ab. Sabrina tat, als würde sie die Lage ihrer Kugeln studieren, und wartete, bis Paul wieder zum Stoß ansetzte. Kaum beugte er sich vor, tat sie das Gleiche. Sein Blick irrte vom Tisch zu ihrem Dekolleté und wieder zurück. Mit gerunzelter Stirn visierte er die Kugel an.

Sabrina beugte sich so weit vor, dass die Nähte des Rocks bedrohlich knirschten. Paul blinzelte, führte den Stoß aus, und die schwarze Acht trudelte, von der weißen Kugel angeschnitten, eine gute Handbreit am Loch vorbei und kam mitten auf dem Tisch zum Stillstand.

Als er sich zu ihr umdrehte, funkelten seine Augen. »Kleine Hexe!«

Sabrina breitete gespielt unschuldig die Hände aus. »Ich habe keine Ahnung, was du meinst«, beteuerte sie.

In seinem Blick lagen eine deutliche Herausforderung und zugleich das Versprechen einer Revanche. »Du bist dran.«

Paul trat nur ein kleines Stück zur Seite, sodass sie ihn berühren musste, wenn sie spielen wollte. Nur noch eine Kugel versenken, danach die Schwarze, die für sie optimal lag, und sie hätte gewonnen. Eigentlich waren die Stöße machbar.

Eigentlich.

Kaum beugte sie sich vor, spürte sie einen Druck an ihrem Oberschenkel. Verdammt, wie machte er das? Er hatte sich kein Stück bewegt, presste sich aber eindeutig an sie. Hitze breitete sich in ihrem Unterkörper aus. In ihrer Fantasie sah sie Bilder, die sie liebend gern in die Realität umgesetzt hätte, für die sie aber entschieden zu viele Zuschauer hatten.

Joey sah sie über den Tisch hinweg an. »Wo ist denn dein Problem? Das ist doch kinderleicht.«

Paul nickte. »Finde ich auch.«

Wenigstens blieben Ash und Rick stumm, auch wenn sie aufmerksam zusahen und sicher ganz genau bemerkten, was sich abspielte. Tief durchatmend versuchte Sabrina an Eisbären, die Antarktis oder den Nordpol zu denken. Pauls Nähe weckte eine unglaubliche Sehnsucht in ihr, von der sie nicht einmal geahnt hatte, dass sie da war. Noch länger zu warten würde die Situation nur noch weiter verschlimmern.

Sie vertraute auf ihren Instinkt und stieß zu. Treffer! Nun musste sie nur noch die schwarze Kugel versenken. Das war ein Kinderspiel, und vor allem musste sie dazu den Tisch halb umrunden. Sie trat einen Schritt zurück. »Du bleibst hier stehen! Genau hier! Verstanden?«

Joey sah sie überrascht an. »Hat er dich eben abgelenkt?«

Sabrina warf ihren Kopf so schwungvoll zurück, dass ihr Pferdeschwanz wippte. »Nicht im Geringsten«, behauptete sie.

»Na warte«, versprach Paul so leise, dass es niemand außer ihr hörte.

Verflixt, diese Drohung reichte schon, um ihre Konzentration in Luft aufzulösen. Sie zählte gedanklich bis zehn, während sie den Tisch umrundete und eine Position suchte, die für ihren letzten Stoß optimal war. »Bloß nicht in seine Richtung schielen«, dachte sie. Erst als Ash leise lachte, begriff sie, dass sie die Worte laut ausgesprochen hatte. Warnend sah sie Joey an. »Wenn du jetzt wieder behauptest, dass ich heute merkwürdig bin, kannst du dich von deinem Smartphone, dem neuen Tablet und deinem Notebook verabschieden! Für Monate!«

Joey presste die Lippen zusammen, bis sie nur noch ein schmaler Strich waren. Wenigstens prustete er nicht los.

»Findest du die Drohung nicht etwas *merkwürdig*?«, erkundigte sich Rick mit Unschuldsmiene.

Sabrina beschränkte sich auf einen vernichtenden Blick. Ehe sie sich auf weitere Grabenkämpfe einließ, die sie nur verlieren konnte, visierte sie die Kugel an und führte den letzten Stoß aus. Mist, nicht perfekt getroffen. Sie hielt den Atem an, während sie der schwarzen Acht dabei zusah, wie sie mit leichtem Seitendrall langsam aufs Loch zurollte. Die letzten Millimeter schien sie fast stillzustehen, dann erreichte sie die Kante, blieb dort kurz hängen … und plumpste mit letzter Kraft hinein.

Jubelnd sprang Sabrina um den Tisch herum und fiel Paul um den Hals. »Mein erstes Spiel seit Jahren! Warte nur, bis ich wieder *richtig* fit bin.«

Seine Lippen glitten über ihren Hals, dann biss er ihr sanft ins Ohrläppchen. »Warte nur, bis wir allein sind, dann werde ich dir zeigen, wie fit *ich* bin.«

Die Worte klangen wie aus einem schlechten Film, dazu noch das völlig übertriebene Pathos in seiner Stimme. Sie prustete los. »Na, los, du wilder Hengst, dann wirf mal unsere Gäste raus«, flüsterte sie ihm zu.

Paul zwinkerte ihr zu. »Dein Wunsch ist mir Befehl.«

Tatsächlich reichte ein auffordernder Blick zu Rick, und sein Freund gähnte wie auf Kommando. »Ich glaube, ich werde heute nicht mehr viel älter. Anwesende Kinder gehören sowieso allmählich mal ins Bett.« Er lauschte kurz. »Die kläffenden Hunde, die noch mal rausmüssen, übernehmen wir, und das Aufräumen überlassen wir großzügigerweise euch.«

Nach einem Abschied von Joey, der von einer engen Umarmung und einem mütterlichen Anfall schlechten Gewissens begleitet wurde, weil ihr seine Auswärtsübernachtung so gut passte, fiel die Haustür ins Schloss.

Sie waren allein. Kein Kind. Kein Hund. Nur sie und Paul.

19

Sabrina drehte sich um, beziehungsweise versuchte sie es, da zog Paul sie bereits in seine Arme.

»Noch ein paar Minuten länger und ich hätte sie einfach vor die Tür gesetzt«, sagte er und küsste sie.

Seine Zunge bat vorsichtig um Einlass, aber als Sabrina ihm ohne zu zögern entgegenkam, endete seine Zurückhaltung. Er brach wie ein Orkan über sie herein. Seine Hände waren plötzlich überall, streichelten über das eng anliegende Leder, fanden aber auch immer wieder ihre nackte Haut. Ihr Rücken stieß gegen die Wand oder die Tür, so genau wusste sie es nicht mehr, wo sie sich eigentlich befand. Seine Zunge neckte sie, verführte sie und forderte. Ihre Knie wurden weich. Mit einem solchen Überfall hatte sie nicht gerechnet.

Er ließ sie los, aber nur, um ihren Rock hochzuschieben und sie dann hochzuheben. Sie wollte protestieren, sie war doch viel zu schwer, aber Paul schien das anders zu sehen. Sie schlang ihm die Beine um die Taille. Sie passten perfekt zusammen, ihre empfindlichste Stelle pochte und rieb gegen seine Jeans. Seine Erregung war unverkennbar. Sie drängte sich an ihn, überrascht von ihrer eigenen Hemmungslosigkeit, ihrer Leidenschaft. Mehr! Sie wollte mehr von dieser Hitze, die sie zu überwältigen drohte, mehr von seiner Nähe, seinem Geruch, dem zärtlichen Spiel seiner Zunge, das sie in den Wahnsinn trieb.

Gerade als sie glaubte, die Tortur keine Sekunde länger ertragen zu können, löste er sich von ihr und setzte sie sanft ab. »Wir sollten nach oben gehen.«

Das war viel zu weit und würde viel zu lange dauern. Aber ein letzter Rest Vernunft brachte Sabrina dazu, zu nicken.

Sie schafften es eng umschlungen bis zur Treppe. Mit einem Knurrlaut beugte sich Paul vor und knabberte an ihrem Ausschnitt. Sie reckte ihm ihre Brüste entgegen. Sanft fuhr er über die aufgerichteten Spitzen und biss sie zärtlich durch das Leder hindurch. Keuchend rang Sabrina nach Luft und krallte ihre Hände in seine Haare. Sie würden es nie bis ins Schlafzimmer schaffen. Die Treppe war ein unüberwindliches Hindernis. Die Couch!

Sabrina zog Paul einfach mit sich, bis sie rückwärts mit den Knien an das Möbelstück stieß.

»Gute Idee«, lobte er, drückte sie sanft auf das Sofa und widmete sich dann wieder ihren Brüsten. Seine Hände tasteten über ihren Rücken. »Wie geht das verdammte Ding auf?«

Das klang so frustriert und ungeduldig, dass sie fast laut losgelacht hätte. »Reißverschluss. Seite.«

Sie hatte kaum ausgesprochen, da landete das Lederoberteil auf dem Boden. Automatisch zog sie den Bauch ein. Paul bemerkte es und runzelte die Stirn. »Lass das, du bist wunderschön.« Federleicht strich er über ihren Bauch. Der Rock war hochgerutscht, sodass er auch ihre Oberschenkel mühelos erreichte.

»Ich dachte, ich sei nur ›nett‹«, zog sie ihn atemlos auf.

»Das war reiner Selbstschutz. Ein ziemlich dämlicher Versuch, mich vor deiner Anziehungskraft zu schützen.« Er küsste sie auf den Mund, viel zu kurz. »Vor deinem Lachen.« Er fuhr mit den Lippen über ihre Augenlider. »Dem funkelnden Blau, das schöner ist als jeder Edelstein.« Sie wollte über die kitschigen Worte lachen, aber er klang so aufrichtig, so ernst, dass ihr das Lachen im Hals stecken blieb. Schließlich strich er über ihre Brust. »Vor deiner Wärme und Herzlichkeit.« Sanft biss er ihr in den Hals. »Und vor der frechen Hexe, die im schwarzen Leder so verführerisch ist wie eine Nixe.«

Seine Worte berührten sie noch tiefer als seine Küsse und seine streichelnden Hände. Unter der leidenschaftlichen Hitze, die er in ihr entfachte, breitete sich noch ein anderes, viel tiefer gehendes Gefühl in ihr aus: Es war, als käme sie an einem Ort an, für den sie bestimmt war. Hier gehörte sie hin. Sein Körper war ihr vertraut, obwohl sie ihn noch nicht erkundet hatte. Dennoch kannte sie Paul, auf einer anderen Ebene, einer wichtigeren. Sie vertraute ihm mehr als jemals einem Menschen zuvor. Sie wusste nicht, weshalb, aber es war so, und deshalb war alles so perfekt.

Federleicht strichen seine Finger über ihre Brust, wanderten weiter nach unten und erreichten ihren Slip.

Sie schrie auf. Ja! Energisch zerrte sie an seiner Jeans. Der Knopf sprang auf, sie fasste nach dem Reißverschluss und stutzte. Die Hose saß so eng, wie sollte sie …?

Mit sichtlich angespannten Kiefermuskeln zog Paul selbst seine Hose aus und warf sie zur Seite. »Du bringst mich noch um, Brina.«

Sie wollte lachen, etwas Freches erwidern, aber ihr Denken setzte aus, als er wieder über ihren Slip strich. Dieses Mal fordernder. Sie bäumte sich ihm entgegen und packte ihn an den Schultern.

Mit einem leisen, tiefen Lachen kam er näher, aber nicht nahe genug. Sie spürte noch einen Ruck, dann lag auch ihre Unterwäsche auf dem Boden. Die musste sie wohl abschreiben, aber das war ein geringer Preis für die Gefühle, die in ihr tobten. Sie schleuderte die Schuhe von den Füßen, sie landeten irgendwo neben der Couch. Diesmal fand Paul den Reißverschluss ihres Rocks ohne Probleme.

Dann war nichts mehr zwischen ihnen. Sie sog jede Einzelheit in sich auf. Seine festen Bauchmuskeln, die breiten Schultern, die schmalen Hüften. Er sah so verdammt gut aus, und er gehörte ihr!

Kurz zögerte er. »Sollten wir nicht …«

»Was?«

»Ich hätte oben im Schlafzimmer …«

»Ich nehme die Pille«, sagte sie fast ungeduldig.

Er stutzte kurz. Sie ahnte, was er dachte, und rollte mit den Augen. »Aus medizinischen Gründen. Könntest du jetzt bitte …« Ein Lächeln zuckte über sein Gesicht, sein Mund senkte sich über ihren Bauchnabel, seine Zunge spielte wieder mit ihr, wanderte tiefer. Sein Atem strich über ihre empfindlichste Stelle. Erst als sie verzweifelt an seinen Haaren zerrte, legte er sich auf sie.

Sie schlang ihre Beine um ihn, und endlich drang er in sie ein. Hitze erfüllte ihren ganzen Körper, sie bekam kaum Luft. Sie wollte mehr und hatte doch Angst, dass es zu viel wäre. Er verharrte bewegungslos in ihr, wartete, bis sie es war, die sich ihm ungeduldig entgegenbäumte. Erst dann begann er sich in einem langsamen Rhythmus zu bewegen. Ihr Herz raste, bunte Farben explodierten vor ihren Augen. Es gab nur noch sie und ihn. Dann spürte sie, dass sich alles in ihr zusammenzog. Er wurde schneller, fordernder. Sie schrie auf, krallte ihre Finger in seinen Rücken. Gemeinsam erreichten sie den Höhepunkt. Aber es war noch nicht vorbei. Er küsste sie sanft auf den Hals und stützte sich neben ihr ab, damit sein Gewicht nicht auf ihr lastete. Dabei war es keine Last – sie hatte es genossen, wie schwer er auf ihr gelegen hatte, wie stark er war.

»Du hast mich fest in deinen Bann gezogen, du Nixe«, wisperte er ihr ins Ohr und biss sanft in ihr Ohrläppchen. »Bist du bereit für die zweite Runde? Ich habe da noch eine Dusche und ein breites Bett, das wir unbedingt testen müssen.«

Sie konnte der Versuchung nicht widerstehen, ihn zu ärgern. »Bist du sicher, dass du drei Runden schaffst?« Verführerisch bog sie sich ihm entgegen.

Sein raues Lachen fuhr ihr direkt ins Herz. »Ist das eine Herausforderung? Na warte.«

Angestrengt überlegte sie, wie sie den Weg bis in den ersten Stock schaffen konnten. Ihr fiel nichts ein. Vielleicht sollten sie die nächste Runde doch noch im Wohnzimmer angehen. Langsam strich sie über seinen Rücken und schon eroberte sein Mund wieder den ihren. *Küssen kann der Mann*, dachte sie noch, und dann dachte sie gar nichts mehr.

Verschlafen tastete Rick nach seinem Smartphone und drückte auf irgendeine Taste. Das Display leuchtete auf: sechs Uhr dreißig. Entschieden zu früh, nachdem er die halbe Nacht mit Ash geredet hatte und erst gegen zwei ins Bett gekommen war. Oder war es schon drei Uhr gewesen? Was zum Teufel hatte ihn geweckt?

Meistens konnte er nicht mehr einschlafen, wenn er erst einmal wach war. Aber vielleicht war heute eine Ausnahme. Gähnend drehte er sich um und vergrub sein Gesicht im Kissen.

Ein Schrei. Schlagartig hellwach fuhr Rick hoch. Als Soldat war er es gewohnt, bei Bedarf sofort in den Alarmzustand zu schalten. Er hielt bereits seine entsicherte Pistole in der Hand, ehe er überhaupt wusste, worum es ging.

Seine Schlafzimmertür sprang auf. Shadow. Der Hund jaulte kurz, kläffte dann leise. Wieder ein Schrei draußen, danach wütendes Gebell, das abrupt abbrach, als ein Schuss erklang. Lautes Motorengeräusch. Rick rannte den Flur entlang, die Haustür stand offen. Barfuß sprintete er über den steinigen Weg. Er erhaschte nur noch einen flüchtigen Blick auf einen silberfarbenen Lieferwagen und …

»Verdammte Scheiße«, entfuhr es ihm, als er sich neben dem reglos auf dem Boden liegenden Hund niederließ. Scout blutete stark am Hinterbein, der Sand unter ihm war rot getränkt. Er versuchte aufzustehen, brach aber aufjaulend wieder zusammen.

Das sah nicht gut aus.

»Hol Ash«, befahl Rick Shadow, obwohl er nicht viel Hoffnung hatte, dass sein Hund die Anweisung verstand. Aber immerhin trottete er davon.

Rick zerrte sich sein T-Shirt über den Kopf und presste es auf Scouts Wunde. Seine Gedanken überschlugen sich. Der Schrei musste von Joey gekommen sein. Da von dem Jungen nichts zu sehen war, er aber Scout niemals allein gelassen hätte, gab es nur eine Schlussfolgerung: Eine Entführung. Und Rick hatte nicht mehr als eine vage Fahrzeugbeschreibung.

Wenn er seine Wagenschlüssel holte, würde der Hund verbluten. Verdammt, was sollte er tun?

Eilige Schritte. Ash! Mit einem Schlüsselbund in der Hand, den er Rick zuwarf.

»Ich übernehme den Hund. Versuch, ihnen zu folgen.«

Rick rannte zu seinem Wagen. Wenn er die Abkürzung nahm, die sie freigelegt hatten, konnte er wertvolle Zeit aufholen. Er jagte seinen Pick-up über den engen Pfad, Zweige peitschten gegen die Karosserie. Am Ende des Wegs angekommen, touchierte er beinahe Pauls Wagen, der direkt neben dem Pfad parkte. In einiger Entfernung wurde auf der Straße eine Staubwolke aufgewirbelt: der Lieferwagen, der viel zu schnell Richtung Heart Bay fuhr. Rick holte das Äußerste aus seinem Wagen heraus. Er kannte jeden verdammten Meter der Straße, der würde ihn nicht mehr abhängen.

In einem Film hätte er auf die Entführer geschossen, aber erstens konnte er nicht gleichzeitig den Wagen steuern und schießen, und zweitens würde er damit das Kind gefährden. Er musste die Mistkerle anders zum Halten zwingen. Sein Pick-up war robust, dem würde ein kleiner Aufprall nichts ausmachen. Gleich kam eine Stelle, an der keine Bäume, sondern nur flache Felsen die Straße begrenzten, dort konnte er versuchen, sich vor den anderen Wagen zu setzen und ihn zum Halten zu zwingen, ohne zu riskieren, dass er sich um einen Baum wickelte.

Erstaunlicherweise wurde der Wagen vor ihm langsamer. Noch wenige Meter, dann würde er ihn eingeholt haben.

Durch den aufgewirbelten Staub erhaschte Rick nur einen flüchtigen Blick auf einen runden Gegenstand, der aus dem Fenster geworfen wurde, und der Lieferwagen beschleunigte wieder. Instinktiv trat er voll auf die Bremse.

Die Welt flog ihm förmlich um die Ohren. Staub und Flammen vermischten sich zu einer undurchdringlichen Mauer, sein Pick-up wurde trotz des Gewichts durchgerüttelt und aus der Spur geworfen. Quer auf der Straße kam er zum Stehen. Weißer Rauch stieg aus der Motorhaube auf. Fassungslos ließ Rick den Kopf aufs Lenkrad sinken. Eine Handgranate. Auch wenn er wusste, dass er dagegen keine Chance gehabt hatte und froh sein konnte, noch zu leben, änderte das nichts an dem bitteren Gefühl der Niederlage. Wenn Joey etwas zustieß, würde er Paul und Sabrina nie wieder in die Augen sehen können.

Er sprang aus dem Wagen und überprüfte den Motorenbereich. Keine Brandgefahr, nur der Kühler kochte. Wenigstens etwas. Aber den Pick-up konnte er vergessen, der fuhr keinen Meter mehr.

Lautes Gebell riss Paul aus dem Schlaf. Blinzelnd zwang er die Lider auseinander. Mit einem gemurmelten Protest kuschelte sich Sabrina enger an ihn. Sofort reagierte sein Körper auf ihre

Wärme und Nähe, und er vergaß das Geräusch, das ihn geweckt hatte. Statt aufzustehen, wollte er lieber dort weitermachen, wo sie in den frühen Morgenstunden aufgehört hatten.

Es klingelte an der Haustür, und zwar stürmisch. Und dann wurde sogar gegen die Tür gehämmert oder getreten. Das Schlafzimmer lag auf der anderen Seite des Hauses – wer immer dort stand, musste gewaltigen Krach machen. Endgültig wach und voll schlechter Vorahnungen löste sich Paul aus Sabrinas Umarmung und eilte durchs Haus.

Er riss die Tür auf und erstarrte. Ash. Sein Freund war kreidebleich und über und über mit Blut verschmiert. Er hielt Scout auf den Armen, von dem offensichtlich das Blut stammte.

»Was …?« Paul bekam keinen vernünftigen Satz heraus. Stattdessen packte er Ash am Arm und zog ihn ins Haus. »Leg ihn ins Wohnzimmer. Was ist passiert?«

»Keine Ahnung. Ein Wagen. Er raste davon. Scout lag da. Keine Spur von Joey. Rick ist hinterher.« Ash reihte keuchend Wort an Wort. Wenn er mit dem schweren Gewicht den ganzen Weg gelaufen war, konnte Paul froh sein, dass er überhaupt noch reden konnte.

Gemeinsam legten sie Scout vorsichtig auf den Boden. Der Hund winselte herzzerreißend. Paul drückte das blutige Tuch, das Ash ihm reichte, fest auf die Wunde.

»Da liegt mein Handy. Ruf Inga an, sie soll sofort herkommen. Ich werde …«

Pauls Handy piepte los. Das Display zeigte einen unbekannten Anrufer an. Er wollte den ungebetenen Störer schon auf die Mailbox umleiten, als ihm Ashs Worte bewusst wurden. Joey war verschwunden? Was, wenn …? Ash übernahm wortlos das Tuch, und er nahm das Gespräch an.

»Es läuft ganz einfach. Der Junge gegen das Tablet. Keine Polizei. Ich melde mich mit dem Übergabeort in einer Stunde wieder. Sollten Sie irgendwelchen Blödsinn versuchen, ist der Junge tot. Verstanden?«

»Ja«, quetschte Paul hervor. Die Verbindung wurde unterbrochen. Übelkeit breitete sich in ihm aus, aber dafür hatte er keine Zeit. Eins nach dem anderen. Er drückte die Kurzwahl für Inga. Sie ging sofort ran. »Ich brauche dich hier. Sofort. Scout ist schwer verletzt. Eine Schusswunde im Bein, blutet stark.« Er legte auf, ehe sie antworten konnte.

Sabrina. Er musste mit ihr reden. Und dann alles unternehmen, damit Joey gesund zu ihnen zurückkehrte.

»Bleib bei ihm«, bat er Ash. »Drück den Stoff weiter auf die Wunde und rede mit ihm. Ich muss Sabrina wecken. Sie haben … sie wollen … Joey gegen das verdammte Tablet.«

Ash nickte knapp. »Ich kümmere mich um Scout. Beeil dich.«

Der Weg zum Schlafzimmer kam Paul kilometerlang vor und zugleich viel zu kurz. Er hasste es, Sabrina zu wecken. So hatte er sich ihren ersten gemeinsamen Morgen nicht vorgestellt.

Er stieß die Tür auf. Sabrina lag auf der Seite, sah so friedlich und entspannt aus. Er setzte sich neben sie auf die Matratze. »Brina, wach auf. Bitte.«

Sie murmelte etwas Unverständliches, streckte aber die Hand nach ihm aus. Er ergriff sie und drückte sie fest. Wenn er ihr die Realität doch nur ersparen könnte! »Es tut mir so leid, aber du musst jetzt wach werden. Komm schon, Brina.«

Sie schlug die Augen auf und lächelte, wurde aber schlagartig ernst und fuhr hoch. »Ist was … Joey?«

Es wunderte ihn nicht, dass der Junge ihr erster Gedanke war. »Ja, aber ich werde alles tun, damit ihm nichts passiert.«

Jede Farbe wich aus ihrem Gesicht. Sie krallte sich an seiner Hand fest. »Was ist passiert?« Ihre Stimme nur ein Hauch.

»Ich weiß noch nichts Genaues. Scout ist angeschossen worden. Sie haben angerufen und wollen einen Tausch: Joey gegen das Tab.«

»Scout? Angeschossen? Das Tablet?« Kurz wirkte sie verwirrt, dann klärte sich ihr Blick. »O Gott. Die fünfzig Millionen.« Sie schob ihn zur Seite und streifte blitzschnell T-Shirt und Jogginghose über.

»Ich hätte niemals erlauben sollen, dass …«, stieß sie hervor. »Und das nur, weil … ich werde mir das nie verzeihen. Nie.«

Auch wenn ihre Worte ein Selbstgespräch zu sein schienen, packte Paul sie fest an den Schultern und zwang sie, ihn anzusehen. »Nichts ist deine Schuld! Gar nichts! Und hör auf, zu denken, dass wir Joey abgeschoben haben, um … So war es nicht. Konzentrier dich auf das Hier und Jetzt und zerfleisch dich nicht mit Selbstvorwürfen. Was meintest du mit fünfzig Millionen?«

Sabrina blickte an ihm vorbei, dann gab sie sich einen Ruck. »Cat. Ihre SMS. Malcolm hat fünfzig Millionen gebunkert, an die er nur mit dem Tab rankommt. Ich hatte das gestern Abend vergessen.«

»Gut.«

»Wieso?«

Paul atmete auf. Die Angst war ihr anzusehen, ihre Hände zitterten, aber Sabrina ließ sich nicht von ihr beherrschen. »Sie werden Joey nichts tun, solange wir das Tablet haben, ohne das sie nicht an das Geld rankommen.«

»Ich hätte ihn trotzdem nicht wegschicken dürfen.«

Er zog sie fest in seine Arme. Nach kurzem Zögern, das ihm direkt ins Herz fuhr, gab sie nach und schmiegte sich Halt suchend an ihn. Wenn Joey etwas zustieß, würde er auch sie verlieren, das wurde ihm in diesem Moment klar. Aber so weit würde es nicht kommen. Er würde es nicht zulassen, was es ihn auch kosten würde.

Zunächst musste er aber dafür sorgen, dass sie nicht die Nerven verlor. »Du hast ihn nicht weggeschickt! Es ist ganz normal, dass ein Junge in dem Alter auch mal woanders übernachtet. Der Vorschlag kam ja nicht einmal von dir. Meinst du nicht, dass diese verdammten Verbrecher bei fünfzig Millionen auch hier einen Weg gefunden hätten, an ihn heranzukommen? Nicht du bist schuld, sondern allein die Mistkerle, die dahinterstecken, und das schließt deinen Exmann ausdrücklich ein!«

Ihre Unterlippe bebte, ihre Augen glänzten, aber sie nickte und hielt die Tränen zurück. Gut. Sie mussten jetzt dringend Ruhe bewahren, sie alle. »Ich würde es nur nicht ertragen, wenn ihm etwas zustößt«, brachte Sabrina hervor. »Was ist mit Scout?« Sie legte den Kopf an seine Schulter.

Dass sie in dieser Situation an seinen Hund dachte, berührte ihn tief. »Er lebt. Wir warten auf Inga. Und auf den nächsten Anruf.«

Als sie gemeinsam ins Wohnzimmer zurückkehrten, wartete dort auch Rick. Er hatte neben Scout gehockt, nun stand er auf und sah ihnen entgegen. Paul erschrak über die Kälte in seinen Augen. Sein Freund wirkte wie ein Fremder.

»Sie haben meinen Wagen mit einer Handgranate fast in die Luft gejagt. Keine Chance, ihnen zu folgen. Ash hat mir von dem Anruf erzählt.« Mit zwei Schritten stand er direkt vor Sabrina. »Wir holen Joey zurück. Das schwöre ich dir, Brina.«

Sie streckte die Hand aus und rieb ihm über die Wange. »Du blutest.«

»Nur ein Kratzer«, wehrte Rick ab und trat an die Terrassentür. »Hier hinten im Haus sind wir sicher, da würden wir jeden Beobachter sofort bemerken, aber vorm Haus kann es ganz anders aussehen. Bleibt von den Fenstern nach vorne raus weg.« Er drehte sich wieder zu ihnen um. »Wenn sie Pauls Handynummer kennen«, fuhr er fort, »ist sein Telefon vielleicht nicht sicher. Gib ihm deins, Ash, damit er Rob anrufen kann. Die Zeit ist zu knapp, als dass sie uns persönlich helfen könnten, aber etwas technische Unterstützung wäre nicht schlecht.«

Ratlos überlegte Paul, was Rick meinen könnte. Ihm fiel nichts ein. »In welcher Form denn?«

»Was immer sie tun können, werden sie tun. Ruf einfach an. Oder, noch besser, gib mir das Telefon, damit ich mit Cat reden kann. Das geht schneller.«

Rick ging mit dem Handy in die Küche. Paul nahm seinen Platz neben Scout ein. Der Hund war kaum bei Bewusstsein. Nur das Zittern seiner Flanke zeigte, dass er noch lebte.

Es klingelte an der Haustür. Sabrina stürzte sofort los und kehrte mit Inga im Schlepptau zurück. Allerdings nicht nur mit ihr: Charles Snyder und sein Sohn begleiteten sie.

Inga hielt sich nicht mit einer Begrüßung auf, sondern widmete sich sofort dem verletzten Hund. Ihre Hände fuhren behutsam über Scouts Fell, Paul hielt den Kopf des Hundes fest, und Inga tastete das Bein ab. Scout reagierte kaum.

Mit gerunzelter Stirn nickte Inga schließlich. »Er hat furchtbar viel Blut verloren, aber mit einem Druckverband bekommen wir es hoffentlich in den Griff. Paul, du sprichst mit ihm. Leise, aber bestimmt, während ich ihn versorge. Halte weiter seinen Kopf fest, das machst du sehr gut.«

Pauls Blick irrte zu Charles Snyder, der eine Hand auf die Schulter seines Sohns gelegt hatte und sich im Hintergrund hielt. Er hatte unzählige Fragen an den Mann, beispielsweise die, was er in diesem Moment hier zu suchen hatte.

Auch Sabrina sah ihn an, die Zähne sichtlich fest zusammengebissen, ihre Kiefermuskeln mahlten. Aber sie beherrschte sich und gab Paul einen kleinen Stoß. »Gleich. Erst einmal ist Scout dran.«

Inga legte einen Verband an, sie arbeitete beruhigend rasch

und sicher, aber Scout rührte sich noch immer nicht, er winselte nur kraftlos. »Ein glatter Durchschuss. Der Knochen ist zum Glück heil, wie es aussieht. Eine größere Arterie ist verletzt, fürchte ich, aber da kann ich bis auf den Druckverband nichts weiter tun. Die Blutung hat schon stark nachgelassen, aber er braucht Hilfe, wenn er diesen Kampf gewinnen will – er hat wirklich sehr viel Blut verloren. Wo ist Shadow?«

Ash zuckte mit der Schulter. »Er ist … draußen, glaube ich. Er ist vorhin weggerannt.«

»Sucht ihn«, sagte Inga ruhig, aber sehr bestimmt. »Er wird einen fürchterlichen Schreck bekommen haben und hat sich bestimmt irgendwo verkrochen. Ich brauche ihn gleich hier, für eine Bluttransfusion. Wo ist Rick?«

»Hier bin ich«, antwortete Rick. Er ignorierte Ingas Anweisung, seinen Hund zu suchen, und ging stattdessen zur Garderobe. Auf dem obersten Ablagebrett lag Sabrinas Handtasche. Ohne eine Erklärung abzugeben, holte er ihre Waffe heraus und hielt sie locker in der Hand, ohne damit auf jemanden zu zielen. »Ich rate Ihnen dringend, keinen Versuch zu machen, Ihre Waffe zu ziehen«, sagte er zu Charles. »Denken Sie an Ihren Jungen. Sie haben uns einiges zu erklären.«

»Pa?« Die Augen weit aufgerissen, starrte Steve seinen Vater an.

Sein Vater seufzte tief. »Ich wollte es dir eigentlich in einer ruhigen Minute am Strand erklären, aber es ist alles in Ordnung.« Charles hob leicht die Hände. »Keine Sorge. Ich kann Ihnen vielleicht nicht alle Fragen beantworten, aber bestimmt die wichtigsten. Mich interessiert im Moment nur eins.« Er wandte sich an Sabrina. »Wo ist Joey? Ist mit ihm alles in Ordnung?«

Sabrina schüttelte den Kopf, eine einzelne Träne rann ihre Wange herab.

Charles fluchte in einer Sprache vor sich hin, die Paul nicht kannte. Aber er erkannte die ehrliche Sorge in der Miene des Mannes.

Die Stirn gerunzelt sah Charles wieder Rick an. »Ich gebe Ihnen meine Waffe. Die hätte ich später gern zurück. Jetzt sollten sie aber erst einmal Ihren Hund suchen.« Langsam und vorsichtig zog er eine Pistole aus einem Schulterhalfter.

»Pa! Seit wann hast du eine Pistole?«

Charles verzog den Mund, als hätte er in eine Zitrone gebissen, und reichte die Waffe mit dem Griff voran Rick. »Schon ziemlich lange, Steve. Das ist eins der Dinge, über die ich mit dir reden wollte. Du brauchst keine Angst zu haben, es ist alles gut.«

Rick quittierte die Bemerkung mit hochgezogener Augenbraue, sagte aber nichts. »Ich hole Shadow. Sorg du dafür, dass hier alles ruhig bleibt«, befal er und gab Sabrinas Waffe an Paul weiter. Der nahm sie mit einer Hand entgegen und kraulte mit der anderen weiter den Hund. Kalter Stahl rechts, weiches Hundefell links. Was für ein Gegensatz. Inga räusperte sich, sagte aber nichts.

Was hatte wohl das Telefonat mit Cat ergeben? Paul hätte zu gern nachgefragt, allerdings nicht in Gegenwart von Charles und dem Kind.

Rick legte Sabrina eine Hand auf die Schulter. »Mach dir nicht zu viele Sorgen, wir haben nun auch ein Ass im Ärmel.«

Sabrina nickte, einen Hoffnungsschimmer in den Augen. Rick wollte zur Haustür gehen, blieb dann aber stehen und legte lauschend den Kopf schief. »Ich brauche ihn nicht zu suchen, er hat uns gefunden.«

Nun hörte auch Paul das laute Winseln, das durch die geschlossene Haustür drang. Rick eilte zur Tür, und Shadow stürzte sich jaulend auf ihn.

»Ganz ruhig, mein Kleiner. Wir bekommen das alles hin. Aber nun musst du deinem Bruder etwas helfen. Komm mit.« Shadow presste sich beim Gehen dicht an Ricks Bein. Fragend sah sein Freund Inga an. »Was ist mit den Blutgruppen? Nur weil sie Brüder sind, heißt das doch nicht, dass sie die gleiche haben.«

Inga lächelte flüchtig. »Keine Sorge. Scout hat noch nie Blut bekommen, die erste Transfusion vertragen Hunde nahezu immer – erst bei der zweiten kann es dann kritisch werden. Wir müssen nur Shadow dazu bekommen, dass er uns etwas abgibt. Und wir können ihm leider auch nur ganz wenig abnehmen, weil er selbst noch nicht wieder hundertprozentig fit ist. Aber das wird schon reichen.«

Die Gedanken wirbelten durch Pauls Kopf. Während Sabrina fast unnatürlich ruhig wirkte, stand er mittlerweile kurz vor der Explosion. Die Erleichterung, dass Scout wahrscheinlich überleben würde, wurde von tausend Fragen überrannt, die auf ihn einstürmten. Was hatte es mit Charles auf sich? Was hatte Rick mit seinem Telefonat erreicht? Und wo steckte Joey gerade, was dachte er? Hatte er große Angst? Hatten sie ihm wehgetan?

Mangels anderer Alternativen verstaute er Sabrinas Waffe im Hosenbund und schielte auf seine Uhr. Nur noch dreißig Minuten. Scouts Ohren zuckten unruhig, und er knurrte leise, als Inga ihm eine Infusion legte.

»Platz«, befahl Rick und legte Shadow beide Hände fest auf die Seite, bis er lag. »Ganz ruhig, mein Junge, das wird jetzt ein wenig piksen, aber da musst du durch.« Ohne aufzusehen wandte er sich an Steve. »Steve, in der Küche findest du in einem der Schränke Hundekuchen. Hol die Packung bitte her.«

Der Junge sprintete los.

Inga hockte sich neben Shadow hin, eine Nadel und einen durchsichtigen Beutel in der Hand. Als Steve zurückkehrte und Rick die Packung gab, drückte sie ihm den Beutel und einen Schlauch in die Hand. »Verbinde das, prüf, dass es wirklich festsitzt. Da ist eine Öffnung vorne dran.«

Sein Vater war zwar näher gekommen, machte aber keine Anstalten, sich einzumischen. »Wenn ich auch helfen kann, sagen Sie es mir.«

Rick nickte knapp.

»Fertig«, rief Steve.

»Gut, es geht los. Halt ihn fest, Rick. Ich will ihm nicht wehtun.« Sie musterte Shadows Bein. »Er hat so gute Venen, das wird wirklich nicht schlimm.«

Rick drückte Shadow mit einer Hand nieder, mit der anderen hielt er ihm Hundekuchen hin. Der Hund knurrte. »Komm schon, Kleiner. Das geht ganz schnell. Nun stell dich nicht an wie ein Mädchen.«

Plötzlich war auch Charles da und hielt Shadow mit beiden Händen fest. »Pass auf, dass er nicht in Panik zuschnappt«, empfahl er.

Rick nickte. Shadow kämpfte gegen den Griff der Männer an. »Ruhig jetzt«, befahl Rick wesentlich energischer als zuvor. Zitternd streckte sich Shadow wieder aus. Vielleicht kehrten die Erinnerungen an seinen alten Besitzer zurück.

Rick strich ihm beruhigend über den Kopf, aber einen Hundekuchen nahm Shadow weder von Steve noch von ihm an. Aus dem Augenwinkel verfolgte Paul, dass sich der kleine Plastikbeutel schnell füllte. Endlich war Inga zufrieden, zog die Nadel heraus und drückte ein Stück Mullbinde auf das Hundebein. »Halte das«, befahl sie Rick, er übernahm, und Inga kehrte zu Scout zurück. »Verwöhnt ihn und gebt ihm vor allem was zu trinken«, sagte sie noch über die Schulter.

339

Rick nickte und versuchte es noch einmal mit einem Hundekuchen – diesmal schlang Shadow ihn herunter, als wäre nichts gewesen. »Gut gemacht, Kumpel. Wenn das geschafft ist, spendiere ich dir ein Rinderfilet.« Er sah Charles an. »Danke.«

»Kein Ding.«

Paul verfolgte, wie Inga die Infusion bei Scout befestigte. Der Hund ließ alles reglos über sich ergehen, nur seine hechelnden Atemzüge und die zuckenden Ohren zeigten, dass er bei Bewusstsein war.

Schließlich stand Inga auf und reckte sich. »Du brauchst einen neuen Teppich, aber keinen neuen Hund. Der Junge schafft es, sonst bekommt er Ärger mit mir. Er wird nicht wagen, dass sein Bruder umsonst zur Ader gelassen wurde.«

Ingas Logik war höchst eigenwillig, aber Paul widersprach nicht. Inga sah sich mit blitzenden Augen um. »Was genau ist hier eigentlich los, könnte mir das mal einer erklären? Ich bin zwar alt, aber nicht blind. Was hat es mit den Waffen auf sich? Und wo steckt Joey?« Ihr strenger Blick war auf Charles gerichtet.

Steves Vater ging zu seinem Sohn und hockte sich vor ihm auf den Boden. »Wie ich vorhin schon sagte, ich wollte mit dir in den Ferien in Ruhe über meinen eigentlichen Job reden. Den wirklichen Grund, weshalb ich so selten zu Hause war und Mom und ich uns immerzu gestritten haben. Eigentlich wollte ich es dir ganz in Ruhe erzählen, wenn der richtige Zeitpunkt dafür gekommen ist.«

Steves Blick huschte unsicher durch den Raum, verweilte kurz bei den Hunden, ehe er seinen Vater ansah. »Du machst Computerkram. IT. Wozu brauchst du dann eine Pistole? Und ich dachte, du hättest eine Freundin?«

Charles strich seinem Sohn eine widerspenstige Haarsträhne

aus dem Gesicht. Nur das leichte Zittern seiner Hand verriet, wie schwer ihm dieses Gespräch fiel. »Das mit der Freundin ist Blödsinn, es gab nie eine andere Frau für mich als deine Mutter.« Er grinste schief. »Deine Ma hat mir vorgeworfen, mit dem Job verheiratet zu sein und nicht mit ihr. Vermutlich hast du das gehört und falsch verstanden. Und das mit der IT, das war auch nicht gelogen. Ich wollte nur warten, bis du etwas älter bist, um dir zu sagen, für wen ich diese Aufträge erledige.« Er griff in seine Hosentasche, holte ein schwarzes Lederetui hervor und klappte es auf.

Paul erkannte das Symbol und die drei Buchstaben auf dem Ausweis sofort. Rick, dem Charles' Rücken die Sicht versperrte, runzelte die Stirn.

FBI, formte Paul stumm mit den Lippen.

Rick verdrehte die Augen und tippte auf sein Handgelenk.

»Noch zwanzig Minuten«, erwiderte Paul.

Steve strich langsam über das FBI-Abzeichen, sagte aber kein Wort. In den Augen seines Vaters flackerte Schmerz auf. »Ich kann mir vorstellen, dass du Fragen hast. Ich habe dich nicht absichtlich angelogen, sondern wollte dich und deine Mom schützen. Wir reden später weiter.«

Steves Kopf fuhr hoch. »Dann ist dir deine Arbeit wieder wichtiger?«

Charles zuckte zurück, dann stand er auf. »Ja, jetzt gerade muss sie zuerst kommen. Wir können nachher reden, aber dein Freund hat die Zeit vielleicht nicht. Also hab noch ein wenig Geduld.«

Tränen schossen Steve in die Augen. Neben ihm atmete Sabrina scharf ein.

»Sehr subtil, Mr Special Agent«, kommentierte Rick. »Und ich habe gleich noch einen Tipp für Sie: Kommen Sie uns nicht in die Quere!«

341

Charles würdigte ihn keines Blickes, sondern griff nach Sabrinas Hand. »Es gibt im Moment nichts Wichtigeres für mich als Joeys Sicherheit. Ich bin nicht offiziell hier, sondern als Vater eines Mitschülers und vielleicht auch als Freund, wenn dir das recht ist, aber ich muss trotzdem wissen, was hier eigentlich los ist.«

Sabrina entzog sich seinem Griff und schüttelte den Kopf. »Ich weiß überhaupt nicht mehr, was und wem ich glauben soll. Frag Rick und Paul.« Sie drehte sich um und ging in die Küche. Die letzten Meter rannte sie fast.

»Los, geh ihr nach«, befahl Inga, deren Anwesenheit Paul schon fast vergessen hatte. »Sie braucht dich. Rick kann die Antworten übernehmen.«

»Das hatte ich sowieso vor«, knurrte Paul.

Er hatte die Küche kaum betreten, da klammerte sich Sabrina an ihn, ihre Fingernägel bohrten sich in seinen Rücken. »Ich habe solche Angst. Ich werde noch verrückt.«

»Das wirst du nicht, weil du stark bist. Ich habe auch Angst um Joey, aber sie werden ihm nichts tun. Sie brauchen ihn als Druckmittel. Und denk dran, was Rick gesagt hat: Irgendetwas hat er schon in der Hinterhand. Ich schwöre dir, ich bringe dir unseren Jungen zurück, und die miesen Kerle werden es bitter bereuen, dich durch diese Hölle geschickt zu haben.«

»Unseren Jungen?«, wiederholte Sabrina leise, kaum verständlich.

Paul löste sich aus ihrer Umarmung und hielt sie an den Schultern fest. »Ja, *unseren* Jungen. Auch wenn es auf dem Papier nur wenige Tage sind, seit wir uns wiedergetroffen haben, werde ich euch nicht wieder hergeben. Und schon gar nicht werde ich zulassen, dass einem von euch etwas passiert.«

Er meinte es todernst, und sein Herz raste. Noch nie hatte er solche Angst um jemanden verspürt, es war fast, als würde sich

Sabrinas Sorge direkt auf ihn übertragen. Egal wie, er würde dafür sorgen, dass Joey zu seiner Mutter zurückkehrte.

Er zog sie noch einmal fest an sich. »Magst du trotzdem einen Kaffee?«

Sabrina nickte.

»Gut. Ich mache dir einen. Der nächste Anruf kommt gleich. Dann wissen wir, wie es weitergeht.«

Paul stellte zwei Becher unter die Maschine und wartete, bis sie voll waren. In Sabrinas goss er einen ordentlichen Schuss Karamellsirup und etwas Milch. Vielleicht half ihr die Mischung aus Koffein und Zucker ein wenig.

Gemeinsam kehrten sie ins Wohnzimmer zurück. »Der Kaffeeautomat ist in der Küche, nicht zu übersehen. Becher sind im Schrank darüber. Hier herrscht heute Selbstbedienung«, erklärte Paul.

Steve stellte sich gerade hin. »Ich hole meinem Vater einen.«

Ein Geräusch von der Haustür her. Eilige Schritte. Ash. Paul stutzte, er hatte nicht einmal gemerkt, dass sein Freund weg gewesen war. Noch immer trug er sein blutverschmiertes T-Shirt, hielt jetzt aber Pauls Wagenschlüssel in der Hand. »Keine Spur von ihm oder seinem Wagen. Ich war auch am Strand. Nichts, kein Surfer in der ganzen Bucht.«

»Du hast nachgesehen, wo der Surferboy steckt, dieser Carter Spencer?«, vermutete Paul.

»Ja, Rick hatte mich darum gebeten. Nächster Auftrag, Lieutenant?«

»Kommt erst nach dem Anruf. Oder halt. Schnapp dir Pauls Notebook und starte es.« Suchend blickte er sich um. »Am besten in der Küche auf dem Tresen. Da können wir alle draufblicken. Dann nimm dir Brinas Handy. Da müsste gerade eben eine SMS gekommen sein. Ruf die Internetadresse auf und folge den Anweisungen, aber vertipp dich dabei nicht.«

343

Ash salutierte lässig. »Wird erledigt. Was machen Ingas Gäste hier?«

»Die sind vom FBI.«

»Ach, echt? Interessant. Der Junge etwa auch?«

Steve, der in diesem Moment mit einem Kaffeebecher ins Wohnzimmer zurückkehrte, kicherte, und auch Ricks Mundwinkel bogen sich geringfügig nach oben. Schon früher hatten Ashs Bemerkungen oft genug Spannungen vertrieben.

20

Endlich vibrierte Pauls Handy. Er zwang sich dazu, den Anruf nicht sofort anzunehmen, sondern atmete zunächst tief durch und schaltete dann den Lautsprecher ein.

Er verzichtete auf eine Begrüßung. »Und jetzt?«, begann er das Gespräch.

»Was ist das für eine Versammlung bei Ihnen?«

Also wurde das Haus beobachtet. Wie gut, dass sie sich nur im hinteren, nicht einsehbaren Bereich aufhielten. »Meine Nachbarn und jemand aus dem Ort, der sich um den verletzten Hund kümmert.«

»Die Töle lebt noch? Ich sage Ihnen jetzt, wie der Austausch ablaufen wird. Und zwar …«

»Stopp. Ehe ich mit Joey gesprochen habe, gibt es keine weiteren Verhandlungen. Ich brauche einen Beweis, dass der Junge lebt und bei Ihnen ist.«

»Sie stellen hier überhaupt keine Forderungen, sonst …«

»Ich habe Ihnen doch ganz klar gesagt, was ich will, oder? Liefern Sie mir den Beweis, und Sie bekommen den Tablet-PC. Anderenfalls gehe ich davon aus, dass der Junge tot ist, und informiere das FBI.«

Paul wäre an seinen eigenen Worten fast erstickt, aber jedes leichtfertige Nachgeben hätte den Verbrechern in die Hände gespielt.

Sabrina hatte die Hände zu Fäusten geballt, ihre Fingerknöchel traten weiß hervor. Er hätte alles dafür gegeben, ihr dies zu ersparen, aber das lag nicht in seiner Macht.

Die Verbindung bestand noch, aber kein Laut drang an Pauls Ohr. Endlich hörte er einen leisen Fluch, dann Joeys Stimme, die seinen Namen rief.

»Überzeugt?«, meldete sich sein erster Gesprächspartner wieder zu Wort.

»Ja. Wie geht es weiter?«

»Wir treffen uns bei dem alten Holzlagerplatz östlich der Stadt. In genau einer Stunde. Die Mutter des Jungen wird allein dort hinfahren und den Tablet-PC mitbringen. Der Rest dann vor Ort.«

»Das wird nicht gehen. Sabrina liegt nach einem Nervenzusammenbruch im Bett und ist nicht ansprechbar. Ich übernehme das.«

Schweigen. Sabrinas Blick durchbohrte ihn, aber sie sagte kein Wort. Rick und Ash hatten bereits den Raum verlassen und standen um das Notebook herum. Nach kurzem Zögern war Charles ihnen gefolgt. Was zum Teufel ging da vor sich? Fragen konnte er kaum, solange er noch telefonierte. »Also gut«, stimmte sein unbekannter Gesprächspartner schließlich zu. »Sie sollten besser pünktlich sein und bloß nicht ihren Kumpel im Schlepptau haben, diesen Sheriff.«

Die Verbindung wurde getrennt.

Paul wollte in die Küche stürmen, wurde aber durch einen festen Griff an der Schulter daran gehindert.

»Spinnst du nun total?«, fauchte Sabrina ihn an. »Es ist immer noch *mein* Sohn. Du kannst doch nicht einfach über meinen Kopf hinweg entscheiden und die Sache selbst in die Hand nehmen!«

Nachdem sie vorher noch von »unserem Jungen« gesprochen hatten, trafen ihn ihre Worte hart. Aber dafür hatten sie keine Zeit. Die Fahrzeit zum Treffpunkt betrug gute fünfzehn Minuten, und vorher gab es noch unzählige Dinge zu klären.

»Ich werde nicht zulassen, dass sie dich auch noch in die Finger bekommen. Dafür gibt es etliche Gründe, aber mir fehlt leider die Zeit, sie dir alle einzeln aufzuzählen.« Er schüttelte ihren Griff ab und wollte an ihr vorbeigehen. Sie verstellte ihm den Weg. »O nein, so leicht kommst du mir nicht davon! Du wirst …«

»Sabrina! Es gibt im Moment Wichtigeres«, mischte sich Inga im besten Befehlston ein.

Sabrinas Unterlippe bebte, und sie ließ die Arme sinken, als ob alle Kraft sie verlassen hätte. Der Anblick war zu viel. Er riss sie an sich. »Ich will und werde dich niemals bevormunden, aber das hier ist etwas anderes. Diese Sache bekomme ich im Zweifel zusammen mit Rick besser hin. Vertrau mir einfach. Ich kann dich nicht alleine dort hingehen lassen. Ich liebe dich.«

Verdammt. Seine Hand fuhr zum Mund. So hatte er sich das nicht vorgestellt.

Sabrina berührte ihn nur flüchtig am Arm, aber die Berührung durchzuckte ihn wie ein Stromschlag. »Wir reden darüber später. Sorg dafür, dass du gesund zurückkommst. Mit Joey. Wenn dir was passiert, bekommst du Ärger mit mir. Noch mehr als jetzt schon!«

Er versuchte ein Lächeln und hoffte, dass es halbwegs gelang, und schob sich an ihr vorbei. Hinter ihm redete Inga leise auf Sabrina ein, während Steves gesamte Aufmerksamkeit Scout galt. Shadow hatte bereits wieder seinen Platz an Ricks Seite eingenommen, Scout lag immer noch reglos auf dem Boden. Aber seine Ohren zuckten, seine Augen blickten wacher, und er schien die Streicheleinheiten des Jungen zu genießen.

Mit Mühe konzentrierte sich Paul auf den Monitor, zunächst erkannte er nicht, was dort dargestellt war. »Was ist denn …« Er brach mitten im Satz ab, als er begriff, dass er Satellitenaufnahmen vor sich sah. Der Zusammenhang lag auf der Hand. Rob hatte erwähnt, womit er sich beruflich beschäftigte, und dass die Regierung Zugriff auf solche Möglichkeiten hatte, war ihm bekannt.

»Wir haben wahnsinniges Glück, dass ein Vogel auf die Pazifikküste gerichtet ist. Noch für etwas über eine Stunde haben wir freien Blick auf alles, was uns interessiert«, erklärte Rick. Er deutete auf einen Punkt in der Nähe des Holzlagers. »Eine alte Hütte, und einen der Wagen davor kennen wir.«

»Der Surfer«, sagte Paul mehr zu sich selbst. »Ob sie dort auch Joey festhalten?«

»Davon gehe ich aus. Und sieh mal: Der Ort ist aus ihrer Sicht perfekt gewählt. Man kommt von dort aus sowohl nach Heart Bay als auch Richtung Interstate.«

Ricks Ruhe färbte auf Paul ab. »Was hast du vor?«

»Verrate ich dir, sobald unser ungebetener Gast vom FBI uns verraten hat, was er hier eigentlich tut und was er sich vorstellt. Dafür hast du genau zwei Minuten Zeit, Charles. Und vergiss bei deiner Erklärung nicht deinen Zwischenstopp im Trailerpark!«

Dass es kein Freundschaftsangebot war, dass Rick dazu übergegangen war, den Mann zu duzen, lag auf der Hand. Aber der FBI-Agent vergewisserte sich nur, dass Steve noch beschäftigt war, ehe er bereitwillig antwortete: »Ich bin kein gewöhnlicher Special Agent, der jeden Tag im Anzug ins Büro geht. Mein Schwerpunkt sind Wirtschaftsverbrechen, und zwar die großen Fische. In erster Linie bin ich dafür zuständig, den Zugriff auf stark gesicherte Computernetzwerke zu ermöglichen. Offiziell tauche ich nirgends auf, selbst mein Gehalt wird über Umwege gezahlt. Diesen Fall hat ein Kollege und Freund von mir bearbeitet, dessen Tarnung aufgeflogen ist. Muss ich wirklich schildern, was sie mit ihm gemacht haben?« Er fuhr sich über die Stirn. »Ich wollte seinen Job weitermachen, aber so funktioniert es beim FBI nicht. Erst als Sabrina untergetaucht ist, kam ich wieder ins Spiel, weil man wusste, dass wir uns flüchtig kennen. Ich war fest davon ausgegangen, dass weder ich noch Steve auch nur ansatzweise in die Schusslinie geraten könnten, aber …« – er rieb sich heftig über das Kinn und sah wieder zu seinem Sohn – »… als es mir klar wurde, konnte ich nicht einfach zurück nach Hause fahren. Mein Freund hatte zwei Kinder, und ich will nicht, dass er umsonst gestorben ist. Reicht das?«

»Fast. Was hast du jetzt vor? Das offizielle Vorgehen sieht vermutlich anders aus. Und was hast du mit dem Doppelmord zu tun?«

Charles wich Ricks forschendem Blick nicht aus. »Im Trailerpark wurde ein Handy geortet, das eventuell in Verbindung zum Mord an meinem Freund stand. Ich wollte mich dort nur kurz auf eigene Faust umsehen und auf keinen Fall irgendetwas unternehmen, sonst hätte ich Steve niemals mitgenommen. Aber ich bin direkt in eine Polizeiaktion gestolpert. Das war alles. Ich hatte einfach keine Lust, dem Sheriff alles zu erklären, ehe ich mit Steve geredet habe. Außerdem hat euer Sheriff den Ruf, dem FBI äußerst ablehnend gegenüberzustehen. Und nun reicht es mit Erklärungen, das kann alles warten. Sag mir, wie ich helfen kann. *Falls* ich helfen kann. Ich bin zwar auf dem Schießstand ganz gut und habe die Standardausbildung hinter mir, aber mein eigentliches Element sind Zahlen und IT-Systeme.«

»Was für Waffen hast du dabei?«

»Im Wagen ein Präzisionsgewehr und eine Schrotflinte, dazu zwei Neunmillimeter.«

»Sehr gut. Die können wir gebrauchen. Wir haben keine Zeit für komplizierte Pläne, wir müssen auf Schnelligkeit und Überraschung setzen. Erster Punkt ist das Haus hier. Ich kann mir gut vorstellen, dass die Kerle an dem Tablet-PC *und* an Sabrina interessiert sind. Das Tab ist eine Sache, aber wenn Sabrina aussagt, hilft ihnen das ganze Geld auch nicht weiter. Deshalb müssen wir dringend ihre Sicherheit berücksichtigen. Die Kerle werden vermuten, dass sie sich hier aufhält, also muss sie möglichst schnell den Standort wechseln.«

Sabrina schüttelte den Kopf. »Vergiss es. Wo sollte es denn sicherer sein als hier? Und sie beobachten uns doch! Außerdem sollte Scout sich noch ausruhen und nicht transportiert werden. Falls jemand versucht, hier reinzukommen, lernt er meine Schießkünste kennen, und so schlecht sind die nicht.«

Inga trat an ihre Seite. »Ich hätte gern die Schrotflinte. Wir haben die Alarmanlage und die Waffen, das reicht uns. In wenigen Minuten könnte auch der Sheriff hier sein.«

Charles nickte ihr zu. »Ich halte das Risiko auch für vertretbar und würde gern Steve hierlassen.«

Rick verzog den Mund. »Einverstanden, aber nur unter der Bedingung, dass ihr zum Zeitpunkt der Übergabe Winston anruft, er soll vorbeikommen oder seine Deputys herschicken. Vorher wäre nicht so gut, weil er uns aufhalten könnte. Außerdem befürchte ich, dass einer der Kerle das Haus beobachtet. Die waren schon auffällig gut informiert und scheinen Paul zu kennen.«

Beide Frauen signalisierten ihre Zustimmung.

»Geht bloß kein Risiko ein«, ermahnte Rick sie noch einmal und erntete giftige Blicke.

Inga stemmte die Hände in die Taille. »Du kannst gern hierbleiben, und wir beide machen einen hübschen Waldausflug.«

»Schon gut. Ich will nur, dass euch klar ist, dass es eventuell gefährlich wird.«

Paul blickte auf das Satellitenbild. Vermutlich dachten die

anderen, er würde die Umgebung des Übergabeorts konzentriert beobachten, in Wirklichkeit überlegte er fieberhaft, wie er an zwei Orten gleichzeitig sein konnte. Er war nicht auf die Idee gekommen, dass Sabrina in seinem Haus in Gefahr sein könnte. Ricks Begründung war jedoch einleuchtend. Die Gefahr zu leugnen wäre reinster Selbstbetrug, und das lag ihm nicht. Verdammt, er hatte gedacht, mit der Übernahme des Austausches hätte er sie aus der Schusslinie geschafft. Hoffentlich wurden Ricks Befürchtungen nicht wahr. Dass der FBI-Agent es für vertretbar hielt, seinen Sohn hierzulassen, war ein kleiner Trost. Leider nur ein sehr kleiner … denn welche Wahl hatte Charles schon? Er hielt es hier im Haus bestimmt nicht für hundertprozentig sicher, sondern entschied sich nur für das kleinste Übel in dieser Situation.

Rick stieß ihn unsanft an. »Du kannst nicht an allen Baustellen gleichzeitig sein, und deine Entscheidung war gut und richtig. Pass auf, wir machen das so: Charles und ich fahren gleich los. Wir nehmen den alten Betriebsweg durch den Wald und arbeiten uns von hinten an sie ran. Ash lässt sich weit hinter dich zurückfallen. Er nimmt Joey in Empfang und schafft ihn in Sicherheit. Dein Job wird es sein, die Kidnapper ausreichend zu beschäftigen, damit Joey sich absetzen kann. Er soll einfach den normalen Forstweg entlangrennen, bis er auf Ash trifft. Damit wirst du dich mitten im Feuer befinden, aber Charles und ich übernehmen deine Rückendeckung.«

Das klang einfacher, als es sein würde. Paul erkannte auf Anhieb auch ohne militärische Ausbildung etliche Unsicherheitsfaktoren, aber er sprach keinen einzigen an. Warum auch? Damit würde er die Lage auch nicht verbessern.

Charles strich sich mehrmals übers Kinn, dann zuckte er mit der Schulter. »Was Besseres fällt mir auch nicht ein. Wenn wir die Satellitenaufnahmen in Echtzeit auf unsere Handys leiten lassen können, sehen wir eine ganze Menge. Das ist ein Vorteil, setzt aber auch voraus, dass sich nicht entscheidende Akte des Dramas unter den Bäumen abspielen.«

»Du kannst Pauls Handy haben. Dort ist der Livestream schon installiert, und er wird es nicht brauchen.«

Rick und Charles gingen das geplante Vorgehen noch einmal durch. Nach einer kurzen Diskussion war aus Pauls Sicht alles gesagt, er wandte sich ab und suchte noch einmal Sabrinas Nähe. »Ich würde dich am liebsten irgendwo einsperren, bis alles vorbei ist«, brach es aus ihm heraus.

Ihre Augen funkelten, offensichtlich hatte er genau das Falsche gesagt. »Wir werden auf jeden Fall ein sehr ausführliches Grundsatzgespräch führen müssen, wenn du wieder da bist.« Sie legte ihm die Arme um den Hals und zog ihn an sich. »Pass auf dich auf, und mach dir keine Sorgen um mich. Die sollen nur kommen!«

Ihre Entschlossenheit gefiel ihm besser als ihre vorige Nervosität, trotzdem konnte er nichts gegen das ungute Gefühl tun, das in ihm aufstieg.

Er drückte sie fest an sich, die Versuchung war groß, in ihrer Umarmung alle Probleme zu vergessen, aber den Luxus konnte er sich nicht gönnen. Die Zeit lief ihnen davon. Er ließ sie los und streichelte dann Scout über den Hals, der wie zur Antwort leise fiepte. Paul war kein Experte, aber es schien dem Hund besser zu gehen. »Du ruhst dich schön aus und wirst schnell wieder gesund, du Kläffer. Verstanden?«

Scout schnaufte leise.

»Das nehme ich mal als Ja. Bis gleich.«

Sabrina griff nach seiner Hand. So dicht nebeneinander, dass sich ihre Schultern berührten, gingen sie zur Haustür. Er konnte gerade noch verhindern, dass sie die Tür öffnete. »Nicht, du liegst doch krank im Bett«, erklärte er.

»Stimmt. Das hatte ich kurz vergessen. Darüber reden wir später noch, verlass dich drauf!«

Weitere Worte waren überflüssig, sie sahen sich stumm an. Paul zwang einen Mundwinkel nach oben und zwinkerte ihr zu.

Sein Puls raste, als er und die anderen hinausgingen. Rick und Charles hatten sich entschieden, den Wagen von Sabrina zu nutzen, mit seinem Vierradantrieb war er der Limousine von Charles im Wald haushoch überlegen. Ash würde Ingas klapprigen Range Rover nehmen. Shadow sprang bellend zu Rick in den Wagen und machte es sich auf dem Rücksitz bequem. Paul hätte den Hund zu Hause gelassen, aber Rick wusste hoffentlich, was er tat.

Er sah Paul übers Fahrzeugdach hinweg an. »Und vergiss nicht: Fuß weg vom Gas. Schön langsam fahren. Nicht, dass du vor uns dort eintriffst. Wir müssen noch einen Zwischenstopp bei mir einlegen. Und lass ausreichend Abstand zu Ash.«

Paul tippte sich mit zwei Fingern lässig an die Stirn und rollte mit den Augen. Die Alternative wäre gewesen, seinen Freund wütend anzubrüllen – ihr Plan war nicht so kompliziert, dass er ihn innerhalb weniger Minuten vergessen konnte. Aber das kam schon wegen ihrer Beobachter nicht infrage.

Er gab Rick ein Zeichen, vorzufahren. Er sah sich noch einmal um, konnte aber keinen Beobachter erkennen, obwohl es mindestens einen geben musste. Woher hätten sie sonst gewusst, wer sich alles bei ihm im Haus aufhielt? Und selbst wenn derjenige sie kurz hintereinander losfahren sah, am Ende würde er alleine unterwegs sein und damit die Forderung der Verbrecher erfüllen. Er vertraute darauf, dass Rick einen potenziellen Verfolger erkennen und abschütteln würde und Ash ausreichend Abstand hielt. Wieder einer dieser verdammten Unsicherheitsfaktoren. Wenn er diesen Mist heil überstanden hatte, würde er sich nie wieder über sein langweiliges Leben beschweren!

Eine leichte Berührung am Arm riss ihn aus seinen Gedanken. Ash sah ihn fragend an. »Alles in Ordnung?«

»Ja, sicher.« Er zwang sich zu einem Grinsen und hoffte, dass es einigermaßen gelang. »Viel Spaß mit Ingas Wagen.«

Ash schnaubte. »Sehr witzig. Wir können gern tauschen.«

»Vergiss es. Okay, ich fahr dann auch los.«

Ash nickte nur, aber ihm war anzusehen, dass ihm die Rollenverteilung nicht passte. Natürlich wäre er auch lieber dichter am Geschehen dran gewesen, aber nach anfänglichem Sträuben hatte auch Ash eingesehen, dass Joeys Sicherheit im Zweifel Vorrang hatte.

Paul war den Weg schon etliche Male gefahren und kannte sich auch im Waldgebiet hervorragend aus. Wenn er dort mit Scout unterwegs gewesen war, hatte er seinen Wagen oft genug am Holzlagerplatz geparkt.

Er musste sich zwingen, nicht Vollgas zu geben. Strikt hielt er das Tempolimit ein, durchquerte Heart Bay und erreichte nach einer gefühlten Ewigkeit endlich die Straße, die zur Interstate führte. Im Rückspiegel sah er Rick heranjagen, der jedoch in die andere Richtung abbog. Sein Freund und Charles würden den alten Betriebsweg in wenigen Minuten erreichen und deutlich früher bei der Hütte in der Nähe des Holzlagers sein als er.

Die Straße, die Paul nutzte, führte in weitem Bogen um das Waldgebiet herum. Erst kurz vor dem Ort, an dem er Sabrina und Joey getroffen hatte, würde er in den Forstweg abbiegen. Wenn ihn nichts aufhielt, bekam er eine zeitliche Punktlandung hin. Noch rund eine Viertelstunde, und er traf auf Joeys Entführer. Unwillkürlich umklammerte er das Lenkrad fester. Ob Rick und Charles dann wirklich schon in Position waren?

Was sollte er tun, wenn die Verbrecher das Tablet hatten, und den Jungen trotzdem nicht laufen ließen? Er durfte es eben einfach nicht so weit kommen lassen!

Rick jagte den Wagen mit Höchstgeschwindigkeit über die Straße. Jede Minute zählte, sie mussten in Position sein, um Paul und Joey abzusichern. Die Räder touchierten den Straßenrand, Kies prasselte gegen den Lack.

»Halt an«, befahl Charles plötzlich. »Sofort!«

Mit blockierenden Reifen brachte Rick den Wagen zum Stehen und drehte sich zu Charles um. »Warum …«

Er kam nicht einmal dazu, die Frage zu formulieren. Der FBI-Agent hatte schon seinen Gurt gelöst und warf sich auf ihn. Schmerzhaft kollidierte Ricks Kopf mit dem Lenkrad. Er wollte sich wehren, hatte aber keine Chance gegen das Gewicht, das ihn niederdrückte.

Ebenso unerwartet, wie der Angriff stattgefunden hatte, wich Charles zurück und sah dabei schon wieder auf das Handy. »Scheiße, war das knapp«, sagte er mehr zu sich selbst.

Rick verstand überhaupt nichts mehr. Ehe er fragen konnte, reichte Charles ihm das Handy und tippte auf das Display.

»Wir sind gerade noch rechtzeitig in Deckung gegangen, ehe wir in ihrer Sichtweite waren. Ich konnte dich nicht vorwarnen, weil sie so überraschend aufgetaucht sind.«

Rick erkannte den Wagen auf dem Satellitenbild sofort, der eben an ihnen vorbeigefahren war und nun Kurs auf Heart Bay nahm. Der Surfer. Aber er verstand nicht, wo der hergekommen war. Er hatte keinen Gegenverkehr gesehen. Das hätte verdammt leicht schiefgehen können – ohne das Satellitenbild wären sie sich begegnet, und der Surfer hätte zumindest Rick erkannt. Er biss die Zähne zusammen »Wo ist der so plötzlich hergekommen?«

»Direkt aus dem Wald, über den Pfad da vorne. Ich habe ihn gerade noch rechtzeitig gesehen, ehe er auf diese Straße eingebogen ist. Der kann weder deine Vollbremsung noch uns gesehen haben. Denke ich.«

Nun erkannte Rick den schmalen Weg, der in einiger Entfernung auf die Straße führte. Er fuhr wieder an und bog in den Weg ein, ohne wesentlich langsamer zu werden. Wenn der Typ aus New York da durchgekommen war, würde er es auch schaffen. »Der Pfad muss auf den Betriebsweg führen, den wir nehmen wollten. Das spart noch ein paar Minuten.«

»Vermute ich auch. Wir sollten trotzdem jetzt schon den Sheriff einschalten und ihn zu Sabrina schicken. Ich fürchte, ich weiß, wo der Kerl hinwill, und ich weiß nicht, wie viele Leute in dem Wagen saßen. Und wie sollte der Sheriff uns jetzt noch in die Quere kommen?«

»Stimmt. Ruf Winston an, Paul hat die Nummer im Handy eingespeichert.«

Rick lenkte den Wagen um eine enge Kurve, verfehlte einen verfallenen Baumstamm nur knapp und beschleunigte wieder. Er erhaschte einen Blick auf etwas Großes, Schwarzes, dann krachte es fürchterlich, und er wurde heftig durchgeschüttelt. Er spürte noch, dass der Wagen jede Bodenhaftung verlor. Er würde Sabrina zum Zustand ihres Wagens einiges erklären müssen, schoss es ihm noch durch den Kopf, dann knallte der Wagen gegen ein Hindernis, und es wurde dunkel um ihn.

»Du wirst doch kaum zum Spaß schwer bewaffnet durch den Wald fahren. Rede endlich, sonst lernst du mich kennen.«

Die laute Stimme riss Rick aus der Bewusstlosigkeit. Instinktiv blieb er reglos liegen und machte sich an eine Bestandsaufnahme. Unter ihm Waldboden.

»Ich war auf der Jagd nach Rotwild. Ist das neuerdings verboten?« Das war Charles. Die Lüge war so offensichtlich, dass Rick fast aufgestöhnt hätte.

»Das verdammte Handy ist hinüber«, beschwerte sich jemand. »So kann ich den Boss nicht erreichen.«

»Dann sieh zu, dass du ein anderes Telefon auftreibst. Muss ich dir denn jeden Handschlag erklären?«

Also hatten sie es mindestens mit zwei Gegnern zu tun, besonders erfahren schienen sie allerdings nicht zu sein. Aber das kam Rick entgegen. Bis auf eine ziemliche Beule an der Schläfe schien er nichts abbekommen zu haben, und einem Kampf mit zwei Amateuren fühlte er sich durchaus gewachsen. Alles andere wäre sowieso keine Option.

Er hörte, dass jemand auf ihn zukam und neben ihm stehen blieb. Mit einem Fußtritt wurde er auf den Rücken gedreht. Es gelang ihm, jeden Laut zu unterdrücken. Da war wohl jemand auf der Suche nach einem funktionierenden Handy.

Hände tasteten seinen Oberkörper ab. Gut, dann konnte der Typ keine Waffe auf ihn gerichtet halten. Rick trat ansatzlos zu und riss zugleich die Augen auf. Mit einem dumpfen Schmerzlaut taumelte eine verschwommene Gestalt zurück. Der Nebel, der seine Sicht behinderte, lichtete sich nur langsam, aber er erkannte eine schemenhafte zweite Gestalt, die etwas auf ihn richtete, das verdammte Ähnlichkeit mit einem Gewehr hatte. Rick rollte sich zur Seite. Kugeln schlugen neben ihm ein, genau dort, wo er eben noch gelegen hatte. Sand spritzte auf und traf ihn schmerzhaft im Gesicht. Er rollte sich weiter, griff dabei an seinen Oberschenkel. Tatsächlich, seine Pistole steckte noch im Halfter. Er riss die Waffe heraus, rollte sich noch einmal um die eigene Achse und zielte auf den Typen mit dem Gewehr. Er drückte ab. Das Gewehr flog in hohem Bogen zur Seite, der Kerl schrie wie am Spieß. Das war eher ein Zufallstreffer gewesen, aber gegen ein bisschen Glück war nichts einzuwenden.

Rick rappelte sich auf und sah sich um. Der zweite Kerl wollte ebenfalls aufstehen, aber Rick schickte ihn mit einem Fußtritt gegen das Kinn zurück auf den Boden. In den nächsten Minuten drohte aus der Richtung keine Gefahr.

Charles kniete am Boden, die Hände auf dem Rücken gefesselt. Sie hatten Rick nicht nur die Pistole, sondern auch sein Kampfmesser gelassen. Amateure! Er befreite Charles.

»Wie lange war ich weg?«

»Ein paar Minuten. Länger nicht. Aber die Schüsse waren zu laut.«

»Stimmt, aber ich habe eine Idee.« Rick zerrte den zweiten Typen auf die Füße und musterte ihn stirnrunzelnd. »Dich kenne ich doch. Du warst schon Abschaum, als ich noch zur Schule gegangen bin.«

»Ich brauche einen Arzt, du hast mir die Schulter zerschmettert.« Der Kerl heulte fast.

»Und wenn schon. Weißt du eigentlich, was sie mit Kindesentführern im Knast machen?«

Offensichtlich kannte der Mistkerl die Antwort, denn er wurde noch blasser.

»Du wirst jetzt deinen Boss anrufen«, befahl Rick, »und ihm sagen, dass ihr mit einem Stück Rotwild kollidiert seid. Ihr habt auf das Tier geschossen und fahrt jetzt weiter. So weit verstanden?«

»Seid ihr denn wirklich hinter Rotwild her?« Der Idiot umklammerte seine Schulter, obwohl es sich nur um eine tiefe Schramme zu handeln schien, und starrte Rick an.

Rick konnte die Frage kaum fassen. Lag es am Schock durch die Schussverletzung, dass der Kerl so einen Mist redete, oder daran, dass er sich den Verstand weggesoffen hatte?

»Vielleicht, vielleicht aber auch hinter Bären«, erklärte Charles, ohne eine Miene zu verziehen. Er hielt Pauls Handy in der Hand. »Wie ist die Nummer?«

»Kurzwahl zwei«

Charles atmete zischend ein. »Das ist nicht dein Handy, du Holzkopf. Du wirst ja wohl die Nummer kennen, oder?«

»Neee, weißt du, wie lang die ist?«

Der Sound eines alten Rockklassikers erklang. Ratlos sah sich Rick um.

»Da im zweiten Wagen!«, rief Charles und sprintete schon los. Mit einem Handy in der Hand kehrte er von dem Pick-up zurück, der sie gerammt hatte.

»Hey, das ist mein Telefon!«, beschwerte sich ihr unfreiwilliger Gast.

Der Klingelton verstummte. Charles packte ihn an der gesunden Schulter. »Dann drückst du jetzt Kurzwahl 2 und erklärst deinem Boss, dass ihr auf ein Tier geschossen habt und nun weiterfahrt. Verstanden?«

»Nicht ganz. Habe ich jetzt auf einen Bären oder auf ein Reh geschossen?«

Rick biss die Zähne zusammen, um nicht frustriert loszubrüllen. Warum waren sie ausgerechnet auf den größten Idioten im Universum gestoßen? Andererseits hätte ein anderer ihn vielleicht nicht mit dem Gewehr verfehlt.

»Reh«, presste Charles hervor und tippte so fest auf das Display, dass Rick Angst um das Gerät bekam. Zu seiner Erleichterung schaffte der Idiot es tatsächlich, seinen Boss davon zu überzeugen, dass alles in Ordnung sei. Sichtlich erleichtert trennte Charles nach dem kurzen Gespräch die Verbindung.

»Wohin wolltet ihr?«

»Nach Heart Bay, also eigentlich zu einem Haus dort in der Nähe. Mehr weiß ich nicht.«

Rick glaubte ihm. »Was ist mit dem Jungen? Ist er in der Hütte? Geht es ihm gut?«

»Natürlich, wieso denn auch nicht?«

»Mir reicht es«, knurrte Charles, holte aus und verpasste dem Typen einen Kinnhaken, der ihn zu Boden warf. Er holte aus seiner schusssicheren Weste zwei Paar Plastikhandschellen und machte sich daran, die beiden Männer zu fesseln. »Ich weiß, er hat den IQ eines Kleinkinds, aber mein Verständnis ist heute nicht anwesend«, knurrte der FBI-Agent, während er sich den zweiten Mann vornahm.

»Ich habe mich nicht beschwert«, erwiderte Rick und betrachtete den Pick-up. Der Motor lief noch. »Wir nehmen ihren Wagen.«

Rick kletterte auf den Fahrersitz und rümpfte die Nase. Der Gestank im Wagen war kaum auszuhalten. Wahrscheinlich lag auf dem Rücksitz und im Fußraum der Dreck mehrerer Jahrzehnte. Er wartete, bis Charles eingestiegen war, und wendete. »Das waren ähnliche Kaliber wie die Toten auf dem Campingplatz: Örtliche Kriminelle, die für genug Geld auch ihre Mutter verkaufen würden. Ich bezweifle, dass wir gleich noch mal so viel Glück haben. Wer fünfzig Millionen auf die Seite schafft, wird auch genug Kohle haben, um erstklassige Killer anzuheuern.«

Charles nickte knapp, seine Wangenknochen traten deutlich hervor. »Das ging mir auch schon durch den Kopf. Ich würde darauf tippen, dass diese Idioten irgendein Ablenkungsmanöver durchführen sollten. So, zweiter Versuch, den Sheriff anzurufen und ihn zu Sabrina zu schicken, Pauls Handy habe ich zum Glück noch.« Seine Mundwinkel bogen sich minimal nach oben. »Es reicht ja auch, dass du den Wagen zerlegt hast, irgendwas muss ja mal heil bleiben.«

An der Nervenstärke des Agenten gab es nichts auszusetzen.

Obwohl er wahnsinnige Angst um seinen Sohn haben musste, konzentrierte er sich auf seinen Job.

Rick beschleunigte noch mehr, obwohl der Wagen sich schlecht lenken ließ, offenbar hatten Achse oder Reifen bei dem Unfall etwas abbekommen. »Der Wagen wird am Ende Pauls kleinste Sorge sein, denn wenn sich die Verbrecher wirklich mit Inga anlegen, wird sie die Schrotflinte einsetzen, und was das für Pauls Haus bedeutet …« Er zog bedeutungsvoll eine Augenbraue hoch, während er eine Kiefer knapp verfehlte. »Mach dir keine Sorgen um Steve. Wenn es hart auf hart kommt, werden die Frauen ihn verstecken. Die Mistkerle wissen nichts von ihm.«

»Das habe ich mir auch überlegt, aber gehorchen war noch nie seine Stärke.«

»Tja, von wem er das wohl hat? Sein alter Herr legt die FBI-Vorschriften ja auch nach Belieben aus.«

Der Pfad stieß auf einen etwas breiteren Weg, das Fahren wurde einfacher, aber schon nach wenigen Hundert Metern bat Charles ihn, anzuhalten. »Weniger als ein Kilometer bis zur Hütte. Den Rest müssen wir laufen. Hier, sieh mal. Wenn ich ›laufen‹ sage, meine ich das wörtlich.« Er reichte Rick das Handy mit den Satellitenaufnahmen.

Rick pfiff leise durch die Zähne. Die Gegend um die Hütte herum war verlassen, aber beim Holzlager würde es brenzlig werden. Fünf Männer erwarteten sie dort, und wie befürchtet, bekamen sie es nun mit Profis zu tun – ihre Gegner hatten sich am Zielort perfekt verteilt. Die Verbrecher hatten sich gut getarnt und waren nur dank der Wärmebildfunktion zu erkennen. Zu allem Überfluss war Paul schon viel dichter an dem vereinbarten Treffpunkt als geplant. Der Unfall hatte sie einfach zu viel Zeit gekostet.

21

Paul hielt den Wagen an und lauschte angestrengt. Waren das Schüsse gewesen? Er war nicht sicher, trotzdem verschärfte sich seine Sorge um Joey. Er hätte nicht gedacht, dass das überhaupt möglich war. Nach einem Blick auf die Uhr am Armaturenbrett wischte er sich die schweißnassen Hände an der Jeans ab. Rick und Charles mussten bereits bei der Hütte sein – sofern alles gut gegangen war. Er würde wie geplant weitermachen und einfach das Beste hoffen. Etwas ruhiger legte er den ersten Gang ein und fuhr langsam wieder an.

Endlich lag der Treffpunkt vor ihm. Frustriert ballte er die Hände zu Fäusten. Er war allein. Kein anderes Fahrzeug, kein Mensch zu sehen. Damit hatte er nicht gerechnet.

Er wendete den Wagen, sodass er bei Bedarf ohne Verzögerung den Weg zurückfahren konnte, den er gekommen war, und stieg aus. Nur das leise Ticken des abkühlenden Motors und das Rascheln der Blätter im Wind waren zu hören. Ein schrilles Pfeifen ließ ihn zusammenzucken. Ein Vogel. Das war ein ganz normaler, harmloser Vogel gewesen.

Der Tablet-PC drückte unangenehm an seinem Rücken. War es richtig gewesen, das Gerät einzustecken? Unter seinem T-Shirt war es nicht zu sehen, und es im Wagen zurückzulassen erschien ihm auch falsch. Gegen seine zunehmende Nervosität ankämpfend lehnte er sich gegen einen Stapel Baumstämme. Außer Warten konnte er nichts tun.

Sonst hatten die Geräusche des Waldes immer eine ähnlich beruhigende Wirkung auf ihn wie das Meer, heute hatte er das

Gefühl, die Stämme engten ihn ein. Noch nie hatte er einen Anflug von Klaustrophobie verspürt, nun war es fast so weit, obwohl die Lichtung breit genug war, dass ein schwerer Sattelschlepper hier bequem hätte wenden können.

Ein schriller Pfiff. Diesmal eindeutig von einem Menschen. Zwischen zwei Baumstämmen stand plötzlich wie hingezaubert ein Mann in Tarnkleidung. Ein Gewehr hing eher lässig über seiner Schulter. Langsam und überaus selbstsicher kam der Kerl auf Paul zugeschlendert. Wenige Meter vor ihm blieb er stehen. »Wo ist der Tablet-PC?«

Der Typ sprach mit einem Ostküstenakzent. Obwohl er das Gewehr nicht auf ihn gerichtet hatte, wirkte er auf undefinierbare Art bedrohlich.

»An einem sicheren Ort. Lasst den Jungen frei, und ich gebe es euch.« Seine Stimme verriet seine Angst um Joey jedenfalls nicht.

Der Kerl lachte abfällig. »So läuft das hier nicht.«

Paul trat einen Schritt dichter an den Mann heran. Überraschung blitzte in dessen Miene auf, damit hatte er offenbar nicht gerechnet. »Das Gebiet hier ist groß. Es wird Stunden dauern, alles abzusuchen. Ich bin allein, unbewaffnet und werde euch das Ding geben. Sobald der Junge frei ist. Und darüber wird nicht verhandelt. Exakt so läuft das.« Paul erwiderte den starren Blick seines Gegenübers, ohne mit der Wimper zu zucken. Auch wenn in Heart Bay nicht übermäßig viel los war, hatte er genug Erfahrung vor Gericht gesammelt, um sicher aufzutreten, auch wenn er in Wahrheit völlig ratlos war.

»Ich könnte Sie einfach erschießen und dann in aller Ruhe suchen.«

»Stimmt, können Sie. Viel Spaß dabei. Ich hoffe, Sie haben heute nichts anderes mehr vor. Das kann dauern.«

363

Unerwartet lachte der Kerl. »Mut haben Sie. Damit hätte ich bei einem Provinzanwalt nicht gerechnet. Also gut.« Er stieß schnell hintereinander zwei kurze Pfiffe aus.

Gleich drei Männer traten nun aus dem Schutz der Bäume hervor. Einer von ihnen zerrte Joey mit sich und hielt ihm den Mund zu.

Für Paul zählte nur noch der Junge, er schob den Typen mit dem Gewehr einfach zur Seite und sprintete auf Joey zu. Ohne nachzudenken riss er ihn aus dem Griff des Mannes und umarmte ihn fest. »Wenn ich es sage, rennst du den Weg vor dem Wagen entlang. Immer weiter. Nicht stehen bleiben, nicht umdrehen. Alles wird gut. Versprochen!«, flüsterte er ihm ins Ohr.

Zitternd drückte Joey sich an ihn, aber er schien verstanden zu haben, denn er nickte.

»Einfach rührend, aber wir hatten einen Deal!«, erinnerte ihn der Kerl, der offenbar der Anführer war.

»Ich habe gesagt, wenn der Junge frei ist.« Widerwillig löste sich Paul aus der festen Umklammerung. »Lassen Sie ihn gehen, und Sie bekommen das Teil.« Er atmete tief durch. »Lauf, Joey.«

Der Junge sprintete los. Im gleichen Augenblick verstellte Paul den Männern den Blick auf Joey. Wenn sie nun auf den Jungen schießen wollten, mussten sie erst ihn töten.

Einer der Männer protestierte. »Hey, der Kleine haut ab.«

»Blitzmerker«, gab der Anführer zurück und streckte fordernd die Hand aus.

Langsam zog Paul den Minicomputer aus seinem Hosenbund und übergab ihn an den Anführer. »Und jetzt?«

»Jetzt ist bald die Familie wieder vereint, Happy End, alle glücklich. Das bezieht sich allerdings nur auf das Kind und die Mutter. *Ihr* Job ist damit erledigt.«

Wie auf ein geheimes Signal richteten die drei Männer plötzlich die Waffen auf ihn.

Paul hielt den Atem an. Das war es dann wohl. Gegen diese Übermacht hatte er keine Chance.

In der Ferne erklang ein Schrei, der abrupt abbrach. Irritiert wandte sich der Anführer ab. »Jim, sieh nach, was da los ist. Wenn Kirk sich von dem Jungen hat überrumpeln lassen, erschieß ihn.«

Für Paul war völlig unklar, ob sich die Anweisung auf Kirk oder Joey bezog, aber Jim schien seine Befehle verstanden zu haben. Er lief los. Damit hatte Paul noch zwei Männer und den Anführer gegen sich.

Er zwang sich zu einem spöttischen Grinsen. »Sind Sie ganz sicher, dass Sie die Lage im Griff haben?«

»Ganz sicher«, gab der Kerl zurück und tippte auf dem Tab herum. »Also gut, das ist das richtige Gerät.«

Allerdings mit der Einschränkung, dass die Onlinebanking-Software nicht mehr in der Lage war, auf den Bankserver zuzugreifen. Aber das würden die Kerle erst feststellen, wenn es zu spät war. Malcolm hatte den Zugriff auf seine Millionen dank eines kleinen Kniffs von Robs Freund, dem Computergenie, endgültig verloren.

Der Kerl verstaute das Tab in der Oberschenkeltasche seiner Tarnhose und sah zum Weg hinüber. Paul musste darauf vertrauen, dass Ash schon dort war, um Joey in Empfang zu nehmen. Die Vorstellung, dass der Junge den Verbrechern erneut in die Hände fiel, war unerträglich. Es würde ihn jedoch nicht weiterbringen, brav abzuwarten. Wenn Rick und Charles schon hier waren, hatte er eine gewisse Chance. Das waren eindeutig zu viele Wenns, aber er hatte keine andere Wahl.

Paul stürzte sich auf den Anführer und schaffte es, ihn zu Boden zu reißen. Er rollte sich ab, sprang auf und rannte zu den gestapelten Baumstämmen. Eine Kugel zischte dicht an ihm vorbei. Viel zu dicht! Paul schlug einen Haken und hatte dann den Stapel umrundet. Aufatmend blieb er stehen. Zu früh gefreut, einer der Männer kam mit der Waffe im Anschlag um den Stapel herum.

Ehe Paul reagieren konnte, flog etwas Schwarzes auf den Mann zu und warf ihn zu Boden. Ein Schuss löste sich aus der Waffe, aber die Kugel verschwand harmlos zwischen den Baumwipfeln. Gleichzeitig peitschten in einiger Entfernung mehrere weitere Schüsse durch die Luft. Paul nahm die Waffe, die sein Angreifer verloren hatte, und riss Shadow am Halsband zurück, ehe er den Mann an der Kehle packen konnte. »Das reicht, Shadow.« Er wandte sich an den am Boden Liegenden, der aus panisch geweiteten Augen den Hund anstarrte. »Ich würde ganz ruhig liegen bleiben und nicht einmal mit der Wimper zucken«, empfahl er ihm. »Ich könnte sonst Shadow doch noch die Chance geben, seinen Job zu beenden.«

»Paul?«

Die Stimme kannte er. Er atmete noch einmal tief durch. »Hier. Ich passe auf deinen Hund auf. Irgendeiner muss das ja tun.«

»Ist klar.« Nun schwang ein Lachen in Ricks Stimme mit. Wenige Sekunden später stand sein Freund vor ihm und umarmte ihn fest. »Ich bin nicht sicher, ob es verdammt mutig oder verdammt bescheuert war, den Kerl mit dem Gewehr anzugreifen, aber es war perfekt.«

»Dann würde ich für mutig stimmen. Wo ist Joey?«

»Hoffentlich bei Ash. Das sollten wir als Nächstes klären.«

Paul rannte bereits zu seinem Wagen. Ohne auf Rick zu warten, fuhr er los. Nach etwa einem halben Kilometer trat er voll auf die Bremse. Ash und Joey und … ein Mann am Boden. Einer?

Paul sprang aus dem Wagen. »Wo ist der zweite Kerl?«

Ash sah ihn ratlos an, während sich Joey zum zweiten Mal in seine Arme warf.

»Schätze, er meinte mich.« Mit dem Gewehr im Anschlag trat der Kerl, den der Anführer Jim genannt hatte, hinter einem Baum hervor.

»Scheiße«, entfuhr es Ash.

Dem hatte Paul nichts hinzuzufügen. Er schob Joey hinter sich. »Ich würde an Ihrer Stelle einfach verschwinden. Ihr Boss und Ihre Komplizen sind schon in Polizeigewahrsam.«

»Ihre Besorgnis rührt mich zu Tränen, aber mir wird schon nichts passieren. Nicht mit einem Kind als Geisel. Her mit dem Jungen.«

»Niemals«, wehrte Paul ab und sah Jim direkt in die Augen.

»Dann knall ich dich ab!«

»Das wirst du dann wohl tun müssen.«

Ein Schuss erklang, sofort gefolgt von einem zweiten. Etwas strich glühend heiß über Pauls Oberarm, dann brach sein Gegner zusammen.

Er hatte Mühe, den Zusammenhang zu verstehen, dann begriff er: Rick war im richtigen Moment aufgetaucht und trat nun zu ihnen. »Wie schlimm ist es?«

»Was?«

»Du blutest«, rief Joey erschrocken. Paul drehte sich zu ihm um und achtete darauf, ihm den Anblick des toten Verbrechers zu ersparen.

Außer einem leichten Brennen spürte er nichts, aber sein T-Shirt war blutdurchtränkt. Er schwankte etwas. »Das sieht schlimmer aus, als es ist.«

»Wenn der Schock vorbei ist, wirst du es schon merken, aber du dürftest definitiv überleben«, stellte Rick nach einem prüfenden Blick fest. Übermäßig mitleidig klang sein Freund nicht. »Und nächstes Mal rennst du nicht einfach los und spielst den Helden, sondern wartest auf uns. Verstanden?«

Paul tippte sich an die Stirn. »Ja, Sir. Laut genug hast du ja gebrüllt.«

Joey prustete los. »Ihr seid unglaublich. Erst haut Paul den einen Kerl um, dann Ash einen anderen, und jetzt noch das hier. Wie im Film.«

Rick und Paul sahen sich an. Es sprach nichts dagegen, dass Joey die Dinge so sah, Hauptsache, er kam über die Erfahrung hinweg. Ash bugsierte Joey zu seinem Wagen. »Komm, hüpf rein. Du willst bestimmt nicht sehen, wie Rick Paul einen Verband anlegt. Also, *ich* will es jedenfalls nicht sehen. Und nun musst du mir alles ganz genau erzählen.«

Paul atmete auf, als Joey im Wagen saß, und schielte zu der Leiche hinüber. Rick hatte perfekt getroffen, das war kein Anblick für ein Kind. Selbst in ihm stieg Übelkeit auf, als er die Masse auf dem Waldboden als eine Mischung aus Gehirn und Blut identifizierte. Er wollte wegsehen und konnte es doch nicht.

»Nun siehst du leicht grün im Gesicht aus«, stellte Rick besorgt fest.

»Geht gleich wieder. Wir sollten nur möglichst schnell hier verschwinden.«

Rick folgte seinem Blick und legte ihm einen Arm um die Schulter. »Fahr bei Ash und Joey mit. Ich nehme deinen Wagen, Charles und Shadow können bei mir mitfahren. Da kommen sie auch schon.«

Etliche Meter vor Charles kam Shadow auf sie zugerannt und sprang an Rick hoch. Außer Atem folgte ihm Charles. »Sorry, er war nicht mehr zu halten.« In der Hand hielt Charles Pauls Handy. »Die Kerle sind sicher verstaut, aber es wird dauern, bis der Sheriff sie einsammeln kann. Er ist mit seinen Männern zu Pauls Haus gefahren. Bisher keine Informationen, was dort los ist.«

»Verdammt. Lass uns fahren.« Paul eilte zu Ashs Wagen und ließ sich neben Joey auf den Rücksitz fallen.

»Du hast ja gar keinen Verband.«

»Das muss noch warten. Ash, gib Gas. Erst zu Rosie, Joey absetzen, und dann zu mir.«

Ash fuhr los, ohne Fragen zu stellen. Ganz anders Joey. »Was ist denn los?«

»Weiß ich noch nicht, werde es aber herausfinden.«

»Dann will ich mitkommen. War das da eben Steves Vater?«

»Du bleibst bei Rosie und lässt dich mit Eis und Keksen verwöhnen. Und ja, das war Charles.« Paul zögerte kurz, aber schließlich war es kein Geheimnis mehr. »Er war nicht ganz ehrlich, was seinen Beruf angeht. Er ist beim FBI und hat uns geholfen.«

Joey kuschelte sich an ihn. »Cool, aber nicht so cool wie du.«

Paul entspannte sich geringfügig, aber dann fuhr Joey wieder hoch. »Scout! Was ist mit Scout? Ich habe solche Angst um ihn gehabt. Er wollte mich beschützen, aber der Mistkerl hat einfach auf ihn geschossen. Ich war mit ihm draußen, weil er mal musste.«

Paul zog ihn fester an sich. »Ihm geht es dank deiner Tante Inga schon wieder gut. Mach dir keine Sorgen.«

Er spürte, dass sich der Junge wieder entspannte, und schloss kurz die Augen. Die Bilder der vergangenen Minuten tobten in seinem Inneren. So vieles hätte schiefgehen können. War es zwar nicht, aber dennoch. Bei den direkten Auseinandersetzungen mit den Verbrechern war er dank der Adrenalinflut

369

nicht groß zum Nachdenken gekommen, jetzt, da er tatenlos hinten im Wagen saß, sah es anders aus. Ein wenig Ablenkung wäre nicht schlecht gewesen.

Sofort meldete sich sein schlechtes Gewissen zu Wort. Er konnte später bei einem Glas Whisky mit den paar Minuten Action fertig werden. Joey hatte Schlimmeres hinter sich und hielt sich bisher erstaunlich gut.

Ohne die Augen zu öffnen fragte er: »Bist du so weit in Ordnung? Haben sie dich irgendwie … ich meine, hat dir jemand wehgetan? Dann kehren wir um und nehmen sie uns noch einmal vor!«

Den letzten Satz hatte er nicht sagen wollen, der war einfach aus ihm herausgebrochen.

»Nein, es war gar nicht so schlimm. Sie hatten versprochen, dass sie mir nichts tun, aber auch gesagt, dass es um eine wichtige Sache für … für meinen Dad geht. Stimmt das?«

»Das könnte sein, aber da sollten wir abwarten, was dein Dad dazu sagt, und nicht einfach vorschnell urteilen.« Paul wäre an den beschwichtigenden Worten fast erstickt, aber er wollte den Glauben des Jungen an seinen Vater nicht zerstören, obwohl seine eigene Meinung feststand.

Joey schwieg geraume Zeit, bis Paul ihn schließlich doch ansah und hoffte, dass er seine Wut auf Sabrinas Exmann und die miesen Verbrecher ausreichend verbarg.

Fahrig rieb sich Joey über die Augen. »Ihr solltet mich nicht für blöd halten. Ich weiß doch, warum sich Mom von Dad getrennt hat, und das hat sie auch richtig gut gemacht. Und ich weiß auch, was es mit dem Tab auf sich hat, das ich eingesteckt habe. Und noch was: Ich hatte fast gar keine Angst, weil ich wusste, dass du und Rick kommen würdet. Ihr seid mit dem Kerl in den Klippen ja auch fertig geworden. Eigentlich hatte ich nur richtig Angst um Scout.«

Der Wagen schlingerte leicht, weil Ash in den Rückspiegel sah, statt auf den Weg zu achten. Auch Paul musste kräftig schlucken. Womit hatte er dieses Vertrauen verdient? Nun war es so weit, er wusste nicht, was er sagen sollte.

Aber Joey war noch nicht fertig. »Seid ihr denn jetzt so richtig zusammen? Du und Mom?«

Wieder schlingerte der Wagen leicht.

»Ich denke schon. Ist das für dich okay?«

»Na klar, auch wenn ich dieses Geknutsche echt eklig finde.«

Diesmal streifte der Wagen einen ausladenden Busch. »Verdammt, konzentrier dich auf den Weg«, befahl Paul, musste sich aber selbst ein Lachen verkneifen, als er sah, wie Ashs Schultern zuckten.

»Darüber reden wir in drei Jahren, mein Sohn«, versprach Paul und erschrak. Die Anrede hatte er nicht benutzen wollen. Er hatte noch vor Augen, wie Joey darauf reagiert hatte, als der Sheriff ihn so genannt hatte, aber es war ihm einfach so herausgerutscht.

»Machen wir«, gab Joey zurück. Er runzelte die Stirn. »Mir gefällt es, wenn du das sagst. Da schwingt was mit, nicht so wie bei diesem komischen Sheriff. Wie soll ich dich eigentlich nennen? Dich Dad zu nennen fühlt sich irgendwie komisch an. Ich überleg mir was, okay?«

»Ich bin gespannt. Und danke. Das bedeutet mir einiges. Aber den Rest besprechen wir unter vier Augen, sonst setzt Ash den Wagen noch gegen den nächsten Baum.«

»Stimmt. Vielleicht sollten wir Eintritt verlangen und Popcorn verkaufen!«, schlug Joey vor.

Ash und Paul lachten gleichzeitig los. Schließlich bekam sich Ash als Erster wieder ein. »Der Junge ist echt unbezahlbar. Den würde ich behalten.«

»Das habe ich vor«, erwiderte Paul und wurde mit Joeys strahlendem Lächeln belohnt.

Obwohl der Junge in ihrer Gesellschaft in diesem Moment völlig normal wirkte, ahnte Paul, dass die Folgen der Entführung nicht spurlos an dem Kind vorbeigehen würden. Aber sie würden für ihn da sein, wenn Ängste oder Albträume ihn einholten. Sie beide. Er und Sabrina.

22

Sabrina konnte einfach nicht ruhig sitzen bleiben. Wie denn auch, wenn sie vor Angst um Joey und Paul fast wahnsinnig wurde? Hätte sie bloß niemals eine solche Leidenschaft für Actionfilme entwickelt. Alle möglichen Szenen mit wilden Schießereien schossen ihr durch den Kopf. Nur Steves Anwesenheit bewahrte sie davor, völlig durchzudrehen. Der Junge hatte genug damit zu tun, dass sich erst sein Vater als FBI-Agent statt als IT-Berater entpuppt hatte und er sich dann noch Sorgen um ihn und seinen Freund machen musste.

Inga saß ungerührt in einem Sessel neben Scout und las auf ihrem E-Reader. Die Schrotflinte hatte sie gegen die Armlehne gelehnt, nachdem sie Steve streng verboten hatte, auch nur in die Nähe der Waffe zu kommen. Sabrina beneidete sie um ihre Gelassenheit. Zum gefühlt hundertsten Mal drehte sie ihre Runde durchs Wohnzimmer, zurück in die Küche, um anschließend bei Scout zu landen. Steve saß neben ihm, eine Hand im Hundefell vergraben und ein aufgeschlagenes Buch vor sich, in dem er noch keine Zeile gelesen hatte.

Es reichte. So würde sie wahnsinnig werden. »Hilfst du mir, Pfannkuchen zu machen?«

»Ich habe keinen Hunger«, gab Steve zurück.

»Ich auch nicht, aber wenn ich nichts tue, fange ich gleich an zu schreien.«

»Das geht mir auch so. Also gut, dann machen wir das. Wir können die ja später kalt essen. Später, wenn alle wieder da sind.« Steve stand auf.

»Das war auch meine Idee.«

Inga wandte den Blick nicht von ihrem Reader ab, anscheinend war der Krimi, den sie vorhin erwähnt hatte, spannender als das reale Leben. »Bist du sicher, dass du Pfannkuchen allein hinbekommst, Kind?«

Der kleine Streich, der ihnen die kulinarische Rundumversorgung durch Rosie gesichert hatte, war ihr komplett entfallen.

»Das wird schon gehen«, antwortete sie. Dies war der falsche Zeitpunkt für eine Beichte.

»Wo ist denn das Pulver für die Pfannkuchen?«, fragte Steve.

»Kein Pulver, wir machen das selbst. Mit Eiern, Mehl, ganz viel Zucker und, ganz wichtig: Vanille. So hat meine Mutter das früher immer gemacht, wenn es mir nicht gut ging.«

»Das hört sich lecker an. Vielleicht bekomme ich doch noch Hunger, schließlich gab's kein Frühstück.«

Ein Gedanke kam ihr. »Stimmt. Ich vermisse da auch was.« Sie stellte die Tüte Mehl zurück. »Sag mal, Tante Inga, war Rosie heute gar nicht als Frühstücksfee unterwegs?«

»Sie wäre bestimmt vorbeigekommen, wenn ihr nicht vorher bei mir angerufen hättet. Habe ich das eben richtig verstanden? Du machst richtige Pfannkuchen?«

Das nannte sich wohl ertappt. »Ich versuche es.«

»Hm.«

Sabrina zog unwillkürlich den Kopf ein. Es würde nicht mehr lange dauern, bis sie komplett aufgeflogen war, und dann musste sie aufpassen, wie ihre Pommes gewürzt waren.

Steve war mit Feuereifer bei der Sache. Während auf der Arbeitsplatte ein Chaos aus Zutaten herrschte, brutzelte der erste Pfannkuchen auf dem Herd.

»Kannst du den auch hochwerfen?«

»Leider nicht. Meine Mutter konnte das, aber bei mir lan-

den sie dann immer irgendwo, wo man sie überhaupt nicht gebrauchen kann, jedenfalls nicht wieder in der Pfanne.«

»Immer?«, hakte Inga aus dem Wohnzimmer nach.

Sabrina verdrehte die Augen. Wie konnte die ältere Frau nur
über die Entfernung so gut hören? Sie ignorierte den Kommentar einfach.

Wenige Augenblicke später ließ sie den Pfannkuchen auf
einen Teller gleiten. »Magst du ihn mal testen?«

»Ja, klar!«

Steve schob sich eine Gabel voll in den Mund und nickte
heftig. »Klasse!«, urteilte er mit vollem Mund.

»Super, dann können wir den nächsten …«

»Steve? Nimm mal deinen Pfannkuchen und geh in das
Spielzimmer oben. Letztes Zimmer links. Mach dir ruhig die
Playstation an. Ich muss mal ein ernstes Wort mit Sabrina reden. Tu mir einen Gefallen und komm erst wieder raus, wenn
wir es dir sagen. Okay?«

»Klar, mache ich.« Steve rannte davon.

Alarmiert eilte Sabrina ins Wohnzimmer. »Nur weil ich
Pfannkuchen machen kann, heißt das doch nicht …« Ihr Blick
fiel auf die Schrotflinte in Ingas Hand. »Was ist passiert?«

»Mein zweiter Pensionsgast ist gerade vorgefahren. Ich
möchte zwar gern glauben, dass er harmlos ist, aber ich traue
ihm nicht mehr.«

Der Surfer? Vom Wohnzimmer aus konnte man doch gar
nicht sehen, was vor der Haustür passierte. »Woher weißt du
das?«

»Ich erkenne das Geräusch seines Wagens. Der läuft ein wenig unrund.«

Die Erklärung überzeugte Sabrina, schließlich hatte sie gerade eben erst Bekanntschaft mit Ingas scharfem Gehör gemacht. Ihre Pistole lag griffbereit unter ihrer Handtasche auf

einem Sideboard. Mit rasendem Puls entsicherte sie die Waffe und ging in den Windfang. Neben der Haustür war ein kleines Fenster, das nur von innen durchsichtig war, von außen hingegen so milchig, dass man nicht einmal Schatten sah. Inga hatte richtig gehört: Carter Spencer stieg aus seinem Jeep. Er schien allein zu sein, blickte sich nach allen Seiten um und ging erst dann auf die Haustür zu.

Sabrina umfasste den Griff ihrer Pistole fester. Was sollte sie nur tun? Inga stand inzwischen neben ihr, die Flinte im Anschlag. »Ihn einfach durch die Tür hindurch zu erschießen würde wohl Probleme mit Winston geben«, überlegte ihre Tante laut.

Unter anderen Umständen hätte sich Sabrina über den Gedanken amüsiert – jetzt nicht. Genau das war ihr auch schon durch den Kopf gegangen, aber sie würde es niemals fertigbringen. Außerdem hatten sie keinerlei Beweise gegen Carter in der Hand.

Er kam zur Tür und klingelte. »Sabrina? Ich muss mit dir reden. Mach bitte auf«, rief er.

»Was willst du?«, gab sie in gleicher Lautstärke zurück.

»Mit dir reden! Habe ich doch gerade gesagt.« Er griff in seine Hosentasche, holte ein schwarzes Etui hervor und klappte es auf. Ein Ausweis und eine goldene Marke blitzten auf. Er tat, als würde ihm das den Zugang garantieren. »Ich war nicht ganz ehrlich zu dir. Ich arbeite fürs FBI und muss mit dir über deinen Mann reden.«

»Exmann«, korrigierte Sabrina und sah Inga fragend an.

Ihre Tante schüttelte sofort den Kopf. »So ein Abzeichen kann man in jedem Spielzeugladen kaufen«, beantwortete sie die unausgesprochene Frage.

»Wir können uns gern unterhalten, wenn du zusammen mit dem Sheriff hier auftauchst. Vorher nicht. Geh jetzt bitte.«

»Deine fehlende Kooperationsbereitschaft könnte unschöne Auswirkungen auf das anstehende Sorgerechtsverfahren haben«, drohte Carter.

»Und deine Drohungen könnten zu akuter Bleivergiftung führen«, rief Inga lautstark zurück.

Überrascht fuhr Carter zurück, dann schüttelte er den Kopf. »Schade.« Er drehte sich um und verharrte so einen Augenblick. Als er sich dann wieder der Tür zuwandte, hielt er einen Revolver in der Hand, der um einiges größer war als Sabrinas Pistole.

Inga fasste sie am Arm. »Weg hier. Der will tatsächlich das Schloss aufschießen.«

Die Frauen rannten zurück ins Wohnzimmer. »Wo bleibt denn nur Winston?«, fiel Sabrina plötzlich ein. Wie verabredet hatte sie den Sheriff schon vor fast dreißig Minuten angerufen, und da hatte er gesagt, er wäre schon auf dem Weg. So lange brauchte er von seinem Büro zu Pauls Haus doch gar nicht.

Inga nickte knapp. »Das wüsste ich allerdings auch gern! Da braucht man ihn einmal wirklich, und er bekommt seinen Hintern nicht hoch. Seinen Schokoladenkuchen kann er die nächsten Wochen vergessen.«

Sabrina wollte die Drohung gerade kommentieren, da krachte es fürchterlich laut. Viermal feuerte Carter auf die Tür. Sabrinas Hand zitterte, sie schnappte nach Luft.

»Sabrina? Was ist da los?«, rief Steve aus dem ersten Stock herunter.

»Geh zurück ins Zimmer, Steve. Versteck dich da. Der Sheriff, dein Vater und Paul müssen jeden Moment hier sein. So lange musst du dich unsichtbar machen«, antwortete Sabrina in halbwegs normaler Lautstärke und hoffte, dass Carter sie nicht verstand.

Oben klappte eine Tür. Gut. Eine Sorge weniger. Brachte sie es wirklich fertig, auf einen Menschen zu schießen? Ihre Hand zitterte stärker, Schweiß lief ihr den Rücken hinab.

Das Splittern von berstendem Holz. »Du hast es ja so gewollt«, rief Carter ihr von der Haustür aus zu.

Hinter ihr ein Fiepen. Sie wirbelte herum. Scout versuchte, auf die Beine zu kommen.

»O nein!« Inga verließ ihren Standort neben der Küchentür und lief zu dem Hund. Die Schrotflinte legte sie einfach auf den Boden.

Noch nie hatte Sabrina sich so allein gefühlt. Alles hing jetzt von ihr ab. Steve. Inga. Scout.

Carter betrat das Wohnzimmer, die Revolvermündung wies auf den Boden. Sie wich zurück, zielte auf ihn. »Keine Bewegung. Noch einen Schritt näher, und ich drücke ab.«

»Das wirst du ganz bestimmt nicht tun. Leg dein Spielzeug brav weg, und dann reden wir!«

Dieser herablassende Ton ließ etwas in ihrem Inneren einrasten. Nie wieder würde sie zögern oder zu lange warten.

Er hob seine Waffe.

»Ich habe dich gewarnt«, sagte sie und erkannte ihre eigene Stimme nicht. Sie drückte ab. Einmal. Zweimal. Carter stürzte zu Boden. Sie musste zu ihm. Ihm die Waffen wegnehmen, nachsehen, ob er noch lebte, Erste Hilfe leisten. Sie tat nichts von alldem. Ihre Beine gehorchten ihr einfach nicht.

Schritte. Das Geräusch riss sie aus ihrer Erstarrung. Wie viele Kugeln hatte sie noch im Magazin? Sie wusste es nicht, hastete zu Inga und nahm die Schrotflinte an sich, richtete sie einfach auf die offene Wohnzimmertür.

Zwei Männer. Sie sahen kurz herein und wichen dann in den Flur zurück. Sabrina kannte keinen von ihnen, war nicht sicher, ob sie bewaffnet gewesen waren. »Haut ab«, rief sie.

»Hey, ganz langsam, Lady. Wir wollen Ihnen nichts tun! Legen Sie die Flinte weg.«

»Haut ab«, wiederholte sie. Hatte sich eben noch ihre Stimme fast überschlagen, klang sie nun kalt, eiskalt.

Einer sah wieder um die Ecke. Sabrina drückte ab und lud sofort wieder durch. Nur noch vier Schüsse übrig. Mehr Patronen waren nicht im Magazin.

»Ich habe genug Munition, um euch in eure Einzelteile zu zerlegen!«, drohte sie.

Inga blinzelte ihr zu und sprach dann wieder beruhigend auf Scout ein. Nur aus dem Augenwinkel bekam Sabrina mit, dass sich der Hund gegen Inga wehrte, aber zu schwach war, um sich durchzusetzen und aufzustehen. Ihre Entschlossenheit, keinen Schritt nachzugeben, wuchs. Wenn sogar der schwer verletzte Hund weiterkämpfen wollte, würde sie niemals aufgeben.

Ausgerechnet jetzt bewegte sich auch noch Carter. Tot war er also nicht.

»Holt euren Kumpel und haut ab«, forderte Sabrina.

Sie hörte, dass die Männer leise miteinander sprachen.

»Okay, nicht schießen. Wir holen ihn.«

Sabrina glaubte dem Mann kein Wort, aber sie war auf alles vorbereitet. Hoffentlich.

Ein Kerl, dem die blonden Haare ins Gesicht fielen und der eigentlich recht harmlos wirkte, kam langsam ins Wohnzimmer und hielt seine Hände auf Schulterhöhe. Er beugte sich über Carter und fasste nach seiner Schulter.

»Achtung«, rief Inga, aber Sabrina hatte den zweiten Mann schon bemerkt, der auf sie zielte. Sie drückte ab, lud durch, zog den Abzug wieder durch und noch einmal. Es stank widerlich nach Kordit. In ihren Ohren klirrte es. Zwei Männer am Boden, Blut, sehr viel Blut direkt neben und auf ihnen.

379

Einer rappelte sich stöhnend wieder hoch, anscheinend hatte der andere den Großteil der Ladung abbekommen.

»Das war's dann wohl. Dein Spielzeug ist leer geschossen!«

»Mein Magazin ist jedenfalls voll«, ertönte hinter ihnen eine Stimme. »Ganz langsam umdrehen, und keine falsche Bewegung!«

Endlich war der Sheriff eingetroffen. Schlagartig schien die Kraft Sabrina zu verlassen. Die Flinte glitt ihr aus den Händen und landete krachend auf dem Boden.

»Wo zum Teufel hast du dich so lange herumgetrieben, Winston Morgan? Müssen wir denn hier alles allein erledigen?«, fauchte Inga ihn wütend an.

Während sich zwei seiner Deputys um die Männer kümmerten, kam Winston zu ihnen. »Tut mir leid, Inga. Fliegen kann ich noch nicht. Schneller ging es nicht.«

Sabrina war zu erleichtert, um weiter nachzufragen. »Hast du was von Paul gehört?«

»Nein. Es hat mich lediglich ein FBI-Agent gebeten, sofort hierherzufahren.«

Inga trat dicht an den Sheriff heran und richtete ihren Zeigefinger wie eine Waffe auf ihn. »Wir haben dich vor über einer halben Stunde angerufen. Du wirst mir noch erklären, wieso das so lange gedauert hat, Winston.«

Obwohl die Erklärung auch Sabrina interessiert hätte, gab es Wichtigeres zu erledigen. Ihre Angst um Joey und Paul hatte sie nun wieder fest im Griff, aber zumindest Steve konnte sie beruhigen. Sie vergewisserte sich, dass die Männer des Sheriffs die Verbrecher schon weggeschafft hatten. Die Blutflecken auf dem Boden waren nicht zu übersehen, aber den Anblick konnte sie Steve kaum ersparen.

»Steve? Es ist alles in Ordnung, der Sheriff ist hier.«

Sekunden später kam der Junge die Treppe heruntergepoltert. »Hast du sie alle erschossen?«

Sabrina schluckte. »Sagen wir, ich habe auf sie geschossen, aber sie nicht erschossen.« Hoffte sie jedenfalls. Auch ohne dass sie einen Menschen getötet hatte, würden die letzten Minuten sie noch lange Zeit verfolgen.

»Auch gut, kommt ja nur darauf an, dass sie weg sind. Was ist mit Papa?«

»Von dem haben wir noch nichts gehört, aber es kann nicht mehr lange dauern, bis er sich meldet.«

»Warum rufen wir ihn nicht mal an?«, schlug Steve vor.

»Gute Idee.«

Suchend blickte sich Sabrina um, bis sie sich daran erinnerte, dass ihr Handy in der Hosentasche steckte. Sie drückte die Kurzwahl von Pauls Handy. Schon nach dem ersten Klingeln wurde der Anruf angenommen – von Charles, Steves Vater. Verdammt, er hatte ja das Handy.

»Sabrina?« Er schrie fast ins Telefon. »Seid ihr in Ordnung?«

»Ja, alles klar. Der Sheriff ist hier und verfrachtet die Kerle in den Knast. Steve geht es gut. Uns allen geht es gut. Es ist vorbei. Was ist mit Joey und Paul?«

»Das Gleiche, also, es geht ihnen gut, meine ich. Warte mal.« Seine Stimme wurde leiser. »Signalisier Ash, dass er anhalten soll. Er kann direkt zu Pauls Haus fahren. Es ist vorbei.«

»Mach ich«, hörte sie Rick antworten.

»Kannst du mir mal meinen Jungen geben, Sabrina?«

»Natürlich.«

Sie reichte das Handy weiter und ging einige Schritte zur Seite. Da war ja immer noch Scout, der zwar schon wieder auf dem Boden saß, aber noch sehr angeschlagen wirkte. Sie kniete sich vor ihn hin und legte ihm vorsichtig die Arme um den Hals. »Du bist der mutigste Hund, den ich kenne. Beim nächsten Einkauf bekommst du das größte Steak, das ich auftreiben kann.« Sie schmiegte ihr Gesicht kurz an seinen Hals. Scout kläffte leise und fuhr ihr mit der Zunge über die Wange. Lächelnd wich Sabrina zurück. »Ihh, darüber reden wir noch. Aber heute darfst du alles, was du willst.«

Als ob er sie verstanden hätte, reckte er sich und leckte ihr über die Hand.

»Gauner. Pass auf, du bleibst schön hier bei Inga, und ich warte draußen auf dein Herrchen.«

Scout legte den Kopf zwischen die Pfoten.

Sabrina sah Inga fragend an, aber ihre Tante nickte nur. »Raus mit dir. Ich bleibe bei ihm. So schlecht geht es ihm auch gar nicht. Er braucht nur etwas Ruhe, und die wird er gleich bekommen. Denn dann schmeiße ich alle raus, die nicht unbedingt hierher gehören.«

Sabrinas Knie zitterten immer noch, als sie nach draußen ging, aber allmählich begriff sie, dass es wirklich vorbei war. Langsam ging sie an den drei Fahrzeugen des Sheriffs und seiner Männer vorbei. Jeden Moment musste Paul zurückkehren. Erst wenn sie Joey und ihn wieder im Arm hielt, würde sie endgültig aufatmen.

Angespannt lauschte sie, strich die Haare zurück, um ja keinen Laut zu überhören. Motorengeräusch! Es kam schnell näher. Dann erkannte sie das erste Fahrzeug. Ash saß am Steuer und … Joey und Paul auf dem Rücksitz. Sie rannte los. Der Wagen kam mit blockierenden Reifen vor ihr zum Stehen, aber weder ihr Sohn noch der Mann, den sie liebte, warteten so lange, bis er stand. Sie sprangen aus dem langsam rollenden Fahrzeug. Joey stolperte, fing sich wieder und rannte auf sie zu. Sie umarmte ihn so fest, dass es fast wehtat, vergrub ihr Gesicht in seinen Haaren. Dann war auch Paul da. Sie schloss ihn in ihre Umarmung mit ein. Beide waren zurück. Mehr oder weniger gesund – Pauls Arm war blutig, aber es schien nichts Schlimmes zu sein. Es war vorbei, und sie waren endlich als Familie vereint.

Nur kurz hob sie den Kopf. »Ich liebe dich übrigens auch«, teilte sie Paul mit.

Sein Lächeln blitzte auf, wurde breiter, und schließlich funkelten seine Augen. »Bei mir hat sich auch nichts daran geändert ... obwohl du ziemlich nach Hund riechst.«

Joey lachte laut. »Wetten, dass sie nach *deinem* Hund stinkt?«

»Ich stinke nicht!«, protestierte Sabrina gespielt empört und ahnte schon, dass sich die beiden in Zukunft öfter gegen sie verbünden würden.

23

Eine Woche später hatte sich eine gewisse Routine in ihrem Leben eingespielt, die jeder von ihnen genoss. Das gemeinsame Frühstück gehörte ebenso dazu wie das morgendliche Bad im Pazifik. An diesem Morgen konnten sie sich jedoch keine Zeit lassen. Sabrina sah immer wieder besorgt auf die Uhr.

»Mom! Sie fliegen nicht ohne uns.«

»Das weiß ich auch, aber es ist kein guter Stil, zu spät zu kommen.« Ehe Sabrina ihre Predigt fortsetzen konnte, klingelte es an der Haustür.

Joey sprang auf und rannte los. Instinktiv wollte Sabrina ihn zurückrufen, aber Paul legte ihr eine Hand auf den Arm. »Entspann dich. Das sind Charles und Steve.« Er schob ihr sein Handy zu, mit dem er die Überwachungskamera vor der Haustür abrufen konnte, und zeigte ihr das Bild.

Seufzend stand sie auf und wanderte ruhelos um den Frühstückstisch auf der Terrasse. »Ich habe mich immer bemüht, ihn loszulassen, aber im Moment fällt es mir so schwer.«

Als sie an Pauls Stuhl vorbeiging, hielt er sie auf und zog sie auf seinen Schoß. »Das geht mir auch so. Am liebsten würde ich ihn einsperren und niemals wieder rauslassen. Aber mit der Zeit wird das bestimmt besser. Du warst gestern Abend sehr tapfer, als er zwei Stunden allein mit Rick und Ash losziehen durfte.«

Lächelnd schmiegte sie sich an ihn. »Das habe ich nur überlebt, weil du mich abgelenkt hast.«

Seine Hand strich federleicht über ihre Brust. Sofort flammte das Verlangen in ihr auf, das nur er entfachen und stillen konnte.

»Das ist gemein, wir bekommen gleich Besuch.«

»Leider, aber wir können bis dahin noch jede Sekunde ausnutzen.« Er biss ihr sanft in die Unterlippe. Die Aufforderung war überflüssig. Bereitwillig öffnete sie den Mund und genoss das Spiel seiner Zunge. Er schmeckte nach Kaffee und Schokolade und einfach nach Mann. An ein solches Frühstück könnte sie sich gewöhnen.

»O nein, sie tun es schon wieder!«

Erschrocken wollte sich Sabrina aus Pauls Arm winden, aber er hielt sie fest.

»Ganz genau, Joey. Und noch eine freche Bemerkung deswegen von dir, und du fliegst ins Wasser!«

»Ihr knutscht rum wie die Teenager. Voll peinlich«, legte Joey nach.

Zärtlich schob Paul Sabrina von sich. »Entschuldige mich kurz. Einer muss ja unserem Kind Manieren beibringen.«

Joey flüchtete zum Strand hinunter, dicht gefolgt von Scout, Steve und Paul. Einen Augenblick später erklang lautes Lachen und Kreischen. Kopfschüttelnd sah Sabrina Charles entgegen. »Ich fürchte, unser Aufbruch verzögert sich noch etwas.«

»Das macht nichts.« Er hob einen Becher und zwinkerte ihr zu. »Ich war so frei, mir einen Kaffee zu nehmen. Natürlich nur, damit ihr noch einen Augenblick ungestört seid.«

»Du kannst auch noch einen Pfannkuchen dazuhaben.«

Abschätzend blickte Charles auf den kleinen Stapel. »Eigentlich gern, aber ich schätze, die Jungs werden gleich Hunger haben. Es ist unglaublich, was Steve in letzter Zeit verdrückt.«

»Das kommt durch das Spielen an der frischen Luft und das Toben im Wasser.«

385

Charles blickte zum Strand hinüber. »So ausgelassen und fröhlich habe ich ihn lange nicht mehr gesehen. Es war richtig, hierherzukommen.«

Sabrina lächelte nur. Es war unverkennbar, dass sich Vater und Sohn sehr viel nähergekommen waren. »Ihr seid jederzeit eingeladen. Auch wenn es nur für ein Wochenende ist.«

»Darauf komme ich zurück. Und wer weiß, vielleicht … Steve hat gesagt, es wäre sein größter Wunsch, hier zur Schule zu gehen, aber leider hat da meine Exfrau noch ein Wörtchen mitzureden.«

Nachdenklich drehte Sabrina ihren Becher in der Hand. Sie wollte keine falschen Hoffnungen in Charles wecken, aber andererseits sollte er die Chance auch nicht leichtfertig vertun. »Ich kenne Victoria nicht besonders gut, aber ich habe sie immer so verstanden, dass ihr das Wohl ihres Kindes am wichtigsten ist. Rede doch mit ihr.«

Er zog die Augenbrauen zusammen, schwieg lange und seufzte schließlich tief. »Miteinander reden … das ist vielleicht wirklich der Schlüssel. Danke für den Tipp.«

Zum Glück ahnte er nicht, dass seine sehnsüchtige Miene ihn verriet: Er liebte seine Exfrau noch immer. Zum ersten Mal konnte Sabrina nachvollziehen, was sich Inga und Rosie bei ihrer Kuppelei gedacht hatten. Sie selbst war nicht viel besser, denn ein grober Plan nahm Form an, wie sie die beiden wieder zusammenbringen konnte. Aber das musste noch warten.

Lachend kamen Paul, die Jungs und Scout zurück. Alle durchnässt und mit Sand in Haaren und Kleidung.

»Sorry, Mom. Eine Welle hat mich erwischt«, erklärte Joey und nahm sich einen Pfannkuchen.

Bedeutungsvoll betrachtete Sabrina die sandigen Pfotenabdrücke auf seinem T-Shirt. »Hieß die Welle vielleicht Scout?«, erkundigte sie sich anzüglich.

»Ähm … der Pfannkuchen ist wieder voll lecker«, wechselte Joey gekonnt das Thema.

Kauend stimmte Steve ihm zu. »Kann ich was von Joey zum Anziehen haben? Mich hat die gleiche Welle erwischt.«

»Mit vollem Mund spricht man nicht«, ermahnte ihn sein Vater.

»Okay«, stimmte Steve weiterkauend zu.

Charles rollte lediglich mit den Augen. »Ich sollte bewaffneten Geleitschutz für den Flug beantragen: Zwei durchgeknallte Kinder und zwei verrückte Hunde. Wie konnte ich mich nur darauf einlassen?«

Scout nutzte diesen Augenblick, um beide Pfoten auf den Tisch zu legen und Charles vorwurfsvoll anzusehen. Nun gab auch Sabrina es auf, ernst zu bleiben. »Runter, du Flohbeutel.« Ihre Ermahnung blieb erfolglos … erst als sie Scout ein Stück Pfannkuchen abgab, bequemte sich der Hund, sich wieder auf den Boden zu legen.

Pauls Augen glitzerten vergnügt, während er das Chaos betrachtete. Plötzlich beugte er sich vor und küsste Sabrina mitten auf den Mund. »Ich springe schnell unter die Dusche. Du hast ja alles im Griff.«

»Sicher, aber nimm die beiden Dreckspatzen mit.« Sie deutete auf Joey und Steve.

»Duschen? Habe ich gestern erst«, protestierte Joey sofort.

Aber am Ende zogen alle drei ab … allerdings erst, als die Pfannkuchen bis auf den letzten Krümel verspeist worden waren.

Charles sah ihnen nach und lachte. »Spätestens jetzt hätte ich dir zugestimmt, mit Victoria zu reden. Ich möchte dieses Chaos gegen nichts auf der Welt eintauschen. Ein Glück, dass noch einige Wochen Sommerferien vor uns liegen. Und mach dir keine Sorgen, deine Aussage beim FBI ist reine Formsache, wenn auch lästig.«

Charles war so offen zu ihr gewesen, dass er eine ehrliche Antwort verdient hatte. »Das ist es nicht. Mit dir als zuständigem Agenten und Paul als bestem Anwalt, den ich mir denken kann, habe ich keine Angst davor. Nur das Treffen mit Malcolm liegt mir wie ein Stein im Magen.«

Er griff nach ihrer Hand und drückte sie. »Auch das wirst du schaffen.«

Direkt nach der Landung war Charles ins FBI-Gebäude gefahren, während Paul, Sabrina und Rick noch einen Umweg fuhren, um die auf dem Rücksitz maulenden Jungs »zwischenzuparken«, wie sie es nannten.

Paul hatte einen Mietwagen reserviert, der groß genug war, um drei Erwachsene, zwei Kinder und zwei Hunde aufzunehmen. Obwohl sich Joey auf das Wiedersehen mit Cat und Rob freute, stimmte er in Steves Gemaule mit ein, dass sie lieber auch zum FBI-Gebäude gefahren wären. An der nächsten Ampel reichte es Paul. Er drehte sich zu den Rebellen um. »Schluss jetzt. Ihr hättet das stundenlange Warten verdient, aber Scout und Shadow werde ich das nicht zumuten! Entweder ihr benehmt euch, oder ich ziehe hier andere Saiten auf.«

Die Jungs schwiegen.

Rick vergaß zum ersten Mal seit der Landung sein Smartphone und grinste Paul beifällig zu.

Sabrina hatte das Gequengel einfach ausgeblendet, war aber nun auch froh, dass endlich Ruhe herrschte. »Da vorne rechts, ich rieche den Pazifik schon.«

Paul stoppte den SUV vor einem Haus, vor dem ein Mann mit einem Mädchen herumtobte. »Hier muss es sein.«

Kaum waren die Hunde aus dem Wagen, vergaß das Mädchen seinen Vater und kam auf sie zugerannt. »Ihr seid Robs Freunde, oder? Wow, coole Hunde! Unser Nachbar hat einen Husky, aber die beiden sind gerade im Urlaub. Der schwarze ist Shadow, nicht?«

Das Mädchen war mit ihren langen schwarzen Locken eine wahre Schönheit. Ehe Sabrina antworten konnte, war auch der Vater bei ihnen. »Würdest du dann bitte auch Robs menschliche Besucher so begrüßen, wie deine Eltern es dir beigebracht haben?«

Das Mädchen hob eine Hand. »Hi.«

Der Vater öffnete den Mund, schloss ihn dann wieder und streckte ihnen die Hand entgegen. »Ich gebe es auf. Ich bin Murat, wir teilen uns das Haus mit Rob. Er und Cat sind sofort hier. Das ist übrigens Mouna, meine Tochter.«

Das Mädchen näherte sich vorsichtig den Hunden. Paul gab Scout ein Zeichen. Sabrina hätte schwören können, dass der Hund grinste, aber das musste sie sich einbilden. Fakt war jedoch, dass Scout sich hinsetzte und Mouna eine Pfote entgegenhielt, die das Mädchen vorsichtig streichelte. Dann jauchzte es vor Freude. »Das wird so cool mit euch! Wir dürfen nachher sogar noch ans Meer runter.«

Sabrina konnte kaum noch ihr Lachen zurückhalten. Vor allem, als sie sah, dass Joey das Mädchen anstarrte wie einen Geist. Wann genau begann eigentlich die Pubertät? Sie biss sich auf die Lippe. »Das klingt ja alles klasse, Mouna. Ich bin Sabrina, das ist Joey, mein Sohn, das neben ihm ist sein Freund Steve, Scout kennst du, dann fehlen noch Paul und Rick und natürlich Shadow.«

»Nett, euch kennenzulernen«, antwortete Mouna, ohne den Blick von den Hunden abzuwenden.

Aus dem Haus kamen nun auch Rob und Cat auf sie zu.

Nach einer herzlichen Begrüßung wurde es auch schon Zeit für den Abschied. Obwohl sie sich in wenigen Stunden wiedersehen würden, fiel es Sabrina plötzlich schwer, sich von Joey zu trennen. Cat umarmte sie fest. »Ich erschieße jeden, der ihm zu nahe kommt. Okay?«

Das hatte sie gebraucht. Sie nickte stumm und tastete nach Pauls Hand. Der Junge würde seinen Spaß haben, das war sicher. *Sie* war das Problem, aber sie konnte ihn schließlich nicht für den Rest seines Lebens in Watte packen. Sabrina schluckte hart und rief Joey einen Abschiedsgruß zu, ohne sich anmerken zu lassen, wie schlecht sie sich dabei fühlte, ihn kurze Zeit aus den Augen zu lassen.

Als sie im Wagen saßen, der ohne Kinder und Hunde plötzlich leer und verlassen schien, zog Paul sie an sich. »Gut gemacht, Brina. Gib dir noch ein wenig Zeit und sei nicht zu streng zu dir.«

»Ich versuche es«, versprach sie.

Bis auf das überdimensionale Siegel des FBI wirkte das Gebäude wie ein ganz normales Bürohaus, beinahe langweilig. Rick ging zum Empfangstresen, um herauszufinden, wie es weiterging. Bisher hatten sie nur eine Uhrzeit und den Namen eines Agenten, Matthew Kline.

Sabrina wäre lieber in das nahe gelegene Einkaufszentrum geflüchtet. Seit Tagen versuchte sie, dieses Kapitel ihres Lebens möglichst zu vergessen, und nun war sie gezwungen, jede Minute erneut Revue passieren zu lassen. Dazu kam noch die Aussicht auf ein Treffen mit Malcolm, das so verführerisch war wie eine mehrstündige Wurzelbehandlung ohne Betäubung.

Als Rick zu ihnen zurückkehrte, verzog er den Mund. »Ich hätte den Namen unseres Gesprächspartners mal besser gegoogelt. Kline ist der Chef von dem Laden hier. Wir werden gleich abgeholt.« Er grinste schief. »Vielleicht hätten wir doch Rob mitnehmen sollen.«

Paul hob eine Augenbraue. »Zweifelst du an meinen Fähigkeiten als Anwalt?«

»Nein, nur an deiner Zulassung für diesen Staat.«

Sabrina hielt Ausschau nach einem grauhaarigen Herrn oder vielleicht seiner ebenfalls älteren Assistentin. Stattdessen kam eine junge Frau mit auffallend roten Haaren in die Lobby und sah sich um. Kaum hatte sie Sabrina und die beiden Männer entdeckt, lächelte sie und eilte auf sie zu.

»Hi, ich bin Beth und soll euch nach oben zu Matthew begleiten. Er versucht gerade noch Kaffee und ein paar Kekse aufzutreiben. Ehrlich gesagt, geht es gerade ein bisschen drunter und drüber. Aber das erklärt er euch gleich selbst.« Sie stutzte. »Ach so, wegen der Formalitäten: Elizabeth Saunders, Special Agent. Aber Beth reicht, wir haben heute Abend sowieso noch eine Verabredung: Das Grillen bei Rob. Wir wohnen nebenan und wollten uns das nicht entgehen lassen. Wir, das sind mein Partner Jay DeGrasse und ich.«

Sie reichte den Männern die Hand und umarmte dann die überraschte Sabrina kurz, aber herzlich. »Keine Angst, Matthew ist harmlos, der beißt nicht und ist vor allem heilfroh, dass ihr gesund und munter hier seid.«

Sabrinas Anspannung verflog, und sie räusperte sich. »Müssen wir uns bei ihm für den Privatflieger bedanken?«

»Das war doch das Mindeste! Sekunde, ich hole euch Ausweise, und dann geht's los.«

Sie eilte zum Empfangstresen.

Bewundernd blickte Rick ihr nach. »Diese Brüder haben echt ein Händchen für Frauen. Erst Cat und nun diese Agentin. Also, Beth dürfte mir gern Handschellen anlegen und …«

Paul unterbrach die Schwärmerei mit einem gezielten Rippenstoß. »Soll ich für dich eine Skizze machen? Sie ist in festen Händen.«

»Leider.«

Gedanklich erweiterte Sabrina ihre Liste. Sie musste nicht nur dafür sorgen, dass sich Charles und Victoria wieder versöhnten, sondern möglichst schnell auch eine passende Frau für Rick auftreiben. Auch wenn er in ihrer Gegenwart die meiste Zeit offen und herzlich wirkte, kannte sie auch seine düstere Seite, die er Fremden zeigte. Eine Frau konnte das vielleicht ändern. Als ihr bewusst wurde, dass sie auf dem besten Weg war, Rosie und Inga Konkurrenz zu machen, schüttelte sie den Kopf. Das musste an Heart Bay liegen.

»Was ist?«, erkundigte sich Paul besorgt.

»Mir ist gerade eine Ähnlichkeit zwischen mir und Rosie aufgefallen, die mich irritiert.«

Während Rick sie verständnislos ansah, nickte Paul und grinste schief. »Ich würde wetten, dass wir gerade beide den gleichen Gedanken hatten.« Er schielte unauffällig zu Rick hinüber.

Ein Lachen stieg in ihr auf, und sie schmiegte sich an ihn.

Erst als sie das Büro des FBI-Direktors betraten, kehrte Sabrinas Anspannung zurück. Matthew Kline begrüßte sie freundlich, aber sein Lächeln war nichts weiter als eine höfliche Geste und erreichte seine Augen nicht.

Beth verabschiedete sich mit einem Winken. »Wir sehen uns nachher.« Sie blieb mitten im Türrahmen stehen und wandte sich noch einmal an Sabrina. »Und reg dich nicht gleich auf, lass es erst mal sacken. Wenn ich es mir recht überlege, ist die Lösung für euch sogar perfekt.«

»Beth!«, mahnte Matthew, aber die Agentin tat den Tadel mit einem lässigen Winken ab und knallte die Tür hinter sich zu.

Der Direktor sah ihr kopfschüttelnd nach und deutete dann einladend auf eine Sitzecke. »Ich hatte eigentlich einen diplomatischeren Einstieg geplant, aber andererseits habe ich gelernt, Beths Instinkten zu vertrauen.« Er schenkte ihnen Kaffee ein und bedachte das Logo einer örtlichen Football-Mannschaft auf Ricks Tasse mit einem Grinsen, das seine Augen erreichte und ihn wesentlich netter erscheinen ließ. »Ich hoffe, das passt einigermaßen. Ich muss hier leider nehmen, was gerade abgewaschen ist.«

Sabrina drehte ihren Becher um. »Daffy Duck?«, entfuhr es ihr.

Matthew lachte. »Mein Vorgänger hatte ein klassisches Kaffeeservice für Besucher. Aber das ist nicht mein Stil, ich nehme einfach die Tassen, die da sind. Im Geschirrspüler müssten auch noch der Coyote und der Roadrunner sein. Meine Leute haben einen ziemlich eigentümlichen Geschmack. So, nun aber zum Grund Ihres Besuches: Wir haben im Wesentlichen zwei Themen. Zum einen benötige ich Ihre Aussagen. Da wird es vermutlich am einfachsten ein, wenn Sie das später mit Beth klären, ich habe schon gehört, dass sie mit der Familie De-Grasse persönlich bekannt sind. Es handelt sich lediglich um eine zeitraubende Formalität, um die wir aber leider nicht herumkommen, obwohl Agent Snyder Ihnen schon einiges abgenommen hat.«

Sabrina umklammerte den Kaffeebecher. Obwohl das Getränk noch warm war, fast heiß, fror sie plötzlich. »Das wird aber nicht der Punkt sein, den Beth eben angesprochen hat.«

Matthew lehnte sich zurück. »Stimmt. Bis gestern Abend ging ich davon aus, dass es tatsächlich lediglich um Ihre Aussagen geht, aber dann bekam ich eine neue Information. Ihr Exmann, Sabrina, hat sich auf einen Deal eingelassen. Wir hatten keine Ahnung, um wie viel Geld es tatsächlich geht und wie weit dieser verdammte Filz reicht. Malcolm Hollister wird auspacken und im Gegenzug straffrei ausgehen.«

Der Kaffeebecher wäre ihr fast aus der Hand geglitten. Rick fluchte leise vor sich hin, Paul beugte sich lediglich vor, nahm ihr den Becher aus der Hand, stellte ihn vorsichtig ab und funkelte den FBI-Direktor an. »Das wird ja wohl kaum alles sein. Zeugenschutzprogramm?«

»Ja, Entschuldigung, ich dachte, ich bringe es Ihnen besser in Häppchen bei. Mein Fehler. Bei der Größenordnung dieses Falls wird Ihr Exmann komplett untertauchen müssen. Sei es im Ausland oder in einem weit entfernten Bundesstaat.« Seine Mundwinkel bogen sich etwas nach oben. »Es gab wohl interessante Gespräche über die unterschiedlichen Vorstellungen. Ihr Exmann träumte offenbar von einer Villa mit Pool, kann aber froh sein, wenn er ein Drei-Zimmer-Appartement bekommt. Eine Nebenbedingung ist jedoch, dass er sämtliche Verbindungen zu Ihnen und Ihrem Sohn abbricht.«

»Gut«, entfuhr es Paul, und Sabrina hatte nicht vor, ihm zu widersprechen. »Ist, was Sabrina und Joey betrifft, jede Gefährdung durch die Drahtzieher ausgeschlossen?«, hakte er noch nach.

»Ja, es ging den Tätern ausschließlich um den Tablet-PC und den Zugriff auf das Schwarzgeld. Das Thema ist abgeschlossen, und wir werden Anklageschrift und Presseinformation so formulieren, dass alles auf der Aussage Ihres Exmannes basiert. Ihre Namen werden in Bezug auf die Anklage gar nicht mehr auftauchen. Nach unserer Einschätzung ist das Thema für Sie und Ihre Familie nach der heutigen Aussage abgehakt.«

Rick lehnte sich zurück. »Ich finde, Beth hat recht. Gut, dass der Mistkerl komplett aus eurem Dunstkreis verschwindet. Auch für Joey ist es besser, einen untergetauchten Vater zu haben als einen im Knast. Wenn es nach mir geht, soll er die nächsten Jahre Kartoffeln auf einer staubigen Ranch in Iowa ernten.«

»Das würde sogar im Rahmen des Möglichen liegen«, versprach Matthew und atmete einmal tief durch. »Er befindet sich in diesem Gebäude und hat darum gebeten, noch einmal mit seiner Exfrau sprechen zu dürfen. Aber Sie müssen nicht zustimmen, Sabrina.«

Die Versuchung war groß, aber sie würde den Weg zu Ende gehen. »Nein, das ist schon okay, ich habe ja damit gerechnet, ihn heute zu treffen. Ich würde es aber gern schnell hinter mich bringen.«

»Natürlich. Ich arrangiere es.«

Wie erwartet hatte Paul darauf bestanden, sie zu begleiten, und Sabrina würde deshalb keinen Streit anfangen. Als sie die Hand nach der Klinke ausstreckte, schlug ihr Herz rasend schnell. Hinter dieser Tür wartete Malcolm auf sie, ihre Vergangenheit, auf die sie nicht besonders stolz war, aber hinter ihr stand Paul, ihre Zukunft.

Sie stellte sich gerader hin und stieß dann die Tür auf. Malcolm fuhr von dem Stuhl hoch, auf dem er gesessen hatte. Er sah aus wie immer: maßgeschneiderter Anzug, perfekte Frisur, nur die tiefen Augenringe waren neu. Ihre Fantasie hatte ihr ein Bild vorgegaukelt, das unter anderem Handschellen und einen orangen Overall beinhaltete.

Es standen nur zwei Stühle am Tisch, Paul hatte sich bereits gegen die Wand gelehnt und die Hände vor der Brust verschränkt.

»Willst du dich setzen?«, fragte Malcolm.

»Nein, ich will das möglichst schnell hinter mich bringen. Warum wolltest du mich sehen?«

395

Malcolm strich über den Ärmel seines Jacketts und wich ihrem Blick aus. »Ich weiß es nicht. Es wird sich jetzt alles für mich ändern.«

»Du hast deine Wahl vor Jahren getroffen!« Sabrina knirschte mit den Zähnen, als sie bemerkte, wie bitter sie klang. Das lag doch alles hinter ihr.

»Du hast keine Ahnung, wie verführerisch Macht und Geld sind. Sonst wärst du geblieben und nicht in dieses Kaff abgehauen.«

Vor ihrem geistigen Auge sah Sabrina plötzlich die Bucht von Heart Bay, den Strand vor Pauls Haus, den Wald. Sie lachte. »Kaff? Du hast wirklich keine Ahnung, worauf es im Leben ankommt. Vielleicht hättest du es im Gefängnis begriffen, aber du windest dich ja wieder heraus!«

»Herauswinden? *Du* hast doch keine Ahnung, was ich aufgebe!«

»Damit meinst du vermutlich nicht deinen Sohn«, schoss Sabrina sofort zurück.

Wenigstens runzelte Malcolm kurz die Stirn. Hatte er doch noch rudimentäre Reste eines Gewissens? »Doch, schon. Auch«, widersprach er.

Sabrina nahm ihm das nicht ab oder höchstens teilweise. In erster Linie würde er seinen Status und sein bequemes Leben vermissen.

»Wenn du auf mein Mitleid hoffst, muss ich dich enttäuschen. Kann ich sonst noch etwas für dich tun?«

»Du könntest Joey sagen, dass ich … dass ich kein Verbrecher bin, sondern mit den Behörden zusammenarbeite.«

Daran schien ihm tatsächlich etwas zu liegen, auch wenn Sabrina nicht klar war, ob es ihm wirklich um Joey oder mal wieder um sein eigenes Ego ging. »Du bist ein Verbrecher«, stellte sie klar. »Aber ich werde die Tatsachen trotzdem Joey gegenüber beschönigen. Er soll niemals erfahren, dass du sein Leben gefährdet hast.«

Abwehrend hob Malcolm die Hände. »Das habe ich nicht! Wenn du nicht zugelassen hättest, dass er mein Tab mitnimmt, wäre das alles nicht passiert.«

»Ach so, dann bin ich also schuld. Wie gut, dass wir das geklärt haben.« Ihr fielen Ricks Worte ein. »Mir reicht es mit dir. Ich wünsche dir ein angenehmes Leben. Wenn es nach mir geht, auf der staubigsten und abgelegensten Ranch in Iowa, die das FBI für dich finden kann.«

Malcolm wurde kreidebleich. Da hatte sie anscheinend seine größten Befürchtungen getroffen. Ihr Mitleid hielt sich in Grenzen. Sie wandte sich ab und wollte den Raum verlassen.

Bisher hatte Paul das Gespräch schweigend verfolgt, nun stieß er sich von der Wand ab und stand nach zwei großen Schritten direkt vor Malcolm. »Iowa klingt doch nett. Aber das hier ist von mir ganz persönlich, weil Sie Sabrina und Joey in Gefahr gebracht haben.« Verwirrt blinzelte Malcolm, aber da krachte auch schon Pauls Faust gegen seinen Kiefer.

Malcolm taumelte zurück, suchte vergeblich am Tisch Halt und ging zu Boden.

Blut sickerte aus seiner Lippe. »Ich verklage Sie«, drohte er.

Sabrina schnaubte nur. »Also, ich habe gesehen, dass du gestolpert und hingefallen bist. Lass uns gehen, Paul, *unser* Junge wartet.«

Kaum waren sie draußen, umarmte Paul sie fest. »Meinetwegen soll er mich ruhig verklagen, du brauchst nicht für mich zu lügen. Ich stehe dazu, denn das war es mir wert.«

»Ich wusste gar nicht, dass du so gewalttätig bist«, zog sie ihn auf.

»Ich auch nicht. Das muss dein schlechter Einfluss sein.«

Sie boxte ihm sanft gegen seine festen Bauchmuskeln. »Na warte. Darüber reden wir noch. Aber lass uns erst mal schnell die Aussagen hinter uns bringen.«

Vor ihr lag der Pazifik, der ihnen passend zum Ausklang des Tages einen traumhaften Sonnenuntergang präsentierte. Sabrina drehte sich um und versuchte die Silhouette des Hochhauses zu erkennen, in dem sie so lange gelebt hatte. Aber es war schon zu dunkel. Sie hatten noch etliche Stunden im FBI-Gebäude verbracht, bis wirklich alle Fragen geklärt waren. Da es verletzte und sogar tote Verbrecher gegeben hatte, wollte Beth unter allen Umständen vermeiden, dass ihnen bei den Verhandlungen auch nur der geringste Vorwurf zu machen war. Paul und sie hatten so lange an den Formulierungen gefeilt, dass Sabrinas und Ricks Geduld teilweise erheblich strapaziert worden war, aber irgendwann war der letzte Donut aufgegessen, die Kaffeekanne leer und FBI-Agentin und Anwalt zufrieden. Trotzdem blieb der Schatten eines unguten Gefühls. Rick und Paul waren noch auf einige offene Punkte gestoßen, für die es keine Erklärungen gab. Carter Spencer, der für sie wohl immer »der Surfer« bleiben würde, hatte wie die anderen offenbar für Malcolms Geschäftspartner gearbeitet, aber er und alle anderen hatten entschieden abgestritten, für die Schüsse auf der Terrasse oder den Giftköder verantwortlich zu sein. Schließlich hatten sie beschlossen, dass einer von ihnen im Verhör gelogen hatte, eine andere Erklärung war ihnen nicht eingefallen. So ganz überzeugt war Sabrina davon zwar nicht, aber ihr fiel auch keine andere Begründung ein.

Sie schüttelte die Erinnerungen an die stundenlangen Gespräche ab. Nun lag nur noch das gemeinsame Grillen vor ihnen, auf das sie sich freute.

Die Kinder verstanden sich ebenso gut wie die Erwachsenen. Murats Frau hatte fantastische Salate mit fremdartigen Gewürzen gezaubert, und die Männer belagerten den Grill und überboten sich gegenseitig mit Empfehlungen und Tipps.

Lautes Lachen riss Sabrina aus ihren Gedanken, da stürmte auch schon Steve an ihr vorbei, etwas langsamer folgten Joey und … Sabrina blinzelte, aber es blieb dabei: Ihr Sohn hielt Mouna an der Hand, während sie über den Sand liefen. Wo war nur die Zeit geblieben? Es kam ihr vor wie gestern, dass er auf der Babydecke gelegen hatte, und nun sah es fast aus, als hätte er gerade seine erste Freundin gefunden.

»Hey, alles in Ordnung?« Paul hatte sich ihr unbemerkt von hinten genähert und umarmte sie.

»Und wie. Ich habe gerade festgestellt, wie glücklich ich bin. Mein Leben hat sich total verändert, und das ist gut so.«

Er schob ihre Haare zur Seite und küsste sie zärtlich auf den Nacken. »Finde ich auch.«

Das klang für ihren Geschmack zu selbstgefällig. Sie drehte sich um und sah direkt in seine funkelnden Augen. Sanft fuhren seine Lippen über ihren Mund. »Und noch glücklicher wäre ich, wenn alle verschwinden würden und wir den Strand für uns allein hätten«, murmelte er.

»Morgen. Wenn wir wieder zu Hause sind«, versprach Sabrina.

»Zu Hause … dank dir und Joey weiß ich endlich, was das ist.«

Er küsste sie, und trotz des lauten Lachens der Kinder und der bellenden Hunde war es für einige kostbare Momente, als gäbe es nur sie beide.

Heute ging die Sonne mit einem prächtigen Farbenspiel unter, aber morgen würde sie wieder aufgehen, und in Heart Bay wartete eine Zukunft auf sie – eine gemeinsame Zukunft.

Er saß im Auto am Strand, schaute zum Himmel empor und dachte nach. Das Essen bei Rosie war wie immer perfekt gewesen. Nun türmten sich Wolkenberge über dem Meer auf, als wollte die Natur einen drohenden Sturm ankündigen. Die Warnung war jedoch überflüssig, er wusste, dass es noch nicht vorbei war. Die Bedrohung war durch Ashs Abreise zwar für den Moment etwas geringer, aber in wenigen Tagen würde Ash zurückkehren – selbst wenn er es jetzt noch nicht vorhaben sollte. Er würde kommen, das wusste der Mann am Strand mit Gewissheit. Das war der Vorteil, wenn man über alles informiert war. Er wusste genau, was Ash bevorstand. Vermutlich würde der Junge daran zerbrechen.

Wenn nicht, würde er andere Wege finden, damit seinem bequemen Leben keine Gefahr drohte durch den Schatten von Ereignissen, die schon so lange zurücklagen. Ehe sich die drei doch noch an die Nacht erinnern, in der Iris bestraft worden war, würde er sie ausschalten. Durch die Frau und das Kind waren sie noch angreifbarer geworden … was ihm sehr entgegenkam und völlig neue Perspektiven eröffnete. Nein, er hatte keinen Grund zur Sorge. Sie schon.

Ende

Leseprobe

KERRIGAN BYRNE
Spuren der Vergeltung

Wenn er so spät am Abend von der Zentrale aus angerufen wurde, konnte das nur eins bedeuten: eine Leiche.

Luca Ramirez rieb sich müde übers Gesicht und blinzelte ein paarmal, um die Schlieren auf seinen Kontaktlinsen wegzuwischen. Es funktionierte nicht. Vielleicht herrschte draußen Nebel? Um Mitternacht konnte beides der Fall sein. Er war so erledigt, dass das Licht der Straßenlaternen ineinanderfloss, und er würde sich alle Mühe geben müssen, seinen neuen Dienstwagen, einen schwarzen Dodge Charger, nicht zu Schrott zu fahren. Weiter gingen seine Pläne für den Rest des Wochenendes vorläufig nicht. Plötzlich spürte er ein so starkes Verlangen danach, das Handy zu packen und in den Willamette River zu werfen, dass er sich am Lenkrad festklammern und erst einmal tief einatmen musste, bevor er danach griff.

»Ramirez«, bellte er.

Die weibliche Stimme am anderen Ende war das Äußerste an Nachtleben, das ihm in letzter Zeit vergönnt gewesen war. Und das war wirklich eine Schande, denn die dazugehörige Frau war zwanzig Jahre älter, doppelt so lange verheiratet und Großmutter von Zwillingen.

»Die Polizei hat gerade einen 10–90-Notruf vom Ufer des Flusses bekommen.«

Von Zeit zu Zeit war es einfach zum Kotzen, wenn man recht behielt.

»Ich dachte, ich gebe Ihnen schon mal Bescheid, weil Sie in der Gegend wohnen.« Beatrice Garber, die die Nachtschicht in der Telefonzentrale machte, wusste, dass er in der Nähe vom Cathedral Park sein musste, weil er ihr vor gerade mal einer Viertelstunde zum Abschied zugewunken hatte, als er endlich sein Büro im FBI-Hauptquartier verlassen hatte.

»Äh, Bea, ich habe einen Vierzehn-Stunden-Tag hinter mir. Ich brauche dringend ein paar Stunden Schlaf.« Vor fünf Jahren wäre er auf den Anruf hin sofort losgedüst. Vor fünf Jahren war er auch noch in seinen Zwanzigern gewesen. »Passt die Leiche tatsächlich in das Schema?«

Bea schwieg einen Moment. »Das Opfer wird beschrieben als weiblich, rothaarig, eingehüllt in weiße und rote Gewänder.«

»Verdammt«, fluchte er und hämmerte auf das Lenkrad ein. »Mist!« Das war es, was er befürchtet hatte. Deswegen hatte er die ganzen letzten Monate bis zum Umfallen geschuftet. Er hatte sich das Versprechen gegeben, Johannes den Täufer zu erwischen, bevor er einen weiteren Menschen tötete. »Dieser schwanzlutschende Huren…«

»Ich bin noch hier«, flötete Bea, halb amüsiert, halb tadelnd.

»Ich übernehme.« Luca schaltete den Lichtbalken ein. »Rufen Sie Di Petro an, außerdem die Spurensicherung, das Labor…«

»Schon dabei.«

Er warf sein Handy auf den Beifahrersitz und trat das Gaspedal bis zum Boden durch. Sein Wagen machte einen Satz wie eine Raubkatze und schoss durch den nachlassenden Freitagabendverkehr.

Unter den tief hängenden Wolken, die drohten, ihren Inhalt jeden Moment herabregnen zu lassen, war das Wasser des Willamette River in dieser Nacht nicht zu sehen. Es wirkte eher wie ein breites, dunkles Band, das die hellen Lichter Portlands in zwei Hälften teilte. In Downtown würde sich das Stadtbild im Wasser spiegeln und so eine instabile Visualisierung der architektonischen Giganten des Nordwestens schaffen.

Die Abzweigung auf die Pittsburgh Avenue nahm er auf zwei Rädern, um dann quietschend neben dem einzigen Streifenwagen auf dem kleinen Parkplatz beim Cathedral Park zum Stehen zu kommen. In spätestens zehn Minuten würde dieser Ort von mehr Blitzlichtern erhellt sein als Downtown bei einer Technoparty.

Er sprang aus dem Wagen. Die feuchtkalte Oktoberluft drang ihm in die Lungen und gab ihm das Gefühl, Eiswürfel einzuatmen. Immerhin wurde so zu Ende gebracht, was der Adrenalinschub angestoßen hatte: Er war hellwach und voll und ganz da.

Das Nordufer des Flusses war in tiefe Dunkelheit getaucht, trotz der Verkehrsampeln oben auf der St. Johns Bridge und einiger matter Straßenlaternen in der Umgebung, die die berühmten Steinpfeiler beleuchteten, auf denen der Viadukt über dem Park ruhte.

Im Vorbeigehen warf er einen Blick auf den Streifenwagen. Das hintere Fenster war herausgeschlagen worden, das Sicherheitsglas bildete auf dem Boden einen wüsten Haufen, in dem sich das blaue und rote Licht abwechselnd spiegelten. Luca ging mit gezogener Waffe um den Wagen herum und hielt nach einem verletzten Polizisten Ausschau. Als er keinen fand, ließ er den Blick über die menschenleere Umgebung schweifen.

Hatten sie den Tatverdächtigen erwischt? War er geflohen?

Vorsichtig stieg er über die Betonmauer und bahnte sich durch eine schmale Reihe von Bäumen einen Weg zum Ufer. Er lief auf die Kegel zweier Taschenlampen zu, mehrere Meter die Uferböschung hinunter, die Dienstwaffe seitlich am Körper.

Zwei Polizisten richteten die Waffen auf ihn, und er hörte die Entsicherungshebel klicken. »Bleiben Sie sofort stehen«, sagte einer der Uniformierten. »Das hier ist ein abgesicherter Tatort.« Ein fetter Regentropfen traf Lucas Nasenrücken, woraufhin sein Bedürfnis wuchs, die Leiche anzuschauen, bevor sämtliche Beweise von einem Unwetter davongespült würden.

»FBI. Special Agent Ramirez. Ich werde jetzt mit der linken Hand meine Marke rausholen.« Er wusste genau, dass er an einem Tatort keine plötzlichen Handbewegungen machen durfte.

»Zeigen Sie her«, kam die unwirsche Antwort.

Luca ging weiter auf die beiden zu, griff in seine Tasche und zog die Marke und den Ausweis heraus, die ihn eindeutig als FBI-Agenten identifizierten.

Die Polizisten senkten ihre Waffen.

»Ist die Leiche eine von seinen?« Luca brauchte den Namen nicht auszusprechen.

»Sieht so aus.« Die Polizisten richteten den Strahl ihrer Taschenlampen wieder auf das regungslose weiße Bündel, das teilweise in einen roten Stoff eingehüllt war. Luca musste die blinden Flecken wegblinzeln und seine Augen wieder an die Dunkelheit gewöhnen.

Auf den ersten Blick konnte man das unförmige, dreckige Bündel in der Dunkelheit leicht für Abfall halten, der an das schmale Ufer gespült worden war, aber das war offenkundig unmöglich. Luca sah flussaufwärts und stellte spontan ein paar Berechnungen an.

Der Cathedral Park lag an einer Biegung des Willamette, was einem den flüchtigen Eindruck vermittelte, es handle sich um einen malerischen Park in der Vorstadt. Dabei lag er zwischen zwei der größten Hafenindustriekomplexe von Portland. Hinter der westlichen Biegung beluden Swan Island Basin und Northwest Industrial Dutzende von Schiffen und betrieben weltweiten Handel. Von der Ostseite des Parks bis fast zu der Stelle, wo Willamette und Columbia zusammenflossen, erstreckten sich mehrere Quadratmeilen Arbeiterparadies, mit allem, was dazugehörte, von Firmen für Reifenentsorgung und -recycling bis hin zu Speditionen.

Luca registrierte die verschatteten Vorsprünge der alten Pfeiler entlang des gesamten Westufers des Flusses und die Stellen, an denen sich am Ufer Treibholz angesammelt hatte, und wie weit dieses von der schmalen Reihe von Bäumen entfernt war. Um an das Ufer zu gelangen, hätte die Leiche auf wundersame Weise durch die Pfeiler hindurchtreiben und dann fast einen Meter weit an Land gespült werden müssen.

Luca spürte einen weiteren kalten Tropfen auf seinen Kopf fallen. »Hat einer von Ihnen die Leiche bewegt?«, fragte er streng.

Der ältere der beiden Polizisten kniff die blauen Knopfaugen zusammen und schob seinen Waffengürtel auf seinen mächtigen Wanst hoch. Der andere, ein junger Afro-Amerikaner, schüttelte den Kopf.

»Das ist ab sofort mein Tatort, verstanden?«

Er war zu erschöpft und zu genervt für Diplomatie und riss die Leitung einfach an sich, bevor der Fettwanst ihm mit irgendwelchen Vorschriften kam und ihm die Nacht noch mehr versaute. Er war auch nicht in der Stimmung, auf FBI-Verstärkung zu warten. »Nehmen Sie Ihr Funkgerät und sagen Sie den Streifen hier in der Gegend, sie sollen nach demjenigen suchen, der Ihr Fenster eingeschlagen hat und vom Rücksitz Ihres Wagens geflohen ist. Und dann erkundigen Sie sich, wann der Coroner und die Spurensicherung hier eintreffen.«

Der ältere Polizist und er wogen in etwa gleich viel, aber mit seinen 1,87 Metern war Luca gut zehn Zentimeter größer als der andere. Außerdem war Lucas kräftige Gestalt das Ergebnis von regelmäßigem Gewichtstraining und Rugby oder Football am Wochenende, und nicht von trockenen Donuts und zu vielen Reuben-Sandwiches. Er hätte seine Lieblings-Sig-Sauer verwettet, dass der Typ Diabetiker war. Er wandte sich an den Jungen, überging einfach gut neunzig Kilo geifernde Wut. »Sagen Sie mir, was Sie bis jetzt haben.«

Der Junge riss die Augen auf, sodass sich das Weiße hell gegen sein dunkles Gesicht abzeichnete. »Er … er ist geflohen?« Er wirkte grimmig und gedemütigt zugleich, fing sich jedoch rasch wieder.

»Wir waren auf Patrouille im Park, als wir vor ein paar Minuten einen Anruf von der Zentrale bekamen. Ein offensichtlich Nichtsesshafter hatte gemeldet, er habe eine Leiche aus dem Wasser gefischt.« Luca zog Latexhandschuhe aus der Tasche und trat an die Leiche heran. Er wartete, dass der Junge ihm etwas erzählte, was er noch nicht wusste. »Der Obdachlose hatte einen psychotischen Schub, als wir hier ankamen. Ich dachte, O'Reilly hätte ihm im Streifenwagen Handschellen angelegt.«

O'Reilly. Luca fügte den Dreckskerl seiner schwarzen Liste hinzu. Wie hatte er es versäumen können, den armen Kerl vernünftig zu sichern? So etwas war ein Anfängerfehler, der Leben kosten konnte.

»Tja, hat er aber nicht«, stellte Luca das Offensichtliche fest. Hinzu kam, dass die beiden Polizisten trotz der Entfernung und des Verkehrslärms das Zerbersten der Heckscheibe hätten hören müssen. Sein Gesicht begann zu brennen, ein Symptom seines in die Höhe schnellenden Blutdrucks. »Richten Sie Ihre Taschenlampe auf die Leiche«, befahl er, stocksauer über die Inkompetenz der beiden Männer.

Luca zwang sich, systematisch vorzugehen, mit anderen Worten: die einzelnen Teile von der Gesamtheit der Leiche abzuspalten. Er begann mit den Händen.

Die Nägel waren weder lackiert noch unecht, sondern zugefeilt und gepflegt. Anders als bei den anderen.

»Jagt Johannes der Täufer wirklich Pflöcke durch ihre Hände, während sie noch leben?« Der Polizist benutzte den Namen, den Öffentlichkeit und Medien dem schlimmsten Serienmörder verpasst hatten, den die Nation seit Jahrzehnten erlebt hatte.

»Wie man Jesus ans Kreuz genagelt hat.« Luca zog die Handschuhe an und verfluchte innerlich den leichten Regen, den er in den Fluss plätschern hörte. Obwohl es für sie keine Rolle mehr spielte, musste er das Bedürfnis unterdrücken, die kleine, weitgehend nackte Frau zuzudecken und sie vor dem eisigen Regen zu schützen.

Luca ging neben ihr in die Hocke und bog ihre schlanken Finger auf. Der junge Polizist schnappte nach Luft und fluchte. Solche Empfindlichkeiten kannte Luca schon seit langer Zeit nicht mehr. In der Handfläche klaffte ein etwa zweieinhalb Zentimeter langes und fünf Millimeter breites Loch. Blut, vermischt mit Wasser und Dreck aus dem Fluss, bedeckte ihre blasse Haut. Die Hand war noch elastisch, und die Finger ließen sich leicht bewegen, die Totenstarre hatte also noch nicht eingesetzt.

Dieser Mord war erst vor Kurzem begangen worden.

Luca kniff mehrmals die Augen zu, als könne die Nacht ein paar Antworten für ihn bereithalten. Johannes der Täufer hielt sich vielleicht in der Nähe auf. Vielleicht beobachtete er sie sogar. Als der Regen stärker wurde, ihm das Haar an den Kopf klebte und ihn in seinem Anzug zittern ließ, seufzte er entnervt auf.

Eigentlich stellte der Regen keine besondere Komplikation dar. Dass es irgendwelche Spuren gab, die der Regen fortwaschen konnte, war reines Wunschdenken. Dieser Hurensohn hinterließ nie Spuren. Nur eine weitere hübsche Rothaarige mit Löchern in den Händen und einer Stichwunde in der Seite, die noch dazu im Fluss getauft worden war. Normalerweise waren die Leichen fest in weiße und rote Messgewänder eingehüllt, wie ein schauriger Burrito, aber diese hier war bis zur Taille nackt, die Gewänder hatten sich um die untere Körperhälfte gewickelt, und sie war voller Schlamm und Blut.

In der Ferne heulten Sirenen, einige aus Richtung Universität, andere von der Brücke her.

O'Reilly kam leicht außer Atem auf sie zugestolpert. »Diese Hure muss eine von den erstklassigen, teuren gewesen sein«, bemerkte er, ohne den Blick von den perfekten blassen Brüsten des Opfers abzuwenden.

Luca und der andere Polizist sahen sich an. Es tröstete Luca, dass der junge Mann genauso angewidert zu sein schien, wie er selbst es war. Bei seinem Job traf man auf alle möglichen Arten von Bullen. Nicht immer waren sie die Guten. Manchmal hatten die Kriminellen einen respektableren Verhaltenskodex.

Luca stählte sich innerlich und blickte dann auf ihr Gesicht. Ihre Augen waren geschlossen. Gott sei Dank.

O'Reilly hatte seine Kamera aus dem Wagen geholt und machte jetzt Fotos, wie es den Vorschriften entsprach. Die Vorstellung, dass dieser lausige Bulle diese Fotos hatte, behagte Luca ganz und gar nicht. Objektiv betrachtet hatte der Mistkerl recht. Diese Frau sah besser aus als die meisten anderen Opfer. Sie war nicht nur hübsch, sondern schön. Jung, Mitte zwanzig, mit einem geschmeidigen Körper, der offensichtlich – ihm fiel die fehlende Behaarung auf – gut gepflegt worden war. Die Stichwunde an der linken Taille nässte noch ein wenig. Das

Blut mischte sich mit dem Regen und lief in rosa Rinnsalen in die Gewänder unter ihr.

Ihre elfenbeinfarbene Haut war makellos, abgesehen von ein paar blauen Flecken sowie Spuren von Fesseln an Handgelenken und Fußknöcheln. Sie war eine unbestimmte Zeit lang gefesselt gewesen, genau wie all die anderen, und sie war durch die Hölle gegangen, bevor sie gestorben war.

Wieder überfiel ihn die Müdigkeit. Oder war es eher Erschöpfung? Armes Mädchen. Luca war egal, wie sie vor ihrem Tod gelebt hatte. Von ihm aus konnte sie auch die Hure Babylon gewesen sein, das spielte für ihn keine Rolle. Die meisten vorherigen Opfer waren Huren gewesen. Egal. Vorher hatte sie gelebt, war ein Mensch mit Bedürfnissen, Wünschen, Zielen und Hoffnungen gewesen – und mit Schmerzen. Vielleicht gab es jemanden, der sie liebte und vermisste. Vielleicht auch nicht. Trotzdem war sie wichtig. Sie verdiente, dass ihr Gerechtigkeit widerfuhr. Egal, wer sie war.

Luca hörte Schritte, die Rufe seiner Kollegen. Das Atmen bereitete ihm Schmerzen. »Wir müssen ihre Identität so rasch wie möglich …«

»Heiliger Bimbam!« Der junge Polizist zuckte zurück und deutete verblüfft auf die Leiche.

Die Kamera zerbarst, als O'Reilly sie auf den steinigen Boden fallen ließ.

»Was zum Teufel ist mit Ihnen los?«, fuhr Luca die beiden an.

Dann sah er es selbst. Ein Zittern durchlief die Leiche. Einmal. Zweimal. Dann hob sich heftig ihre Brust.

»Rufen Sie einen Krankenwagen, und zwar sofort«, brüllte Luca.

Die Stimme des Jungen überschlug sich fast, als er in sein Funkgerät schrie. Die kaputte Kamera war vergessen. Luca ging auf die Knie und drückte ein paarmal auf die Brust der Frau, bevor er ihren bebenden Körper auf die Seite rollte. Unter heftigen Zuckungen erbrach sie eine alarmierende Menge dreckiges Wasser, bevor sie pfeifend einatmete, um danach noch mehr Wasser herauszuhusten. Der kalte Regen musste sie irgendwie wiederbelebt haben, und ihr Körper versuchte verzweifelt, trotz des Wassers in ihren Lungen zu atmen.

»Genau. So ist es gut. Husten Sie weiter.« Er achtete darauf, dass sie nichts von dem einatmen konnte, was sie erbrach.

»Das … das ist doch nicht möglich«, stammelte O'Reilly. »Sie war kalt. Sie hat nicht geatmet. Sie … sie hatte keinen Puls!«

»Wo haben Sie danach getastet?«, fauchte Luca ihn über die Schulter hinweg an, während er ihr ein paar ermunternde Klapse auf den Rücken gab.

»Am rechten Handgelenk. Ich wollte die Leiche nicht bewegen.« O'Reillys Stimme war nur noch ein schrilles Wimmern.

»Das kostet Sie Ihre Marke, Sie dumme Nuss, dafür sorge ich«, knurrte Luca. Am rechten Handgelenk eines Opfers, das nicht atmete und aus mehreren Wunden blutete, nach einem Puls tasten? Hätte er eine noch schlechtere Stelle finden können? Jeder, der auch nur ein bisschen Ahnung hatte, tastete am Hals. Hätte der Idiot einen schwachen Puls mit seinen Wurstfingern überhaupt spüren können?

Luca riss sich die Anzugjacke vom Leib und wickelte ihren Oberkörper darin ein, nicht nur, um sie zu wärmen, sondern auch, um sie vor O'Reillys gierigem Blick abzuschirmen. Befriedigt stellte er fest, dass sie zwischen den Hustenanfällen immer wieder Luft in die Lungen sog.

Sie würde nicht lange überleben, wenn ihre Wunden nicht bald versorgt wurden. »Wo bleibt der verdammte Krankenwagen?«, rief er.

»Schon unterwegs«, rief jemand zurück. »Der nächste Standort ist keine vier Blocks entfernt, in zwei Minuten ist er da.«

Er hoffte, sie hatte noch zwei Minuten. Die Nachricht, dass
das Opfer lebte, hatte sich wie ein Lauffeuer unter den immer
mer zahlreicher eintreffenden Polizeikräften verbreitet. Je
mehr Leute auftauchten, desto größer war die Chance, dass
ihm irgendein mitdenkender Mensch einen Erste-Hilfe-Kas-
ten brachte.

»Hier.« Eine offene schwarze Plastikkiste voller Bandagen,
Tabletten, Antiseptika, steriler Pflaster und sonstiger Erste-
Hilfe-Utensilien wurde ihm in die Hand gedrückt. Er sah hoch.
Detective Regan Wroth von der Mordkommission des Portland
Police Department kniete auf der anderen Seite des Opfers.

Luca mochte sie. Himmel, er hatte mehr als einmal versucht,
sie flachzulegen, genau wie alle anderen männlichen Mitglie-
der der Polizei von Portland.

»Danke.« Er riss ein paar Bandagenpackungen auf und
nahm seine Jacke, um die Bandagen damit gegen die Seite des
Opfers zu pressen. »Drücken Sie hier«, wies er Wroth an. Sie
bedachte ihn mit einem Ich-bin-doch-nicht-blöd-Blick, sagte
aber nichts. Er wusste, dass er sie nicht nur mochte, weil sie
wie eine kluge Version von Emilia Clarke aussah.

Sobald Wroth Druck auf die Wunde ausübte, riss die junge Frau die Augen auf und schlug wild um sich. Ein heise-
rer Schrei entrang sich ihrer Kehle, dann versuchte sie, Luca
am Hemd zu packen. Sobald es ihr gelungen war, stieß sie erneut einen schmerzerfüllten Schrei aus und zog ihre verletzten
Hände in den Schutz ihres zusammengekrümmten Körpers.
Ihr panischer Blick wanderte von Gesicht zu Gesicht, und ihr
verängstigtes Schluchzen wurde immer wieder von kräftezeh-
renden Hustenanfällen unterbrochen.

»He. He … ganz ruhig.« Luca ergriff sanft ihre schlanken

Handgelenke. »Ich weiß, das tut weh. Aber wir müssen die Blutung stoppen.« Er hockte sich so hin, dass er ihr Gesichtsfeld möglichst ausfüllte, in der Hoffnung, all das Chaos und die Gesichter und die blinkenden Lichter abblocken zu können. »Schauen Sie mich an, Süße«, sagte er freundlich, als sie ihre weit aufgerissenen grünen Augen auf ihn richtete.

Sie blinzelte unentwegt, hörte aber auf zu schluchzen. Zitternd starrte sie ihn an, und ihre Tränen vermischten sich mit dem Regen. Sofort trat das Chaos um sie herum in den Hintergrund. Wieder durchlief Luca ein Schauder, doch nicht, weil ihm sein dünnes Hemd klatschnass am Körper klebte. Als sich ihre Blicke trafen, war es, als würde ein Puzzlestück an seinen richtigen Platz geschoben. Das Gefühl, das sein Herz mit dem Druck eines eisernen Schraubstocks packte, rief Assoziationen wie Schicksal und Vorhersehung wach.

Dabei glaubte er nicht einmal an solchen Mist.

Lucas Gehirn wehrte sich gegen dieses Gefühl, wie sich ein Körper gegen eindringendes Gift wehrt. Dieses Mädchen – diese Frau – war nicht nur ein Opfer, sondern auch eine Zeugin. Seine Zeugin. Sie hatte dem Teufel in die Augen gestarrt. Er hatte sie gekreuzigt, erstochen und ersäuft, und doch war sie an der Schwelle zum Tod stehen geblieben und umgekehrt. Dieses seltsame Gefühl epischer Größe konnte also nur bedeuten, dass sie vielleicht die Schlüsselfigur war, die dem Bösen, das die Frauen dieser Stadt in Angst und Schrecken versetzte, ein Ende bereitete. Zumindest war Luca wild entschlossen, sich an diese Interpretation zu halten.

»Sie brauchen eine Decke«, stellte er fest. »Verdammt, besorgt vielleicht mal jemand eine Decke?«, rief er über die Schulter. Sein Zorn legte sich ein wenig, als er sah, welche Hektik ausbrach, um seinem Befehl nachzukommen. An guten Tagen geschah es selten, dass Leute ihm widersprachen. Aber in einer Nacht wie dieser? Er hoffte inständig, irgendjemand würde ihn blöd anreden, denn er brauchte dringend jemanden, an dem er seine Wut auslassen konnte.

Als er sich wieder zu ihr umwandte, sah er in ihren grünen Augen etwas, womit er nun wirklich nicht gerechnet hatte. Hoffnung. Erleichterung. Vertrauen?

Wortlos hielt sie ihm die verletzten Hände hin, wie ein Kind, das seiner Mutter eine harmlose Wunde zeigt. Tränen rannen ihre Wangen hinab. Es zerriss ihm schier das Herz, aber er war auch unglaublich erleichtert, dass sie überhaupt eine Reaktion zeigte.

»Ich weiß«, murmelte er und presste behutsam Gaze auf ihre Handflächen. »Ich weiß. Der Krankenwagen ist schon unterwegs. Können Sie bis dahin durchhalten, mir zuliebe?«

Vielleicht stellte die leichte Bewegung ihres Kopfes ein Nicken dar.

»Braves Mädchen.« Er legte ihr die Hand aufs Haar und sah erneut über die Schulter. »Verdammt!«, explodierte er. »Wir haben bald zwanzig Grad minus, und keiner von euch Idioten kann eine Decke auftreiben? *Aye, chingau, pendejos!* Man hat sie gerade erst aus dem Fluss gefischt! Ich schwöre bei der *Madre de Dio* …«

Eine Decke wurde in seine Hände gelegt, eine dieser rauen Notfallwolldecken, wie sie die Leute in ihrem Kofferraum spazieren fahren, in der Hoffnung, sie nie benutzen zu müssen.

Hatten sie die erst weben müssen, bevor sie sie hierhergeschafft hatten?

Wroth half ihm, die Decke aufzuschlagen und über das Opfer zu legen. Noch immer spürte er die junge Frau unter seinen Händen zittern. Wenn es Komplikationen wegen Unterkühlung geben sollte, würde er O'Reilly mit dessen eigenem Schlagstock zu Tode prügeln. Wenn sich ihr Zustand weiter

413

verschlimmerte, würde dieses fette Arschloch die volle Wucht seines Zorns zu spüren bekommen.

Luca atmete tief die kühle Luft durch die Nase ein und gab beim Ausatmen ein zischendes Geräusch von sich. Was hatte er im Wutbewältigungsseminar gelernt? Während er langsam bis zehn zählte, erst auf Englisch, dann auf Spanisch, stopfte er behutsam an der Stelle, wo Wroth noch immer auf die Wunde drückte, die Decke unter den Körper des Opfers.

Wroth sagte nichts, sah ihn nur mit gerunzelter Stirn an.

»Habe ich gerade wirklich auf Spanisch gebrüllt?« Er hantierte viel länger mit der Decke herum, als nötig war. Im College hatte er sich seinen spanischen Akzent völlig aberzogen. Nur bei Wutausbrüchen fiel er in seine Muttersprache zurück. In letzter Zeit hatte er das im Griff gehabt. Meistens.

»Und wie.«

»Tut mir leid«, murmelte er, mehr an das Opfer als an den Detective gerichtet.

Die junge Frau sah ihn verblüfft an. Sie schien vollauf damit beschäftigt zu sein, zu keuchen und zu zittern. Ihn überkam das leichtsinnige und verstörende Bedürfnis, ihren zitternden Körper in die Arme zu nehmen und ihr von seiner Wärme abzugeben, und er ballte abwehrend die Fäuste.

Jemand brüllte, dass der Krankenwagen da sei.

Kerrigan Byrne
Spuren der Vergeltung
Roman

Aus tiefem Schlaf erwacht ...

Als Special Agent Luca Ramirez mitten in der Nacht einen Anruf erhält, weiß er sofort, was passiert ist: Der Serienkiller, der Portland seit Monaten in Atem hält, hat erneut zugeschlagen und war Luca wieder einmal einen Schritt voraus. Doch diesmal hat der Mörder einen Fehler begangen: Hero Katrova lebt! Bald stellt sich heraus, dass sie kein zufälliges Opfer war und noch immer in Gefahr ist. Luca muss alles tun, um Hero zu beschützen – und das bedeutet, rund um die Uhr mit der Frau zusammen zu sein, die vom ersten Augenaufschlag an sein Herz berührt hat ...

»Wer Romantic-Thrill-Romane mag, wird Kerrigan Byrne lieben!« *Smexy Books*

544 Seiten, kartoniert
€ 9,99 [D]
ISBN 978-3-8025-9791-6

5. LoveLetter Convention

23.–24. April 2016, Berlin

Die Konferenz für Liebesromanleser und -autoren

Freuen Sie sich u.a. auf folgende LYX-Autoren:

Simona Ahrnstedt

Kristina Günak

Kat Latham

Julie Leuze

Kylie Scott

Nalini Singh

Workshops · Spiele · Panels · Lesungen · Signierstunde

Sichern Sie sich Ihr Ticket: www.loveletterconvention.com

f LoveLetterConvention

www.loveletterconvention.com

An event Misses